그
남
자 그
　여
　자
　의
　연
　애

SCARLET ROMANCE STORY **민혜** 장편 소설

그 그
남 여
자 자
의 연
애

c o n t e n t s

프롤로그

매미가 길게 우는 여름의 오후.

정연은 손으로 얼굴에 차양을 드리우고 걸음을 재촉한다. 하루 종일 거래처에서 자료를 정리하고 보고서를 수정하느라 뻣뻣해진 목을 돌린다. 어질할 정도로 따가운 여름 햇살은 오후가 되어 가도 그 기세가 접힐 줄을 모른다.

정연은 에어컨 바람으로 서늘해진 몸에 햇볕이라도 받아 두자 싶어 그냥 나온 자신을 속으로 나무란다. 흐느적거리며 걷다 눈에 보이는 커피숍으로 걸음을 옮겼다. 문을 살짝 밀고 짤랑하는 종소리와 함께 시원한 에어컨 바람이 반갑다. 성큼 큰 걸음으로 카운터 앞으로 간다.

"어서오세요."

정연은 반갑게 인사하는 어린 알바생에게 눈인사를 한다.

"아이스 아메리카노 하나 주세요. 사이즈 큰 걸로 주시고 마시고 갈게요."

정연이 지갑을 찾는데 가방 안에서 울리는 진동에 휴대전화를 꺼낸다.

"어, 수진아. 나 이제 나왔어. 지금 윤성 앞에 커피숍. 여기 상호가?"

정연이 실내를 두리번거렸다. 그러자 앞에 점원이 눈치 빠르게 손으로 카운터 앞에 적힌 상호를 보라고 알려 준다. 정연은 가볍게 고맙다고 눈인사를 한다.

"숲. 어딘지 알지? 네가 이쪽으로 올 거지? 커피 한잔하고 있을게. 늦지 말고 와. 나 지금 너무 배고프고 기운 빠져."

― 응, 살짝 눈치 봐서 조금 일찍 나가 볼게. 근데 밥은 다 보고 먹자. 배 볼록해서 드레스 입을 수 없잖아. 대신 맛있는 거 사줄게.

"몰라. 일찍이나 와."

정연은 주문을 하고 옆으로 비켜선다. 전화 통화를 마치고 마침 나온 커피를 들고 자리를 찾았다. 그다지 크지 않은 카페는 들어올 때와 다르게 이미 자리가 꽉 차 있었다. 정연은 쟁반을 들고 난감한 듯 실내를 두리번거렸다.

일회용 컵에 받아 왔으면 들고 나가기라도 할 텐데 유리잔에 담긴 커피를 들고 다시 컵을 바꿔야 하는지 잠시 망설였다. 그래야겠다고 몸을 돌린다. 바로 옆 테이블에서 누군가 일어선다. 자리를 비우나 싶어 반색하며 확인을 하는 정연의 얼굴이 살짝 굳는다.

"김정연 씨?"

"아, 안녕하세요?"

정연은 들고 있던 쟁반을 남자가 일어선 테이블에 놓고 정중하게 인사를 한다. 오늘 들어갔다 나온 윤성기업의 박진우 팀장이다. 생각지도 않은 자리에서 본 거래처 상사에게 격을 갖춘 단정한 인사를 하는 정연을 남자는 대수롭지 않게 받고 다시 앉는다.

정연은 자리를 비워 주려는 행동인 줄 알았다 살짝 무안스럽게 커피 쟁반을 다시 든다. 그런 정연을 보고 실내를 두리번거리던 그는 상황을 짐작한 듯

"괜찮으시다면 여기 앉으세요."

들었던 쟁반을 들고 잠깐 고민하던 정연이 그 말을 그냥 받아들인다.

"네, 고맙습니다."

"뭘 고맙기까지야."

박 팀장은 혼잣말처럼 중얼거리며 보던 자료를 챙겨 가방에 넣고 의자에 기댄다. 어색하게 눈이 마주친다.

"우리 회사 들렀다가 가는 길인가요?"

"네. 팀장님 출장 중이라고 하셔서 창영 씨한테 일단 보고는 드렸어요. 추가 사항은 저에게 연락 주시면 됩니다. 아 지금 자리가 좀 그렇긴 하지만······."

정연은 얼굴 본 김에 설명을 다시 해야 하나 싶어 주변을 한번 살펴보다 노트북을 꺼내려고 한다. 그런 정연을 박 팀장이 살

짝 짜증 섞인 표정으로 만류한다.

"저 좀 피곤해서요. 회사 들어가기 전에 커피나 한잔하려고 왔습니다. 일 이야기는 다음에 합시다. 창영 씨가 알아서 잘 처리했겠죠."

정연은 눈치 없이 의욕만 앞선 사람이 되어 무안스러운 표정을 애써 숨긴다.

박 팀장은 팔짱을 끼고 그대로 몸을 의자에 기대어 눈을 감는다. 피곤하다는 말이 거짓말은 아닌가 보다. 정연은 시원하게 마시던 아이스커피를 내려놓다 달가닥하는 얼음 소리가 그에게 신경이 쓰일까 싶어 혼자 덜컥한다.

다행히 눈을 감은 남자는 미동이 없다. 가만히 훔쳐보듯 얼굴을 쳐다보다 살짝 몸을 움직이는 그의 동작에 정연은 놀라 고개를 숙인다.

벽에 걸린 시계를 보니 약속 시간까지는 아직 한참이 남아 있다. 오늘 회사 동료인 수진의 웨딩드레스를 함께 봐 주기로 했다. 윤성기업에서의 외근을 마치고 회사로 들어가 같이 나오자고 했던 원래의 약속은 수진이 너 들어오면 또 야근에 붙잡힌다며 적당히 밖에서 업무를 끝내기로 말을 맞췄다.

그래서 시간을 때운다고 들어온 커피숍에는 엉뚱하게 윤성기업의 박진우 팀장이 앉아 있다. 몇 번의 만남과 업무로 익힌 이름과 얼굴이 오늘에야 선명하게 들어온다.

시간은 더디게 흘러간다. 유리창 너머 여름 햇살의 거리는 거짓말 같다. 정연은 조심해서 커피를 마시며 맞은편 남자를 의식한다. 책이라도 볼까 생각하다 마침 오늘은 가방을 바꿔 들고 온지라 늘 두던 책도 없다.

어디 잡지라도 있나 싶어 둘러보는데 하필이면 이 남자의 옆에 잡지꽂이가 있다. 그걸 가져오기 위해서는 몸을 일으켜야 하고 그를 스치고 책을 꺼내 와야 한다.

피곤하다고 눈을 감은 남자의 고단한 휴식을 방해하고 싶지는 않았다. 그냥 가만가만 정연은 이 남자의 오수를 지켜 준다.

하루 종일 박 팀장의 회사에 들어가서 일을 했다. 원래 만나기로 했던 이 남자는 오늘 어느 나라에서 돌아오는 출장이라고 했었다. 그 설명에 그러냐고 최종 보고서는 박진우 팀장님의 메일로 보내겠다면서 돌아오시면 연락 달라고 전해 주기를 청했다.

연락을 해 줄 남자는 지금 정연의 맞은편에 앉아 고단한 일정의 끝을 달래고 있다.

정연은 잠든 남자의 얼굴을 보며 묘한 기분에 잠시 젖는다. 멈춰 가는 시간과 옆자리 테이블에서 소곤거리는 남의 이야기, 그리고 어색한 남자와 여자의 시간은 다른 듯 같은 듯 같이 흘러간다. 그렇게 정연이 조심하며 커피를 마시고 이제는 녹아 버린 커피 잔의 얼음이 물이 되었을 시간이 흐른다.

방울방울 맺힌 커피 잔의 물을 붓 삼아 테이블에 글씨를 쓴다. 조용한 동작에서 아무 소리도 나지 않는데 어느 사이 맞은편의 남자가 눈을 뜨고 고개 숙인 여자를 물끄러미 한참을 본다.

"정연아!"

반갑게 이름을 크게 부르는 소리에 정연이 고개를 든다. 그리고 남자의 몸짓도 이름이 불린 입구 쪽으로 향한다. 정연은 고개를 천천히 들며 함께 같은 방향으로 시선이 가는 남자를 의아한 듯 쳐다본다. 그러자 남자의 시선이 여자에게 와서 머문다.

언제 일어났는지? 언제부터 보고 있었는지?

왜 자신의 이름을 부르는 소리에 이 남자가 먼저 반응하는지 정연은 찰나에 수많은 의문이 머릿속을 스친다. 눈이 마주친 두 남녀는 서로를 빤히 본다.

그리고 펑 하고 마법이 깨지듯 반갑게 다가오는 목소리에 둘은 그런 일이 없었다는 듯 소리의 주인을 찾아간다.

"어, 박 팀장님? 어떻게 둘이 같이?"

살짝 놀란 수진이 먼저 박 팀장에게 다가가 인사를 건네자 정연이 커피 잔을 챙기고 일어선다. 정연이 고마웠다는 인사를 눈으로 한다.

그 역시 일어나 가방을 챙기고 자리를 정리한다. 정연이 먼저 그의 잔을 챙긴다. 그러지 않아도 된다는 듯 손을 젓는 남자에게 정연은 어색한 듯 "그럼 다음에 뵙겠습니다." 라는 말을 끝으로 돌아섰다.

휴대전화로 시계를 보며 먼저 문을 열고 나서는 수진의 뒤를 따른다. 그 뒤에 박 팀장은 한 박자 늦게 걸음을 옮기며 문을 밀고 나간다.

"무슨 일이야? 대체 박 팀장님이랑 저기 왜 같이 있는 거야?"

"자리가 없어서 그냥 같이 앉았어."

"무슨 이야기 했어?"

"무슨 이야기 할 거나 있나? 피곤하다고 자더라. 그래서 나는 눈치 보며 커피 마셨다야. 혹시 박 팀장님 깰까 봐 웅크리고 마신다고 몸이 오그라드는 줄 알았어. 너 때문이니깐 밥 맛있는 거 사야 해."

정연은 방금 어색하게 흘러가던 시간이 생각난 듯 몸을 쭉 펴며 옆의 수진에게 불편한 시간을 고자질한다. 그러다 순간 떠오른 둘이 마주쳤던 그 눈빛이 생각나 문득 뒤를 돌아본다. 어색했던 그 남자의 눈빛과 알 수 없던 자신의 감정이 뒤섞인다.

그러나 뒤돌아본 그 자리에는 예상했던 대로 박 팀장은 사라지고 없다. 살짝 서운한 느낌에 정연은 왜 이러나 싶어 생각을 털어내고 옆에서 수다를 늘어놓는 수진의 말에 귀를 기울인다.

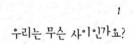

1

우리는 무슨 사이인가요?

처음도 끝도 구분이 안 되는 사진 수십 장을 문서화해서 설명과 차이점을 채워 넣는 작업이다. 정연은 이러다 서류에 파묻혀 죽겠구나 싶을 즈음 고개를 뒤로 젖히고 잠깐 손을 놓았다. 뻑뻑한 눈을 비비려다 화장이 지워질까 봐 그러지도 못해 손바닥으로 눈두덩이만 눌러 준다.

일주일이 넘어가는 야근이다.

일 년 동안 준비했던 중국 공장 업체 등록을 문서화하는 작업이다. 이 업무를 보느라 일주일 동안 점심도 굶고 여기에 매달렸다. 몇 번의 현지 출장, 다녀와서의 끝도 없는 보고서 작업, 그리고 상대 거래처의 승인 절차, 그때마다 긴장감이 머리 뒤 끝을 타고 발뒤축까지 내려가는 엄청난 스트레스로 그래도 체력 하나는 자신 있다는 말이 쏙 들어가게 했다.

자꾸만 같은 단락에서 나오는 오류에 정연은 키보드에서 손을 뗀다. 머그잔을 들고 이내 바닥이 보이는 커피에 오늘 대체 몇 잔인가 셈을 하다 관둔다.

제법 탄탄한 이 회사를 대학 졸업하고 입사해서 올해 서른이 되는 정연은 작년에 대리를 달았다. 바로 직속상관인 과장과 부장이 있지만 대한민국 직장인의 일이란 게 그렇지 않은가? 자잘한 서류 작성은 다 밑에 허드레 대리의 일이고 부장은 몇 번의 말로 수많은 서류를 폐기시키기도 하고, 어설픈 자료를 하루아침에 포장해서 윗선에 진상품처럼 올리기도 하니 말이다.

거기다 규모가 많이 크지 않은 중소기업이다 보니 부서 이름이 무색하게 여러 가지 걸쳐 있는 업무는 일이 한창 재밌기는 해도 버거운 것이 사실이었다. 정연이 소속된 이름만 근사한 해외영업 지원 팀의 윤 과장은 일 년째 중국 공장에서 근무 중이다.

부장은 중국 공장과 회사를 먹여 살려 주는 더 큰 갑을 위해 발에 땀이 나게 뛰고 있다. 그러니 온갖 서류와 각종 프레젠테이션은 늘 정연의 몫이다. 낮에는 거래처 업무에 자리를 비우고, 오후에 들어와 시작하는 서류 작성 업무는 해가 떨어지고도 늦도록 사무실에서 혼자 머물게 했다. 그렇게 진행된 서류는 수천 번을 더 쳐다보지만 늘 불안하다.

정연의 성격 탓도 있겠지만, 갑과 을의 이해 당사자를 다 모셔 두고 오로지 서류로만 중국 현지 공장 상황과 한국에서의 업무의 연결성을 설명해야 한다. 하나의 제품이 나오기까지의 완벽해야 할 그 과정을 설명하는 일은 아직 대리란 직함을 단 정연에게는 큰 부담이다.

그리고 또 하나 정연이 점심까지 거르게 할 정도로 더 큰 부담 감을 갖게 하고 있는 그 사람. 일 년 가까이 관계를 맺고 있는 그 사람.

혹시나 그 사람의 눈에 거슬릴까 자신으로 인해 사람들 입에 오르내릴까 그 걱정의 양만큼이 바늘로 변해 정연의 온몸에 하나 씩 박혀 가는 중이다. 이런저런 말 하기 좋아하는 사람들의 안줏 거리가 되어 그녀와 그의 이름은 늘 이 회사에 맴돌고 있다. 정작 당사자들의 의지로 시작된 적이 없는 그들의 관계는 끊어지지도 않고 질기게도 이어 가고 있다.

"김 대리, 자."

불쑥 테이크 아웃 커피 잔이 책상에 내려놓아진다. 옆자리 빈 의자를 끌고 와 천천히 조심스럽게 앉는 수진의 배는 소복하게 불러 있다. 손을 가지런히 배 위에 놓고서는, 숨을 몰아쉰다.

정연은 수진이 내려놓은 잔을 기분 좋게 입으로 가져가 한 모 금 마시고서는

"윽, 뭐야? 이거 우유야? 수진아 바뀌었나 봐. 임산부 몫이 내 게 왔어."

뚜껑을 닫고 내밀다 아니라는 수진의 손짓에 정연의 눈썹이 살 짝 올라간다. 고소한 우유의 맛이 입 안에서 기분 좋게 맴돈다.

"너 점심도 굶고 일하잖아. 이거라도 먹으라고. 따뜻해서 요기 가 될 거야. 그래도 밥은 먹고 일해야지. 무슨 억만금을 번다고 그래. 곧 부잣집 사모님이 되실 텐데."

확, 정연의 얼굴이 일그러지다 수진은 악의 없이 하는 말에 도리어 역정 내기 무안해 얼굴을 다시 폈다. 휴, 속으로 한숨을 집어넣는다.

"오늘 데이트라며? 구매 팀 은수 씨가 윤성에 들어갔다 박 팀장님 뵈었다는데, 퇴근하고 너랑 음악회 간다고 우리 회사 들어오신다고 하더라고. 오늘은 무슨 음악회야? 부럽다. 배불뚝이 아줌마는 자꾸 화장실 마려워서 음악회 가지도 못하는데."

이런 게 공개 연애인가? 연예인이라도 된 느낌이다. 회사의 모든 사람들이 정연의 연애사를 다 안다. 주말이라도 지나고 오면, 데이트는 잘했어? 하는 인사가 밥 먹었어? 하는 인사처럼 따라온다. 무슨 데이라고 붙은 날은 김정연 대리 앞으로 뭐라도 선물이 온 게 없나 다들 한 번씩 물어보고 간다.

한 마디씩의 입이 모여 헤아릴 수 없는 같은 말을 듣고 산다. 부럽다는 시선과 언제까지 가나 보자는 시샘 섞인 시선도 다 안다. 지겹다. 싫다.

오늘은 멘델스존이라고 했었나? 모차르트라고 했었나?

정연은 관심도 없고 복잡한 사람들 많은 음악회 생각에 벌써부터 한숨이 쉬어진다. 비싼 좌석에 앉아 언제 박수를 쳐야 할지, 대체 어디가 좋은지 모르는 음악을 두어 시간 듣고 있어야 한다는 게 가까스로 눌러놓은 짜증이 다시 일어난다.

"박 팀장님은 형님 덕분에 그렇게 좋은 공연 티켓을 잘 구하는 거야? 보면 유명하다는 클래식 공연은 늘 가는 거 같던데 나는 언제 그렇게 살아 보나? 우리 신랑은 음악이라고는 애국가밖에 몰라."

"형님? 무슨 형님?"

"엥? 그 왜 요즘 케이블에 '클래식을 이야기합니다' 라는 프로 진행자 잘생긴 바이올린 하는 남자 있잖아, 그 사람 박 팀장님 형 이잖아. 정말 몰랐어?"

멀뚱히 무슨 소리인가 하는 정연의 얼굴에 기가 차다는 듯 수진은

"대체 너희 커플은 만나서 말은 해?" 하고 소리를 빽 지른다. 그래 놓고는 마감해서 넘겨야 할 서류가 있다고 뒤뚱거리며 배를 살짝 감싸 안고 일어섰다.

하, 남들이 다 아는 가족사도 서로 모르는 커플이라. 하긴 박 팀장도 정연의 가족 관계는 전혀 모른다. 정연이 자세히 말해 준 적도 없고, 대학 때부터 혼자 살았다는 것 정도만 알고 있으니 말이다. 이러니 서로 서운할 것도 없겠다.

하지만 서운의 감정을 넘어선 한 가지 사실이 두어 달 전부터 정연을 누르고 있었다. 기껏 먹은 한 잔의 우유가 고소한 맛 대신 비릿한 느낌으로 저만큼에서 머물고 내려가질 않는다.

새벽마다 혼자인 잠자리에서 갑자기 눈이 떠지고, 다시 잠을 들지 못하는 날들이 계속되고 있었다. 처음 얼마간은 너무 피곤해서 그런 거라 생각했다. 하지만 그 얼마가 두 달이 넘어가고 있다. 정연의 하루 시작은 뒤척이는 게 지겨워 새벽녘 침대 끝에 멍하니 앉아 해가 뜨길 기다리게 되었다.

같이 밥을 먹고 일어설 때마다 소화제를 먹어야 할지 고민하게

만드는 그 사람. 데이트라는 명분 아래 하루를 보내고 나면 바짝 솟아오른 긴장감 때문에 집에 돌아가서는 한참을 널브러져 따로 기운을 차려야 할 정도로 불편한 그 사람. 왜 그런 사람 때문에 고민을 안고 있는지 이제는 그게 스스로에게 보내는 질문이다.

털어 내면 될 명분을 자신이 쥐고 있는데 왜 말을 못 하는지. 하루 이틀을 그냥 보낼 때는 어려운 사람이라 그랬다고 변명을 달았다. 그런데 왜 그게 두 달이 넘어가는지, 이런 고민 속에서도 불편한 관계의 남자는 말이 없다.

모니터 앞 작은 전자시계가 6시를 향해 달려가고 있다. 멍하니 숫자가 바뀌길 바라보던 정연은 다시 봐도 뭔가 부족한 서류를 덮었다. 저장한 자료를 회사 서버와 외장 하드에 저장해 놓고 컴퓨터 전원을 껐다.

가방에서 거울을 꺼내 얼굴을 쓱 살펴보는데 마음에 안 든다. 야근을 할 사람들은 저녁을 구내식당을 이용할지 나갈지 고민하고, 퇴근할 무리는 부산스러운 동작으로 사무실이 한 번 들썩인다.

"김 대리, 내일 프레젠테이션 준비는 잘돼 가? 윤 과장이 할 일을 자네가 늘 하고 있어 고생이 많지? 그래도 믿고 잘하는 김 대리라 마음은 놓이네. 그래, 오늘 박 팀장이랑 약속 있다며? 요즘 젊은 사람들은 그런 거 곧잘 한다던데 일주년이라고 이벤트라도 해?"

난데없는 일주년은 또 뭐며 이벤트는 뭐란 말인가?

정연은 자신의 이야기가 맞는 건지 고개 숙여 두드리던 화장품의 뚜껑을 닫고 조금 멍한 표정으로 이 부장을 쳐다봤다.

"자네 커플 사귀기 시작한 그날이 우리 결혼기념일이라 안 잊어 먹지. 결혼기념일인데 회식한다고 해서 와이프가 잔뜩 뿔났었잖아. 잊을 수가 없어. 김 대리, 이거 먹어."

이 부장은 책상 서랍에서 홍삼즙을 꺼내 내민다. 오나가나 지나가는 사람들만 보면 하나씩 건넨다. 듣기로는 집안이 금산 어디에서 인삼 사업을 크게 한다고 한다. 해서 이 회사에서 이 부장의 인삼을 먹어 보지 않은 사람은 서로 일면식이 없다고 해야 할 정도로 그런 마음 쓰임은 헤플 정도로 넘치시는 분이다.

"박 팀장이 자네 얼굴 보면 나더러 한 소리 할까 싶어 그래서 주는 거니 어서 먹고 나가 봐. 한창 좋을 나이에 얼굴이 그게 뭐야? 내가 그 나이에⋯⋯."

무어라 뒤에 말을 더 하려다 정연의 얼굴을 보며 해 봤자 나이 든 사람의 잔소리로 비쳐질 걸 알았는지 말을 얼버무리고 책상을 정리했다. 살짝 멋쩍은 듯 껄껄 웃으며 이 부장은 결혼기념일이라 어디 근사한 레스토랑을 예약했다며 6시 숫자가 바뀌자마자 일어선 그대로 가방을 챙겨 나갔다.

이 부장은 나가다 뒤돌아서서 오늘 청혼받는 거 아니냐는 정연의 입장에서는 듣기 거북한 말을 내뱉고 문을 나섰다. 그 말에 냉큼 꼬리를 잡고 다른 부서 직원들까지 한껏 들떠 또 다 한 마디씩 하기 시작했다.

김 대리 회사 그만두냐는 소리에 부잣집 사모님 소리가 또 터져 나왔다. 뭐라 대꾸할 기운도 없는 정연은 오늘 몇 번째인 줄 모르는 한숨을 속으로 또 삼켰다.

일주년이라……. 당사자도 기억 못 하는 일주년을 온 회사 사람들이 축하를 해 주네.

휘몰아치듯 감정이 일 년 전으로 돌아간 것처럼 정연의 마음은 푹 가라앉는다.

그때 왜 그랬을까? 그 사람은 왜 그랬을까? 왜 거절의 말도 못 했을까? 나는 왜 또 이렇게 어영부영 끌려와서 일 년을 채웠을까?

정연은 지난 일 년 동안 했던 질문을 수없이 반복하지만 답을 찾지 못한다. 끝없이 과거의 후회 속으로 빠져들던 정연은 휴대전화가 진동으로 윙윙거리는 소음에 차갑게 현실로 내려왔다.

「정연 씨, 지금 출발합니다. 30분쯤 걸릴 거 같은데 괜찮겠습니까?」

언제나 예의 바른 그의 말투가 옆에서 이야기하는 듯 문자가 대신 말을 한다. 일 년 가까이 회사가 요란하게 인정하는 연인 사이에도 참으로 멀게만 느껴지는 사람이다. 아직까지도 서로 존댓말을 쓰고, 보통의 연인들이 하는 다툼 한 번이 없었다.

하긴 싸울 만큼 여유로운 관계도 아니었다. 늘 출장이니 회사 업무로 바쁜 사람이었고, 정연도 역시 그런 거에 대해 투정도 없었다. 그런 그의 일상이 차라리 편했다.

물끄러미 휴대전화를 바라보던 정연은 「네.」 라는 짧은 단답형의 문자를 보내고 주변을 정리했다.

아침에 업무를 시작하면서 벗어 둔 하이힐을 다시 신다 짧게 아, 하고 신음 소리가 절로 나온다. 발이 부었는지 아니면 신발이 편하지 않아서인지 여전히 불편하다. 그러다 이내 빠르게 일어서 몇 걸음 걸어 본다. 괜스레 아픈 발이 그에게 신경 쓰이게 할까 싶어 미리 적응하려 애쓴다.

"김 대리님, 이거 박 팀장님한테 좀 전해 주실 수 있죠? 이번 제품 인증서예요. 일단 메일로 보내긴 했는데 원본이 들어가야 하는 건이라. 제가 내일 지방 출장도 있고 해서, 윤성에 들러 직접 전해 드리기 좀 시간이 부족해서요. 중요 문서인데 직접 전달해야 하잖아요. 중요한 분한테 중요하신 분이 전해 주는 게 제일 좋은 방법이겠죠? 그럼 부탁해요."

중요하신 분이란 게 대체 누구란 말인가?

정연은 놀리는 것인지 아니면 부탁하면서 부리는 나름의 애교인지 상대의 말에 꼬투리를 잡고 싶은 걸 관두자 하며 신경을 눌렀다.

그런 복잡한 정연의 심정을 아는지 모르는지 연구개발 팀 최 주임은 툭 서류 봉투 하나를 책상에 놓고 빠르게 사라졌다. 무슨 심부름꾼도 아니고 이런 절차가 마음에 들지 않는다. 차라리 아무런 사이가 아니었을 때는 윤성기업으로 회의차 방문할 때, 다른 부서의 서류 전달 그거쯤이 무슨 일이겠나 했다.

그런데 이런 관계가 되고부터는 뭔가 모르게 거슬린다. 거절도 못하는 정연은 늘 그를 만날 때마다 이렇게 그의 회사와 정연의 회사의 전달책이 되어 가고 있다. 오늘에야 문득 그들의 관계가 일을 벗어난다면 과연 유지가 될까 하는 생각이 든다.

뭔가 탁 하고 일깨워지는 관계의 정의에 몸 한구석이 서늘해진다.

감정 조절이 힘든지 자꾸만 짜증이 일어 신경질적인 손짓으로 서류 봉투를 가방에 팽개치듯 넣어 버린다. 쏙 들어가는 서류 봉투의 바스락 소리에 정연은 다시 꺼내 살짝 구겨진 봉투의 겉면을 손바닥으로 바르게 폈다.

박진우 팀장님이라고 적힌 그 이름을 한참을 뚫어져라 쳐다본다. 멍하게 상념에 잡힌 정연이 그렇게 넋을 놓듯 봉투를 보고 있을 때 전화가 울렸다. 어지러운 생각을 그에게 들키기라도 한 듯 정연은 저장된 이름에 살짝 놀라기까지 했다.

회사 안으로 들어올 줄 알았던 그는 주차장이라고 한다. 퇴근 후 만날 일이 있으면 늘 회사로 들어와 다른 직원들과 업무 이야기며 전달 사항 등을 풀어 놓고 같이 나서곤 했었다. 정연은 그 상황이 너무 싫었다.

어떤 표정을 지어야 할지, 어느 정도의 반가움을 나타내야 할지 쳐다보는 다른 사람들의 기대감을 충족시켜 줘야 할 의무감은 늘 불편했다. 그래서 그가 회사에 들어올 즈음에는 일부러 화장실을 간다든지, 아니면 다른 부서에 자료를 전달하는 핑계를 대고 자리를 피했었다.

그런데 오늘은 주차장으로 정연을 불러냈다. 다행이다. 오늘은 여기저기 집 없는 아이처럼 그를 피해 떠돌지 않아도 된다는 생각에 조금은 편했다.

늦가을 바람이 스산하게 부는 회사 주차장은 해가 저물어 더 쓸쓸한 느낌이다. 벌써 텅 비어 가는 주차장은 고요했다. 또각또각 정연의 하이힐만이 주차장을 울린다. 저쪽에 주차된 차에 그 사람이 있다.

다가가서 어떤 식으로 알은척을 해야 하는지? 아니면 그가 먼저 자신을 알아보면 그때는 또 어떤 인사를 해야 하나 싶은 생각에, 이 사람과는 무얼 해도 맞는 부분이 없구나 하는 것을 더 명확하게 느낀다.

방금 주차장으로 불러낸 그가 조금은 편해졌다는 생각이 성급했다고 인정했다.

진우는 차 안에서 통화 중이었다. 정연을 미처 보지 못한 그는 미간을 찌푸리고 있었다. 살짝 언쟁이 오가는 통화인 듯 입 모양이 일그러졌다. 통화가 끝나길 기다려야 하나 망설이며 서 있는데 정연을 발견한 진우는 급하게 전화를 끊고 밖으로 나와 조수석 문을 열어 주었다.

굳이 문까지 열어 줄 필요가 있을까 좀 과한 친절이 아닐까 하는 생각을 정연은 애써 삼켰다. 이 남자 역시 자연스럽지 못한 그들의 관계에 나름 최선을 다하고 있는 중이라는 생각이 든다.

"안녕하세요?"

아, 정말 자연스럽지 못한 인사.

정연은 내뱉고 나서도 바로 어색한 말투에 슬쩍 무안해진다. 그게 제 마음만은 아닌지 진우의 인상이 방금 전의 통화처럼 확 일그러진다.

그때 다시 전화가 울린다.

"제가 그래서 몇 번이나 그 포워딩 업체가 문제가 있다고 말씀 드리지 않았습니까? 원가 절감 방법으로 대처 처리 능력이 떨어지는 업체를 선정해 놓고 이제야 배가 출발을 못 한 걸 하소연하면 어쩌라는 겁니까? 같은 날 출발한 다른 회사들은 다 도착했다고 하는데 거기 회사만 선박 고장으로 돌아갔으니 변상하셔야 합니다."

정연은 길어지는 통화를 가만히 듣고만 있었다. 자신이 아는 박진우 팀장이 옆에서 통화를 하고 있다. 연인이란 이름으로 묶이기 전 일로 맺어진 그 사람. 차라리 저런 딱딱하고 냉정한 모습이 오히려 친근하니 반갑다.

서로 언쟁이 오가는지 한참을 통화하는 진우의 곁에서 그의 옆모습을 훔쳐본다. 쌀쌀해지기 시작하는 가을. 밤색 재킷 안에 니트의 색은 짙은 풀색이다. 그 안에 푸른색의 셔츠. 감정을 억누르는 전화 통화를 하면서 핸들에 손가락을 툭툭거리며 짜증을 누르는 듯 말을 한다.

단정하게 재킷 바깥으로 나온 니트가 예쁘다. 신경질적으로 손가락을 두드릴 때마다 살짝살짝 셔츠의 소매가 보였다 안 보였다 했다. 깨끗하게 다듬어진 남자의 손이 참 낯설다.

옷이 참 예쁘다. 직접 샀을까?

일 년 동안 한 번도 해 본 적 없는 의문이 오늘에야 든다. 너무 친밀한 관심 같아 괜히 무안해진 정연은 통화가 끝난 그의 얼굴을 넋 놓고 보다 이내 정신을 차린다.

"무슨 급한 일이라도 있어요?"

어색해져 괜히 관심에도 없는 질문을 내뱉는다.

"아뇨. 그냥 일 문제라."

그 역시 성의 없는 대답을 돌려준다.

"네. 아 이거 연구 팀에서 전달해 달라고 해서요. 인증서 원본
이래요."

봉투를 받은 진우가 확인도 안 하고 그대로 차 뒤에 던지듯 팽
개쳤다. 중요한 서류라고 가져올 때 그의 이름이라도 구겨질까 조
심스럽게 넣었던 모습이 자신만의 과한 행동이었나 싶다.

"……확인 안 해 보셔도 되나요?"

"맞겠죠. 그런데 왜 이걸…… 아닙니다. 관두죠."

계속 짜증이 나는지 진우는 얼굴을 잔뜩 구기며 정연을 한 번
보고 마른세수를 한다. 괜히 정연은 눈치 보는 아이처럼 몸이 웅
크려 든다.

"정연 씨, 오늘 음악회는 다음에 갑시다. 제가 일본에서 아침에
도착해 피곤해서요."

문득 정연은 언젠가 그와 이어진 인연이 아닐 때 여름날 '숲'
이란 커피숍에서 이 남자의 오수가 생각이 난다. 피곤했던 남자의
얼굴이 그날과 같다.

"아, 그럼 미리 말씀하시지. 몰랐어요. 저는 괜찮습니다. 그럼
어서 들어가세요."

정연이 문을 열자 진우가 정연의 팔을 세게 잡는다.

"어딜 가요?"

"집에요. 저는 여기서 알아서 갈게요. 신경 안 쓰셔도 됩니다. 피곤하실 텐데 어서 들어가서 쉬세요."

"하, 정연 씨 문 닫아요."

다소 화가 난 말투로 정연을 잡던 진우는 피곤해서 그런 건지, 아니면 방금 전의 정연의 태도가 마음에 들지 않은지 종잡을 수 없는 표정으로 정연을 다시 쳐다본다. 이미 주차장은 깜깜해진 지 오래다.

"정연 씨는 내가 불편합니까?"

쿵 심장이 내려앉는다. 뭐라 답을 바라는 질문은 아닌지 진우는 차를 출발시킨다.

"재미없는 클래식 공연 듣다 내가 잠들 거 같아서 그랬습니다. 정연 씨, 오늘 식사도 걸렀다고 하던데 밥이나 먹읍시다."

"예?"

"오늘 나를 본 정연 씨 회사 사람들이 다 정연 씨 야근에 밥도 못 먹고 일한다고 잔소리를 해서 말입니다."

정말 쓸데없는 참견들. 차분해져 가던 마음이 다시 파도처럼 일렁인다. 쟁알쟁알 사람들의 오지랖스러운 말들이 귓전에 맴돈다. 정연은 뭐라 다른 말로 대꾸할 기운도 사라져 그대로 창밖을 응시했다.

조용한 일식집. 매니저가 그를 먼저 알아보고 반갑게 인사하며 메뉴판을 들고 룸으로 들어섰다. 좋은 재료가 들어왔다고 나누는 이야기 속에 정연이 할 일이 없다. 가만 물 잔을 만지고 있었다. 여기다.

일 년 전 시작된 이곳. 딱 일 년 전 중국 공장 설립 프로젝트가 시작된 기념으로 관련 부서들이 다 같이 회식한 장소. 고가의 일식집이라 평소에 이런 곳에서 정연의 회사가 회식할 일은 전혀 없었다. 그러니 다들 웬 떡인가 싶어 기대하고 온 이 식당. 나중에 듣기로는 윤성기업의 박진우 팀장이 잘 부탁한다며 그쪽에서 초대한 성격의 회식이었다.

일의 관계로 본다면 정연의 회사가 바리바리 싸 들고 윤성기업에 진상품이라도 올려야 할 최대 고객사다. 그런데 도리어 거기서 대접한다니? 다들 좋은 회사는 다르다고. 윤성기업이 그냥 회사가 아니라고 직원 복지며 거래 관계에서도 투명하다는 말이 정말이었다고 입을 모아 칭찬했다. 뭐든 입에 먹을 걸 넣어 주면 좋다 한다고 이 부장의 말에 공감하며 한참 웃었던 기억이 난다.

"죄송한데 그냥 저 우동 먹을게요. 여기 우동 맛있다던데 코스는 제가 오늘 부담스러워요. 팀장님 괜찮죠?"

코스 요리를 고르는 그들 사이에서 정연은 조용히 제 이야기를 한다. 저 많은 음식을 먹기에는 오히려 빈속에 더 부담스럽다. 그리고 더 그러고 싶지 않은 이유는 긴 시간 같은 자리에 앉아 오가는 시선을 어색해하며 음식을 먹는다는 건 더 힘들 걸 알기 때문이다.

"네 그러세요. 여자분이 다 드시기에는 양이 많기도 합니다. 그럼 준비해 드리겠습니다."

매니저는 조용히 미소를 머금고 그대로 룸을 나갔다. 이런 룸을 차지하고 너무 간단한 음식을 주문한 건 아닌가 싶어 눈치가 보이기도 했다. 하지만 그는 회사 일로 종종 오는 단골이니 그 정도는 괜찮지 싶어 정연은 신경을 안 쓰기로 했다.

"일본 출장 가신 줄 몰랐습니다. 언제 가셨어요?"

"수요일 아침에 출발했다 오늘 아침에 도착했습니다."

"아, 정말 피곤하시겠어요."

1박 2일의 출장. 빡빡한 일정으로 일만 하는 피곤한 스케줄이란 거 정도는 정연도 안다. 어릴 적은 외국 출장이란 거 참 멋지게만 보였는데 지금은 그저 장소 바꿔 일하러 가는 거란 걸 알게 되었다. 아까 차 안에서 강하게 피곤할 테니 들어가라고 할 걸 그랬다고 정연은 뒤늦은 후회 중이었다.

형식적인 대화. 그리고 다시 이어지는 말이 없다. 테이블에 놓여 있던 진우의 휴대전화가 울렸다. 받기 싫은 전화인지 잠깐 바라보던 진우는 미안하다며 전화를 들고 밖으로 나갔다. 정연은 괜찮다고 여기서 받으라고 말할 타이밍을 놓쳐 미안하긴 했지만, 생각해 보면 정연에게 들려주질 못할 전화일 수도 있다 싶기도 했다.

십여 분이 흐른 뒤 밖에서는 미처 마치지 못한 통화 소리와 함께 진우의 신발을 벗는 것으로 짐작되는 소리에 문이 열렸다. 회사 업무인 듯 문이 열리기 전 내일 회사에서 뵙겠습니다, 라는 마무리 말이 정연의 귀에 들어왔었다.

성큼성큼 들어서는 그의 손에는 면세점 쇼핑백이 들려 있다.

"급하게 다녀오느라, 마음에 들지는 모르겠습니다."

출장이 잦은 그는 다녀올 때마다 빈손으로 오는 경우가 없었다. 어느 날은 화장품이기도 했고, 어느 날은 작은 액세서리이기도 했다. 그리고 오늘은 향수다. 늘어 가는 선물이 그의 바쁜 출장 일정을 대신 말해 주었다.

그다지 반갑지도 오히려 부담스럽기만 한 그의 선물을 거절할까 생각해 보기도 했지만 그럴 명분을 찾는 것도 힘들다. 그런 말을 꺼내 놓고 그 상황을 수습할 자신도 없는 정연이였다.

포장을 풀고 정연이 늘 사용하는 향수를 용케 알아서 사 온 그를 신기하게 바라봤다.

그동안 여자가 많았을까? 아니면 면세점 직원의 추천이었을까?

고맙다고 잘 쓰겠다는 말을 해야 하는데 타이밍을 못 찾는다. 물건에 눈먼 여자처럼 갑자기 반색하고 환하게 감사 인사를 하는 것도 우습다. 아 고민 같지도 않은 고민들. 이런 소소한 말 하나에도 백번을 생각하고 말을 해야 하는 상황이 지독하게 피곤했다.

문득 정연은 그 역시 이런 자신을 상대하는 일이 출장의 여독보다 더 피곤할지도 모르겠다는 생각이 들었다. 점점 그들의 관계는 서로에게 얼룩같이 스며들어 지쳐 가고 있지 않을까 한다.

복잡한 생각에 빠져 침묵이 깊어 갈 때쯤, 마침 룸의 문이 열리고 음식이 들어왔다. 정연은 푹 안도의 한숨을 속으로 물고 긴장한 어깨를 살짝 내려놓았다.

"식사 나왔습니다. 이건 히레사케입니다. 좋은 사케가 들어와서 서비스로 드립니다. 행복한 시간 되십시오."

두툼한 잔의 바닥에 복어 지느러미가 따뜻한 사케에 데워져 살짝 흔들리듯 움직인다. 정연의 앞에, 진우의 앞에 한 잔씩 내려놓는다.

"매니저님, 죄송합니다. 제가 운전을 해야 해서요. 다음에 꼭 다시 한 번 주십시오. 그때는 달게 마시겠습니다."

"아, 그러세요? 미처 그 생각을 못 했습니다."

정중하게 거절하는 진우의 잔과 함께 정연의 앞에 놓여진 잔도 같이 거둬들이려는데

"저는 마실게요."

뜻밖인 듯 진우의 표정이 살짝 놀란 얼굴이다. 그러라고 매니저에게 청하며 대신 자기는 차가운 물 한 잔을 부탁했다. 조용히 나간 매니저가 문을 닫는 소리에 정연이 따뜻한 사케를 한 모금 마셨다.

싸한 술의 향이 독하게 먼저 다가온다. 차를 마시듯 얌전히 술을 넘기는 정연의 모습을 진우가 가만 쳐다보고 있었다. 정연은 무슨 생각인지 뚫어져라 쳐다보는 진우의 시선을 피하지 않는다.

술의 향에 먼저 취해 버린다. 빈속에 술이 점점이 퍼져 나가는 느낌이 생생하게 전달된다. 따뜻한 술이라 들어가자마자 확 하고 얼굴에 열꽃이 핀다. 식도를 타고 술이 방울방울 이쪽으로 저쪽으로 몸 전체로 쏴악 퍼져 간다. 살짝 호흡이 빨라지는 기분이다.

"진우 씨, 저 술 좋아해요. 모르셨죠?"

고작 사케 몇 모금에 취한 척해 본다. 그러지 않으면 속의 말을 절대 못 할 거 같았다.

"전 진우 씨가 불편해요. 술을 잘 마시는 저를 모르는 진우 씨를 오늘 처음으로 직함을 떼고 이름으로 불러 보네요. 오늘이 무슨 날인지 아세요?"

다시 사케를 한 모금 털어 넣은 그녀를 바라보는 진우의 표정도 쓴술을 마신 것처럼 일그러진다. 정연은 감정 표현을 진하게 하는 그의 얼굴 표정이 신기한 듯 쳐다본다. 술김이라고 핑계를 부리며 시선을 마주한다.

그들은 그렇게 딱 일 년 전 그날 여기 이곳으로 돌아간다.

❋ ❋ ❋

일 년 전 그날.

회식이 잡히긴 했지만 정연은 마무리 짓지 못한 업무로 텅 빈 사무실에 홀로 앉아 야근 중이었다. 자꾸 휴대전화는 어서 오라는 문자를 실시간으로 뱉어 놓고 있다. 핑계 김에 회식을 빠지고 일찍 집에 가고 싶은 마음이 굴뚝같았다. 피곤하기도 하거니와 마음에 맞는 사람과의 회식도 아닌 전체 회식은 아무리 다닐 만한 회사라고 해도 딱히 좋을 건 없었다.

휘청이는 사람들, 몇 잔의 폭탄주가 오가면 한 꺼풀 벗어 놓은 사람들은 살짝 눈살 찌푸리게 하는 말을 하기도 하고, 정신을 못 차리는 다른 직원을 챙겨야 하는 것도 귀찮았다. 문자가 잠잠해지고 끝인가 하다 이 부장의 전화로 어서 안 오고 뭐 하냐는 소리에 빠지긴 힘들겠다 싶어 마지못해 회식 장소로 이동했다.

이미 회식은 중반을 달려 폭탄주가 몇 잔이나 비워졌는지 룸 입구에는 많은 술병이 나란히 줄을 서 있었다. 정연이 조심히 문을 열고 들어가도, 오는지 가는지 신경 쓰는 사람조차 없었다.

"어, 김 대리 왔어? 저기 박 팀장 옆에 앉아."

이 부장이 문을 닫고 멀뚱히 서 있는 정연을 발견하고 챙겼다. 하필이면 비워진 자리가 박진우 팀장 옆 한 군데뿐이었다. 누구 하나 자리를 비켜 주지도 않고 다들 어느 정도 취해서 옆자리에 누군가와 이야기를 하고, 아니면 전화 통화로 집에 늦겠다고 하고 그러는 중이었다.

정연은 어쩔 수 없다 싶어 진우의 곁에 앉으면서도 혹시나 다른 곳에 자리가 비었는지 목을 길게 빼고 살핀다. 그런 모습을 맞은편에 누군가가 그 마음을 짐작한다는 듯 싱긋 웃자 무안스러워진 정연은 그제야 자세를 바로 하고 그냥 앉는다.

난장판으로 변해 가는 테이블에 오로지 정연의 몫으로 남겨진 자리만 깨끗하게 수저와 젓가락 그리고 전복죽이 한 그릇이 놓여 있었다.

"정연아, 죽 먹어. 박 팀장님이 너 온다고 다시 세팅하고 죽 시켜 주셨으니깐 먹기 싫어도 다 먹어야 해."

그때의 수진은 신혼 생활 중인 새댁의 모습이었다. 수진이 물을 따라 주고 어서 먹으라고 채근을 해 주자 정연은 갑자기 배가 고파 허겁지겁 죽을 먹기 시작했다. 물론 감사하다며 옆에 앉은 진우에게 눈인사를 했었다.

그 와중에 폭탄주가 또 한 번 돌아가는지 정연에게도 한 잔이 넘어왔다. 구색 맞추기로 받아 두면 처음 한 잔은 먹어야 하는 게 전체 회식의 암묵적인 룰이었다. 싫기도 했지만 그래도 그 한 잔 이상 강요는 없으니 이 정도는 받아들이자 하는 생각이라 정연은 고개 돌려 한 잔을 마시고 내려놓았다.

"박 팀장님은 사귀는 분 없으세요?"

술이 짜릿하게 넘어가는 감각으로 살짝 멍하게 숨을 고르는 사이 저쪽 테이블에서 신입 여직원 하나가 당돌하게 묻는다.

"없습니다."

우와 하고 저쪽 어린 여직원들이 술렁거렸다.

하긴 인기 좋게 생긴 남자라고 생각했다. 말쑥하게 생긴 얼굴, 좋은 회사, 매너 좋은 말투, 적절한 나이대에 결혼 상대로 인기 좋을 남자인데 거기다 여자 친구조차 없다니 누구나 탐낼 만하겠다고 생각했다.

어느새 술 한 잔을 들고 온 이 부장이 박 팀장에게 한 잔 건넸다. 직책으로 보나 나이로 보나 부장과 팀장 어디를 보아도 이 부장이 높은 자리지만 절대적 갑의 자리에 있는 박 팀장이 높은 서열로 이 관계는 맺어 있었다.

정중히 잔을 올려 건네는 이 부장의 모습에 먹고사는 일이란 것이 쉬운 게 아니구나 하고 정연은 생각했었다. 몸을 돌려 잔을 받아 든 진우는 이 부장이 처음 잔을 건넨 그 모습으로 정중하게 다시 잔을 건넸다. 곱게 손을 뻗어 예의를 갖춘 자세로 이 부장에게 잔을 되돌리고 술을 마시고 내려놓는 모습까지 그는 단정했다.

아, 저 사람 예의 바른 사람이구나.

정연은 그때 그의 모습에 그렇게 생각했었다. 남들이 보기에는 고작 대리로 사회생활 얼마나 알겠냐 하겠지만 그래도 몇 년의 직장 생활로 예의 없이 갑질하는 사람들을 얼마나 많이 봤겠는가?

"박 팀장님, 조심스럽지만 아직 사귀는 분 없으시면 제가 소개시켜 드려도 될까요?"

각자의 말로 시끄럽던 팀원들이 일제히 조용해졌다. 아직 싱글인 여자들은 부산스럽게 옷맵시를 다듬기도 하고 화장품을 꺼내 얼굴을 두드리기도 했다. 정연은 그런 그들을 보면서 피식 웃었다. 먹던 죽을 다시 먹었다. 배가 참 고팠다.

"우리 김 대리. 어떠세요?"

정연은 이 회사에 어느 김 대리를 말하나 속으로 생각하면서 수저를 들고 죽을 먹었다. 내장을 많이 넣었나, 참 고소하니 맛있네, 그런 생각을 했더란다.

"정연아, 김정연 그만 좀 먹어. 네 이야기 하잖아."

소리를 빽 지르며 수진이 수저를 뺏어 내려놓자 일제히 시선이 정연에게 쏠렸다.

그제야 그 김 대리가 자신이라는 사실에 정연은 놀라 이 부장과 박 팀장을 번갈아 쳐다봤다. 그런 정연을 빤히 보던 박 팀장은 혼자 술을 따라 마셨다. 이 부장이 자작을 하는 박 팀장을 급하게 손짓으로 만류하고 술병을 들고 따르려 했지만 박 팀장은 잔을 비우고 아무 말이 없었다.

자신은 아무것도 한 것 없이 졸지에 무안스럽게만 된 상황에 정연이 뭐라도 수습해 볼까 했지만 대체 무얼 한단 말인가? 그때 갑자기 저쪽에서 아까부터 술에 취해 흥이 넘쳐 나던 지금은 중국에 있는 윤 과장이 박수를 치며 크게 웃었다.

"자, 이렇게 우리 한주와 윤성의 커플 탄생인가요?"

얼떨결에 그 곁에 있던 무리의 사람들이 같이 호호 깔깔 박수를 치며 호응을 유도했다. 다른 여직원들이 헛물켰다는 듯 팽하는 느낌이 정연의 테이블까지 전해져 왔다.

"아, 박 팀장님 내일 첫 데이트로 정연이랑 영화 보실래요? 예매했는데 저희 부부가 내일 모임이 있어서요. 팀장님 전화번호 주세요. 예매 번호 넣어 드릴게요."

정연이 기가 막혀 넋을 놓고 있는 와중에 수진은 한술 더 뜬다. 진우는 수진에게 자신의 휴대전화 번호를 알려 주었다. 그리고 이내 영화 예매 번호를 받고 확인까지 하는 그였다. 이 부장은 딸이 보내 주었다는 커피 모바일 쿠폰를 진우에게 보내 주기까지 했다.

불과 몇 분 사이에 데이트 코스까지 정해진 그들은 거절도 못하고 수습도 하지 못하고 있었다. 잘 먹던 죽이 속에서 겉돌았다.

어찌 파했는지 모를 회식을 마치고 집으로 돌아온 정연은 먼저 전화를 해서 죄송하다고 말을 해야 할지 한참을 고민하다 잠이 들었다. 짓궂은 회사 사람들의 장난에 화가 나기도 하고 거기서 거절을 못 한 그 사람도 이해가 되지 않았다. 아침이 오면 미안하다는 전화를 해야겠다고 생각했다.

하지만 다음 날 아침 정연은 진우의 전화번호를 모른다는 걸 그때 알았다. 오고 간 메일을 뒤지면 꼬리말로 남겨진 연락처가 있을 테지만 그와 그렇게 일적으로도 친근한 사이는 아니다. 그러니 전화를 남겨도 될까 하는 고민이 쌓였다.

어차피 분위기에 휩쓸려 장난 같은 실수라고 그도 이해가고 넘어갈 거라 생각을 했다. 그렇게 토요일 아침 휘휘 돌아가는 세탁기에 어정쩡한 마음도 넣어 돌렸다.

이렇듯 이상하게 시작된 관계였다.

뜻밖에 집 앞까지 찾아온 그와, 수진이 보내 준 예매권으로 영화를 보고 이 부장이 준 커피 쿠폰으로 커피를 마셨다. 죄송하다고 다른 직원들을 대신해서 미안하다는 말할 시기를 놓쳤다. 그 사람도 적당히 분위기를 타고 기분 나쁘지 않게 호응해 주는 선에서 나온 자리라는 걸 정연도 알고 있었다.

그걸로 끝이었어야 했다. 이렇게 부담스러운 관계를 지금까지 끌고 올 이유가 없었다.

남녀 사이가 시간에 비례하는 것이 아니란 걸 안다. 그렇지만 늘 바쁘기만 한 진우의 스케줄을 맞추는 건 힘들었다. 어제 보고 다음 달에 보게 되는 그런 바쁜 사람. 조금은 마음이 기울까 싶으면 그 사람은 어느 나라를 아니면 어느 지방에서 시간을 보내고 있다고 했었다.

오늘처럼 출장이 있었는지도 몰랐던 그런 관계로 지낸다는 건 서로에게 득이 될 게 없었다. 정연은 오늘로 새벽에 깨는 불편한 수면 패턴을 정리하고 싶었다.

더 이상 불편한 자리는 싫다.

※ ✱ ※

현실로 돌아와서 앉은 정연은 노곤하게 밀려오던 취기를 억지로 밀어 냈다. 작은 잔이라고 생각했는데 제법 술 양이 많다. 볼이 달아오르려는지 뜨거워져 정연은 손등으로 열을 식힌다. 그렇게 시간이 지나간다.

말이 없는 남녀 사이에서 먼저 침묵을 깨는 정연이다.

"박 팀장님, 오늘이 우리가 사귄 지 일 년이래요. 우습죠? 저도 팀장님도 시작한 적이 없는데 일 년이라……."

"정연 씨 무슨 말을 하고 싶은 겁니까?"

냉정한 사람. 차가운 사람. 오늘 고운 옷을 입고 온 사람.

살짝 무너져 있던 자세를 고치며 정연은 허리를 펴고 바로 앉았다. 진우의 얼굴을 똑바로 쳐다봤다. 차가운 눈빛을 가진 그 사람은 정연의 시선을 피하지 않고 쳐다본다.

"팀장님, 선본 거 저 알고 있어요."

와락 얼굴이 구겨지는 진우의 얼굴을 보며 정연은 마지막 남은 사케를 비웠다. 술은 식어 있었다.

침묵이다. 남자는 말이 없다. 정연은 답답해 오는데 남자는 평온하다. 하, 관계의 줄을 자신이 갖고 있다고 믿었던 믿음이 순식간에 바뀐다.

"제가 선본 거 언제 알았습니까?"

예상했던 답이 아니다.

늘 답답하게 정연을 짓누르는 관계의 비틀림을 이제야 깨달았다. 소통이 안 되는 사람. 서로 주고받는 걸 모르는 관계가 이렇게 길게 이어져 오는 게 신기할 따름이다.

"팀장님이 선보기 하루 전에요. 그리고 두 번째 선보는 날에는 일주일 전에요."

사악하게 정연은 입꼬리에 미소까지 실어서 원하는 답을 내어 줬다. 자, 다시 관계의 줄은 정연에게 넘어왔다. 자꾸만 술기운인지 허리가 주저앉을 무렵 맞은편 진우가 일어서 정연에게 넘어와 손을 잡고 일으켰다.

"나갑시다. 내가 여기서는 감정 조절이 힘듭니다."

그들은 진우의 차에 올라탔다. 어딜 가느냐고 묻는 정연의 말에 진우는 말이 없다.

그래 끝을 내자.

더 이상 마음이 끌려가는 어정쩡한 관계는 진저리가 쳐졌다. 차는 한참을 달려간다. 살짝 열어 둔 창문에 짙은 나무 냄새가 묻어오는 거 보니 멀리 나온 모양이라고 생각했다.

차가 달리는 동안 한껏 터졌던 감정이 어느 정도 정리가 된다. 그를 이해하려 했다. 그래도 좋은 사람이었다. 너무 싫기만 했던 사람이라면 아무리 여느 연인 관계가 아니라고 해도 일 년이나 따라갈 수 있었을까?

서로 조건 따라 결혼하는 시대에 선을 봤던 그를 이해하려 했다. 말을 꺼내지 못한 건 그도 조금은 미숙한 사람이기도 하니 말이다. 그런 거라고 이해 중이었다.

차가 멈췄다. 진우는 정면을 쳐다보며

"그래서 정연 씨는 무슨 말을 하고 싶은 겁니까?"

오늘 저 말이 두 번째다. 왜 저 남자는 자신의 생각을 말하지 않고 계속 정연의 생각만을 강요할까? 답답해져 온다. 가라앉았던 생각과 감정에 다시 화르르 불이 붙었다.

"팀장님, 참 비겁하세요."

자꾸만 화가 오르는 속을 다시 한 번 꾹 내려놓은 정연의 말투는 속과 다르게 차분했다.

"팀장님과 저 보통의 연인 관계가 아니란 거 알고는 있지만, 그래도 선본 건 솔직하게 말해 주셨어야죠. 적어도 남의 입을 통해 비참해지는 상황은 막아 주셨어야 했어요."

"누구한테 들었습니까?"

파닥파닥 뛰는 신경에 정연은 처음과 다르게 말이 욱하고 급하게 나가는데 그는 고저가 없는 말을 한다. 발을 동동 구르고 싶을 만큼 감정이 주체가 안 된다. 정연은 자신이 이토록 그에게 격한 감정을 가질 수 있다는 사실에 놀랄 여유조차 없다.

"그게 중요한가요? 두 번 모두 약속 장소와 시간을 정해서 전달해 준 윤성의 기획 팀 전무님 비서가 제 동창이에요. 아주 친절하게 제게 그 여자분 조건과 생김새까지 일러 주더군요. 그때 제 심정은 헤아려 보셨어요? 그것도 한 번도 아니고 두 번이나요."

진우는 말이 없다. 그래 할 말이 없겠지.

"선보기 전에 아니면 두 번째 선보기 전에라도 팀장님은 저와의 관계는 정리를 해 주셨어야 했어요. 왜 이걸 두 달씩이나 끌고 가게 하고 제 입에서 먼저 헤어져 달라고 말해야 하는 겁니까?

왜 팀장님도 여느 남자와 다를 바가 없죠? 그래도 적당히 예의 바른 관계였잖아요. 제가 매달려서 곤란하게 만들까 고민 중이었어요?"

그동안 담고 있었던 울분 같은 짜증을 토해 낸다. 정연은 개운할 줄 알았던 마음이 오히려 미련처럼 싸하게 남는 거에 조금은 놀라는 중이었다.

"지금 헤어지자고 하는 거야? 내가 선봤던 거 때문에?"

허, 기가 막히다. 갑자기 반말을 툭 내놓고 도리어 역정을 내는 남자에 정연이 할 말을 잃었다. 차를 타고 한 번도 쳐다보지 않았던 진우의 얼굴을 똑바로 응시했다. 그 역시 그런 정연의 시선을 꽉 붙들고 놓지 않는다.

"넌 지금 헤어지자는 말을 내가 안 하고 있다는 거에 화가 난 거야? 내가 선본 거 따위는 중요하지도 않고?"

"이봐요, 팀장님. 선을 본 건 제가 아니라 팀장님이고, 저한테 이렇게 화를 내실 상황은 아니죠. 저라고 이런 상황이 반갑겠어요? 선본 남자에게 여자가 먼저 알은척하고 이 관계를 끝내자고 말하는 제 입장을 헤아리시긴 한 건가요? 제 심정은 왜 모르시는 거죠?"

"너는 그럼 선본 걸 이야기 못 한 내 상황은 왜 이해 못 해? 헤어지자고? 왜 그래야 하는데? 그것도 두 달이나 지나서 지금에야?"

정연은 짜증이 일었다. 질투도 아니고 화가 나는 상황도 아니고 그저 자신의 감정을 스스로 제어할 수 없는 상황에 잔뜩 예민해져 간다.

"그럼, 안 헤어지면요? 늘 팀장님 눈치 살피고, 회사 사람들 다들 남자 잘 만나 팔자 펴는 여자쯤으로 내려앉은 저로 또 살까요? 그리고 팀장님 선볼 때마다 그때마다 이제는 정말 모른 척할까요? 팀장님 정말 나쁜 사람이에요."

"몇 번이나 너는 나에게 이런 구실로 헤어지자고 준비하고 있었니? 나의 상황이나 내 마음 따위는 상관없어?"

"대체 팀장님! 선본 건 당신이라구요. 그리고 제 마음은요? 왜 이 관계에서 헤어지자고 하는 저를 탓하세요?"

"끝까지 팀장님이라고. 이런 상황에서조차 냉정한 너는 단 한 번이라도 나를 진심으로 대한 적 있어? 늘 회사 사람들 눈만 중요하고 내 시선 한 번 신경 써 준 적 없잖아."

꽉 막혀 있다. 정연은 답답했다. 자신을 도리어 냉정하게 보다니. 두 달 동안 잠 한 번 제대로 잔 적 없고, 늘 긴장감으로 지내온 자신을 탓하는 남자가 싫었다.

신경은 버석버석 가루가 되게 바삭거리며 무너진다.

"저는 팀장님하고…… 아니, 그래요. 진우 씨하고 잠자리도…… 했어요. 그때는 진심이었어요. 구차하지만 그래도 그때는 내 진심이었다구요. 근데 왜 저한테만 진심을 찾고, 진우 씨 선본 진심은 내게 미루는 거죠? 왜 그 감정 배출구는 제가 안고 있어야 하죠?"

격하게 감정을 토해 내는 정연을 보며 진우는 같이 씩씩거리다 시선을 돌린다. 다시 남자는 말이 없다. 답이 없다. 정연은 울컥 이러다 더 바닥까지 보일까 봐 차 문을 열었다. 그러자 진우가 힘 조절이 안 된 손으로 정연의 팔을 아주 세게 잡는다.

"어디 가?"

"안녕히 가세요. 박진우 팀장님."

다분히 비꼬는 말투로 정연이 가방을 챙겨 내리는데 진우는 잡은 팔을 풀지 않는다.

"미쳤어? 여기가 어디라고 그냥 간다는 거야?"

"우린 끝난 거예요. 저 지금 팀장님 차 타고 정상적인 상태로 집으로 갈 자신 없어요. 저는 알아서 가겠습니다."

"너 이대로 가면 우린 정말 끝이야."

정연은 매섭게 진우의 팔을 내쳤다. 그리고 문을 닫았다. 혹 쏟아지는 늦가을 밤공기가 차갑게 몸을 휘감는다. 정연은 뚜벅뚜벅 앞으로 걸었다. 뒤에 서 있는 차는 잠깐 그대로 있다 이내 시동 거는 소리가 들린다. 차는 곧장 정연을 앞질러 사라진다.

왈칵 눈물이 솟아오르려는 걸 정연은 꾹꾹 눌렀다. 차는 떠났다. 가방을 손에 꽉 쥐고 얼마만큼 걸었을까? 서늘한 기운에 어깨가 움츠러든다. 오늘 입고 나온 트렌치코트를 그의 차 안에 그대로 두고 왔다는 걸 알았다.

그 옷은 그가 어느 출장지에서 사 온 것이었다. 겨울이 오기 전 늦가을 지금 날씨에 너무 따뜻하게 잘 맞던 옷이었다. 늦은 야근에도 그 옷을 입고 퇴근하면 피곤을 조금은 잊게 하는 바람을 막아 주는 기분 좋게 하는 옷이었다.

한여름 어느 날 출장에서 돌아온 그는 오늘처럼 역시나 무심하게 옷을 건넸다. 그 모습이 생생하게 다가왔다. 옷도 사람도 차도 그냥 떠나구나 정연은 인생이란 것이 이리 한순간에 다 떠나나 싶어 서글픈 기분이 들었다.

가방을 뒤져 휴대전화로 위치 검색을 해 본다. 논이 보이고 어두운 밭고랑은 파헤쳐져 을씨년스럽다. 빛 하나 보이지 않는다. 기가 막혀 허탈한 한숨이 나오는데 하늘에 떠 있는 별은 너무 깊고 아름답다.

지도에서 자신의 위치는 역시나 예상했던 대로 어디 외곽 무슨 군 리로 나온다. 허허벌판 점으로 표시된 위치를 뚫어져라 보지만 그런다고 무슨 답이 있겠나? 이런 상황에 헛웃음이 나와 휴대전화를 미련 없이 가방에 넣는다.

조금 걷다 보면 어디쯤 마을이 있을 테지. 그리 생각하니 걱정할 게 뭐 있겠나 싶다. 평소 같으면 이런 상황에 무섭기도 하겠지만 지금 정연은 그런 걱정보다는 많이 피곤할 뿐이다. 숨 쉴 때마다 기력이 다 빠져나간다.

걷는 길 한편으로 마을의 입구를 알리는 표지판이 보였다. 다행이다. 정연은 마을에 가면 불 켜진 어느 집 하나쯤은 있겠지. 그러면 위치 확인하고 택시를 부르면 되겠다 싶었다.

기운 내서 빠르게 걷던 걸음이 아 하면서 그대로 멈췄다. 까치발을 하고 쩔쩔매는데 땅을 짚은 다른 발이 또 아프다. 콩콩 뛰다가 정연은 길가에 커다란 돌에 걸쳐 앉았다.

살짝 힐을 벗어 보니 발끝이 엉망이다. 피가 맺혀 있다. 다른 쪽 발도 마찬가지다. 골고루 한다 싶다. 신발을 다 벗고 이내 포기한 듯 다시 돌에 앉는다. 숨을 몰아쉰다. 저기 마을 어느 집에 불이 켜져 있음에도 이 신발을 신고 갈 엄두가 안 난다.

정연은 조금 쉬었다 가자 하고 숨을 고른다. 고르는 숨으로 시린 바람이 물고 들어온다. 몸이 덜덜 떨린다. 가방을 뒤져 스카프 하나를 꺼내 목에 둘러 보지만 추위를 피하긴 힘들다. 문득 스카프를 묶다 이것 역시 진우가 사다 준 걸 기억한다. 대체 이 남자를 떠나긴 왜 이리 힘들까 싶어진다.

집에 가면 다 챙겨 몽땅 버려야 할까? 그래 이제 집에 가자. 집에 가서 자고 일어나면 좀 낫겠지.

다시 억지로 신발을 꿰어 신는데 밝은 눈동자 두 개가 곁에 다가온다. 들짐승인가 싶어 그제야 정연은 지금 상황이 눈에 들어왔다. 낯선 시골 지역, 주변은 가로등 하나 없이 어둡고 아무도 없다. 심장이 미친 듯이 뛴다.

야옹야옹.

반짝이던 눈동자가 새끼 고양이라는 사실에 안도한 정연은 빠르게 뛰던 심장이 그제야 천천히 돌아오는 걸 느꼈다.

"얘, 무서웠잖아. 이리 와."

오라고 하니 냉큼 온다. 아직 어린 고양이다. 정연의 손에 얼굴을 마구 비빈다.

"사람들이 좋아해 주나 보구나. 야옹이 배고파?"

가방을 뒤져 소시지 하나를 꺼내 잘게 잘라 준다. 수진이 점심때 나갔다 간식하라고 편의점에서 사다 준 소시지다. 시골 고양이에게는 처음 먹는 낯선 소시지에 킁킁거리다 이내 입에 맞는지

가릉가릉거리며 맛있게도 먹는다.

흡족한지 정연의 다리 사이를 보드라운 털로 부비며 왔다 갔다 한다. 전혀 낯선 사람에게도 경계를 짓지 않는 고양이가 신기해 정연은 한참을 쳐다보고 있었다. 아마도 동네 사람들이 미워하지 않고 잘 보살펴 주는 모양이다. 통통하고 건강하게 살이 오른 모습이 보기 좋다.

"너는 좋겠다. 사랑받고 살아서."

그와 함께 보낸 그날 밤은 많이 외로웠다. 정연이 살고 있는 빌라는 주인이 외국에 사는 관계로 편하게 살고 있었다. 물론 때마다 전세금이 올라가기도 했지만 그 정도는 감당할 수준으로 요구했고 회사에서 가깝기도 하고 살 만하다 생각했다.

그러나 도심지 주택가는 이제 더 이상 재산 가치가 없는지 고만고만한 주택과 빌라촌으로 이루어진 동네는 재개발 바람이 불기 시작했다. 동네가 점점 흉흉해지고 이사를 가야 할지 골치가 아팠다. 가진 돈으로 적절한 곳을 알아보고 대출을 받아 집을 옮겨야 하나 하는 고민 속에 정연은 혼자였다.

정연이 고등학교를 졸업하자마자 엄마는 재혼해서 제주도로 내려갔다. 돌아가신 아빠 대신 열심히 살았던 엄마였다. 당연히 엄마의 행복을 빌었다. 다섯 살 위의 오빠는 늘 바빴다. 정연과 달리 늘 활동적이던 오빠는 엄마의 결혼식 겸 양가가 만나는 자리에도 외국 어디 여행 중에 그 차림 그대로 급하게 왔었다.

그렇게 오빠는 늘 바빴고, 지금은 결혼해서 가족을 이루고 잘 지낸다. 결혼한 오빠와의 관계는 가깝지도 멀지도 않고 가정과 일로 바쁘기 때문에 서로 데면데면하다. 적당한 안부와 명절쯤 서로 연락하는 그런 관계.

이사 갈 집을 알아보면서 이런 문제를 터놓고 이야기할 상대가 없었다. 그저 안부 겸 엄마한테 한 전화는 반갑게 맞아 주긴 했지만 옆에 엄마와 재혼한 아저씨의 채근하는 목소리가 불편했다. 이제 엄마가 나만의 엄마는 아니구나 하는 현실이 차가웠다.

대화를 주고받으며 그 이야기 속에 고민을 조금 나눠 줄 사람이 필요했었다. 외로운 날이었다. 그때 그 사람이 있었다. 정연은 그와의 육체적 관계에서 좋았다거나 그런 것보다 조금은 외로움을 덜고 싶었는지 모르겠다고 생각했다. 지금 돌아와 생각해 보니 도리어 자신이 진우를 외롭다는 이유로 질질 끌고 이용한 건지도 모르겠다.

차분히 생각이 가라앉았다. 불현듯 조금은 미안해졌다.

생각에 빠져 있는데 저쪽에서 저벅저벅 사람 발자국이 울린다. 고양이가 먼저 인기척을 느끼고 잽싸게 몸을 돌려 사라졌다.

무서워졌다. 낯선 곳이다.

이 상태에서 사라져도 지금 집에 돌아가지 않아도 아무도 모른다. 제집은 지금 깜깜한 어둠 속일 테다. 돌아가지 않으면 집은 그 상태로 하룻밤이 지나간다. 그리고 지금 무슨 일이 생겨도 누가 알겠나? 늦어지는 귀가 시간에도 챙겨 줄 사람 하나 없다.

서글픔이 밀려온다. 두려움이 버겁게 쏟아진다. 덜덜덜 다시 몸이 떨린다.

"정연 씨? 정연아?"

손전등 불빛이 예고도 없이 쏟아진다. 눈이 부셔 손바닥으로 앞을 가린다. 그제야 정연을 발견한 사람이 뛰어 달려온다. 바닥을 울리는 구두 소리와 커다란 몸짓이 와락 달려온다. 그 사람이다.

"미쳤어? 그 자리에 있어야지. 여기서 뭐 하고 있는 거야!"

아마도 정연이 기억하는 범위 내에서 가장 큰 소리로 화를 내는 진우를 보았다. 오늘 여러 가지로 놀라게 한다고 정연은 생각했다. 정연아로 부르는 저 사람은 과연 아까 서로 싸우던 그 사람이 맞는 걸까?

답삭 손을 잡아끈다. 정연은 멍하니 끌려가다 그대로 주저앉았다.

"왜 그래?"

"발이…… 발이 아파서요."

알 수 없는 복잡한 마음이 서럽게 밀려온다. 어울리지 않게 왈칵 눈물이라도 나올 거 같아 정연은 발에 더 힘을 주어 아프게 한다. 발이 아픈 거다. 그래서 속이 아프다. 죄지은 것도 없는데 목소리는 속으로만 들어간다.

바르르 떨며 그대로 주저앉는데 진우가 혀를 차며 신발을 냉큼 벗긴다. 스타킹 신은 발이 피로 맺힌 걸 그가 손전등으로 확인하고 끙 앓는 소리를 낸다. 그가 망설이지도 않고 신발을 벗는다. 그러고는 정연의 발에 신겨 준다. 놀란 눈을 하고 싫다고 자꾸 발을 빼려는 정연을 무시하고 진우는 정연의 손을 잡고 맨발로 걷는다. 자꾸 손을 빼는 정연을 돌아보며,

"업히라면 안 할 거잖아. 그냥 신어."

"팀장님은요? 이대로 맨발로 가려구요?"

"하, 내 걱정도 해? 그러면서 여기 이러고 있는 거야? 대체 얼마나 걸어온 거야. 한참 찾았잖아. 세상 무서운 줄도 몰라?"

"신발 이거 신어요. 나는 내 신발 신고 가면 돼요."

"그놈의 신발 타령. 차 안에 다른 신발 있어. 내가 그렇게 싫어? 내 신발도, 이 밤에 이렇게 나를 버려두고 갈 만큼 그렇게 싫어?"

"이봐요, 팀장님. 먼저 떠난 건 당신이라고요."

정연은 그의 신발을 신고 낯선 동네에서 소리를 크게 지른다. 앙앙 크게 울고 싶어진다. 그 역시 언쟁이 다시금 높아진다. 그러면서 잡은 손에 더 힘을 주며 억지로 정연을 이끈다.

점점 높아지는 소리와 그의 화난 표정에 정연은 순식간에 힘이 빠져 입을 꾹 다문다. 긴장했던 몸이 가라앉는 것이 예민하게 느껴진다. 속도를 늦추는 정연을 뒤돌아보며 진우가 더 험한 표정을 짓는다. 정연이 손을 확 뺀다.

"신발 갖고 가야죠. 저거 당신이 사 준 거란 말이에요."

정연은 참 많이도 그에게 받았다고 생각했다. 비록 불편해서 아프지만 그래도 이렇게 낯선 시골길 한가운데 버려두고 올 수는 없다.

버럭 소리를 지르면서 뒤돌아 절뚝거리는 걸음의 정연을 보던 진우는 큰 걸음으로 성큼성큼 앞지른다. 바닥에 놓인 신발을 한 손에 챙겨 든다. 절뚝이는 정연의 걸음에 조금씩 보폭이 맞춰진다. 진우의 한 손은 정연의 손을 잡고 한 손에는 정연의 신발이 쥐어 있다.

운전하는 내내 그 사람은 말이 없었다. 차는 새벽 인적이 없는 국도를 쌩하니 달려 정연의 빌라 앞에 데려다 놓았다. 그의 신발을 그대로 신고 정연은 가방과 옷을 챙겼다. 그는 역시나 말이 없다. 문을 열면서 잠깐 진우를 돌아봤지만 그는 고개 한 번 돌리지 않았다.

뭐라 말을 하려던 정연도 입을 다물었다. 차에 내려 걷는 걸음이 커다란 그의 신발 안에서 겉돌아 발걸음이 자꾸만 미워진다. 차는 움직이지 않고 있다는 것을 돌아보지 않고도 알 수 있었다.

다시 자세를 바로 하고 집으로 걷는데 빌라 입구에 술 취한 남자 하나가 어슬렁거리며 서 있다. 역한 술 냄새에 눈이 저절로 찌푸려진다. 언젠가는 빌라 입주민과 싸우는 모습을 보기도 했고, 술주정에 경찰이 오기도 했던 남자였다. 빌라 입구를 막고 있는 남자가 정연이 들어가기 전에 비켜 주었으면 하는데 그럴 기미가 보이지 않는다.

"정연아."

진우가 어느새 곁에 와서 선다.

술 취한 남자는 어슬렁거리던 모습으로 흐느적거리며 사라졌다. 타박타박 3층인 정연의 집까지 따라오는 진우는 다시 말이 없다. 많이 고맙다고 정연은 생각했다. 솔직히 무서웠다. 술 취한 남자가 비켜 주지 않았다면 아마 해가 뜰 때까지 집에 못 들어갔을 거라 생각했다.

"계속 이런 데서 살 거야? 경비도 없는 빌라야?"

진우가 잔뜩 못마땅한 얼굴로 빌라를 두리번거리며 불쾌해한다. 확 고마웠던 생각이 접힌다. 아 정말 다른 사람이구나. 공감이 안 되는 소통이 안 되는 사람. 정연은 오늘 여러 가지 복잡한 감정에 씁쓸해졌다. 사람의 감정은 순식간에 바뀐다.

현관 비밀번호를 누르고 정연은 돌아서서

"오늘 고마웠습니다."

짧고 형식적인 인사를 꾸벅하고 그의 다음 말을 기다리지도 않고 집으로 들어갔다. 시간은 새벽 3시를 넘기고 있었다. 온몸의 기운과 감정이 집에 오자마자 마지막까지 다 빠져 버렸다. 털썩 그대로 현관에 주저앉아 있다 억지로 몸을 일으켜 안으로 들어선다.

현관에는 정연이 신고 온 진우의 신발이 덩그러니 놓여 있었다.

2

시간을 되돌릴 수만 있다면

중국 공장 설립을 외주로 돌리면서 정연이 윤성기업으로 줄기차게 오가는 시기가 있었다. 조금씩 그 또래 미혼 남자들의 눈요기처럼 정연이 오갈 때마다 휴게실이나 흡연실에서 그녀의 이야기가 흘러나오는 거 정도는 진우도 알고 있었다.

　그중에서 여자 문제가 조금은 복잡하다고 소문난 어느 직원이 정연에게 열심히 작업 중이라는 이야기도 나오곤 했었다. 진우는 살짝 눈살이 찌푸려지긴 했지만 그가 상관할 일은 아니었다.

　그날은 아침부터 정연이 윤성으로 출근해서 중국 현지 근무자와의 의견 조율로 바쁜 날이었다. 점심은 샌드위치로 때우고 잠깐의 휴식을 취하는 중이었다. 정연은 남의 회사에 어색한 느낌이 거북했던지 삼삼오오 모여 있던 그 자리를 벗어나 인적이 드문 회사 내 뒤뜰 벤치에 홀로 앉아 있었다.

그 당시 그는 근처 주차장에 주차한 차 안에 둔 서류를 챙겨 나오는 중이었다. 혼자 있던 정연을 언제 따라왔는지 바람둥이로 유명한 차 대리가 커피를 내밀었다. 자판기 커피도 아니고, 회사 내 비치된 커피도 아니었다.

여직원들 사이에 커피가 맛있기로 유명한 근처 카페 커피다. 딱 봐도 일부러 사 온 티가 나는 신경 쓴 모습이었다. 본의 아니게 어색한 상황에 진우는 차 문을 열고 나가지도 못하고 잠깐 앉아 있자 싶어 그대로 있었다.

'왜 여기 혼자 있어요?'

사뭇 나긋나긋한 차 대리의 목소리는 간질간질 여자들이 좋아할 만한 멘트였다.

'커피 고맙습니다.'

조용히 커피를 받아 드는 정연을 보며 진우는 열려진 창문으로 그들의 대화를 엿듣기 시작했다.

정연은 단둘이 있는 그 상황이 그다지 마음에 들지는 않는지 커피를 마시지도 않고 더 이상 대화를 이어 가지 않고 있었다. 그런 정연의 마음과는 상관없이 차 대리는 조금은 잘난 척이다 싶을 정도로 정연에게 자꾸만 이런저런 말을 늘어놓으며 수작 같은 작업을 이어 갔다.

'정연 씨, 우리 오늘 저녁이나 같이 할까요?'

진우는 그때 정연이 이제 무슨 말을 할까 싶어 몸을 아예 그쪽으로 틀어 놓고 귀를 기울였다.

'저녁때까지도 배불러서 밥 안 먹을 거예요.'

확실한 거절이다. 진우는 터져 나오려는 웃음에 혹시나 들킬까 싶어 손을 막고 웃었다. 몸을 낮추고 한참을 웃다 밖을 내다보는데 차 대리는 이미 사라지고 없었다. 그저 차갑게 싫다 하고 거절할 거라 생각했던 자신의 생각을 보기 좋게 넘어섰다.

재밌는 여자라고 생각했다. 일로 볼 때는 당당하고 매력 있지만 그 이상을 알 수 있는 기회는 별로 없는 여자였다. 가끔 회의 중 쉬는 시간에는 남의 회사라 그저 조용히 있던 여자라고 생각했다. 그런데 저 이면에는 아닌 것에는 잘라 내는 칼날이 저리 시원하다.

진우는 그 거절에 자신이 안도했다는 사실을 나중에야 깨달았다. 그 뒤로 정연의 모습이 종종 눈에 와서 박히기 시작했다. 이런저런 소문 속에 그의 회사 내 거래처 여자들 중에 제일 인기 높은 순위에 든다는 것도 알았고, 사귀는 남자가 있다는 소문도 한 번씩 듣게 되었다.

진우는 당연하다 생각했다. 그도 예쁘고 고운 사람을 구분하는 눈을 가진 남자다. 분명 저 외모와 성격이라면 당연히 누군가가 곁에 있다고 생각했었다.

그렇게 그저 예쁘고 눈에 조금 띄는 여자라고만 생각했었다. 가끔 정연의 회사로 들어가게 되거나 아니면 반대로 정연이 진우의 회사로 오게 되면 일 잘하고 꼼꼼한 성격의 여자라고 생각했었다. 그 이상은 아니었다.

출장이 잦고 업무가 많아지는 자리여서 아직까지는 여자가 눈에 들어올 시기가 아니라고 생각했다. 물론 여느 남자처럼 어릴 때는 열병 같은 치기 어린 사랑도 했었고, 조금 더 나이 들고서는 적당한 수준의 서로 외형적 조건이 맞는 여자를 몇 번 만나기도 했었다.

그랬다. 그냥 그 정도의 관심이었다. 안 보면 생각이 나지 않지만, 그러다 보게 되면 배부르다고 거절하는 재밌는 여자라고 그 정도만 생각했었다. 그랬었는데 그럼에도 자꾸만 보이면 눈이 그녀를 좇았다. 진우의 회사가 정연의 회사와 본격적으로 업무 제휴를 맺고 넘치다 싶게 자주 보기 시작할 즈음은 이제 정연을 보지 않아도 생각이 나곤 했었다.

서류를 건네받을 때 고운 손길도, 업무적인 이야기를 나눌 때 나지막하지만 힘 있는 목소리도 늘 곁을 맴돌았다. 진우는 종종 정연을 생각할 때마다 그렇게 자잘하게 떠오르는 모습에 스스로 놀라곤 했다. 자신이 이토록 섬세한 감정을 가진 사람이었나 하는 의문과 그게 아니면 또 다른 감정인지 갈팡질팡하는 마음이 종잡을 수가 없었다.

그런 날들이 자꾸만 더해 갔다. 그런 와중에 회식 자리에서 이 부장의 말에 진우는 얼굴이 시뻘겋게 달아오르지 않을까 애면 술을 자꾸만 들이켰다. 그저 혼자 숨긴다고 숨긴 마음이었다. 그러나 나이 든 사람의 예민한 감각에 들켰다. 뜻밖의 소개에 당황했던 게 사실이었다. 그렇게 일 년이 지나왔다.

좋아하는 마음이 있으니 만나고, 만나면 어색하긴 했지만 집으로 돌아가는 길은 늘 마음이 붕 떠 있었다. 그러나 그건 진우만의 감정인지 정연의 마음을 도통 잡을 수가 없었다. 같이 밤을 보내고 서로 어떠한 마음인지 이야기조차 나누지 못하고 정연은 새벽에 홀로 떠나고 없었다.

그리고 진우는 출장길을 나섰다. 그사이 몇 번이나 업무로 전화 통화를 하면서도 여자는 다른 말이 없었다. 진우도 정연도 둘 다 어색해서였다고 생각했다. 마냥 청춘이 아닌 그들이라 오히려 더 연애가 서툰 부분이 있다고 생각했다.

그러나 그렇게 몇 주를 보내고 다시 만난 날, 진우는 정연이 멀리 있는 여자라 느꼈다. 같이 밤을 보내고 얼굴을 다시 보게 된 정연과 진우는 커피를 마주하고 앉았다. 여느 때처럼 일에 관한 이야기를 조금 하고 적당한 안부 인사를 나누다 정연은 고개를 숙이고 커피 잔을 들었다. 살짝 숙인 고개로 목덜미가 훤히 드러났다.

어깨를 내려오는 머리카락을 정연은 종종 살짝 올린 상태로 유지했다. 가끔 휴일 날에는 풀고 나오기도 하고. 처음 밤을 보낸 날 그때는 정연의 목덜미가 하얗게 예쁘게 빛났더란다.

그날이 생각나 그 짧은 순간에도 진우는 손끝이 떨렸다. 고개를 다시 드는 정연의 머리에 연필이 하나 꽂혀 있었다. 정연의 회사에 가게 되는 날에는 업무 중인 그녀의 머리에 저렇게 종종 연필이 꽂혀 있는 걸 발견했다.

저를 만나러 바삐 달려왔던 걸까?

잠깐 서운했던 감정이 가볍게 흔들렸다. 그 모습이 우스워 진우는 손을 들어 연필을 빼 주려고 했었다. 그런데 그녀는 다가오는 진우의 손짓에 과하게 놀라며 몸을 확 뒤로 뺐다.

진우는 그때 알았다. 그녀의 마음이 자신에게 머물지 못하고 있다는 것을. 서운한 마음을 넘어 진우가 무안할 정도로 거부하던 그 여자의 눈빛이 화살촉이 되어 그에게 와서 박혔다.

그가 선을 본 사실에 따지기는커녕 그 전에 헤어지자고 먼저 말하지 않았다고 화를 내는 여자다. 그렇게 그의 마음을 내팽개쳐 놓고 그럴 거면 저도 마음을 정리하지 왜 그가 사 준 신발을 그렇게 챙길까?

대체 김정연의 마음은 어디쯤 있는 걸까? 참으로 멀리 있는 여자다.

커피가 쓰다. 진우는 새벽에 출근해서 마무리 업무를 하다 메일함을 열어 보고 다시 인상이 구겨진다.

한주라이텍 김정연 대리로 시작되는 메일은 보낸 시간이 7시다. 자신은 복잡한 마음에 커피가 그저 쓰게만 느껴지는데, 이 여자는 일찍 출근해 완벽한 보고서를 보내온다.

오늘 최종 브리핑할 자료다. 몇 차례에 걸쳐 윤성 측의 의견을 적극 반영하여 수정된 자료는 다시 봐도 완벽했다. 언젠가 업무 중에 한주의 김정연 대리가 보낸 자료라면 틀릴 리가 없다며 우리 측에서 잘못된 오류를 수정해야 한다는 우스개를 들을 정도로 신뢰가 가는 자료다.

완벽한 여자. 그런데 자신에게는 온통 오류투성이인 여자다.

❊ ✱ ❊

정연은 회의실에서 브리핑할 자료를 점검하고 다시 추가할 항목을 수정하러 자리로 돌아와 앉았다. 책상 한가운데 놓인 쇼핑백이 의아해 제 것이 맞나 싶어 두리번거리다 열어 본다. 어젯밤 그의 차에 벗어 둔 신발이다.

얼굴도 보지 못했는데 언제 왔다 갔을까?

주변을 두리번거리자 누군가가 박 팀장님이 방금 놓고 가셨어요, 한다.

지난 새벽 정연은 집에 들어가 잠 한숨 못 자고 이른 출근을 했다. 조금은 미안하기도 하고 조금은 서운하기도 하고 아니 이것도 저것도 아닌 마음에 복잡하기만 했다. 한쪽 끝은 선을 본 그의 행동에 밉기도 했다가, 또 한쪽 끝은 정연의 책상 아래 밀어 둔 신발처럼 질질 끌려가기도 했다.

더불어 현관에 떡하니 자리를 차지한 그의 신발은 어떤 방식으로 돌려주어야 할지 고민이 시작되었다. 툭툭툭 의미 없는 손동작으로 볼펜을 눌렀다 올렸다 하다 꾹 마음을 눌러놓고 다시 자료를 보완하기 시작했다.

"정연 씨, 커피 한잔할 수 있을까요?"

파티션 너머 큰 그림자가 드리워진다고 생각했을 때 낮은 목소리의 진우가 다가왔다.

정연아가 아닌 정연 씨로 다시 시작되었다. 힘든 관계, 그리고 정리를 할 단계. 정연은 알겠다는 눈짓을 보내고 일어섰다. 진우는 성큼성큼 먼저 걸어 사무실을 빠져나갔다.

"잘 들어가셨어요?"

정연이 건넨 말에 그는 답이 없다. 소리 없는 한숨을 몰아쉬었다. 누군가 그들을 지나치며 힐금거린다. 조용해진 주변을 둘러보며 진우가 입을 열었다.

"잘 들어가지 못했어."

뭐라 답을 해야 되나? 정연은 대꾸할 말을 찾지 못했다. 갑갑한지 진우는 넥타이를 조금 당겨 푼다. 그를 똑바로 쳐다보지도 못하는 그녀는 진우의 짜증 섞인 동작에 그제야 눈을 마주한다. 속을 알 수 없는 그의 눈빛을 보며 자신 역시 그런 눈빛으로 그를 대하고 있구나 싶어진다.

결국 이리될 것을. 그도 저도 알 수 없는 사이였음을 깨닫는다.

"여전히 넌 헤어지고 싶은 거니?"

"네."

단호하다. 진우는 고집불통인 여자의 얼굴을 똑바로 쳐다보며 속이 타들어 간다.

"우린 서로 안 어울려요. 진우 씨가 선본 거 처음에는 화가 났지만 달리 생각해 보면 우리 사이가 그 정도밖에 안 된다는 걸 현실적으로 이제 저도 안 거죠. 이렇게 끌고 온 관계 저한테도 책임이 있다고 생각해요. 앞으로 좋은 인연 만나세요."

"너, 남자 갖고 노는 여자야?"

후미진 회사 내 공원이다. 책임이니 현실이니 정연의 입에서 나온 단어에 성질 급한 울화증이 먼저 올라온다. 그들의 모습을 누구라도 볼까 싶어 정연이 신경이 쓰이는지 두리번거리는 모습에 진우는 더 화가 난다.

"너와 나, 우리 사이만 집중해."

어깨를 와락 잡아끌고 시선을 맞추길 강요하는 진우다. 그렇게 정연의 눈이 그에게 붙들려 간다.

"너는 마음에도 없는 남자랑 잠도 자?"

"그럼 진우 씨는 마음에도 없는 여자랑 잠도 자고, 그 뒤로 선보러 다니시나요? 아니면 그 잘난 얼굴, 배경 갖고 한 여자한테만 집중하기 싫어 재능 기부라도 저한테 하셨나요?"

탁, 손을 쳐 내는 정연의 눈빛이 서늘하다. 이 여자는 늘 이렇다. 한 걸음 다가서면 더 멀어지고, 더 멀어져서 마음을 놓으려고 하면 자꾸만 와서 아리게 박힌다.

한 걸음 물러서는 여자를 쓸쓸하게 쳐다본다. 낮고 단조로운 남자의 말이 시작된다.

"할아버지가 좀 편찮으셨어. 연세도 높으시고 집에서는 너와 나 사이 모르니깐 그래서 나간 거야. 그리고 집안에 이런저런 문제도 좀 있어서 내가 못 나간다 할 상황이 못 되었어. 두 번이나 나간 건 첫 번째는 그래서 나간 거고 두 번째는 나도 몰랐어. 나가 보니 그 자리였고, 상대방한테는 정중하게 거절했어. 그래서 굳이 너에게 말할 필요가 없다고 생각해서 그렇게 된 거야."

정연은 조용히 설명하는 진우의 말을 되새김질하듯 마음에 담았다. 조금 더 속상해지려고 한다. 정연은 회사에서 공개 연애로 이런저런 말들에 시달려 힘든데, 저 남자의 주변은 정연을 전혀 모른단다.

알아 달라고 생각했던 적도 앞으로 그러고 싶지도 않지만 그와 그녀가 속한 세상이 많이 다르구나 하는 것을 대화란 걸 나눌 때마다 드러나기 시작했다. 대화를 하면 할수록 더 멀어지는 이런 사이를 어떻게 더 끌고 갈 수 있을까?

"이렇게 말해 줘서 고마워요. 그냥 헤어졌으면 많이 오해했을 텐데 고마워요."

"대체 넌 기승전 그다음은 헤어지는 거 그거뿐이야? 고마워? 그게 답이야? 그리고 헤어져? 나라고 너에게 상처 안 받은 줄 알아? 조금 가까워졌다 생각하고 있으면 다음 날은 저만큼 달아나 있고, 내 마음 한 번 안 받아 주는 널 나라고 편했을 거라 생각해?"

"그러니 헤어지자구요. 저 역시 팀장님이 편했을 거 같아요? 저 팀장님 선봤다는 소리를 두 번이나 듣고 새벽마다 잠 설쳤어요. 그런데도 따지지도 못했어요. 우리는 그럴 사이도 못 되니까요. 그런데 팀장님은 제게 말할 필요도 없어서 그렇게 된 거라고 말씀하시네요. 하, 우리 사이가 결국 이런 거잖아요."

"알았다면 왜 그랬냐고 내게 물었어야지. 그걸 핑계로 먼저 헤어지자는 말로 내게 칼을 꽂은 건 너야."

"네, 전부 제 탓이네요. 그러니 그만하죠. 네, 제가 잘못했어요."

정연은 머리끝까지 화가 치밀어 입에서 나오는 대로 말을 한다. 두서도 없고 결론도 없다. 그냥 짜증이 난다. 그런 정연을 하나도 지지 않겠다는 표정으로 남자도 얼굴이 붉어지게 화를 낸다. 감정이 격해져 씩씩거리며 상대를 쳐다보는데 저쪽 어디쯤에서 기침 소리가 그들의 서릿발 같은 대화에 끼어들었다.

"저기, 회의 시작하는데 두 분이 안 오셔서."

언제부터였을까? 정연의 회사 신입 하나가 새빨개진 얼굴로 그들을 보며 말을 건넸다. 아마도 한참을 그들을 보고 있다 도저히 끼어들 타이밍을 찾지 못하고 이제야 부르는 모양새다. 그리 말하고 그 직원은 냉큼 뛰어 회사 건물로 들어가 버렸다.

회의는 최악을 달리고 있었다. 사사건건 토를 달고 질문을 해대는 윤성 측의 날은 시퍼레 있었다. 아니 박진우 팀장의 칼날이 서슬이 퍼랬다. 이미 수차례 오간 답변과 질문이었고 이날의 최종 발표회는 그 성과를 전체적으로 설명하는 자리였지 누구의 잘잘못을 따지는 자리가 아니었다. 그럼에도 진우의 꼬투리는 한주라이텍을 비롯한 정연이 과녁이 되고 그는 화살이 되어 쏘아 들어왔다.

"김정연 대리는 그럼 불량률이 낮아졌다고 하는데 그 수치로 답이 된다고 생각합니까?"

"단 1%로의 불량률이 전 세계로 수출된 품목에 지장을 준다는 걸 모르시나요?"

"한주라이텍은 확률이 낮아지면 그걸로 끝입니까?"

"그 불량률의 원인은 파악하고 있나요?"

자꾸만 말꼬리를 잡고 질문을 해 대는 통에 정연이 갈 길을 잃어버렸다. 그래서 이 부장이 대신 나섰다가 오히려 된통 호통을 듣고 자리에 앉았다. 정확히 따져 보면 정연이 답할 부분도 아니었다. 총괄 파트장으로 중국 내에서 일 년을 기거한 윤 과장이 오늘 회의에 참석을 했으니 그가 답할 차례였으나 진우는 깔끔하게 무시했다.

아예 눈길조차 그쪽으로 두지 않고 정연만을 난도질했다.

"매번 저희가 중국으로 연결해서 사태 파악을 해야 하는 겁니까? 한국에서는 그 답을 모르고 있다는 게 말이 됩니까? 이렇게 회사 내에서도 의사소통이 안 되는데 우리 윤성기업이 뭘 믿고 한주 쪽으로 오더를 내릴 수가 있습니까?"

높은 하이힐 아래로 점점 피가 몰리는 기분이다. 한 시간이 넘게 서서 브리핑을 하고 거기에 한 시간이 더 넘게 저 질문을 받아내고 있다. 중간에 휴식 시간이 한 번도 없었다. 다들 긴장된 분위기에 누구 하나 좀 쉬었다 가자는 말도 못 하고 있다.

"그리고 이 부장님, 한주라이텍은 구멍가게입니까?"

"네?"

진우에게 다들 눈이라도 마주칠까 고개 숙이던 사람들 전부가 그의 난데없는 단어 선택에 고개를 들고 무슨 말인가 갸우뚱한다. 정연 역시 이건 또 무슨 꼬투리인가 싶어 긴장된 얼굴로 그를 다시 본다.

"여기 회사는 절차나 담당이 없어 보이니 말입니다. 왜 김정연 씨가 저와 사적으로 만나는 자리마다 다른 부서 서류가 같이 옵니까? 김정연 씨가 한주의 심부름꾼인가요? 전달책인가요? 각자 담당 영역이나 역할 구분이 이 회사에는 없습니까?"

화르르 정연의 얼굴이 붉게 달아오른다.

사적으로 만나는 자리라는 표현으로 많은 사람들 앞에서 그와 자신의 관계를 밝혀 버린다. 이 회사 모든 사람들이 다 아는 거와 이렇게 공개된 장소에서의 발언은 더 파급력이 크다는 걸 저 사람도 모르지 않을 텐데. 그걸 왜 하필 헤어진 오늘에 저러는지. 싹 다 까발려지는 기분이었다.

이제 수습의 범위를 넘어서 전개되는 방식으로 판이 바뀐다. 이런 식으로 그는 마지막을 지저분하게 소문으로 얼룩지게 만들고 싶은 것인가. 정연은 진흙탕에 빠진 기분을 느낀다.

"김정연 씨, 지난 오 년간 불량률이 높았던 제품 현황을 뽑아서 앞으로 개선 방향까지 부탁드립니다. 빠른 시일 내로 말입니다."

그렇게 전쟁 같은 회의는 끝났다. 진우는 뒤도 안 돌아보고 제일 먼저 자리에서 일어났다. 몇몇 사람들이 그런 진우의 곁에 붙어 변명 같은 말을 건네며 따라 나갔지만 그는 대꾸도 없었다. 가 버렸다.

정연은 생수병이 두 병이나 비워진 자리에서 꼼짝을 못 하고 그렇게 서 있었다. 회의실 불이 켜지고 하나둘 빠져나갈 즈음 이 부장이 정연의 어깨를 두드리며 나가자는 눈짓을 보냈다.

다리에 힘이 풀려 가까스로 자리로 돌아온 정연이 잠깐 눈을 감고 있는데 여기저기 수군거리는 소리가 들렸다. 아마도 파티션 아래 몸을 낮추고 있던 정연을 못 본 모양이었다.

"아까 박 팀장님이랑 김 대리 싸우는 거 봤다고 하던데? 헤어지니 어쩌니 난리도 아니었다고 부르러 간 신입이 기겁하고 달려와서 알려 주더라고."

"정말? 그래서 우리가 그 희생양인 거야? 이래서 사내 연애는 안 돼. 무슨 자기네들 사사로운 감정을 일에까지 끌고 들어와?"

"정확히 사내 연애는 아니지. 같은 회사는 아니잖아. 오늘 보니깐 박 팀장님 완전 칼을 갈더만, 정연 씨랑 헤어진다고 설마 우리 회사 이번 일도 물 건너가는 건 아니겠지?"

"에이, 설마?"

"설마는 무슨. 박 팀장 그 회사 사주 친인척이라고 하던데 그 정도 영향력은 있겠지?"

"그럴까? 괜히 겁나네. 이번 일 회사 입장에서는 꼭 성사해야 될 사안이잖아."

"근데, 김 대리도 여간내기는 아니었나 봐. 우리한테는 갈 때마다 서류 잘 받아 들고 가서는 결국 뒤로 고자질한 거잖아. 심부름꾼이니 뭐니 박 팀장님한테 그러면서 싫다 소리 했겠지."

"결국 도도하게 연애질하다 공개적으로 확 깨진 거네. 이제 와서 말이지만 박 팀장님이랑 좀 안 어울린다고 생각은 다들 했잖아. 잘난 집안이던데 연애만 하고 그냥 끝이네. 김 대리 좀 안됐다."

당사자가 있는지도 모르던 사람들은 그렇게 정연의 앞에서 난도질을 했다. 정연은 감았던 눈을 뜨고 컴퓨터 모니터를 맥없이 바라봤다.

정연이 두려워하던 게 이런 거구나 싶다. 남들의 시선과 그 속에 어지러운 자신의 모습.

지난 일 년간의 불편했던 관계보다 근래 며칠이 몇 년이라도 된 양 버겁다. 한숨을 몰아쉬고 각자 흩어져 사라진 사람들의 뒷모습을 바라보던 정연은 생각할 여유조차 없었다. 좀 내려놓을 시기가 필요했다. 생각은 그 다음에 하고 싶었다.

"김 대리."

이 부장이다. 정연처럼 만신창이로 깨진 이 부장도 박 팀장이 요구한 자료를 준비할 생각으로 이미 오 년 치 서류를 들고 온 모양이다.

"김 대리. 미안해. 내가 생각이 짧았네. 그동안 다른 부서 서류 심부름까지 한 줄은 몰랐어. 그건 당연히 우리가 잘못이지. 박 팀장 서운했던 것도 이해가 가. 이번 브리핑 열심히 준비했는데 괜히 못난 상사 만나 빛도 못 보고. 그래도 기운 차려서 다시 준비해야지. 할 수 있겠지?"

정연은 서류를 뒤적이며 이 부장을 향해 애써 괜찮다는 미소를 짓는다. 그런 정연을 보며 이 부장은 어깨를 한 번 두드리고 돌아섰다.

※ ✱ ※

눈아, 눈아 무서워하지 마라. 부지런한 손과 발이 다 한다.

언젠가 정연의 엄마가 산같이 쌓인 집안일 앞에서 한 말이었다. 이제는 정연이 눈아, 눈아 무서워하지 말라며, 집안일 대신 산 같은 자료 앞에서, 지난 닷새 동안 이 말을 중얼거리며 야근을 했다.

진우는 그 뒤로 일 문제로도 전화 통화도 한 번 없었다. 정말 끝이었다. 미련조차 없는지 그 남자는 메일조차 직접 보내지 않고 다른 담당의 이름으로 업무 지시가 내려왔다.

그리고 정연은 엄마에게 전화를 했었다. 밤늦은 시간 엄마에게 전화를 넣었다. 몇 번 울리고 받은 엄마는 깜짝 놀라며 무슨 일이냐 물었다. 그냥 안부라는 말에 졸린 말투로 잘 지내라 그리고 전화는 끊어졌다.

별거 정말 아닌 거에 정연은 그날도 역시 쓸쓸했다. 어쩌다 정말 어쩌다 하는 전화, 엄마는 그걸 받아 줄 여유가 없었다. 아니 그런 생각까지 못 했을 거다. 그저 생각나 전화했다는 그 말을 전부로 알았을 거다.

정연은 자신의 몇 번의 연애가 길게 이어지지 못한 이유가 이런 게 아닌가 했다. 그때의 감정에 솔직하지 못하고 늘 상대가 알아봐 주길 원했던 거. 그리고 요구하지 못하는 성격 탓이었다고.

엄마도 엄마만의 생활이 있고 점점 멀어지는 모녀 사이에 정연이 먼저 다가갈 만한 성격도 못 된다.

닷새 동안 정리한 건 서류뿐이 아니었다. 이렇게 정연은 진우와 헤어진 이유를 오로지 자신의 탓으로 돌려놓고 마음을 정리했다. 그게 편했다. 그래야 덜 상처받고 내가 잘못한 거라 남 탓을 하지 않고 미련을 놓을 수가 있었다.

어차피 깊었던 사이도 아니었고, 마지막이 그래서이지 그도 저도 이어진 관계에서는 예의 바르고 좋은 사람이었다. 그걸 부정하지 않기도 했다. 내가 더 못난 여자라 이렇게밖에 끝을 맺지 못한 부분이 그에게 더 미안할 뿐이라고 끊임없이 되새겼다.

수진은 개자식이라고 정연 앞에서 한바탕 욕을 풀어 놓았다. 배 속에 아이가 듣겠다고 기겁하는 정연을 무시하고 아기도 강하게 자라야 한다고 질펀하게 욕을 한 자락 늘어놓고 갔다.

그렇게 정연의 회사에서는 소리 소문 없는 말이 퍼져 그들의 헤어짐을 기정사실화하고 있었다.

넓은 사무실에 정연의 자리만 불이 켜져 있다. 경비는 몇 번이나 혼자 있는 정연이 신경이 쓰이는지 손전등을 들고 왔다 갔다 한다. 새벽 2시가 넘어가는 시간이다. 정연은 최종적으로 오타를 체크하고 중국의 윤 과장과 그리고 이 부장, 마지막으로 그에게도 메일을 보내고 자리를 정리했다.

차는 이미 끊긴 지 오래. 새벽녘 공기는 뼈가 시리게 차갑다. 나오기 전에 콜택시를 불러 놓고 그 차를 타고 퇴근했다. 나오는 등 뒤로 경비가 오늘도 늦네요 하며 늦게 퇴근하는 정연을 걱정해 준다. 택시 번호를 자신이 적어 둔다고 정연에게 넌지시 알려 주기도 했다. 그게 고마워 근무 순서가 달라져 안 보일 때도 그분을 찾아 작은 간식을 건네곤 했다.

택시는 신호도 한 번 받지 않고 그대로 쌩하게 달려 정연을 빌라 앞에 내려놓았다. 잔돈은 되었다는 말에 기사는 고맙다는 말을 소리 높여 외치고는 다시 쌩하니 정연의 동네를 빠져나갔다.

지독하게 피곤했다. 계속 이어진 야근과 먹지도 못해 기운이 달렸다. 그리고 복잡한 생각들로 서류가 정연의 손을 떠나자마자 몸이 모래알처럼 흩어지는 기분이었다.

질질 끌듯 발을 옮겨 빌라 입구 쪽으로 가는데 며칠 전 고장 났다는 불이 여전히 깜깜하다. 관리가 잘 이루어지고 있지 않아 입주민들이 이런저런 소리를 하고 있어도 누구 하나 나서는 사람이 없다.

"어이, 아가씨. 오늘도 늦네."

달도 없는 어두운 밤에 있는지도 몰랐던 남자 하나가 떡하니 서 있다. 정연은 난감하게 바라보다 몇 걸음 떨어졌음에도 불구하고 술 냄새가 훅 끼쳐 온다. 지난번 마주친 술 취한 남자다.

피해서 어찌 들어가나 상황을 살피는데 술이 많이 취했는지 서 있는 자세가 엉거주춤하다. 여차하면 밀어 버리고 올라가면 되겠다 싶어 정연은 걸음을 빨리해서 입구로 들어섰다.

그때다. 갑자기 남자는 술 취한 자세를 확 벗어나 정연의 팔을 세게 움켜쥐고 빌라 구석으로 억세게 잡아끈다. 질질 끌려가듯 몸이 남자의 손에 잡아채어 간다. 숨이 그대로 멈춘다.

가까이에서 본 남자의 눈빛은 섬뜩했다. 술에 취해 비틀거리는 눈이 아니었다. 던지다시피 벽으로 밀치는 남자의 힘은 무서웠다. 고르지 않은 벽면에 몸이 쓸린다. 벽으로 밀쳐지면서 머리가 강하게 부딪힌다. 잠깐 정신이 끊어져 주저앉으려는 다리에 억지로 힘을 싣는다. 정연은 그대로 얼어붙어 소리도 못 지른다.

덜덜덜 온몸이 떨려 오는데 남자는

"왜 이렇게 늦게 다녀? 오늘은 남자 친구가 안 데려다줘? 나랑 좀 놀아 볼까?"

전혀 술기운이 실리지 않은 말을 정확히 내뱉는다. 억센 힘으로 정연의 블라우스를 확 잡아 뜯는다. 놀란 정연의 몸이 그대로 주르르 벽을 타고 내려가다 힘을 끌어모아 들고 있는 가방으로 세게 내려쳤다. 하지만 여자가 치는 힘보다 남자의 힘이 더 강했다.

"이게, 어디서 앙탈을?"

남자는 손을 들어 정연을 일으키며 뺨을 사정없이 내려쳤다. 정연은 정신 말짱한 상태로 고스란히 당하고 있는 지금 상황이 두려워졌다. 다시금 주저앉는 정연을 일으켜 어깨를 벽으로 확 밀친다. 봉제 인형처럼 정연의 온몸이 그 남자의 손에 흔들렸다. 우악스러운 손이 사정없이 여자를 흔든다. 머리채를 잡고 벽에 몸을 몇 번이나 밀어 버린다.

퍽 하는 주먹질에 입 안에서 쇠 맛이 느껴진다. 후두둑 사방으로 단추가 흩어진다. 맥없는 손짓으로 완강하게 남자를 밀어 내지만 여자는 힘이 점점 빠진다.

독한 바람이 열린 옷 사이로 파고든다. 남자의 손이 가리지 않고 주먹질을 시작한다. 정신이 서서히 아릿하게 흩어질 무렵 남자의 험한 욕 소리가 정연의 귀에 타고 내려왔다. 그리고 저 멀리서 누군가의 고함 소리가 어지럽게 그 속으로 파고든다.

✳ ✱ ✳

온몸의 피가 다 빠져나가는 느낌이다. 진우는 핸들을 잡은 손이 내 손이 아닌 거 같은 감각에 차를 세우고 숨을 고르며 숫자를 다섯까지 세어 본다. 아무리 마음이 먼저 뛰어간다고 해도 구급차보다 자신이 먼저 병원에 도착할 거리는 아니다. 진우는 날뛰는 감정을 억지로 눌러놓고 생각을 빠르게 했다.

휴대전화를 뒤져 정연이 도착할 병원에 근무하는 사촌 형에게 전화를 넣었다. 자꾸만 버튼을 누르는 손은, 핸들을 잡을 때만큼 떨려 또다시 숨을 고르고 번호를 눌러야 했다. 다행인지 병원에 있다는 말에 진우는 빠르게 지금 상황을 알렸다. 혼자 구급차에 실려 옆에 보호자 하나 없이 정연이 그렇게 병원으로 가게 할 수는 없었다.

무심한 그런 여자 따위는 이제 잊어 주리라. 나 싫다는 여자 나도 싫다 그런 심술이었다. 가끔 웃어 주던 얼굴이 떠오를 때마다 억지로 저만큼 밀어 두고 일만 했다. 때때로 추가 보고서가 올 때마다 일부러 보지도 않았다. 어린아이 떼를 쓰듯 억지를 부린 업무를 그 여자는 미련퉁이처럼 다 받아 내고 있었다.

너무 미웠다. 그래서 안 되는 억지를 부린 거다. 그냥 심술을 부린 거다. 그런데 대체 이게 무슨 일이란 말인가?

지금 직접 운전을 하고 그녀에게 가고 있음에도 이 모든 게 실제 같지가 않다. 자꾸만 헛손질을 하는 손을 억지로 꽉 핸들에 붙들고 운전을 해야 했다. 김정연은 지금 구급차를 타고 가고 있다고 한다.

늦은 밤, 잠을 자고 있던 진우는 휴대전화로 메일 도착 알람을 받았다. 2시가 넘어가는 시간. 그 시간까지 일을 하고 있다는 정연이 답답했다. 못 하겠다고 따지기라도 하지. 그것도 못 하는 여자다. 늦은 시간까지 일을 하고 보란 듯이 메일을 보내 놓은 여자다. 설핏 들었던 잠이 싹 달아난 진우는 컴퓨터를 켜고 보내 온 메일을 처음부터 끝까지 살펴봤다.

완벽했다. 뭐 하나 꼬투리 잡을 것도 없다. 그렇게 한참을 보던 진우는 갑자기 솟아오르는 짜증에 앞뒤 잴 거 없이 휴대전화를 들었다. 답답했다. 무슨 말이라도 하고 싶었다. 안 받으면 받을 때까지 하려고 했다.

그런데 뜻밖에 전화를 받은 사람은 119 대원이었다. 구급 대원은 빠르고 정확하게 사태를 알렸다. 지금 휴대전화의 주인이 집 앞에서 사고를 당해 구급차로 응급실에 가고 있다고 말이다. 어떤 상황이었고 그래도 지나가던 행인이 바로 신고를 해서 큰 화를 면했지만 일단 병원으로 오라고 했다.

정연과 통화를 할 수 있을까 하는 진우의 물음에는 여자분이 전화를 받을 만한 상황은 아니라고 했다. 전화를 받을 만한 상황이 아니란 말에 진우가 한순간 휴대전화를 놓쳐 전화 너머 구급 대원의 여보세요라는 말이 몇 번이나 흘러나왔다.

새벽 시간의 응급실은 어수선했다. 여기저기 의사를 부르는 소리, 난동을 부리는 환자들 그 틈에서 진우는 정연을 찾느라 두리번거린다. 지나가는 간호사를 잡고 물으려는데 저쪽에서 그런 그를 먼저 발견한 사촌 형 형우가 다가온다.

"생각보다 빨리 왔구나. 경찰이 곧 따라와서 대충 상황은 들었어. 내가 보호자로 수속은 했거든. 일단 너무 놀라지 말고. 성폭행까지는 안 갔어. 여자가 반항이 심하니 무지막지하게 폭행을 한 모양이야. 미친놈인 거지. 다행히 의식은 있어. 지나가던 행인이 바로 신고해서 경찰이 잡았다고 하니깐 더 자세한 건 나중에 담당 경찰한테 들어. 네가 나서서 신고하고 뒷일은 정리할 거지? 대체 이게 무슨 일이야? 연락처는 내가 받아 뒀다. 일단 얼굴 봐야지."

진우는 형우의 말에 심하게 얼굴이 구겨진다. 응급실의 침상을 빠르게 훑었다. 저 한쪽으로 진우를 데리고 간 형우는 옆에 서 있는 간호사에게 무어라 지시를 내렸다.

진우는 정연의 얼굴을 보고 다리가 휘청거렸다. 별일 아니기를 빌고 또 빌었던 기도는 완벽하게 그를 배신했다.

일하면서 집중할 때 찡그리던 그 이마는 지금은 온통 피투성이다. 가끔 그를 보고 붉게 변하던 볼은 손자국이 찍힌 모습대로 퉁퉁 부어 있고, 하얀 목덜미는 온통 생채기였다. 아름답던 목덜미는 얼룩덜룩 핏자국이 선명했다. 이마에서는 자꾸 피가 흐르는지 상처 드레싱을 하는 의사의 손길은 바빴다.

"이마가 찢어졌어. 내가 성형외과 전문의한테 말해서 흉 안 생기게 해 달라고 말해 줄게. 걱정 마."

형우는 넋이 반이나 나가 버린 진우의 등을 토닥였다.

"네가 정신을 차려야지. 지금 네 여자 친구는 더 힘들어. 남자가 이런 모습 보이면 누굴 믿고 의지하겠냐?"

진우는 몸을 낮춰 정연의 뺨을 쓸었다.

"정연아, 이제 괜찮아. 다 끝났어. 괜찮아."

정연은 그저 멍하니 초점 하나 없이 대체 무얼 보는지 모르게 대답도 없고 미동도 없었다. 진우를 보고도 눈동자의 변화가 없다. 블라우스 앞섶을 꼭 쥐고 있는 정연의 손을 쓸었다. 섬뜩할 정도로 손이 차다. 자잘한 생채기와 피가 엉겨 곱던 하얀 손이 사라지고 없었다.

"환자분, 손 놓으세요. 제가 좀 살펴볼게요."

진우가 정연의 손을 잡고 내리려는데 손에 힘을 안 푼다. 진우는 피가 엉긴 정연의 손을 덜덜 떨며 쓸어내린다. 이내 숨을 몰아쉬고 세게 잡는다.

"정연아, 손 놓자. 할 수 있지?"

하지만 역시나 반응이 없다. 더 손에 힘을 준다. 안타까운 듯 쳐다보는 형우와 간호사의 시선이 느껴진다. 진우가 더 몸을 낮춰 힘을 준 정연의 손을 잡고 얼굴을 가만히 쓸어 준다. 작은 소리로 괜찮다고 귀에 흘려 주자 그제야 정연의 손에 힘이 빠진다.

놓은 손 그리고 벌어지는 옷자락. 블라우스 단추가 다 뜯어지고 없다. 온몸의 피가 거꾸로 솟는 느낌이었다. 몸속에 모든 화가

다 일어난다. 짐승처럼 울부짖고 싶어진다. 그대로 달려가 그놈을 갈기갈기 찢어 버리고 싶다.

"환자분, 정신 차릴 수 있겠어요?"

"이름이 뭐예요?"

"여기가 어딘지 아시겠어요?"

정연은 아무 말도 못하고 그저 진우가 잡은 손에 힘만 줄 뿐이다.

"정연아, 이제 괜찮아. 괜찮아. 한숨 자고 일어나. 그럼 괜찮을 거야. 쉬 괜찮아. 이제 괜찮아."

진우는 엉망이 된 정연의 이마를 자꾸 쓸어내리며 같은 말을 반복했다. 이마를 쓸어내리던 손이 머리를 쓰다듬는데 끈적끈적 피가 묻어온다. 진우가 놀라 손을 펴 보이자 의사가 빠르게 머릿속을 헤집어 본다. 의사의 손에 머리카락이 한 움큼 빠져나왔다.

"……저 이제 괜찮아요."

정신이 돌아오는지 정연의 눈동자에 힘이 실린다.

진우는 그 모습에 왈칵 눈물이 솟아오르는 걸 느꼈다. 울컥 솟아오르는 뜨거운 감정들. 낯설게 느껴졌던 그동안의 모든 형태의 느낌들, 조금은 어색하게 떨어져 있던 마음들이 하나의 완벽한 형태를 갖추고 정연에게 달려가 버렸다.

그렇게 뜨겁고 떨리는 마음이 와락와락하고 진우에게 와서 박혔다. 떨어질 수 없는 그런 마음들이 쑤욱 깊게도 들어온다.

"환자분, 이름이 뭐예요?"

"……김정연."

"지금 무슨 상황인지 알겠어요?"

"……네, 선생님, 저 목이…… 너무 아파요."

"그래요? 어디 좀 살펴볼까요? 이제 괜찮아요. 안심하시고 자, 몸을 일으킬 수 있는지 한번 움직여 봅시다."

의사와 간호사들이 부산하게 움직이면서 정연의 상태를 살피기 시작했다. 옷을 들출 때마다 온몸에 쓸린 상처와 손자국이 진우의 얼굴을 하얗게 질리게 했다. 너덜거리는 옷자락과 그 속에 깨끗해야 할 속옷은 찢겨지고 그렇게 정연이 당한 일이 고스란히 진우에게 알려진다.

고통으로 일그러지는 진우의 모습을 지켜보던 형우는

"너는 이제 나가 있어. 가서 수속도 하고 입원 준비도 해야지. 내가 신경 쓰여 더 못 보고 있겠다. 여기는 우리한테 맡겨."

※ ✤ ※

일인실의 입원실은 고요했다.

창문 밖으로 늦은 오후의 햇살이 서늘하게 바닥으로 내려가는 시간이다. 진우의 턱선은 거뭇하게 변해 있다. 얼굴은 푸석하니 평소의 깔끔하던 모습은 사라지고 없다. 그보다 더 짙은 그림자로 수심이 가득하다.

간호사가 수액을 교체하고 나가자 정연은 바짝 긴장한 몸을 곧추세우다 이제야 다시 잠이 들었다. 지난 며칠 동안 수많은 검사와 시간마다 먹는 약과 치료는 정연을 지치게 했다.

응급실에서 치료를 마치고 시간이 지날수록 오히려 정연은 더 끔찍하게 변했다. 부었던 뺨은 시퍼렇게 멍이 올라오고, 환자복으로 갈아입힐 때 살짝 보인 가느다란 팔 역시 온갖 생채기와 멍 자국으로 원래의 피부색을 잃었다. 이마에는 커다란 치료용 밴드가 붙었다.

몇 바늘을 꿰맸는지 그 외에도 여기저기 상처투성인 정연은 성한 곳이 없었다. 응급실에서 목이 아프다고 했던 건 폭행을 당하면서 입 안까지 터졌다고 했다. 피가 고여 목이 자꾸만 부어 그 때문인지 아니면 다른 문제인지 정연은 말을 하지 않았다.

사촌 형 형우는 그래도 더 큰일 안 당하고 바로 정신이 들어 다행이라고 했다. 검사 결과 크게 다른 쪽에 이상이 있는 건 아니라고 했다. 밖으로 보이는 상처는 시간이 지나가야 해결될 문제라고 덧붙였다.

다만 정신적 충격이 상당한지 자다가도 놀라 깨는 횟수가 자꾸만 늘었다. 그렇다고 깨어 있을 때도 편하지는 않은 모양이었다. 가만히 있다가도 몸서리치게 뭐에 놀랐는지 숨을 고르지 못하는 일이 종종 생겨 그를 불안하게 했다.

검사를 받으러 병원 곳곳 이리저리 다니면서 정연의 얼굴은 점점 굳어 갔다. 그러다 모르는 남자의 어깨가 살짝 한 번 지나가다 스쳤을 뿐인데 사색이 되어 그대로 주저앉고 말았다. 낯선 병원 관계자가 들어와도, 의사가 들어와도, 다른 환자가 순서를 잘못 알고 검사실로 들어와도 정연은 그때마다 화들짝 놀라 숨을 고르지 못했다.

형우는 조심스럽게 시간이 지나도 계속 이런다면 정신과 상담을 받아 보는 걸 권유했다. 아무래도 이런 사건은 외상 후 스트레스가 상당하다고 아마 쉽게 나을 상처는 아니라고 했다.

숨소리조차 없이 약 기운에 잠이 든 정연의 얼굴을 눈 한 번 깜빡이지 않고 한참을 쳐다본다. 입술의 터진 상처 자국이 눈에 껄끄럽게 다가온다. 그의 심술로 며칠간 이어지는 야근에 이 부장은 진우에게 정연의 상태를 알렸었다. 많이 피곤한지 입술이 짓무르고 코피를 쏟는 김 대리라고 그에게 고했다. 그의 억지를 거둬들이길 청했었다.

그러나 못난 그는 모른 척했다. 입술이 짓물렀다는 그 생채기에 무자비한 폭행의 흔적이 더해졌다. 결국 이 모든 일은 그가 만든 것이다. 돌이킬 수 없는 후회가 그를 짓누르고 있다. 답답한 숨이 터져 나와 진우는 눈을 깊게 감으며 숨을 내쉰다.

진우의 휴대전화가 울린다. 혹시나 정연이 깰까 봐 전화를 손으로 감싸고 조심스럽게 밖으로 나갔다. 한주라이텍의 이 부장 전화다. 액정에 뜨는 발신자의 표시에 진우는 아, 하고 탄식 같은 소리를 냈다.

"여보세요."

— 박 팀장님, 한주의 이 부장입니다. 죄송합니다만 혹시 김 대리와 함께 있나요?

응급실로 실려 와 정연의 주변에는 아무런 연락 없이 지낸 지가 오늘로 며칠인지. 자신은 회사에 개인적인 일이 있다 하고 출근을 못 한다고 말했으면서, 정작 정연의 주변에는 무신경했다는 사실에 자책이 들었다.

문득 정연이 상대적으로 느꼈을지 모를 자신의 이런 성격에 힘들었겠다는 것을 지금에야 깨닫는다. 한쪽 가슴이 뻐근하게 아팠다. 지독하게 미안하고 미안했다.

"죄송합니다. 제가 연락을 못 드렸습니다. 정연이 저와 함께 있습니다."

말을 해 놓고서는 지금 상황을 어떻게 알려야 하나 고민을 한다. 이 부장은 이미 이 사태를 짐작하고 있었다. 이야기인즉 평소지각 한 번 결근 한 번이 없던 정연이 출근을 하지 않아 단번에 큰일이다 싶어 정연의 집으로 회사 사람들이 찾아갔더란다.

그런데 벨을 눌러도 사람은 안 나오고 혹시나 싶어 열쇠 수리공을 부르니 어쩌니 하는데 앞집 사람이 나와 지난밤의 사건을 이야기했다고 한다. 그렇게 찾아간 지구대에서 정확한 이야기를 듣고야 그나마 정연의 생사를 알게 되었지만 또다시 진우에게도 정연에게도 연락이 없어 다들 걱정이 크다고 했다. 그가 출근하지 않아서 같이 있다고 짐작만 할 뿐이지 제대로 확인이 필요하다고 했다.

— 김 대리는 괜찮은 겁니까? 통화는 할 수 있을까요?

옆에서 웅성웅성하는 팀원들의 소리가 들렸다. 이 부장이 함께 있대, 괜찮은가 봐 하는 소리에 다행이다 하는 소리가 진우의 전화까지 넘어왔다.

"지금 정연이 자고 있습니다. 전화는…… 정연이가 좀 괜찮아지면 꼭 연락드리겠습니다. 이 부장님 감사합니다."

진우는 자신의 식솔처럼 걱정해 주는 회사 사람들이 고마워 진심으로 말을 실어 보냈다. 그렇게 전화를 끊고 나서 진우는 정연의 가족에게는 어떤 식으로 연락을 해야 할지 심난했다. 다시 정연의 회사에 연락한다면 가족 비상 연락망 정도는 있을지도 모르지만, 그렇게 물어보기에는 입장이 불편했다.

가족의 연락처도 모르는 남자라. 일단 정말 급했다면 회사에라도 정연의 가족이 연락을 해 왔을 거란 생각이 들었다. 괜히 먼저 전화했다 놀라기라도 하면 그것도 걱정이었다.

진우의 회사에도 여러 가지 지시 사항을 내려 놓고 당장 잡힌 급한 출장은 일정을 미뤘다. 필요한 몇 가지 물품을 더 부탁하기도 했다. 병실 바로 밖에서 하는 통화임에도 마음이 급했다. 갑자기 그가 없는 상황에 정연이 당한 사건은 진우에게도 큰 충격이었다. 혹시나 통화 소리에 잠이 깰까 걱정이 되어 소리를 낮추면서도 진우는 병실 문에서 눈을 떼지 못했다.

생각보다 꽤 길어진 통화를 마치고 병실로 들어오니 정연은 다행히 자고 있었다. 진우는 병원에 온 뒤로 한 번도 챙겨 보지 않은 정연의 가방을 뒤졌다. 가방은 구급 대원이 병원 카운터에 맡겨 놓은 것을 입원실로 누군가가 올려 보냈었다.

가방은 그날의 사고를 선명하게 담고 있었다. 늘 깨끗하게 유지되던 정연의 가방은 흙이 묻어 있고 구겨져 험하게 모양이 변해 있었다. 지퍼는 열려 있었다. 휴대전화는 진우의 짐작대로 꺼져 있었다.

그리고 전화와 함께 손에 딸려 온 스카프 하나. 그가 어디 출장길에서 사 온 스카프는 가방 속에서도 곱게 접혀 보드랍게 들어 있다. 누가 봐도 신경 써서 다루는 모양새가 울컥 그를 흔든다. 떨리는 손으로 스카프가 그녀라도 되는 듯 매만진다.

진우는 침대에 살짝 걸터앉았다. 진우에게 등을 돌리고 한껏 몸을 웅크린 채 잠을 자는 정연의 마른 등을 쓸었다. 이불을 덮고 있어도 앙상하게 드러난 어깨뼈가 그의 손에 안쓰럽게 만져졌다. 그러자 정연이 소스라치게 놀라 몸을 더 웅크리고 진우의 손을 피해 몸을 한쪽으로 밀어 넣는다.

"정연아, 나야."

진우가 급하게 정연을 끌어안듯 일으켜 그의 품에 가두자 더 놀란 정연이 링거 줄이 흔들릴 만큼 격하게 그를 밀어 낸다. 그런 정연을 억지로 얼굴을 잡고 그와 눈을 마주치게 하자 그제야 정연은 진우를 알아보고 온몸에 주었던 힘을 뺀다. 축 늘어진 정연이 꼬꾸라지듯 진우의 가슴팍에 안긴다.

"괜찮아. 이제 괜찮아."

진우는 머리부터 차근차근 손길을 내려 등을 쓸어 주고 어깨를 토닥토닥 어루만져 주었다. 고분고분 안겨 오는 정연이 다시 편안해졌는지 고른 숨을 내쉬며 눈을 감았다. 몸을 뉘어 주고 이불을 덮어 주는데 맨발이 이불 밖으로 삐져나온다.

발등의 뼈가 드러날 정도로 앙상하다. 응급실에 실려 올 때 신발은 없어지고 스타킹은 정연의 상태처럼 엉망이었다. 지금에야 자세히 살펴본 발은 발톱이 중간중간 깨져 없다. 조심스럽게 발을 만지는 진우의 손길이 파르르 떨린다.

발이 얼음장같이 차다. 반항이 심한 여자에게 무차별적인 폭행을 가했다고 따로 만난 경찰도 그 이야기를 전했다. 스스로를 지키기 위해 힘겨운 고통의 시간을 지나가고 있을 그때 그 시간 동안 자신은 뭘 하고 있었는가?

자꾸만 떨리는 손에 힘을 주고 진우는 움찔거리는 정연의 발을 만지고 또 만지고 쓰다듬어 준다. 그렇게 한참이 지나고 진우의 체온으로 조금 발이 따뜻해졌다 싶을 즈음 옆의 서랍에서 양말을 꺼내 정연의 발에 신겨 준다. 다행히 잠이 든 정연은 기척 없이 발을 진우의 손에 내맡기고 편안한 듯 그제야 웅크린 몸을 조금씩 펴고 잠 속으로 빠져든다.

진우는 정연이 병원으로 실려 온 뒤로 자꾸만 과거의 시간 속으로 자신을 밀어 넣고 있었다. 과거의 장면 속에 진우는 그날 매일이 오자마자 정연의 회사로 달려가고 있었다. 정연이 혼자 택시를 타지 않고, 사고를 당하지 않도록 그렇게 말이다.

그날 진우가 먼저 손을 내밀고 정연에게 찾아가는 모습을 만들어 내기도 했다. 아니면 그렇게 억지를 쓰는 요구를 하지 않고 정연을 있는 그대로 받아들이는 그날로 돌아가 있기도 했다. 몇 번이나 눈을 감으면 어떤 날로 돌아가 그 사고가 일어나기 전으로 되돌려 놓고 있었다.

처음 그 남자를 볼 때부터 느낌이 좋지 않았다. 그 느낌을 믿었어야 했다. 자꾸만 뒤가 켕기게 섬뜩한 느낌을 무시하지 말았어야 했다. 정연의 상태를 볼 때마다, 얼굴을 볼 때마다 달려가서 죽여버리고 싶었다.

그렇게 끊임없이 과거의 모습으로 돌아가 시간을 되돌려 놓고, 지금 그의 앞에 환자복을 입고 있는 정연을 지우고 또 지우고 있었다. 하지만 눈을 뜨면 현실의 정연은 그날 응급실에서 괜찮다는 말이 무색하게 말을 잃어버리고 넋을 놓아 버렸다.

진우의 마음은 죄책감으로 끊임없이 추락하고 있었다.

※ ✽ ※

정연은 현실인지 꿈인지 모르겠는 상황을 헤매고 있었다. 처음으로 안경을 쓰던 어릴 적 그날처럼 갑자기 선명한 느낌에 깜짝 놀라 몸이 저절로 떨렸다. 몽환적인 그 상황에도 그것만은 실제인 것처럼 온몸이 미친 듯이 떨려 왔다.

그 속에 정연은 그날 밤 그 장소로 돌아가 무차별적인 폭력에 그대로 방치되어 있었다. 반항하는 여자를 잡고 단단한 주먹이 얼굴을 때리고 몸은 자꾸 벽에 부딪쳐 온몸이 이대로 조각날 수도 있겠다는 생각을 했었다.

그러나 그런 생각의 여유조차 사치일 만큼 커다란 고통이 온몸으로 메아리치듯 전신에 구석구석 퍼져 나갔다. 옷이 뜯어지고 머리카락을 잡고 벽에 짓이기듯 밀쳐졌을 때는 차라리 죽어 버렸으면 하는 그때의 생각과 느낌이 선명하게 다시 전개되었다. 장면은 바뀌지 않고 그대로 멈춰 정연이 숨을 못 쉬게 했다.

그런 끔찍한 장면을 보듬고 있는 정연의 기억에 또 다른 장면 하나가 옆에서 움직인다. 정연이 환자복을 입고 침대에 누워 있고 진우는 그런 정연을 본다. 진우는 울먹이며 들썩이는 어깨에 힘을 주어 참으며 정연을 쓰다듬는다. 눈물이 정연의 머리카락에 때때로 내려앉았다.

정연은 두 가지 다 선명한 모습을 자신은 제 삼자가 되어 바라보고 있었다. 이대로 죽을 거 같은 정연이 없어지고 진우가 온기를 나눠 준 손을 가지고 그에게 가서 섰다.

헉하고 정연이 숨을 몰아쉬고 눈을 떴다. 이른 새벽인지 아니면 저녁이 지나가는 시간인지 가늠할 수 없는 정연은 힘겹게 뜬 눈을 다시금 감고 한참이 지나서야 눈을 다시 떴다.

다시 선명해졌다. 지난 며칠 동안의 일이 이제는 제대로 주인공이 되어 하루하루가 스쳐 지나간다. 어떤 날은 지독하게 아팠고, 어떤 날은 끝도 없이 무기력했다. 또 어떤 날은 아무런 느낌조차 없을 정도로 그날 하루가 몽땅 기억이 안 나기도 했다.

그럼에도 그 속에는 그가 있었다.

어둑한 병실에 조용한 음악이 흐르고 있었다.

익숙한 라디오 시그널 음악. 홀로 야근할 때 듣던 라디오 프로가 흘러나오는 걸로 보아 시간은 하루를 마무리하는 즈음인 거 같았다. 정연은 조용히 귀를 기울인다. 음악 소리 속으로 빗소리가 섞여 들어온다.

어둠에 눈이 익숙해지고 정연은 몸을 일으켜 세웠다.

침대에 엎드린 한 남자. 옆으로 살짝 돌린 얼굴이 까칠하다. 눈썹이 찡그려져 있다. 정연은 손을 들어 그 남자의 머리를 쓰다듬고 얼굴을 매만진다. 수염이 까칠하다. 많이 피곤한 남자는 정연의 손짓에도 미동이 없다. 아니 너무 조심스러운 손길에 그거조차 모르는 걸까?

정연은 무방비 상태의 남자를 강아지 쓰다듬듯 조심스럽고 따뜻하게 얼굴을 쓸어내렸다. 쭉 뻗은 다리를 세우고 정연은 자세를 가다듬고 아예 작정한 듯 남자를 손길로 거두기 시작했다.

머리를 쓰다듬고, 찌푸린 눈썹을 펴 주고, 시원한 콧날은 손가락으로 그림을 그리듯 손끝으로 내리는 느낌이 아찔하다. 그 손가락이 남자의 입술을 더듬는데 뜨거운 한숨이 손가락을 타고 전율처럼 정연에게 넘어온다.

윽, 간지럽다.

진우가 눈을 떴다. 까만 눈동자가 아직도 잠이 묻어 있다. 정연이 무릎에 머리를 기대고 그의 눈을 쓸어내린다. 손짓이 지나간 자리, 다시 그가 눈을 뜬다. 까만 눈이 더 짙어진다.

"진우 씨, 면도해야겠어요."

한참을 그렇게 눈만 마주치고 서로를 바라보던 그들 사이에 먼저 기척을 내는 진우였다.

으스러질 것처럼 와락 여자를 안는 손길은 확인이었다. 그 때문에 힘든 일을 겪은 여자의 무사를 확인하는 그 손길은 숨소리를 따라가고 머리를 쓰다듬는다. 뭐라고 무슨 말이라도 할 것처럼 입술을 달싹이듯 열었다 닫았다 하는 입술이 애처로운 진우다.

그를 대신해서 정연이 다시 말을 꺼낸다.

"나, 이제 괜찮아요."

"그래, 그래 이제 괜찮아. 괜찮아. 괜찮아."

진우는 과연 그 말이 자신에게 변명처럼 하는 말인지 말을 하면서도 꾹꾹 감정을 누르느라 힘겨웠다. 쓸어내리는 손길에 링거줄이 걸리고 그제야 수액이 다 떨어진 것을 확인하고 간호사를 부른다고 나간다. 정연은 뻣뻣해진 고개를 돌리며 정신을 차리려 애를 썼다.

그렇게 눈에 닿는 곳마다 그가 있었다.

까무룩 잠을 자고 일어났을 때는 그가 정연의 눈꺼풀 속으로 밀고 들어오고, 밥을 먹으면 그는 맞은편에 앉아 그녀를 담았다. 깊이 잠들지 못할 때는 기도하듯 미안하다고 끊임없이 되새기는 그의 목소리가 따라붙었다.

진우는 속죄하듯 스스로에게 벌을 주듯 마음을 괴롭히며, 정연의 곁에서 그림자가 되어 붙어 있었다. 그런 그를 정연은 힘겹게 바라보며 몸을 추슬렀다.

다시금 복잡한 검사를 받고, 꾸역꾸역 억지로 음식을 밀어 넣으며 괜찮아 보이려 노력했다. 그렇게 시간은 조금씩 흘러갔다.

❉ ❋ ❉

진우는 허리가 아프다는 정연을 소파에 앉혔다. 뭐라고 대화할 말도 찾지 못한 그들은 나란히 앉아 의미 없는 음악 소리에 귀를 기울이고 있었다. 멍하니 초점 없이 앞을 바라보다 어디선가 울리는 휴대전화 소리에 둘의 고개가 움직인다.

진우의 휴대전화다. 그녀가 앉은 앞쪽 테이블에서 울리는 휴대전화를 짚는다고 몸을 정연에게 돌리며 손을 뻗는 진우다.

그 순간이었다. 정연의 눈빛이 급격하게 달라진다. 몸을 웅크리며 손으로 머리를 감싸고 학대받는 어린아이처럼 자신을 방어했다. 두려움에 잔뜩 겁먹은 눈동자, 머리를 감싼 손은 바들바들 떨리고, 입술도 얼음이라도 물고 있어 이가 맞부딪치는 소리가 날 것처럼 두려움에 떨고 있다.

진우는 그런 정연을 보고 끝없이 무기력해졌다. 끝이라고 이제 괜찮다고 했던 그 말이 다 무슨 소용이었나? 이 여자는 지금도 그 속에서 빠져나오지 못하는데. 진우는 덜덜 떨고 있는 정연을 억지로 끌어안는다.

"괜찮아. 내가 여기 있잖아."

진우가 자신의 목소리를 귀에 흘려 주자 그제야 정신이 돌아오는지 여자는 웅크린 몸을 조금 편다. 온기가 흐르게 머리를 자꾸 쓰다듬고, 어깨를 어루만지고 더듬거리듯 입술로 얼굴을 쓸어내리는데도 여자는 좀처럼 전부를 내어 주지 못한다.

정연을 끌어안은 진우의 손이 미세하게 떨린다. 죄책감이었으리라. 후회가 밀려오는 것이다. 그 자리에 이 여자를 두게 만들지 말았어야 하는 뒤늦은 한참 늦은 후회다.

그렇게 그들은 짙은 어둠과 같은 상태로 하루하루를 넘기는 중이었다. 진우는 어둠의 통로에서 정연을 애타고 찾고 있고, 정연은 그 속에서 조금씩 걸어 나오기 시작했다.

정연은 이제 말을 하고 정신을 차리고 자신의 상태를 인지하긴 했지만 여전히 현실이 두렵고, 왜 하필 이런 일이 자신에게 일어났는지에 대한 두려움을 물리치지 못했다. 아마도 그건 정연의 생이 다하는 그날까지 극복하지 못할 거라 생각했다. 하루씩 조금씩 눈에 보이지 않게 그렇게 나아지고 있다고 믿기로 했다.

정연은 이렇게 생각을 정리하면서 병실 한쪽에서 등을 돌리고 전화 통화를 하는 진우를 쳐다봤다.

어제 정신을 차리고 달력을 봤을 때는 놀랍게도 그날로부터 일주일이 넘게 시간이 흘러 있었다. 그때는 사람이 이런 식으로 정신을 놓아도, 숨이 붙어 있다는 게 두려울 정도로 무서웠다. 그리고 그 생각 한쪽에는 그 시간만큼 진우가 자신의 곁에 있었다는 사실에 미안함이 느껴졌다.

"아니요. 그 문제는 제가 출근해서 해결해야 할 문제라 일단 보류하십시오. 우리 쪽에서 지난 건도 수용했는데 또 이러면 곤란하다고 전하세요. 이건 양보 없는 조건이라고 단서를 달아 주세요."

정연은 통화를 하는 진우를 물끄러미 쳐다보다 자신이 그를 너무 오래 잡고 있다고 생각했다. 일주일이 넘는 기간 동안이나 출근을 하지 않는 남자 때문에 어제부터는 포화 상태인지 전화는 자꾸 울리고 그럴 때마다 진우는 인상을 쓰며 통화를 했다. 나중에는 전원을 꺼 놓아 병원까지 그의 회사 사람이 찾아와서 정연을 놀라게 했다.

마침 자리를 비운 진우. 그리고 혼자 있었던 정연. 병실 문은 노크도 없이 열리고 낯선 이의 등장에 숨을 고르지 못하는 그녀 때문에 그는 더 얼굴이 굳어 갔다.

정연은 그때의 기억을 떠올리며 이제는 각자의 자리로 돌아갈 시간이라고 생각했다.

"정연아, 음…… 수진 씨가 자꾸 연락 오는데 직접 통화 좀 해야겠어. 너희 회사에서 자꾸 너 목소리는 안 들려주고 병원도 안 가르쳐 줘서 그런지 좀 이상한 생각을 하나 봐."

"아……."

정연은 일주일 동안 회사를 한 번도 생각하지 않았다는 걸 이제야 깨닫는다. 자신의 상태가 정말 정상이 아니란 걸 이제야 심각하게 인식했다.

정신이 돌아오고 진우가 곁에 있고, 그의 회사 사람이 병원까지 찾아오는 걸 보면서도 정작 내가 다니던 회사가 있고 걱정해 주는 사람도 분명 있을 거란 걸 이제야 생각하다니. 무섭도록 자신의 상태가 걱정되었다.

정연의 얼굴에서 핏기가 싹 빠져나가는 느낌이 들었다. 괜찮으냐고 묻는 진우에게 아닌 척하며 괜찮다고 목소리를 가다듬었다. 정연이 머쓱한 듯 이마를 긁적이는데 그 손의 상처가 이제 딱지가 앉았다. 자잘한 생채기로 덮여진 마른 손등을 들어 올리는 정연의 동작에 진우의 눈매가 어두워진다.

"정연아, 그래도 걱정은 하겠지만 집에 연락을 해야 하지 않을까?"

곁에서 24시간 떨어지지 않고 붙어 있는 남자는 정작 정연의 가족 사항은 모른다. 정연은 이런 상황에서 가족 이야기를 어떤 식으로 알려야 할지 잠시 망설였다. 그저 괜찮다 하고 넘겨도 그가 캐물을 남자는 아니란 것 정도는 안다.

그냥 입을 다물까 잠깐 망설이다 온전히 곁을 내주고 그녀의 옆에 선 남자에게 그렇게까지 하고 싶지는 않았다. 정연은 속으로 마음을 정리했다.

"따로 연락하지 않아도 괜찮아요."

진우는 의아한 표정을 지으며 눈으로 되묻는다.

"……아빠, 일찍 돌아가시고 엄마는 재혼하셔서 멀리 살아요. 엄마도 나도 서로 그렇게 다정하게 챙기는 사이는 아니에요. 오빠가 있는데 원래 남매 사이가 그렇잖아요. 우리 오빠 결혼해서 사는데 괜히 내가 이런 일 겪은 거 알면 많이 놀랄 거예요. 그러고 싶지 않아요."

곁을 쉽게 주지 못하는 것이 정연의 성격 탓이라고 생각했는데 저렇게 제 사정을 이제야 그에게 알린다. 다정한 사이가 아니라도 우리 오빠라는 단어에 힘을 주는 말소리가 그럼에도 의지하는 쪽이 그쪽이라고 진우는 느낀다.

담담하게 자신의 상황을 알리는 그녀의 눈을 보면서 영화처럼 어느 한 순간이 지나간다.

좁혀지지 않는 그런 날들이 계속되는 언제쯤이었다. 협력 업체 회의로 수많은 사람 중에 그녀도 있었다. 무슨 사정인지 정연의 회사에서는 정연이 대표로 일행 없이 홀로 나타났다. 회의는 매끄러웠다. 간간이 발표하는 정연의 의견도 훌륭했고, 살짝 농을 던지듯 짓궂은 사람들의 시기 어린 말투에도 세련되게 넘겼다.

그렇게 긴 시간이 오가고 진우는 다른 문제로 자리를 한참 동안이나 비웠다. 음료가 다시 준비되고 어수선한 쉬는 시간에 조용히 자리를 지키던 정연은 그가 들어오는 것을 보고 뭔가 안도하듯 포옥 편안한 숨을 내쉬며 굳은 어깨가 내려앉는 것을 지켜봤다. 어린아이가 남의 집에 가서 잘 지낸다고는 해도 낯설음에 잔뜩 뻣뻣해할 때 제 동기간이 나타난 듯 그렇게 그에게 마음을 전달했다.

왜 그때는 그걸 몰랐을까? 제게도 그녀에게도 마음이 움직이는 과정이 있었음을.

조각조각 토막이었던 그들 사이의 감정이 하필 왜 이런 사건으로 일깨워지나 진우는 허탈했다. 어쩌면 이런 감정을 깨닫지 못하고 이런 사건이 생기지 않고 그대로 헤어졌다면 저나 그녀에게나 다행이었을까 하는 질문을 하지만 또 거기에는 대답을 못 한다.

그렇게 진우는 정연이 힘든 와중에도 그럼에도 자신이 그녀를 잡고 있다는 사실에 안도하는 스스로가 미워 미칠 지경이다.

"나 휴대전화 좀 줄래요?"

병원 어디에서 충전해 둔 휴대전화를 진우가 건네준다. 전원을 켜자 긴 시간 동안 잠이 들었던 전화는 수많은 부재중 알림과 메시지로 정신이 없다. 주르르 훑어 내리다 혹시나 했던 가족의 흔적은 없다.

잠깐 침울하게 가라앉는 정연을 그가 놓치지 않고 바라보고 있다. 억지로 얼굴을 풀고 정연은 다른 메시지를 확인한다.

「정연아, 목소리라도 좀 들려줘. 걱정돼 죽겠어. 정말 괜찮은 거야? 박 팀장님은 자꾸 괜찮다고만 하고 병원도 안 알려 주고. 다들 걱정하고 있어. 연락 줘.」

화를 냈다가 애원을 했다가 하는 수진의 문자에 잠깐 가라앉았 던 마음이 다시 일어선다.

"수진이가 전화를 많이 했어요."

고개도 들지 않고 쭉 읽고 있는데 진우가

"찾아오겠다는데 내가 안 알려 줬어. 너 상태도 그렇고…… 보면 다들 더 걱정할 거 같아서."

"네. 이해해요."

"근데 이제는 전화라도 해서 목소리라도 들려줘. 좀 상황이 이상하게 돌아가고 있어."

정연은 무슨 말인가 싶어 고개를 들고 그를 쳐다본다. 그런 정연을 보던 진우가 이마에 살짝 입을 맞춘다. 삽시간에 온몸으로 열기가 확 핀다. 정연은 그와 이런 다정한 스킨십은 처음이라 얼굴이 붉어진다.

"너희 쪽에서 너와 연락은 안 되고, 자꾸 내가 전화만 받아서 괜찮다고 하니, 어디 납치해서 데리고 있는 게 아닌가, 그런 소문이 있나 봐. 계속 이렇게 통화도 안 되면 이제는 경찰에 신고하겠대."

"예? 누가요?"

"수진 씨가. 그리고 이 부장님도 대놓고 그렇게 말씀은 안 하시는데 둘러 말씀하셔도 수진 씨랑 같은 생각인가 봐."

정연은 살짝 웃음이 나와 웃었다. 수진이 그렇게 걱정을 해 주고 있었다니 한쪽 가슴이 뻐근하다.

정연은 서랍에서 거울을 꺼내 얼굴을 살핀다. 나아진 게 없다. 어제 병원에 온 뒤 처음으로 거울을 봤었다. 이마는 실밥을 뽑고 그 자리에 붕대 같은 거즈가 붙은 상태다. 뺨은 멀쩡한 피부 색깔이 안 보일 정도로 시퍼렇다. 입술은 그래도 조금 나아 부은 건 빠졌지만 피딱지는 그대로다.

속상한 마음에 거울을 내려놓는 손은 더 엉망이다. 곳곳에 쓸린 상처와 손가락은 무언가에 베어 이마처럼 몇 바늘을 꿰맸다. 엉망인 손이 부끄러워 바보처럼 환자복 소매 속으로 팔을 당긴다. 갑자기 주어진 힘에 팔이 결려 와 그마저도 숨기지 못해 혼자 끙끙거린다.

그래도 통화는 해야겠기에 정연은 전화를 들었다. 딱 한 번 울리고 수진은 전화를 받았다.

— 정연아? 정말 정연이니?

"응, 괜찮아? 똘망이는 잘 크고 있대?"

— 야, 누가 누굴 걱정해? 너 정말 괜찮은 거야?

수진은 감정이 복받치는지 전화기 속에서 자꾸만 울었다. 전염되듯 정연도 목이 꽉 막혀 울먹인다. 저쪽에서 진우가 그런 정연을 보고 있다. 갑자기 쑥스럽기도 하고 부끄러워진 정연이 몸을 돌렸다. 방금 거울 속에 멍투성이 못난 여자가 생각이 났다. 그런 얼굴로 울보처럼 보이긴 싫었다.

정연의 마음을 알았는지 진우는 조용히 문을 열고 밖으로 나갔다.

"나 괜찮아. 회사는 별일 없어?"

— 넌 지금 회사가 걱정이니? 병원이 어디야? 내가 가서 봐야 겠어.

"아니야, 괜찮아. 아니다 수진아, 나 부탁 하나만 하자."

잔뜩 목소리를 낮춘 정연은 누가 자신을 보는 것도 아닌데 몇 번씩이나 문 쪽을 살폈다. 뭔가 그러면 안 될 거 같은 이야기의 시작이지만 그럼에도 이제는 결정을 내려야 할 시간이 왔다. 그리고 자신의 가족 사항을 이야기했을 때 그 사람의 얼굴에 어린 그 표정이 내내 걸렸다. 거기에 힘겨움을 더 안겨 주긴 싫었다.

한참을 통화하고 나서도 그는 돌아오지 않았다. 몇 번 문을 쳐다보다 정연은 결심한 듯 모자를 꺼내 쓰고 병실을 조심스럽게 나섰다. 처음이다. 입원하고 혼자 이렇게 문을 열고 나서는 것은.

숨을 백 번쯤 몰아쉬고 그렇게 문을 열었다.

그는 보이지 않았다. 찾아보자 하는 생각에 병실 복도를 나와 내친김에 승강기를 타고 일 층까지 내려왔다. 옆에 아무렇지도 않게 지나가는 사람들과 병원 냄새가 한데 뒤섞인다. 낯선 사람들이 두렵기도 하고 무섭기도 하고 또 다른 이면에는 익숙한 생활의 느낌이 복잡하게 얽혀 들어간다.

빠르게 걷는 남자 하나가 정연의 곁을 스친다. 움찔했던 것은 정연뿐이다. 그 남자는 정연의 기우가 무색하게 그냥 지나갈 뿐이다. 잔뜩 움츠렸던 어깨가 천천히 내려앉는다.

한 번, 이렇게 고비를 넘긴다.

일 층 로비에 많은 사람들이 외래 진료 접수를 기다리는 그 무리 중에 진우가 앉아 있다. 노트북을 펴 놓은 상대편에게 모니터를 응시하며 심각한 이야기를 나누는 그 사람. 긴 시간 동안 자신의 곁에 있었다는 그 사람은 더 많은 일상을 밀어 놓고 있었겠다 싶어진다.

상대와 얼굴이 굳어지는 심각한 이야기를 나누고 전화를 들고 어딘가로 급하게 통화하는 기색이 멀리서도 느껴진다.

천천히 시선을 거두고 정연은 곁을 지나치는 사람의 커피 냄새에 본능적으로 시선이 돌아간다. 그 끝에 병원 로비에 있는 카페가 보인다. 입에 침이 고이게 반갑다. 아직 입 안이 헐어 밥도 제대로 못 먹으면서 커피는 너무 반갑다. 냉큼 걸음을 옮겨 가는데 저쪽에서 점원이 그런 정연을 뚫어지게 본다.

얼굴에 멍이 들고 엉망이 된 모습은 모자로도 다 안 가려진다. 빤히 쳐다보는 남자 알바생의 모습이 갑자기 지독하게 어둡던 밤으로 변했다. 짐승의 눈빛처럼 변해 버린 남자의 눈빛으로 겹쳐졌다. 심장이 쿵쿵쿵. 정연은 몸을 돌려 빠르게 걷는다.

"언제 여기까지 내려온 거야?"

정신없이 걷던 정연의 팔을 세게 움켜쥐는 손길에 정연이 소리를 지르려다 익숙한 체취에 몸을 가눈다. 그 앞에 진우가 있다. 빠르게 정신을 차리고 모자를 깊게 다시 눌러쓰면서 정연은 별일 아닌 듯 얼굴을 마주한다.

한 고개는 아니라도 반 고개쯤은 넘은 거겠지. 스스로에게 위

안을 삼는다.

"갑갑해서요."

"커피 마실래?"

진우가 몸을 돌려 커피숍으로 가려는 걸 정연은 괜찮다며 그의 팔을 잡았다. 그러자 진우는 정연의 손에 깍지를 끼고 세게 잡는다. 어색하기도 하고 부끄러운 정연과는 반대로 진우는 따뜻한 손을 내어 준다.

그렇게 두 사람의 발걸음은 밖을 향한다.

"산책할까?"

얼마 만에 나서는 밖인가? 종전의 두려움은 거짓말처럼 사라진다. 둘은 그렇게 병원 근처 공원을 조금 걷다 벤치에 앉았다.

"저 이제 괜찮아요. 진우 씨는 회사 출근해야죠."

긴 설명이 없어도 로비에 있던 진우를 봤다는 말을 대신한다.

"괜찮아."

"저도 이제 몸도 괜찮고, 진우 씨도 바쁜 사람이고. 전화 계속 오고 회사 사람들 찾아오고 그러는 거 알면서 저 병원에 편하게 못 누워 있어요."

한참을 말이 없던 진우는 입고 있던 자신의 재킷을 벗어 정연에게 입혀 준다. 정연은 훅 끼쳐 오는 진우의 훈기를 반기며 옷 속에 몸을 기댄다. 그의 익숙한 느낌에 부끄러워진 얼굴을 모자가 가려 줘 다행이라고 생각했다. 한참을 그런 정연을 보던 진우는 몇 번의 망설임 끝에 말을 꺼낸다.

"……그럼, 내일 잠깐 다녀올게. 대신 간병인 불러 놓고 갈 테니깐 무슨 일 생기면 전화해."

"아니요. 그럴 필요는 없어요. 저…… 낯선 사람은 더 힘들어
요. 어디 못 움직이게 아픈 것도 아니고. 혼자 있을 수 있어요."

걱정 말라고 환하게 웃으며 괜찮다는 말을 하는데 오히려 그
말이 더 정연의 두려움을 말해 준다. 진우는 낯선 사람이 무섭다
는 정연의 말의 꼬리를 잡고 다시금 얼굴이 굳어진다.

3
연애하자

아침 일찍 진우는 병원에서 새우잠을 자고 사람을 불러 가져온 옷으로 갈아입고서는 출근을 했다. 면도를 하고 정연이 좋아하는 차림으로 그렇게 말끔하고 단정한 박진우 팀장님이 되어 회사로 갔다.

몇 번이나 간병인을 부르는 문제로 실랑이를 했지만 정연의 고집을 꺾지는 못했다. 산책을 다녀오면서 정연의 기억에는 없는 의사 한 명이 퇴근하는 일상복 차림으로 알은척하는 인사에도 두려움에 떨던 그 모습에 진우는 더 이상 고집을 부리지 못했다.

정연은 다시 모자를 눌러쓰고 병실 문을 나섰다. 담당 주치의를 찾아서 자신의 상태를 정확하게 파악할 필요가 있었다. 언제까지나 병원에 있을 수도 없고, 그도 바쁜 사람이고 제자리로 돌아가야 한다. 극복해야 한다. 이제는 용기가 필요한 시점이다.

진우의 사촌 형 덕분인지 친절한 주치의의 설명에 이제는 외상이 크게 걱정되지는 않으나 조심해야 된다는 말을 들었다. 정신적인 문제는 추후에도 발생하니 도움이 될 거라며 신경과 외래 담당을 추천받기도 했다.

실밥 뽑은 자리에는 치료용 밴드가 다시 붙었다. 조심스럽게 혹시 퇴원은 해도 되냐는 질문에는 진우와 상의는 했냐는 말이 먼저 나왔다.

정연은 자기가 당사자고 이런 문제는 자신이 결정할 문제라고 조금은 차갑게 말을 하자 외래 진료를 꼬박꼬박 받으러 온다면 차라리 심리적으로 편한 집이 나을 거라고 했다. 속으로 집이 더 이상 편하지 못하지만 그거까지 이 의사가 아는 건 아니니 별 대꾸 없이 정연은 고개를 끄덕였다.

그렇게 정연은 퇴원 준비를 시작했다.

아침만 해도 혼자 퇴원할 생각을 한 건 아니다. 다만 이렇게 일을 진행하다 보니 한번 시작할 때 다 해 놓자 싶은 심정으로 그렇게 준비했다.

링거 거치대를 끌고 지갑을 챙겨 일 층으로 내려갔다. 원무과를 찾아 병원비를 정산해 달라고 했다. 담당은 중간 정산을 어제 했다며 나머지 병원비만을 뽑아 주었다.

단번에 누가 계산했는지 알았다. 정연은 휴대전화를 들고 어차피 알려야 하는 거 진우에게 말하기로 했다. 번호를 누르고 한참을 기다렸지만 그는 전화를 받지 않았다. 바쁜 사람이구나, 그런 사람을 오래도 잡고 있었다는 사실에 미안함이 몰려온다. 메시지라도 남겨야지 싶어 글자를 찍다 손톱 아래 쓸린 상처에 그마저도 불편해 포기했다.

울컥한 기분이 몰려온다. 몸도 정신도 바보가 되어 버린 기분이다. 살아야 하는데, 그래, 이제 기운 차려 살아야 한다. 정연은 나중에 전화로 직접 통화하자고 생각하고 카디건 주머니에 전화를 넣는다. 포근하고 따뜻한 카디건이 부드럽다.

입원을 하고 자꾸만 추위인지 아니면 다른 공포감이 남아서인지 바들바들 떠는 그녀를 위해 그가 준비해 준 옷이다. 그의 손가락이 위에서부터 꾹꾹 단추를 채워 준 옷이다. 그의 온기는 사라졌음에도 습관처럼 단추를 매만진다.

병원비 청구서를 따로 뽑아 달라고 부탁을 하고 정연은 그동안 가입한 보험을 생각했다. 보상은 받을 수 있을까 청구서를 보지만 그걸 본다고 답이 나오는 것도 아니었다. 현실이 깊숙하게 파고든다.

몸과 정신의 상태는 따로 두고, 다른 쪽으로는 정산해야 될 병원비와 앞으로 집을 옮겨야 하는 문제가 다시 따라붙었다. 회사는 수진과의 통화에서 일단 그동안의 사용하지 않은 휴가와 연차로 정리를 한다고 했지만 언제까지 그렇게 둘 수는 없었다.

아직 수액이 다 들어가지 않아 정연은 간호사를 직접 찾아 뽑아 달라고 했다. 이거라도 다 맞고 퇴원하라는 말에 웃으며 그동안 고마웠다는 말로 대신했다.

정연은 수진과의 통화에서 갈아입을 옷을 미리 부탁했었다. 이런저런 병원 내 사정으로 임산부가 와서 볼 상황은 아니었다. 대신 수진의 남편이 정연이 검사받으러 갔을 때 병실에 두고 간 옷을 꺼내 입었다.

늦가을이었던 계절은 정연이 입원해 있는 동안 겨울을 향해 달려가고 있었다. 따뜻한 터틀넥에 팔을 끼우는데 올리는 팔이 많이 아파 그대로 앉아 숨을 참고 끙 앓듯 옷을 갈아입는다. 천천히 옷을 갈아입느라 생각보다 시간이 많이 흘렀다.

마지막으로 병실에 두고 가는 거 없나 살피는데 그가 갈아입고 간 옷이 옷장에 그대로다. 꽃병에 꽃이 화사하게 제 자랑을 한다. 어쩌나 하다 꽃은 그대로 두고 그의 옷은 챙겨 정연의 가방에 챙겼다. 나중에 돌려줘야지 한다.

정연은 휴대전화를 꺼내 수진이 찍어 둔 문자를 확인했다. 무슨 아파트 몇 동 몇 호로 시작하는 주소는 수진의 언니가 얼마 전 급하게 결혼을 하면서 처분하지 못한 집이다. 가구도 그대로 있고, 한동안 살기는 편할 거라고 정연이 당장 거취 문제를 고민하자 흔쾌히 걱정을 덜어 주었다. 어차피 월세는 나가야 하고 그걸 정연이 부담하면 되는 문제였다.

다시 그 집으로 돌아가 살 자신은 없었다. 일단 수진의 언니가 비워 둔 집에 머물면서 차차 집 문제는 알아보자고 생각했다. 아주 많은 생각과 정리가 하루 종일 복잡하게 얽혀 정연은 점점 지쳐 갔다.

웅차 하고 일부러 기운을 끌어모았다. 병원비를 계산하고 약을 타고 병실을 정리하고 의사의 이야기를 다시 듣고 시간이 꽤 흘렀다. 마음만 급했는지 어둠이 내려앉는다. 다시는 오고 싶지 않은 병실이지만 그가 있어서 그래도 견딜 수 있었다고 감사 인사는 꼭 해야겠다 생각했다. 천천히 몸을 일으킨다.

가방을 들고 문을 잡는 힘에 저리던 팔이 다시 아파 온다. 가방을 바닥에 두고 한쪽 팔로 주무르는데 문이 저절로 열린다. 놀란 눈을 하고 쳐다본다. 짐작대로 그 사람이다. 놀란 정연과는 반대로 진우는 바닥에 놓인 가방을 이내 자신이 든다.

그리고 그대로 성큼 걸어 앞서 나간다. 정연은 빠른 그의 걸음에 맞춰, 승강기를 타고 일 층을 지나 주차장으로 따라갔다. 성큼성큼 걷던 걸음이 정연의 종종걸음을 의식했는지 조금 느려진다. 살짝 느린 걸음 뒤에서 정연이 따라간다. 차 문을 열고, 가방을 뒤쪽에 툭 던져두고 정연이 제대로 앉는지 세심하게도 쳐다본다. 그럼에도 그는 아무런 말이 없다.

정연은 그저 시키는 대로 벨트를 찬다. 속으로 혼자 퇴원 준비를 한 이유를 연습해 본다. 묻기 전에 말을 해야 하나? 아니면 먼저 이야기를 꺼내야 하나. 어디쯤에서 시작해야 할지 망설여진다. 그러면서 참 저 사람도 말이 없다 생각하며 물끄러미 그를 쳐다보던 시선을 거둔다.

"아까 전화했더니 안 받아서요. 말하려고 했는데 바쁜 거 같아서, 나중에 다시 전화하려고 했어요. 괜찮대요. 이제 퇴원해도 된다고 그래서……."

두서도 없는 변명 같은 말을 고개를 숙이고 쏟아 내는 정연에게 대꾸가 없다. 진우는 그저 운전만 한다. 대답도 없는 남자를 잡고 다시 말하는 것도 무안해져 정연은 입을 다물었다. 피곤했다. 아까 저리던 팔은 시간이 갈수록 더했다. 꾹꾹 처올라오는 통증을 누르느라 차가 어디로 가는지 묻지도 못했다.

한참을 달려 정연이 어딘가 싶어 그제야 정신을 차린다. 두리번거리는 눈짓에 차는 지하 주차장으로 들어간다. 저릿한 팔이 아까보다 더했다. 끙 앓는 소리가 나올 거 같아 입술을 깨문다. 차가 멈춘다.

"여기가 어디예요?"

"우리 집."

얼떨결에 끌려가듯 우리 집이라고 지칭된 아파트로 들어서는 정연은 당황스러운 표정을 숨기지 못했다. 한 손에는 가방을 들고 한 손에는 정연의 손을 잡은 그는 엘리베이터를 타고 16층을 눌렀다.

숫자가 하나하나 바뀔 때마다 심장이 같이 박자 맞춰 뛰는 걸 정연은 생생하게 느꼈다. 그리고 그가 잡고 있는 자신의 손까지 심장 박동 소리가 전달될까 걱정이 되었다. 꼬물거리며 손을 빼려고 해 보지만 그는 표정 없이 잡은 손에 힘만 준다. 이내 포기가 된다.

"음, 저기요, 혹시 부모님이랑 함께……."

"같이 사냐고? 아니. 혼자 살아. 내가 너를 모르니? 설마 부모님과 함께 사는 집에 너를 데리고 올까 봐? 그럼 현관문도 열기전에 넌 도망가겠지. 내가 너를 많이 모른다고 해도 그 정도 파악할 눈치는 있어."

속내가 들킨 거 같아 민망해진 정연은 잡힌 손을 배배 꼬는데 그러지 말라고 진우는 살짝 얼굴을 찌푸린다. 그의 표정을 살피며 눈치를 보다 손을 가만히 한다. 승강기 도착 소리가 들리자 그가 손을 놓는다. 그제야 빠르게 뛰던 심장이 제 속도를 찾아간다.

병원에서 나온 뒤로 처음으로 나누는 대화다. 그가 어쩌면 화를 낼지도 모르겠다는 예상을 벗어나 살짝은 당황스러웠다. 그리고 더 당황스러운 것은 진우의 집으로 들어서고 있는 자신이다.

오늘 하루가 참 복잡하고 길다는 생각이 들었다.

"밥 먹자. 손부터 씻을래? 욕실은 저쪽이야."

깨끗한 현관 바닥에는 그의 구두가 몇 켤레 놓여 있다. 착 가라앉은 공기가 고요했다. 집으로 들어와 떠밀리듯 욕실로 들어간 정연은 입고 있는 외투가 답답해 옷을 벗어 들고 나왔다. 어디에 두나 거실을 훑어보는데 진우는 주방에서 부산스럽다.

그는 재킷을 벗고, 넥타이를 풀고 저녁을 준비하고 있는 뒷모습을 정연에게 보여 주었다. 정연은 벗은 옷을 거실 소파에 조심스럽게 둔다. 정말 이상한 하루라고 정연은 자꾸만 그 생각을 하며 다시 욕실로 들어가 손을 씻고 조심스럽게 모자를 벗어 본다.

얼굴은 흉했다. 병원에 있을 때는 크게 모르다, 병원이 아닌 다른 환경에 서 있는 자신이 어색하니 더 얼굴이 신경 쓰인다. 아직도 가라앉지 않은 입술과 피멍이 든 얼굴은 흉측했다. 거울 속에서 시선이 마주치자 눈이 저절로 질끈 감아진다. 다시 모자를 쓰고 욕실을 나섰다.

"여기 앉아."

진우는 수저를 챙겨 주고, 반찬을 꺼내 놓는다. 집 안에 반찬 냄새, 국 냄새가 떠돈다. 정연은 묘한 안도감에 몸이 노곤해지는 걸 느꼈다. 배가 고프지 않다고 생각했는데 음식 냄새에 입에 침이 고인다. 몸이 노곤하게 한풀 꺾인다.

"그리고 이건 벗어 두자. 집에서까지 쓰고 있는 건 별로잖아. 앞에 뭐가 보이긴 하니?"

미처 반항할 사이도 없이 모자는 어느 사이 비워진 식탁 의자를 차지했다. 차마 고개를 못 드는데 진우가 커다란 두 손으로 뺨을 감싸고 고개를 들게 한다. 그게 더 부끄러워 어렵게 고개를 들고 그의 손을 잡고 내린다. 그는 잠깐 정연을 바라보다 일어선다.

그의 일어선 뒷모습을 본다. 진우가 전기밥솥에서 밥을 푸다 손가락에 묻은 밥풀 하나를 무의식적으로 떼어 먹는다. 그걸 본 정연이 정말 별스러운 하루라고 다시 생각했다. 밥풀 떼 먹는 박진우 팀장님을 보게 될 줄 누가 알았을까?

밥을 주고 국을 퍼 주는 진우는 다시 봐도 낯설다. 자주 하는 일은 아닌 게 분명했다. 국을 담다 뜨거워 잠깐 쩔쩔매기도 한다. 숟가락, 젓가락을 세심하게 살피고 짝을 맞춰 정연의 앞에 놓아 준다.

뭐라도 거들어야 하는 거 아닌가 싶어 일어서는데 그대로 어깨를 누른다.

"그냥 앉아."

식탁 위에는 짧은 시간에 차려진 음식이라곤 믿겨지지 않게, 생선구이와 곰국에 나물, 밑반찬까지 올라와 있었다. 밥은 금방 했는지 쌀밥의 윤기가 매끄럽게 보였다. 정연은 남이 제대로 차려

주는 밥상이란 걸 받아 본 지가 언제인가 생각해 보는데 기억이
흐릿하다.

제주도에서 펜션을 운영하는 엄마는 펜션의 홈페이지 속의 제
주 가정식을 차리지만 정작 정연이 가서 먹어 본 적은 없다. 가끔
엄마가 올라오시긴 해도 다른 일이 더 바쁜 엄마였다. 그런 엄마
와 마주 앉아 밥을 먹는 일은 회사 근처 백화점 식당가가 대부분
이었다.

오로지 나만을 위해 차려진 밥상을 받아 들고 기분이 벅차면서
도 한편으론 이렇게 비교가 되니 되려 마음은 갈팡질팡한다.

"이걸 직접 한 거예요?"

"내가? 너는 정말 내가 이걸 했을 거라고 생각해?"

진우는 말도 안 된다는 표정으로, 생선 살을 발라 밥에 얹어 준
다. 이건 더 낯설어 정연이 빤히 쳐다보자, 무안했는지 그는 일어
나 물을 한 잔 따라 준다.

"가끔 집안일 봐주시는 분이 계셔. 시간 맞춰 준비해 달라고
한 거야. 우리는 그저 맛있게 먹어 주면 되는 거고."

정연은 진우의 말처럼 모처럼 맛있게 식사를 했다. 달그락거리
며 그릇에 수저가 부딪치는 소리, 음식을 씹는 소리, 물을 마시는
소리가 적당히 어울린다. 새삼 같이 먹는 밥이 이런 것이구나 하
며 정연은 마음이 서서히 말랑해졌다.

하루 종일 날 서 있던 긴장감이 밥 한술에 같이 넘어간다. 먹는
내내 서로 말은 없었지만, 비록 그가 직접 만든 음식은 아니지만,
그의 마음이 담긴 밥 한 끼란 걸 정연이라고 모르겠는가? 그렇게

맛있게 한 그릇을 뚝딱한 정연은 진우가 뒷정리하는 걸 보고 다시 욕실로 들어섰다.

정연의 몫으로 나와 있는 칫솔에 치약을 짜고 입에 물었다. 세면대의 따뜻한 물이 반갑다. 망설이다 샤워기에 물을 틀어 놓고 욕조에 걸터앉는다. 다친 손으로 흘러내리는 따뜻한 물을 만지다 이내 다른 손으로 바꾼다. 배부른 느낌, 따뜻한 물.

정연은 욕실 문을 잠근다. 조금 생각하다 조심스럽게 옷을 벗고 샤워기 아래 섰다. 방수 처리가 된다는 밴드를 조심하며 머리도 감았다. 병원에서는 그저 대충 하는 샤워였다. 숨이 차올라 그거조차 힘들었다. 그리고 더 큰 문제는 거울 보는 게 두려워 후다닥 씻고 나오는 샤워 정도였다.

낯선 집에, 밖에는 진우가 있는데 물이 너무 따뜻하게 기분이 좋다는 핑계로 느긋하게 목욕을 즐겼다. 하지만 개운한 기분 뒤에 정작 입고 나올 옷이 없는 정연은 어쩔 수 없이 진우의 것이 분명한 바스가운을 입고 욕실을 나왔다.

두리번거리며 들고 온 가방을 찾는다. 다른 곳에서 진우도 샤워를 마친 모양인지 아까와는 다른 편한 옷차림으로 젖은 머리를 하고 정연을 발견한다.

그러고는 환하게 웃는다. 쿵, 쿵, 쿵. 정연은 심장이 자꾸만 세게 뛰어 숨 쉬기가 불편했다. 손이 저절로 가슴 언저리를 두들긴다.

"어디가 안 좋아? 괜찮아?"

정연의 곁으로 다가오는 진우의 움직임에 깨끗한 비누 향이 함께 실려 온다.

"저기, 제 가방 어디 있어요?"

대답 대신 손을 잡아끈다. 비누 향이 더 짙게 와서 안긴다. 휘청하며 어지럽다. 정연은 어지러움의 원인이 뜨거운 샤워라고 생각하기로 했다. 진우는 정연의 손을 잡고 방으로 안내한다.

그의 침실. 넓은 침대와 깨끗하고 단순한 남자의 방. 그리고 진우는 옷장 앞에 정연을 세운다. 옷장 문을 열어 준다. 그 안에는 정연의 가방에서 나온 옷들이 옷걸이에 걸려 있다. 화장품은 줄을 맞춰 나란히 서 있다.

"속옷은 서랍에 넣어 뒀어."

속옷이란 말에 얼굴에 열이 올라오는 걸 느꼈다. 분명 빨개졌을 텐데. 옷장 문 안쪽 거울에는 멍이 든 얼굴이 그런 표정 하나 없이 그저 시꺼먼 피부 빛을 하고 쳐다보고 있다. 다행이라고 해야 되나, 멍든 얼굴이 이럴 때는 쓸모가 있다 싶어져 피식 웃음이 나왔다.

"선물이야."

정연은 걸어 놓은 옷 중에 대충 집어 들다 진우의 말에 행동을 멈추고 옷장 속을 두리번거렸다. 전부 정연의 물건이다. 거실 소파에 벗어 둔 외투가 여기에 걸려 있다. 수진에게 부탁해서 집에서 가져온 입던 옷과 화장품 몇 가지로 채워진 옷장을 보며 무슨 말인가 싶어 그를 다시 본다.

"이 옷장. 너를 위해 한 칸 비워 뒀어. 여긴 이제 네 옷장이야. 이게 선물이야."

쿵쾅, 또 심장이 뛴다. 정연은 옷장 안을 뚫어져라 본다. 낯선 집에 그녀의 공간이 생겼다. 그의 집에 들어서면서 느끼던 설익은 느낌 하나가 옷장 하나로 채워진다. 우리 집이라고 했던 그 말이 이 옷장의 주인인 정연에게도 해당되는 말이었구나 하는 걸 직접 이야기해 주지 않아도 알 수 있었다.

"옷 갈아입고 나와."

정연이 마음이 벅차올라 숨을 살짝 고르는데 진우는 옷장 하나를 주고 별거 아닌 듯 자리를 피해 준다. 옷장 속을 한참을 쳐다본다.

동굴 같은 옷장이 훤한 햇볕이 잘 드는 기분 좋은 산책로처럼 변해 온다. 옷장 속 서랍에서 속옷을 꺼낸다. 다른 의미로 은근하게 떨리는 마음이 진정이 되지 않아 숨을 저 끝까지 몰아쉬고 서랍을 열었다. 속옷을 직접 그가 넣고 정리했을 생각을 하니 부끄러운 마음이 벅찬 마음과 함께 들어온다.

옷장 거울 속에 비친 얼굴. 벗은 몸. 조금 전 감정과는 많이 다른 지독하게 부끄러운, 욕실에서 옷을 벗을 때는 몰랐던 감정들. 그가 잠이 드는 가장 원초적이고 본능적인 침실에서 옷을 갈아입는 여자. 꼭 그의 앞에서 옷을 벗는 것처럼 떨리는 손을 하고 속옷을 입었다.

옷걸이에서 옷을 집어 드는데 문이 벌컥 열린다.

"정연아, 차 뭐 줄……."

갑자기 문을 열고 들어서는 진우의 모습에 정연은 바닥에 떨어진 바스가운으로 몸을 가린다. 뒤를 돌아 얼굴을 외면한다. 진우는 당황한 얼굴을 하고 그대로 문을 닫고 나가는 소리가 들렸다. 정연이 쿵쿵거리는 심장을 진정시키며 다시 가운을 걸치고 숨을 몰아쉰다.

그러나 곧 다시 문은 성급하게 열렸다. 진우가 매서운 눈을 하고 성큼성큼 방으로 들어섰다. 싸한 눈빛이 서늘하다. 정연은 그대로 몸이 얼어 동작이 멈춘다. 진우는 그런 정연의 모습은 상관도 없는지 그대로 가운을 벗겨 뒤돌아서게 했다.

그리고 곧 그의 입에서 터져 나오는 신음 소리가 정연의 등 뒤에서 쏟아진다. 울음소리 같은 메아리가 익숙했다. 그녀가 병원에서 선잠이 든 상태로 현실과 꿈을 어지럽게 돌고 있을 때 들었던 그의 억눌린 울먹임.

뒷모습을 바라보던 그가 뒤에서 몸을 겹쳐 온다. 덜덜 떨리는 것이 그의 몸짓인지 그녀의 몸짓인지 아니면 그 둘인지 짐작을 못 한다. 잠시 후 울먹임이 잦아들고 그가 몸을 뗀다.

조금은 차가운 그의 손이 가운을 다시 정연에게 입혀 준다. 정연은 그의 손을 놓고 천천히 가운을 내리고 뒤돌아섰다. 옷장 속 거울에 자신의 벌거벗은 뒷모습을 비쳐 본다.

이랬었구나, 이래서 그렇게 지독하게 아팠구나.

정연은 거울 속 자신의 벗은 뒷모습을 한참을 쳐다봤다. 어깨부터 등 아래까지 뒷모습이 멀쩡한 피부가 하나 없다. 얼굴처럼 시퍼렇게 혹은 까맣게 변해 버린 피부에 경악한 진우가 이해가되었다.

그 당시 자꾸만 몸을 벽으로 던져 버릴 때 온몸의 뼈가 산산조각 나는 게 아닐까 하는 생각을 했었다. 병원에 온 뒤로 옷을 갈아입을 때도 조금 전 샤워를 할 때도 누군가 지나가는 그 흔적의 바람에도 몸이 아팠다.

팔을 들어 올릴 때마다 아프던 고통이 이래서였구나 싶었다. 병원에서 근육통과 멍 자국은 시간이 지나야 한다는 말이 단순히 얼굴만 이야기하는 게 아니었다는 것을 이제야 알았다.

자꾸 거울 속 자신의 엉망이 된 뒷모습에 빠져 있는데 진우가 가운을 다시 입혀 준다. 떨리는 진우의 손을 이제는 정연이 잡았다.

"저, 아직 얼굴에 로션도 못 바르고 계속 이러고 있어요. 이제 좀 자리 비켜 줘요."

어색한 생글거림으로 정연은 진우를 달랬다. 정연은 눈에 보이는 상처를 얻고, 그리고 보이지 않는 상처도 같이 덤으로 얻었다. 그리고 그 보이지 않는 상처를 진우가 같이 나누고 있다. 그는 옷장 한 칸을 내어 주고 그 상처를 가져가고 있는 중이었다.

옷을 갈아입고도 한참을 침대에 걸터앉아 앞으로 이 관계가 어떤 방향으로 흘러갈지 고민이 되었다.

당장은 들어왔지만 마냥 있을 수도 없고, 그렇다고 다른 생각을 할 심적인 여유도 없었다. 스스로가 통제하지 못하는 방향으로 나아가는 길은 불안했다. 휴 한숨을 몰아쉬고 정연은 거실로 나왔다.

진우는 방문 앞에 서 있었다. 말하지 않아도 방 안에서 오래 머물렀던 정연의 상태를 그가 걱정하고 있었다는 것을 알 수 있었다. 그의 얼굴이 그녀와 같은 표정이었을 거라 짐작한다.

거실 테이블에는 김이 올라오는 차가 두 잔 놓여 있다.

"허브차라고 하는데 뭔지는 나도 몰라."

자리에 앉아 차를 마시는데 알맞게 식어 가고 있는 차의 온도가 반갑다. 말없이 두 사람이 차를 마시는 동작만 거실에 가득하다. 소파 한쪽 끝에 한 사람씩 앉아 애먼 차만 들이켠다. 얼마나 시간이 지났을까?

차가 바닥을 드러낼 즈음 진우가 먼저 찻잔을 테이블에 내려놓는 소리가 거실을 울린다. 정면을 보고 있던 진우가 몸을 틀어 저 끝의 정연에게 시선을 머문다.

"들어야 할 이야기가 있어."

덜컥, 마음이 또 내려앉는다.

정연은 이 사람을 만나고 몇 번이나 내려앉은 마음이 지금은 더하게 꽉 박힌다. 듣고 싶지 않은 이야기일까? 굳어지는 진우의 얼굴이 불편했다.

"……너 그렇게 만든 개자식."

정연은 순식간에 시공간을 초월해서 그때의 어두운 그날 밤으로 달려갔다. 기분 좋게 다가오던 허브티의 향기가 빠르게 술 취한 남자의 불쾌한 냄새로 변해 간다. 사방이 깜깜한 벽 같다. 숨쉬기 버거울 만큼 가슴을 옥죄는 느낌에 정연은 찻잔을 내려놓고 가슴을 두들겼다. 그러자 진우가 곁으로 바짝 다가와 어깨를 감싸며 등을 쓸어 준다.

"힘들어도 들어야 해. 그래야 네가 편해져."

진우는 그렇게 정연을 끌어안고 등을 연신 쓸어내리며 말을 이었다.

"그날 지나가는 사람이 신고해서 경찰이 바로 잡았어. 알고 보니 관련 전과도 꽤 있고 해서 이번에는 쉽게 못 나와. 내가 이 문제는 알아서 처리했어. 이제 넌 더 이상 무서워하지 않아도 돼. 오늘 그거 때문에 늦은 거야."

정연은 몸이 더 떨려 와 진우의 품에서 까무룩해지는 정신을 제대로 부여잡을 수가 없었다. 그날의 그 사건은 정연의 몸과 마음에 지독하게 상처를 입히고 지금 이 자리까지 따라온다. 정연은 자신이 두려워졌다.

지난 시간 동안 24시간을 따라붙던 그 실체를, 그 두려움을, 자신이 끌어안고 있으면서 정작 그 범인은 어찌 되었나 생각조차 못했다. 그저 상처 입은 처지와 두려움만 앞섰다. 아니 분명하게 다가오는 그 남자의 정체까지 생각하기에는 그 공포가 너무 컸다. 그런데 그 두려움을 진우가 불러와 턱 하고 정연의 앞에 선명하게 내려놓았다.

진우는 이런 정연의 상태를 아는지 모르는지 끌어안은 등을 천천히 쓸어내리며 말을 이어 갔다. 그 뒤로 아는 변호사가 어쩌고, 구치소라는 단어도 들렸던 거 같고, 평소에는 접할 수 없는 단어가 정신없이 오갔다.

도저히 그걸 다 받아 머릿속에 넣을 수가 없었다. 그냥 이 남자가 더 이상 이야기를 꺼내 주지 않았으면 하는 심정이었다. 생각하고 싶지도 않은 사건인데 자꾸 헤집는다.

이 남자의 집에 머물게 된 이유가 이거구나 제집에도 가지 못하는 이유가 이거구나 너무 구체적으로 느끼게 된다. 비정상적으로 미친 듯이 뛰는 심장이 그의 손길에 가라앉는다.

거품이 잦아들듯 진우의 숨결에, 손길에, 그의 목소리에, 그의 향기에, 맞닿은 살결에, 울분을 토해 내는 말소리에, 미안해하는 그의 마음 쓰임에 그렇게 정연은 조금씩 두려움의 실체를 내려놓기 시작했다.

"그리고, 더 중요한 거. 우리 관계를 분명히 할 필요가 있겠지?"

정연은 하루가 너무 길다고 생각했다.

진우는 정연을 품에 떼어 놓고 조금 편안해진 정연을 다행인 듯 바라본다. 정연은 그 시선에 이마가 간지러웠다. 무의식적으로 이마를 긁는다. 그런 진우가 어린아이에게 하듯 호 하고 불어 준다.

쿡 웃음이 나온 정연이 민망해져 다시 이마를 쓸었다.

"아, 이마 여기가 나으려고 하는지 자꾸 가려워요. 아까 샤워하고 밴드를 떼고 나니 더 그래요."

"그래도 긁으면 안 되는 거 아니야? 괜히 흉터 남으면 안 되잖아."

그러면서 다시금 올라가는 정연의 손을 잡아 깍지를 끼고 진우의 가슴 쪽으로 당긴다. 저절로 몸이 진우에게 묻어간다.

"음…… 나는 말이야. 너를 만나기 전에는 그저 적당히 조건이나 맞으면 결혼을 하고 살 수 있을 거라 생각했어. 결혼만을 위해 사람을 만나는 것이 그럴 수도 있다고 생각해서 몇 번 선을 보기도 했지. 근데 너를 만나고 그게 잘못된 거라는 걸 알았어. 내가 좋아하는 사람이랑 함께 가는 그 길의 종착지가 결혼이 되어야 한다는 것을 알았어. 그래서 내가 선을 봤던 거 너에게 말하지 못 했던 건, 나에게는 의미 없는 만남이라 너에게 말을 안 했는데 그게 너의 마음을 더 아프게 했다는 것을 뒤늦게 알았어. 미안해."

그들이 인연이 되어 얽히는 동안 사뭇 진지하게 진우가 속에 담은 둘의 관계에 대해 이야기한다.

정연은 저렇게 이야기하는 남자가 편안해진다. 마음을 열어 주는 남자가 곁에 있으매 편해진다. 그런 정연의 마음을 알아챈 걸까? 남자가 말을 끝마치고 조용하게 정연의 얼굴을 본다.

"그리고 이런 내 마음을 너에게 말하지 못해서 그래서 네가 오해했던 부분도 미안해. 내가 너를 너무 힘들게 했었던 거 같아. 그래서 말인데……."

조용조용 자신의 생각을 심어 주는 진우를 보며 정연은 자신이 알던 예전의 박진우 팀장님과 참 다르다고 생각했다. 심장은 자꾸만 뛴다.

"김정연, 나랑 이제 제대로 연애하자."

정연은 이미 그 연애에 자신이 풍덩 빠져 있다는 걸 느꼈다.

✽ ✽ ✽

"정연아."

늦은 시간 한 손에 달랑달랑 케이크 상자를 든 진우가 현관문을 열며 이름을 부른다. 거실은 작은 등 하나만 밝혀져 있고 인기척은 느껴지지 않는다. 거실 한가운데에서 알아듣지 못할 말소리가 노트북을 타고 진우의 귀에 들어온다.

오늘은 프랑스어다. 진우는 거실 테이블에 놓인 노트북을 확인하고 켜 놓은 전원을 끈다. 정연은 소파에 웅크리듯 누워 잠을 자고 있다.

진우는 손목을 들고 시계를 확인한다. 자정이 넘어간다. 곁으로 다가가 잠든 정연의 얼굴을 바라본다. 옅은 잠이 든 상태일까? 감은 눈의 속눈썹이 파르르 떨리다 다시 몸을 조금 움직인다. 소파 한쪽으로 떨어질까 싶은 진우가 냉큼 손을 받치듯 다가선다. 잠시 소파 깊숙이 몸을 묻은 정연은 다시 잠에 빠져든다.

며칠째 이런 반복이다. 한동안 일을 미룬 진우는 늘 야근이고 정연은 혼자 그를 기다리다 거실에서 짧은 잠을 그렇게 자고 있다. 그리고 그 곁에는 어느 날은 스페인어, 어느 때는 일본어, 어제는 독일어가 흘러들고 있었다.

'외국어 공부라도 하는 거야?'

진우는 노트북 화면을 쳐다보며 물었지만 정연은 그건 아니라는 표정을 지었다. 진우는 그런 정연의 표정을 빤히 바라봤었다. 정연은 그의 시선에 쑥스러워하며 어색한 입 모양으로 웃더니 무안한지 시선을 돌렸었다.

그와 그녀가 이런 깊은 관계가 되기 전의 그녀의 표정은 한정적이었다. 아니 정확히 말하면 그가 아는 그녀의 감정이란 것이 한정적일 거다. 예의 바르게 웃거나 조금 어색한 모습, 그게 아니면 업무적으로는 그도 저도 비슷했을 표정들.

'……무서워서요.'

진우는 정연의 새로운 표정에 빠져 그녀의 말을 이해 못해 놓치고 있었다. 마주 보고 있던 정연의 묘한 표정을 보며 그도 저런 표정으로 방금 그녀를 봤구나 싶어졌다.

'그게 이거랑 무슨 상관이야?'
'아직 낯선 집, 팀장님도 없고, 어색해요. 적막한 공간이 무섭기도 하고. 그렇다고 티브이를 켜 놓으면 머리가 아파요. 낯선 외국어가 알아듣지도 못하고 편해요.'

머뭇거리다 정연은 그 밤에 그렇게 처음으로 조금 견디기가 힘들다는 말을 그에게 털어놓았다. 예전의 정연이라면 이 모든 걸 숨긴 상태로 지냈겠지만 이제는 나름대로 노력 중이라 걸 진우도 안다.

테이블에 놓인 반쯤 남긴 머그잔을 들었다. 잔은 따뜻했다. 잔을 마저 비운다. 윽 하고 쓴맛이 느껴지자 컥컥거린다. 쌍화탕이다.

아직 잠든 지 얼마 안 지난 거 같아 깨울까 하는 생각은 살짝 접는다. 쉽게 잠들지 못하는 정연의 상태를 같은 침대를 쓰는 그가 왜 모르겠는가? 불편한 자세가 마음에 쓰이지만 조금이라도 더 자게 두자 싶다. 조심스럽게 발을 들고 방으로 들어가 이불 하나를 들고 와 덮어 준다.

한 사람이 든 그의 집은 확실히 달라졌다. 온통 정연의 흔적이 넘실거린다. 물건이 넘치게 들어온 것도 아닌데 달라졌다. 현관에는 정연의 신발이 먼저 그를 반긴다. 늘 바짝 말라 있는 개수대는 정연이 주로 쓰는 머그잔이 놓여 있고 아니면 그 컵이 지금처럼 거실 테이블에 있기도 했다.

같이 덮고 자는 이불은 정연이 쓰는 바디제품 향이 훅 끼쳐 온다. 이불을 들출 때마다, 잠이 들 때마다, 자고 일어날 때마다, 그 향이 몸서리치게 좋다.

냉장고에 케이크 상자를 밀어 넣고 진우는 냉장고 안의 상태를 살핀다. 검사하듯 줄어든 반찬 그릇과 홍삼즙을 확인하고 만족한 듯 입꼬리가 스윽 올라간다. 식탁 위의 약봉지는 날짜에 맞춰 하나씩 없어지고 있다.

홍삼즙은 정연 회사의 이 부장이 건네고 갔다. 정연이 그와 함께 지내는 줄은 모르겠지만 그래도 연결되어 있는 관계라는 것은 아는 상황이라 어서 기운 내길 바란다며 주고 갔다.

진우가 샤워를 하고 머리를 수건으로 닦고 나오자 정연이 부산스러운 소리에 잠이 깨어 소파에서 몸을 일으켜 앉는다. 진우가 거실의 불을 밝힌다. 환한 조명 빛에 잠깐 정연이 눈살을 찌푸리고 콜록거리는 기침 소리가 뒤이어 새어 나온다.

며칠째 감기를 달고 있는 정연이다. 하룻밤은 몸을 가누기 힘들 정도로 뒤척이는 모습에 새벽 응급실이라도 가자고 일으키는 그를 세게 밀쳐 냈다. 몸을 덜덜 떨며 그녀는 "그때 생각나 싫어요. 그냥 집에 있을래요." 그랬던 여자다.

진우는 차마 여자를 병원에 데리고 갈 수 없었다. 그리고 밤새 열이 오르는 여자를 곁에서 지켰다.

"이제 왔어요?"

"응. 케이크 사 왔는데 먹을래?"

"이 밤에요? 살쪄요."

피식 웃음이 나오는 진우다. 이럴 때는 아픈 여자도 아니고, 때때로 공포에 지독하게 떠는 여자도 아니다. 그냥 밤에 먹는 야식에 칼로리 걱정을 하는 여자다. 간질간질 예쁘게 말하는 여자다. 진우는 올라간 입꼬리를 달고 정연의 이마를 짚어 준다.

두르고 있던 이불이 스르르 바닥으로 떨어진다. 목선이 드러난 옷. 살짝 몸이 기울어지고 보이는 앙상한 어깨. 고개를 숙이고 이불을 집으면서 드러난 목 아래는 아직도 짙은 색의 피부가 그를 울렁이게 한다. 올라갔던 입꼬리가 저절로 내려온다.

그 개자식은 성폭력 전과가 있다고 했다. 조사 과정에서 야근하는 정연을 며칠째 노리고 있었다는 것도 밝혀졌다. 경찰도 변호사도 의사도 그래도 거기까지 안 간 게 어디냐고, 다행이라는 말을 했다.

조금만 늦었다면, 그랬다면 어쩔 뻔했냐고. 진우는 도대체 뭐가 다행이라고 해야 하냐고 묻고 싶었다. 억지로 괜찮다고 살살 눌러놓고 지내는 게 분명한 여자를 두고 뭐가 괜찮다고 말을 그

렇게 쉽게 할까 울화가 치민다. 하루에도 몇 번씩이나 감정 조절
을 못 한 상태로 진우는 지내고 있었다.

"이제 좀 괜찮아?"

"네. 그 쌍화탕이 정말 좋은가 봐요. 병원 안 가도 멀쩡해졌잖
아요."

"멀쩡은 무슨? 멀쩡까지는 아니고 멀뚱하게 보이긴 한다. 수진
씨가 너 좋아하는 케이크라고 해서 사 왔는데 정말 안 먹을래?"

"수진이가요? 우리 같이…… 지내는 거 수진이가 알아요?"

"응."

정연이 깜짝 놀란 표정으로 그를 나무라듯 쳐다본다.

"다 알던데 뭘."

정연은 뭐라 더 할 말을 찾으려다 아이고 하며 몸을 일으켜 주
방으로 간다. 쌍화탕 팩을 뜯어 전자레인지에 데운다. 그사이 진
우는 머리를 닦던 수건과 함께 거실 테이블에 정연이 어질러 둔
노트북과 책을 정리한다.

어제도 오늘도 그리고 내일도 자연스럽게 공유하는 이런 순간
이 자연스럽게, 익숙하게, 다가와 가슴 한쪽이 뻐근할 정도로 감
정이 벅차 왔다.

"자, 진우 씨도 먹어요. 나 때문에 감기 옮을지도 모르는데."

"됐어. 나는 그런 거 취미 없어."

코앞까지 내미는 정연을 무시할 수 없었던지 진우는 억지로 잔
의 반을 비운다. 큭 역시나 입에 맞지는 않다. 본가에서 오래전부
터 왕래하는 한의원에 특별히 부탁한 쌍화탕이다. 그의 조부가 연

세가 높아 감기에 특별히 신경 쓸 때마다 늘 대놓고 먹던 거라고 들었다. 정연 때문에 직접 전화를 해서 부탁한 쌍화탕이다.

쓰고 맛이라고는 하나도 없는 쌍화탕을 정연은 달게 먹는다. 일부러 그에게 미안해서 그런지는 모르겠으나 그래도 가라앉았던 목소리도 정상으로 돌아오고, 오한 들던 상태도 좋아진 거 같아 마음이 놓였다. 얼굴의 멍 자국은 점점 옅어지고 있었다.

"무슨 연애가 이래요? 열두 시가 넘게 집에 오고 나는 집순이 로 두고."

웃으라고 하는 말이 분명함에도 진우는 웃지를 못한다. 연애하 자는 진우의 말이 무색하게 그들은 같이 있는 시간이 별로 없었 다. 늘 바쁜 진우는 출장은 일단 접어 둔다고 해도 처리할 일들이 많았다.

그럼에도 꼬박꼬박 아침을 같이 먹고, 점심은 외부 약속을 잡 지 않고 되도록 집에 와서 먹고 갔다. 처음에는 그런 일과가 정연 에게는 거북했지만 그와의 식사 시간이 아니면 규칙적으로 일어 나고 밥을 먹고 몸을 추스르지 못했을 거라는 것을 자신도 알고 있다.

"미안해."

콱 와서 박히는 미안하다는 말. 정연은 그에게서 몇 번이나 더 저 단어를 들어야 할까, 하는 생각을 했다. 자꾸 미안하다는 말, 내 잘못이라는 말, 그가 정연아 하고 부르는 이름보다 더 많이 하 는 말. 뿌리 깊게 박힌 그 단어를 떼어 내고 싶다.

정연의 씁쓸해하는 얼굴을 그가 깊게 들여다본다. 진우가 이제는 밴드가 사라진 정연의 이마를 입술로 사르르 훑어 내리며 안위를 확인하듯 얼굴을 더듬어 내린다. 정연은 그의 입술 아래 있는 그녀의 몸이, 마음이, 얼굴이, 감정이 온통 하나로 달려 나가는 느낌에 숨이 가빴다.

참 이상한 느낌이다. 그와 분명 밤을 같이 보낸 날도 있었다. 외로웠던 그날, 남자가 되고 여자가 되었던 그날도 있었는데 왜 그 밤보다 지금이 더한 느낌으로 와 닿을까 생각했다. 미안하다는 말을 달고 사는 남자의 마음을 다 끌어안지 못하는데 덜컥 몸이 먼저 달려가 버려 벅차진다.

정연이 목덜미에 숨을 내어놓는 그를 밀쳐 낸다.

"늦었어요. 피곤할 텐데 자야죠."

"……연애하는 중이야."

그러고 진우는 덜컥 정연을 안고 입을 맞춘다. 파르르 떨리는 입술은 여자도 남자도 마찬가지다. 정연의 목이 쑥 들어갈듯 움츠러드는데 반대로 진우는 그런 정연을 바싹 끌어안고 입을 맞춘다.

말강거리는 입술, 쌉싸래한 쌍화탕의 맛이 서로 엉켜든다. 이내 쓴맛 대신 단맛이 느껴진다.

밀어 내던 정연의 손이 진우의 셔츠 앞섶을 꼭 쥔다. 꽉 쥐어진 손에 힘이 들어간다. 그러다 스르르 감정을 이기지 못해 손이 툭하고 내려온다. 그가 떨어진 정연의 손을 잡고 그의 목을 끌어안게 한다. 어색했던 자세가 한순간에 녹아들듯 겹쳐진다.

가파른 남자의 숨소리, 그만큼 따라가기 힘겨운 여자의 숨결, 녹아들듯 스며든 여자와 남자. 남자의 굵은 손은 부드러운 여자의 선을 더듬는다. 여자는 조심스럽게 따라간다. 남자의 욕망과 여자의 망설임이 정점에서 만난다.

입술을 훔치던 숨결이 어깨에 내려앉고, 다시 입술로 옮겨 가길 몇 번. 기운이 빠지듯 온몸이 나른해진 여자가 어색한 미소를 지으며 남자의 품에 깊게 안긴다.

"연애, 오늘은 여기까지."

억지로 입술을 멈춘 진우가 안긴 정연의 귓가에 살며시 애무하듯 말을 내놓는다. 정연은 가쁜 숨을 고르느라 정신을 차릴 수가 없다.

누군가 그랬다. 남녀 관계에 있어서 여자의 한 걸음과 남자의 한 걸음의 차이는 크다고. 정연과 진우는 둘 다 한 걸음씩도 제대로 떼지 못한 관계였다. 한 걸음을 걷는 남자 곁에 여자는 뒷걸음치기 바빴고 그러다 남자는 그대로 멈췄다. 그렇게 뒤로 한 걸음 물러서 앞으로 나아가지 못하는 여자와 멈추고 그대로 서 있기만 한 남자가 이제는 걷기 시작했다.

정연의 한 걸음은 물위 떠 있는 바위를 밟듯 조심스럽게 움직이는 작은 보폭인데 진우는 발을 쑥 내밀어 커다란 황소걸음으로 여자를 끌었다. 그렇게 정연은 자신도 모르게 진우에게로 쑥 당겨졌다.

4

마음이 흘러가요

"정말 괜찮겠어?"

"어서 출근해요. 냉장고에 쌍화탕도 차고 넘치고, 이 부장님께서 주신 홍삼도 박스로 남았는데 뭐가 문제겠어요?"

"그런 농담 재미없어."

"재밌으라고 하는 말 아니에요. 이거 먹고 잘 있을 거라고 하는 말이에요. 나 때문에 출장 미루고 있는 거 아는데 아이처럼 당신한테 매달릴 여자 못 되는 거 알잖아요. 하루라면서요. 잘 다녀와요."

"같이 가면 좋겠는데."

정연은 딱 잘라 내고 벽에 걸린 시계를 보며 그를 재촉했다.

아침에 급하게 잡힌 출장 스케줄이다. 바로 지방으로 내려가야 하는 일정에 진우는 자꾸만 그쪽과 일정을 조율하다 정연의 잔소리에 하룻밤만 보내고 오기로 결정했다. 내키지 않아 하는 그를 정연은 내몰다시피 보낸다.

"오늘은 장거리 연애 하는 사이로 지내 볼까요?"

"정말 혼자 잘 수 있겠어?"

"아이고, 저 스무 살 때부터 혼자 살았어요."

"그런 말이 아니잖아. 지금 너는……."

괜찮은 상태가 아니라는 말을 하려는 걸 정연도 알고 있다. 그러나 그 말을 내뱉지 못하게 정연은 그의 어깨를 두드리며 다독였다. 보호해 줘야 할 여자로 그의 곁에 있는 게 싫다.

"정 걱정되면 올라올 때 거기 유명한 빵이나 사다 줘요. 어디보니깐 거기 무슨 빵이라더라? 그게 그렇게나 맛있다는데."

살살 웃으며 정연은 마음 급하게 그를 보냈다. 휴 정신없는 아침을 보내고 정연은 지친 듯 소파에 허물어지게 앉았다. 서둘러 그에게 가는 마음과는 달리 마냥 편하지가 않았다. 정신을 바짝 세우고 몸을 지탱하는 중이었다.

벅찼다. 까무러지듯 흩어지려는 정신과 몸을 정연은 억지로 일으키고 있었다. 자꾸만 걱정하는 진우의 눈빛이 늘 불편하게 따라붙었다. 그의 흐트러진 일상이 자신 때문이기에 정연은 부담스러웠다. 한번 손을 내밀면 자꾸만 기대고 싶어진다.

완전하게 안기기 힘든 자신의 성격. 그리고 죄책감에 휩싸인 남자. 그리고 아직도 떨쳐 내지 못한 어두웠던 밤의 상처는 여전히 그녀를 질기게도 따라붙고 있었다.

멍하니 오전 나절을 보내고 휴대전화는 시간 간격으로 정연에게 안부를 물어 왔다. 밥을 먹었냐는 말에는 씩씩하게 두 그릇이나 먹었다고 거짓말을 하고, 뭐 하냐는 말에는 멍하니 있는 자신을 내보이지 못하고 책을 읽고 있다고 두 번째 거짓말을 했다.

그녀에게는 잘 지내야 하는 무거운 의무와 책임감이 있었다.

그렇게 기운이 쑥 빠져 있는데 휴대전화가 울린다. 오빠라고 떠오르는 표시에 놀란 정연이 전화를 빠르게 받는다.

— 정연아?

"응. 오빠."

— 그래 오랜만이다. 도통 연락도 없고 궁금해서 전화 한번 해본다. 잘 지내지? 회사야?

"어? 응. 회사. 오빠는?"

— 공항. 출장 가는 길인데 문득 생각나서. 예전에 아빠 살아 계셨을 때 우리 가족 제주도 여행 갔던 거 생각나? 우리 그때 비행기 처음 타 봤잖아. 그 생각이 갑자기 나서 전화했어.

"그럼, 기억나지. 그때 승무원이 비행기 모형 장난감도 줬잖아. 좋았었는데. 다음에 또 오자 했는데⋯⋯."

그랬는데 아빠는 돌아가시고, 제주도에는 엄마가 다른 사람과 함께 산다. 이제는 더 이상 제주도가 그때의 느낌이 될 수가 없다. 왈칵 솟아오르는 눈물. 정연은 난데없이 솟구치는 눈물을 억지로 꿀꺽 삼키고 밝게 목소리를 꾸며 냈다.

"지후는 잘 있지? 보고 싶네."

— 조카 이름은 안 잊어 먹고 있어 다행이다. 언제 밥 한번 먹자. 네 새언니도 요즘 연락도 없다고 걱정하더라. 바빠도 전화라

도 한 번씩 해. 이 세상 아래 너랑 나랑 둘밖에 없는데 안부는 확인해야지.

"오빠, 엄마도 있잖아. 왜 그런 말을 해?"

— 그래 엄마. 엄마 너한테 연락은 자주 하니?

"……."

정연이 대답이 없자 전화 건너편에서 정연의 오빠 현수는 한숨을 쉰다. 뭐가 그리 답답한지 가라앉은 목소리로 천천히 말을 이어 간다.

— 아무리 살기 바쁘고, 그 아저씨랑 잘 지낸다고 해도 너한테 안부 전화 한 번이 제대로 없는 엄마가 나는 참 답답하다. 나야 결혼해서 내 가정이 있지만 너는 또 다른데 엄마는 왜 그리 무심하다니? 너도 그렇다. 이 오빠한테라도 자주 오고 그래야지. 내가 전화 안 하면 너도 안 하잖아.

"오빠, 왜 그래?"

— 그냥 오늘따라 속이 답답해서. 얼마 전에 선산 팔렸다. 네 몫으로 통장에 넣었으니깐 잘 갖고 있어. 집 옮길 때 보태든지 알아서 하겠지만. 정연아 미안하다.

"뭐가?"

— 그냥 다. 너한테 미안하고 그래. 내가 그때는 어려서 네가 혼자 외로울 거란 생각을 못 했어. 오늘따라 내 동생이 걱정이 되고 그래서.

그렇게 그냥 다 미안하다는 말에 정연은 자꾸만 속이 젖어 가는 걸, 체기를 안고 있듯이 속이 갑갑했다. 출장을 가는 진우도 정연에게 미안한 마음을 갖고 갔다. 그리고 우연인 듯 오빠도 출장을 떠나면서 정연에게 미안하다고 그런 전화를 한다.

답답했다. 자신의 존재가 주변 사람에게 미안한 마음으로 각인되어 있다는 것이 불편했다. 그저 힘들지, 하고 한 번 안아 주면 좋을 텐데. 그러면 툭툭 털고 일어날 텐데. 신경 써야 할 부담스러운 사람으로 머물게 되었다.

정연은 몇 번이나 속에 차오르는 응어리를 삼키고 까무러지는 마음을 일으켜 세웠다. 집을 청소하고, 밥을 챙겨 먹고, 내 몫인 옷장을 몇 번이나 쓸고 닦고 정리를 했다. 몸을 재게 놀려 복잡한 마음을 털어 내려 노력했다.

수진의 전화에는 억지로 깔깔깔 웃으며 괜찮다고 과시했다. 아직 얼굴에 남은 상처를 털어 내지 못해 만나지는 못하지만 전화 수다에 조금은 마음이 밝아져 밤으로 가는 길목에 혼자인 쓸쓸함을 그렇게 달랬다.

샤워를 하고 옷을 챙겨 입고 오늘은 거실이 아닌 침대에 혼자 몸을 뉘며 정연은 눈을 꼭 감았다. 중간에 한 번 깨지 않고 제발 아침이 오기를, 그 아침이 오고 다시 오전이 지나고, 오후가 지나고, 그렇게 한 바퀴 돌아 진우가 빨리 돌아오기를 바라며 눈을 감았다.

❋ ✳ ❋

정연은 꿈속인지 현실인지 공간을 다시 헤매고 있었다. 눈을 뜨고 빠르게 돌아오지 않는 정신 상태를 되돌리려 노력하는데도 온전하게 자신을 찾지 못하고 있었다. 몸은 붕 뜨고 어둡던 그 밤의 느낌이 자꾸만 생생했다. 자꾸만 파고드는 고통을 이기질 못하겠다고 생각했다.

그 순간 갑자기 파고드는 커다란 손. 숨이 막혔다. 목덜미에 뜨거운 숨이 내려앉는다. 손이 정연의 어깨를 감싸고 입술이 정연을 파고든다. 숨을 못 쉬는 정연이 정신을 잃듯 놓아 버리는 순간 어두운 세계가 밝아 온다.

"정연아!"

숨을 못 쉬어 빨개진 얼굴, 버둥거리지도 못하고 그대로 굳어 버린 몸. 정신을 놓아 버린 여자의 얼굴.

정연의 상태에 진우는 머리가 하얗게 비워졌다. 몸을 일으켜 앉혔다. 숨을 토해 내지 못하는 정연에게 진우가 급하게 등을 두들긴다. 가슴을 세게 치고 몸을 흔들자 컥 하고 정연의 얼굴이 돌아왔다.

지방으로 내려간 출장을 급하게 마무리하고 올라왔다. 아무래도 혼자 두기에는 정연의 상태가 걱정이 되었다. 차를 세게 밟고 고속도로를 탔다. 새벽쯤 조용히 집으로 돌아와 씻고 침대로 들었던 진우였다. 나쁜 꿈을 꾸는지 웅크리고 울먹이는 정연이 걱정되어 뒤에서 안았다.

그랬다. 그랬는데 정연은 딱딱하게 굳어 버렸다.

"나야, 이제 정신이 들어?"

정연은 그제야 멍해진 초점을 진우에게 맞추고 숨을 몰아쉬며 울먹인다.

"왜…… 그랬어요? 왜 그 밤에 나를 거기에 그렇게 혼자 뒀어요? 얼마나…… 무서웠는데."

정연은 울먹이며 말을 제대로 잇지 못하면서도 원망을 한가득 담고 그를 질책한다. 자꾸만 우는 여자는 힘없는 주먹으로 그의 가슴을 친다. 진우는 그런 그녀를 보며 같이 눈물을 솟는다. 정연을 끌어안고 그저 등을 토닥이며 달래는 것 말고는 방법이 없다.

"내가 미안해. 미안했어."

정연은 꺼이꺼이 울던 울음을 멈추지 못하고 진우의 품에 안긴다. 정연은 손을 들어 진우의 얼굴을 감싸고 눈을 마주한다. 미안하다는 말이 참 듣기 싫다.

"나, 나…… 좀 안아 줄래요?"

그러면서 우는 입 모양이 예쁘지도 않게 자꾸 벌어지면서 꺽꺽 우는 울음으로 그의 안으로 파고든다.

"무서워요. 누가 곁에 오는 게 그 사람 같고 그날 같기만 하고 너무 무서워 죽겠어요."

"정연아, 괜찮아. 이제 내가 옆에 있잖아."

남자는 그저 정연의 등을 쓸어내리기만 한다. 그의 손에는 벌벌 떠는 여자의 여린 살결이 옷 밖으로도 느껴진다. 진정이 안 되는 여자의 마음을 온전하게 담아 주지 못하는 자신을 질책하듯 끊임없이 미안하다는 말을 정연의 입술에 담아 준다.

"안아 줘요. 미안하다는 말은 이제 싫어요. 그냥 내게 그 기억이 없어지게. 이제 내게 닿는 손이 당신 손이 되게 그렇게 해 줘요."

정연은 지금 하는 말이 무엇인지도 모르는지, 그저 잊고 싶은 기억만을 덜어 달라고 그에게 자꾸만 파고든다. 잠깐 숨을 몰아쉬던 정연은 몸을 떼어 낸다. 덜덜 떨리는 손으로 여자는 직접 단추를 푼다.

고개 숙인 목이 처연해 보인다. 자꾸만 헛손질하는 정연을 보던 진우는 한숨인지 원망인지 아니면 욕망인지 모를 자신의 감정 앞에 잠시 망설인다. 그러다 그대로 정연의 손을 내리고 원피스 앞에 달린 자잘한 단추를 풀어 내리기 시작했다.

사그락 옷이 스치는 소리. 여자의 울먹임 소리. 남자의 참을성 없는 숨소리. 살결이 맞닿는 소리. 정연은 덜덜 떨리는 속이 남자의 입맞춤에 사르르 내려앉는 걸 생생하게 느꼈다. 집에서 편하게 입고 있던 원피스 앞자락의 작은 단추를 남자가 공들여 푼다.

단추를 푸는 고개 숙인 남자의 목덜미를 정연은 눈물이 가득한 눈으로 쳐다본다. 그의 움직임이 눈물 속에 일렁인다. 올라간 손이 그의 등을 매만진다. 전율하듯 진우가 몸을 떤다. 손 아래 진우의 살결이 뜨겁다.

남자의 큰 손이 원피스의 작은 단추를 다 풀고 그대로 쑥 벗겨 방 안 어딘가로 떨어지는 소리가 진우와 정연의 입맞춤 소리에 묻힌다. 입술이 겹쳐지고 남자의 손은 여자의 어깨에 걸쳐진 캐미솔을 더듬어 내린다.

옷감의 감촉을 즐기는 걸까? 스르르 내려갔던 손이 다시 속옷을 들추고 맨살을 쓰다듬는다. 정연의 울음소리가 천천히 잦아든다. 그 소리를 대신해 여자 남자의 숨 가쁜 소리가 진해진다. 진우는 부드러운 손짓을 하며 눈을 여자에게 맞춘다.

"나, 너 좋아해."

아, 울컥 정연은 다른 의미로 눈물이 맺히는 걸 느꼈다.

사랑한다는 말보다 군더더기 없이 단순한 좋아한다는 말. 원초적인 말.

그 어떤 말보다 더 마음을 울리는 말. 정수리부터 발끝까지 전율이 흐르듯 쨍해진다. 스르르 마음이 이렇게도 열리는구나, 정연은 그런 생각을 했다. 그러나 그 생각은 이내 다가오는 남자의 진한 몸짓에 끌려가듯 몸이 따라간다.

남자가 여자의 몸을 탐한다. 어느 사이 눕혀진 정연의 몸에 캐미솔은 벗겨지고 없다. 진우의 상체도 여자의 몸처럼 맨살이 어두운 밤에 빛이 나듯 확 다가온다. 살이 닿는다. 스치듯 머물듯 붙었다 잠시 떨어졌다 성급하다. 진우의 거친 손이 정연을 더듬을 때마다 여자와 남자의 입에서 같은 숨소리가 내뱉어진다.

"이제 그만 생각해. 이제 그만 무서워해."

진우가 뉘어진 여자의 몸을 몸으로 덮고 눈에다 그리 말을 건넨다. 정연이 손을 들어 남자의 얼굴을 감싸고 고개를 끄덕여 준다. 그리고 눈을 감고 진우의 입술에 제 입술을 겹친다. 신호였을까? 조심스럽게 움직이던 진우의 몸짓이 짙어진다. 확 당겨지는 입술이 열리고 힘이 실린 혀가 정연의 입 속을 휘어잡는다.

색스러운 키스. 더 깊은 관계를 당기는 몸짓의 신호다. 진우의 손이 정연의 가슴을 덮는다. 헉 하고 들이마시는 정연의 소리에 진우가 예쁘게 웃어 준다. 속옷 아래 감춰진 가슴이 오르락내리락하며 숨결을 감추지 못하고 있다.

진우의 손이 부드럽게, 간지럽게, 기분 좋게, 한다고 정연은 생각했다. 살금살금 꿈을 꾸듯 좋아지는 그 순간 거친 남자로 불쑥 브래지어 속으로 가슴을 움켜쥔다.

"아."

정연의 신음인지 고통인지 모를 탄식에도 진우는 눈을 정연에게 둔 채로 그대로 브래지어를 밀어 올린다. 예고 없이 드러난 가슴. 진우는 강도를 높이듯 부드러운 손짓으로 짓이기듯 가슴을 애무했다. 젖꼭지를 쓰다듬듯 애무하고, 다시 손을 내려 가슴을 쓸어 담듯 끌어 올리고 큰 손으로 가슴을 덮었다. 격정을 못 이긴 정연이 눈을 감자 진우가 몸을 내렸다.

진우의 입술이 욕심 많은 남자가 되어 가슴에 머문다. 손은 연신 정연의 실루엣을 더듬으며 서로의 몸이 붙어 버릴 듯 겹쳐 간다. 처음인 듯, 서로 몸이 처음 만나는 듯, 진우는 정연의 몸 여기저기를 아름답게 열꽃이 피게 장식해 나간다.

덜덜 떨리는 다리를 잡고 진우는 간지러운 입맞춤으로 정연을 정복해 나갔다. 발끝에서 무릎으로 그리고 허벅지 안으로. 힘이 들어간 정연의 다리를 살짝 깨물어 벌리게 한다. 욕심 많은 남자와 수줍은 여자가 만나 들어간다.

그리고 어느 사이 벗겨진 그들의 속옷. 가장 원초적인 모습으로 정연과 진우가 만났다. 부드럽게 밀고 들어오는 남자를 여자가 온전히 받아들였다. 살짝 버거워하는 여자의 호흡을 맞추듯 기다리던 진우는 잠시 숨을 몰아쉬었다.

"너, 아직 많이 아픈데…… 그런데 내가 이러는 게……."

슬쩍 마음에 들지 않은지 정연은 눈을 뜨고 진우의 목에 팔을 감아 버린다. 그리고 그를 담은 자신을 살짝 움직인다. 진우의 쾌감에 실린 신음 소리. 잠깐의 휴식 같은 순간이 거짓말처럼 멀어지기 시작했다. 서로의 다리가 얽힌다. 하얗게 빛나는 남자와 여자의 알몸. 질척이는 야한 소리. 쿵쿵 찧어 올리는 그저 본능에 취한 몸짓.

몸이 터져 버릴 거 같은 쾌감에 진우가 잠시 숨을 고르며 정연을 일으켰다. 격정적인 몸짓에 어느 사이 얽힌 몸이 침대를 가로질러 뉘어져 있다. 신음을 흘리는 야한 여자와 남자. 진우가 흐트러진 정연의 모습이 마음에 드는 듯 얼굴에 미소가 어린다.

쾌감이 척추를 타고 쩍 하고 올라온다. 진우는 정연의 가슴을 탐하며 힘 있게 몸을 움직인다. 정연이 그의 흥분에 같이 리듬을 타고 연신 신음을 흘리자 진우는 더 속도를 높여 간다. 배려 없는 남자의 본능에 여자는 그저 빨려 간다.

절정은 빠르게 다가왔다. 정연은 이러다 몸과 정신이 없어지는 게 아닐까 하는 순간 흐느끼듯 허리를 뒤틀었다. 진우도 곧 따라 정연의 흥분에 몸을 실었다. 쩍쩍 달라붙은 진우와 정연의 몸. 남자의 빠르고 급한 몸짓. 푸르게 핏줄이 비쳐 보이는 정연의 젖가슴에 집착하듯 진우가 빨아들인다.

조금 아프다는 정연의 신음에 진우는 그것조차 자극으로 다가와 몸을 멈추지 못한다. 더 빨라지는 행위들. 더 깊게 치고 들어오는 남자의 원초적인 자극. 결국 이기지 못하고 넘어가는 여자.

그리고 무너지는 것처럼 여자에게 모든 것을 새겨 넣은 남자는 허물어지는 여자를 깊숙이 안았다.

❀ ✲ ❀

노곤한 잠기운을 몰아내고 정연은 눈을 떴다. 얼마 만에 몸이 되었다 하고 일어나는 기상인지. 가끔 수면제를 처방받아 억지로 잠들기도 했었다. 그런 날의 아침은 늘 뒤끝이 개운하지 못했다. 그것도 아니면 같은 침대를 쓰는 그를 의식해 오지도 않는 잠에 억지로 눈을 감고 밤을 하얗게 지새우기도 했다.

꼬물꼬물 발가락을 오므리다 이불 속에 몸을 쭉 편다.

침대 위는 혼자였다. 지난밤 일어난 일을 되새김질하듯 또렷하게 기억해 냈다. 늦잠을 잔 모양이다 싶어진다. 진우는 출근했을 시간이지 싶으면서도 복잡한 마음이 온몸에 퍼져 온다.

심호흡하듯 한숨을 몰아쉬고 정연은 일어나 앉아 시트로 몸을 감쌌다. 바닥에 떨어진 옷을 찾는데 하나도 없다. 아마도 출근하면서 진우가 정리를 하고 간 모양이다. 정연은 시트로 몸을 감고 침실에 딸린 욕실로 들어섰다. 샤워 물줄기를 맞으며 멍하니 그와 처음 보낸 그 밤이 떠올랐다.

그때는 정연이 그 사람을 두고 나왔다. 새벽녘 호텔 침대에서 잠들지 못하고 일어난 정연은 바닥에 떨어진 옷을 주워 입는다는 표현이 딱 맞게 구겨진 옷을 입고 그렇게 나왔다. 진우는 미동도 없이 피곤한 잠을 자고 있었다. 호텔 레스토랑에 있던 그들은 어색하게 룸으로 들어섰다.

정연이 힘들었던 날이었고, 진우는 남녀가 오가는 그 감정을 어떤 식으로 알아챘는지 그들은 그렇게 룸에 들어섰다. 그게 남자가 먼저였는지 여자가 먼저 마음을 밝혔는지는 누구도 모른다. 그저 말없이 그렇게도 감정 없는 관계를 가질 수도 있다는 게 정연은 좀 서럽기도 했다.

그날 새벽녘 온통 진우의 흔적을 안고 샤워도 못한 상태로 호텔 앞에 대기 중인 택시를 타고 집으로 돌아갔다. 그 시간의 헝클어진 여자, 파리한 안색의 표정. 말은 안 해도 누군들 다 알 수 있는 상태의 모습이 너무 부끄럽고 초라했다. 마음이 없는 상태에서 몸으로 주고받는 위로는 할 게 아니라는 생각을 그때 했었다.

오늘도 같은 상황인가?

정연은 스스로에게 질문해 보는데 답을 찾지 못했다. 두려움에 떨었던 바보 같은 여자였다. 그걸 그에게 투정하며 풀었다. 정연은 욕조에 물을 채우고 몸을 웅크리고 앉았다. 같은 상황임에도 다른 생각으로 흘러간다. 그때는 혼자 빠져나오는 내 뒷모습이 신경이 쓰였다면, 오늘은 그날 혼자 남았을 진우가 신경이 쓰였다.

아무 말도 없이 사라진 정연에게 허탈했을 진우. 그게 지금은 상황이 바뀌어 허탈해진 정연이 되었다. 비로소 그의 심정이 이해가 되었다. 그 사람에게 영혼이라도 들어간 것처럼 미안해지고 걱정이 되었다. 겹쳐지듯 그때의 진우와 오늘의 정연이 만났다.

정연은 긴 목욕을 마치고 거실로 나왔다. 당연히 빈집이라고 생각했던 거실에는 뜻밖에 진우가 신문을 보고 있었다. 옷차림이 편한 면바지와 티셔츠에 더 놀란 정연은 눈을 껌벅이며 그에게 다가섰다. 부끄러우면서도 마냥 좋은 느낌이다.

"출근 안 했어요?"

"오늘 토요일인데. 몸은…… 괜찮아?"

정연이 선뜻 기분 좋은 목소리로 말을 건네자 진우는 살피듯 정연을 구석구석 바라본다. 노골적인 시선에 정연의 얼굴이 붉어진다. 이제는 멍이 제법 가시고 붉어지는 얼굴이 그대로 노출된다.

어젯밤 진우는 등 돌린 정연의 뒤를 한참을 살폈었다. 얼굴의 멍과 달리 뒷모습은 아직 얼룩덜룩하다. 부끄러움과 미운 모습을 보여 주기 싫은 정연은 몸을 돌려 진우를 그대로 안아 버렸다. 그 때 서로 닿던 맨살의 느낌이 예고도 없이 생생해져 정연은 몸이 더워진다.

"토요일이라도, 출근하잖아요."

"비도 오고 그래서. 밥 먹어야지?"

그 소리에 정연이 베란다 쪽을 보는데 비가 오고 있다. 올가을부터 비가 참 많이 온다 싶다. 후덥지근한 공기가 갑갑해져 베란다로 나가 문을 열었다.

차가운 바람이 쌩 몰아친다. 갑갑했던 속이 뻥 뚫리듯 시원해져 머리까지 상쾌해진 기분에 홀로 일어났던 아침의 복잡한 기운을 단번에 몰아간다.

"감기 걸려. 머리도 안 말리고. 너 어젯밤에…… 무리했어."

어느새 곁에 온 진우는 시선을 정연에게 두고 문을 닫는다. 정연은 아까 혼자 생각에 붉어진 얼굴이 채 식지도 않았는데 그의 말에 다시 화르르 달아오른다. 그런 정연을 보던 진우가 슬쩍 웃으며 품에 안는다. 정연은 괜히 민망해져 진우를 밀어 낸다. 괜스레 양말을 신지 않은 발가락을 꼬물꼬물한다.

진우는 기다리고 있었는지 미리 준비된 식탁에서 정연이 수저를 드는 모습을 보고 같이 밥을 먹었다. 아무 말도 안 한다. 어색한 아침 밥상. 아까의 무안스러운 감정이 계속 파고들어 더 불편한 밥상이었다.

정연은 꾸역꾸역 밥을 먹고 진우는 그런 정연을 쳐다보지도 않고 자신의 밥그릇을 다 비운다. 먼저 자리를 뜬 진우가 거실을 정돈하느라 부산스럽다. 정연은 이내 수저를 놓고 일어서 식탁을 정리하고 설거지 준비를 했다. 살짝 둘 다 어색한 아침이다.

"내가 할게."

진우가 정연을 슬쩍 밀어 내고 싱크대 앞에 선다. 설거지를 하는 뒷모습이 익숙하다. 종종 집안일 도와주시는 분이 있다고 했었다. 하지만 정연이 오고, 명확하지 못한 이들의 관계에 낯선 사람이 와서 집안일을 봐준다는 게 정연에게 있어 부담이 되었다.

그래서 소소한 집안일을 진우와 정연은 사이좋게 나눠 하기 시작했다. 밀대에 끼우는 일회용 걸레의 성능에 놀란 진우가 신세계를 발견한 듯 인터넷으로 종류별로 구입하기도 했던 그런 일이 꿈같이 멀어진다.

정연은 물끄러미 그의 뒷모습에 시선을 한참 둔다. 쓱쓱 손을 움직여 접시를 닦고 수저를 씻고 마무리로 개수대까지 물방울 하나 없이 훔치는 남자를 쳐다본다. 그리고 정연은 지금의 이 남자를 보고 지난날을 자꾸만 후회한다. 밤을 같이 보낸 그날, 그렇게 먼저 가지 말 것을.

참 이상하다. 그때의 그 남자의 심정이 자꾸만 안쓰러워 마음이 쓰인다. 상대가 신경이 쓰이기 시작하는 이 관계 속으로 깊게 끌려 들어가는구나, 이제 돌이키기도 힘들겠다, 라는 생각을 했다. 하루씩 시간이 그저 흘러가지는 않았다. 익숙하게 스며들던 감정이 폭발하듯 만나게 되었다. 점점 더 깊게 빠져든다.

마음이 이마 앞까지 와서 부딪친다.

설거지를 끝내고 마침 울린 전화를 들고 진우는 서재로 들어갔다. 진우의 뒷모습을 보면서 자꾸만 몸이 움츠러들어 지친 몸을 소파에 기댔다. 이 집에서 제가 가진 몫이 달랑 옷장 하나. 멍하니 할 일 없는 지금의 상태로 얼마나 지내야 할지 앞으로 이 관계는 또 어떤 식으로 흘러갈지 복잡했다.

어찌해야 할지 감정을 추스를 여유가 없어진다. 마음은 너무 앞서 달리고 현실은 그런 그녀를 뒤에서 너무 빠르다고 끌어 앉힌다. 답답한 마음에 정연은 방으로 들어가 옷을 챙겨 들고 나오는데 진우가 거실로 나온다.

"어디 가?"

여기 와서 처음으로 정연이 혼자 외출 준비를 한다. 그동안은 병원을 가거나 아니면 진우가 퇴근 후 함께 아파트 근처 공원을 걷다 오는 몇 번의 외출이 전부였다.

갑갑했다. 답답했다. 제 감정을, 그의 감정을 마주하는 것이 힘들다.

"······좀 걷고 싶기도 하고, 빗소리 나가서 들어 보고 싶어요."

정연은 그와 눈을 마주치지도 못하고 카디건 단추만 채운다. 숙인 목덜미에 그의 가벼운 한숨이 실려 온다. 이내 큰 손이 정연의 단추를 대신 매만진다. 꼼꼼하게도 채워 준다.

"같이 가."

"아니에요. 혼자 한번 나가 볼게요."

따라나서는 그를 만류하는 손짓을 하는데 그는 어느 사이 옷을 챙겨 들고 나온다.

"그렇게 입고 나갈 거야?"

진우는 정연에게 코트를 입혀 준다. 다시 한 번 괜찮다는 표정을 짓는데 진우는 이내 얼굴을 굳힌다. 눈치 보는 아이가 되어 정연의 몸은 움츠러든다.

"혼자 엘리베이터 타고 내려갈 수 있어? 혼자 이 집 나설 수 있냐고?"

으르렁거리며 품 안에 가두려는 숫사자처럼 그는 정연을 밖에 내놓지 못한다고 한다.

풀썩 정연은 자꾸만 불안해하던 자신의 마음이 왜인지 깨닫는다. 지난밤도 무너지듯 그에게 안겼다. 왜 모든 상황이 이렇게 설명하지 못하게 개운하게 느껴지지 않는지. 정연은 한쪽 마음 구석이 싸하게 무너지는 것을 느꼈다.

상대에게 죄책감을 올려놓은 여자를 남자가 무거워할지도 모르겠다는 걸 이제야 알았을까? 바보가 되어 버린 정연은 자신이 통제하지 못하는 이 감정 상태가 힘겹다.

눈가가 뻣뻣해져 정연은 눈을 비빈다. 진우가 그 손을 감싸고 내린다.

같이 엘리베이터를 타고 밖으로 나왔다. 쏟아지는 비를 아파트 입구에서 둘이 멍하니 바라본다.

"비 많이 오는데 정말 나갈래?"

"네."

"그래."

진우는 커다란 우산을 펼쳐 든다. 표가 나게 우산이 정연에게 기울어진다. 정연은 천천히 걷다 슬쩍 반걸음 늦춰 그의 뒤를 본다. 어깨 부분 옷의 색깔이 점점 짙어진다. 툭툭 우산대를 그에게 조금 밀어 준다.

남자의 낮은 헛기침 소리가 새어 나온다.

"……혼자 있기 싫었어."

진우의 목소리가 빗속으로 같이 젖어 들까 봐 몸을 바짝 붙여 그에게 다가선다.

"그때 호텔에서 그렇게 보내고 혼자 있게 되었을 때 나 기분 별로였거든. 어젯밤에…… 아픈 너를 그러지 말았어야 했다는 거 알면서도 내가 내 욕심에 그런 거……."

정연이 걸음을 멈추고 급하게 진우의 얼굴을 바라보며 말을 막는다.

"여기서 미안하다는 말은 서로 안 하는 게 맞는 거 같아요. 내가 먼저 그랬고, 그때 호텔에서도 내가 당신 손 잡았어요. 그냥 뭐랄까 내 마음이 아직 내 거 같지 않아서⋯⋯."

"어젯밤 후회해?"

단도직입적인 남자의 질문이 칼처럼 서늘하다. 그렇게 묻는 진우의 표정은 목소리보다 더 시퍼렇다.

"아뇨. 그런 건 절대 아니에요."

망설임 없는 정연의 답에 진우의 얼굴이 순식간에 풀린다. 화사하게 꽃처럼. 남자가 꽃같이 보인다. 바보처럼 멍하니 바라보는데 진우가 우산을 다시 그녀에게 기울인다. 남자의 손이 몇 번이나 정연의 어깨에 닿을 듯 말 듯 올라왔다 내려왔다 한다.

그러다 슬그머니 정연의 어깨에 손을 올리고 그에게 끌어당긴다. 정연은 그렇게 그에게 당겨진다. 비 냄새와 그의 체취와 그리고 정연의 향기가 섞여 든다.

"오늘 뭐 할까? 하고 싶은 거 있어?"

참방참방 신발 바닥에 닿는 빗소리가 경쾌하다.

"내가 하고 싶은 거? 아니면 진우 씨가 하고 싶은 거? 어느 쪽이요?"

"그럼 우리가 같이하고 싶은 거 그런 걸 찾아볼까?"

우리라는 말에 힘을 주어 그가 말한다. 우리란다. 우리.

몸에 힘이 나른하게 빠져나가는 기분이다. 살짝 얼굴이 붉어지게 마음이 흐른다. 멈추지 않고 마음이 흘러간다. 그에게 말이다.

"음⋯⋯ 그럼 우리 같이하고 싶은 건 뭐가 있을까요?"

그가 했던 것처럼 정연도 우리라는 단어에 힘을 꽉 주어 말한다. 잠깐 고민하며 걸음을 늦추는데 진우가 작은 물웅덩이 앞에서 정연을 쑥 그의 품으로 당긴다. 그리고 귓속말로 무어라 이야기한다. 정연의 얼굴이 순식간에 붉어진다. 정연의 손이 맵게 진우를 살짝 때린다. 여자의 얼굴은 더 붉어진다.

그렇게 아파트 단지를 한 바퀴 돌면서 짧은 대화였지만 둘의 속내가 적당히 서로에게 스며들었다.

감기 걸리겠다는 진우의 염려로 걸음은 다시 집으로 돌아간다. 툭툭 우산의 빗물을 털어 낸다. 비밀번호를 누르고 열린 문으로 정연이 먼저 들어간다. 처음 그의 집으로 들어설 때와는 약간은 달라진 노곤해진 마음이 편하다.

등 뒤로 문이 닫히고 빗물에 젖은 질척한 신발을 벗는데 진우가 성급하게 뒤에서 다가온다. 몸을 돌리게 하고 손으로 뺨을 감싸고 눈을 마주한다. 닿을 듯 말 듯 입술이 붙을 듯 말 듯 일부러 애태우는 것처럼 안달하게 한다.

"너만 보면 안고 싶고, 만지고 싶고, 자고 싶어. 내가 스위치 온 상태가 돼 버린 거 같아."

한 자락의 꾸밈도 없는 노골적인 의사 표현. 진우는 눈 하나 깜짝하지 않고 얼굴색 하나 붉히지 않고 그렇게 정연의 마음을 흔든다. 뜻밖의 말에 정연의 얼굴은 더 붉어지고 어정쩡하게 벗겨진 젖은 신발의 찜찜한 감촉도 순식간에 달아난다.

야한 말을 저렇게 무슨 회의하듯 단정하게 해 놓고 그러고 끝이다. 부끄러움의 몫은 정연에게 넘겨 두고 말이다.

얼굴에 열기가 올라와 그를 똑바로 쳐다보기 힘들다. 민망해져 고개를 돌리는데도 그의 얼굴이 같이 따라온다. 진우의 샴푸 냄새가 아찔하다. 진우의 스위치 온 상태란 말이 무슨 말인지 어렴풋이 알겠다고 생각했다.

노곤해진 마음과 기분 좋은 나른함이 이 집에 와서 처음 갖는 안정감이다. 스스럼없이 이제야 다가오는 진우의 입맞춤이 반갑다. 비 냄새를 몰고 오는 키스와 누구의 호흡인지 모를 숨소리가 어제를 끌고 온다. 정연은 쑥 빨려 가는 그에게서 자신을 걷어 들인다.

"아, 근데 진우 씨 몇 살이에요?"

"하, 정말 내 나이도 몰라? 그런 남자랑 막 잠도 자고 그래?"

놀리는 마음, 정말 기가 막힌다는 표정이 반반 섞인다.

"그게 생각해 보면 우리는 참 서로를 모르네요."

잠깐 씁쓸한 기분이 든 정연이 진우를 올려다본다.

진우는 그런 정연의 마음을 알아챈다. 가만 보면 표정을 숨기지 못하는 여자다. 쓸쓸함을 담고 있다고 생각했던 그 표정은 늘 혼자였기 때문이었다는 걸 조금씩 알게 되었다.

얼굴의 그늘을 이제 더 이상 자신 때문에 남겨 두긴 싫어진다. 짐짓 장난스러운 표정으로 진우는

"너보다 네 살 많다. 이제 됐어?"

"어, 세상에 우리 오빠보다 어리다는 말이에요?"

저 말인즉 생각했던 것보다 노안이라는 말이다. 울뚝, 화가 치민다. 외모에 대놓고 자신을 내보이는 성격은 아니지만 그래도 노안은 처음 듣는 소리다.

"왜 이래? 어디 나가면 대학원생이냐는 소리도 들어."

"대체 대학생도 아니고 대학원생은 어떤 의미죠?"

깔깔깔 정연이 대놓고 웃는다. 분명 이 상황에서 화를 내야 하는데 진우는 물색없는 남자처럼 그저 웃는 정연의 표정에 기분이 좋아진다.

"진우 씨 형님이라는 바이올린 하시는 그분, 처음에 저는 그 이야기 듣고 동생분인 걸 사람들이 잘못 알고 있나 했어요. 정말 그분 젊게 보이세요."

"지금 내 앞에서 내 형 칭찬을 하는 거야?"

곧잘 회자되는 자신의 형. 유명세를 치르는 형 덕분에 가끔씩 불편했었는데 오늘은 질투심이 솟구쳐 정연에게 들킬까 싶어진다.

"쳇, 방송물이 그런 거지. 실물 보면 절대 아니야."

"에이, 형한테 질투해요? 그래도 내가 지금 눈 마주치고 있는 남자는 팀장님이잖아요. 날 안고 싶다고 말하는 남자. 나 좋다고 하는 사람은 진우 씨인데 내 눈에는 당신이 참 멋져요."

살살 웃으며 그래 놓고 부끄러운지 그의 몸으로 파고들며 얼굴을 숨긴다. 예쁘기도 아름답기도 참말로 좋다. 진우는 마음이 벅차 와 심장이 쿵쿵 뛴다.

"너도 우리 회사에서 유명해. 같이 일하고 싶은 협력 업체 여직원 1위. 결혼하고 싶은 여직원 1위, 예쁜 협력 업체 여자 1위, 사귀고 싶은 여자 1위 뭐 이런 거 뽑을 때마다 다 1위였어."

진우가 과장스럽게 트로피를 수여하듯 팔 동작을 크게 하자 정연이 다시 웃는다.

"어, 이럴 땐 정말요? 이러면서 조금은 부끄러워하고 그래야 하는 거 아닌가?"

"나도 그 정도는 알고 있어요. 설마 그 정도로 유명해지는데 당사자가 모를 거라 생각한 거예요?"

진우는 잘난 척하는 정연을 기분 좋게 보며 웃는다. 진우의 손이 정연의 머리를 귀 뒤로 넘겨 준다. 작은 동작 하나에 서로의 마음이 확 끌린다. 스며드는 눈빛이 점점 서로에게 취해 간다. 그동안의 힘든 일이 이 웃음에 다 정리되는 듯 조금은 들뜬 목소리와 대화가 서로를 편안하게 만든다.

진우는 정연을 알고 나서 이렇게 편안했던 날이 있었나 싶게 행복하다, 그런 생각을 했다.

❋ ❋ ❋

그는 어제 퇴근하고 들어오면서 아그그 춥다 그랬다. 계절은 벌써 한겨울의 품속으로 완벽하게 들어와 있었다. 진우는 복잡한 주택가 속에서 요행히 주차할 자리를 찾고 정연을 내리게 했다. 내리면서 꼼꼼하게 정연의 머플러를 여며 준다.

"하필 이런 날 오자고 그래? 그냥 적당히 사면 될 것을."

"왜 그래요? 잘 따라오고서는."

정연은 거의 두 달 만에 오는 동네가 낯설어져 기분이 묘했다. 그동안 진우의 도움으로 병원도 꼬박꼬박 다니고 정신과 상담도 받았다. 죽어도 잊어버릴 수 없는 사건이긴 했지만 그래도 몸의 멍이 희미해져 가면서 조금씩 아물어 가고 있었다.

그동안은 필요할 때마다 옷을 사 입는다든가 아니면 아쉬운 대로 필요한 물품을 그때그때 챙기며 지냈다. 하지만 같이 지내는 날이 늘어날수록 필요한 물건도 생기기 마련이었다. 정연이 집에 둔 노트북도 다시 필요했고, 오랜 시간 비워 둔 집도 확인할 필요가 있었다.

쌩한 겨울바람이 좀 심하게 분다 싶은 토요일 한낮이다. 빌라에서 조금 떨어진 곳에 주차를 한 두 사람은 조용히 동네를 걷고 있었다.

퇴근하고 집 밥이 그리울 때 먹던 작은 식당은 무슨 일인지 문이 닫혀 있다. 밤새 감기로 끙끙 앓다 억지로 옷을 꿰입고 약을 사 먹던 편의점은 그대로다. 혼자 지내고 혼자인 일상을 겪었던 동네는 정연만 빠진 상태로 그렇게 흘러가고 있었다. 그렇게 혼자만의 생각에 빠져 걷는데 저기 과일 가게에서 남자 하나가 반색을 하며 다가온다.

"정연아, 내가 얼마나 걱정한 줄 알아? 그래, 몸은 괜찮고? 내가 그 자식 일 칠 줄 알았다. 그래서 동네 방범대한테도 그리 일렀는데……."

진심으로 걱정하며 정연의 몸을 살피듯 구석구석 보는 눈매가 걱정과 다정함으로 얽혀 있다. 동네 과일 가게 사장님이자 정연의 돌아가신 아버지의 오랜 친구분이다. 우연히 이 동네로 이사를 오고 먼저 정연을 알아본 뒤로 정연은 그 가게의 단골이 되었다. 정연의 성격상 깊게 다가가지는 못해도 심적으로 의지가 되는 분이

셨다.

"네, 아저씨. 이제 괜찮아요. 아주머니는 잘 계시죠?"

"우리야 다 그냥 그렇지. 그래, 이사를 아주 간 거야?"

"아니요, 그냥 친구 집에서 좀 지내고 있어요."

정연은 친구라 말해 놓고 슬며시 진우의 눈치를 살핀다. 다행히 그는 별다른 표정은 아니다. 내심 안도를 하면서도 조금 서운해진다. 그러면서 지금 무얼 서운해하나 스스로에게 질문해 본다. 누군가에게 그를 소개하는 상황이 처음이라는 것도 깨닫는다.

"그래, 무섭겠지. 우리도 이 동네 재개발되니 어쩌니 하면서 사람들 분위기도 그렇고 옮겨야 하나 싶어."

진우는 멀뚱하게 서서 그들의 대화를 듣고 있었다. 모르는 사람이 섞인 대화가 불편하겠다. 어색한 모양새가 좀 신경이 쓰이는지 먼저 과일 가게 사장인 수철이 알은척을 한다.

"정연이 애인인가 보네. 그래 다행이다. 이렇게 듬직한 총각이 옆에 있어서. 우리 정연이 잘 부탁해요."

꼭 딸을 부탁하듯 다정하게 등을 두드리는 손짓에 진우가 어깨를 연신 굽히며 내민 손을 맞잡는다. 그러곤 환하게 웃는 얼굴에 수철이 덩달아 얼굴에 미소를 머금는다.

"안 그래도 오늘내일 오지 싶었다. 곧 아버지 기일이잖아."

아, 정연은 속으로 탄식이 나오는 걸 들킬까 싶어 과일을 살피듯 시선을 돌렸다. 어쩐지 집에 그리 오고 싶었던 마음이 이거 때문이었는지도 모르겠다 싶은 변명을 혼자 했다. 잊어버릴 게 따로 있지. 넋을 놓고 산 결과에 자책했다.

겨울 한가운데 돌아가신 아빠의 기일. 매년 아빠의 기일이 되면 추워 죽겠다며 엄마는 재혼하기 전까지 모시던 제사에서 원망을 했었다. 독한 양반, 명이나 좀 길든가, 자식 두고 가면서 꼭 추운 날 갔다고 했던 그 말이 오늘에 와서 박힌다. 엄마도 힘들었겠다 하는 생각을 과일 가게에서 하게 된다.

"내가 좋은 걸로 골라 놨어. 일부러 다른 사람한테 안 팔고 빼놓은 거야. 우리 집 물건은 확실하잖아."

동네 과일 가게라도 수철의 인품처럼 늘 한결같았다. 수철과 인연이 다시 이어지고 매년 아버지의 기일이나 명절에는 늘 이 집 과일이 정연 가족의 차례상에 올랐다.

"지후네도 잘 있지? 내가 내일 배달해 놓을 테니깐 걱정 말고."

"네, 저기 아저씨 우리 오빠한테는 저…… 이번 일 말씀하지 마세요. 괜히 걱정해요."

"아니 그럼 현수는 모르는 거야? 대체 너는 그 무서운 일을 당하고 혼자 그러고 있었어?"

정연은 대답 대신 안색에 걱정을 가득 담은 수철에게 괜찮다며 배시시 웃고 만다. 그 곁에 진우가 더 걱정스러운 얼굴로 안색이 구겨지는 것을 정연은 보지 못했다.

"아저씨, 계산해야죠? 너무 싸게 주시지 말고요. 저의 아버지 제사상에 올리는 과일이잖아요. 깎으면 안 되는 거 그 정도는 저도 알아요."

가방 속에서 지갑을 찾는데 휴대전화의 진동이 먼저 느껴진다.

수진의 전화다. 눈치를 살피듯 진우를 한 번 보고 정연은 잠깐만 하며 가게를 나섰다.

"어, 수진아?"

— 뭐 하고 있어, 정연 친구?

"나는 임산부 친구랑 통화하고 있지요."

겨울바람이 비켜 간 가게 바깥쪽 한 귀퉁이에서 밝은 목소리로 친구를 반긴다. 오랜만에 고민할 것도, 걱정할 것도, 불안할 것도 없는 톤이 높은 기분 좋은 목소리다.

— 나는 회사.

"세상에, 누가 우리 배불뚝이 임산부를 토요일에도 출근을 시켜? 이거 노동부에 고발해야 되는 사안 아니니?"

— 우리 정연이가 없으니 챙겨 주는 사람도 없고, 흑흑흑 눈물로 지내고 있어. 출산 휴가 들어가기 전에 정리할 건 해 놓고 가자 싶어서. 힘든 건 아니야.

"보고 싶다. 수진아!"

— 그래 내가 출산 휴가 들어가기 전에 네가 출근한다니 반갑긴 한데, 친구 입장에서는 걱정이고, 동료 입장에서는 반갑고 그러네. 다른 건 아니고 중국 공장 원재료 수급 문제, 전에 네가 보고서 만든다고 했던 거 기억하는데 자료를 못 찾아서. 아니면 새로 만들어야 할지, 이 부장님이 물어보셔. 새로 만들어야 하면 오늘부터 밤샘 작업 해서 너 월요일 출근하면 마무리 확인해야 할 문제라 좀 일찍 서둘렀으면 하시네. 미안해. 출근도 하기 전에.

"아니야, 그거 집에 있는 노트북에 저장되어 있어. 이제 마무리만 하면 될 거야. 부장님한테 그리 말씀드려 줘."

좀 긴 시간 그동안 정연이 빠진 회사 내부 사정과 이런저런 소문에 대해 이야기했다. 잘 굴러가는 듯한 해외영업지원 팀이지만 군데군데 삐꺽거려 다들 신경이 날카롭다 했다. 오면 눈총받을 각오도 하라는 말로 정연의 어깨에 힘을 실어 주었다. 기다리고 있다고 다들 걱정한다고 김정연 대리를 대신할 사람은 없다고 말이다.

조금은 과장된 말이 분명하긴 했지만 누군가가 기다리고 있다는 말이 이렇게 반갑게 느껴지는 것은 아마도 상처를 받고, 필요한 사람을 찾아가는 과정에서 깨닫는 감정이라 생각되었다. 기분 좋은 책임감을 갖고 전화를 끊으면서 정연은 다시 출근한다는 말을 진우에게 어떤 식으로 전달해야 할지가 또 다른 고민으로 안겨졌다.

통화하는 사이에 혼자 둔 진우에게 미안해졌다. 낯선 곳, 낯선 사람인데 자신이 배려 없이 신경을 못 썼다 싶어 얼른 생각을 접고 들어섰다. 그런데 다시 들어간 가게는 수철은 없고 진우가 사과를 먹고 있었다. 아삭아삭 껍질도 벗기지 않은 사과를 맛있게도 먹고 있었다.

"아저씨는 어디 가셨어요?"

"급한 배달 있다고 가셨어. 사과 줄까?"

"껍질도 안 벗기고, 농약 걱정은 안 해요?"

"괜찮아, 이거 봐. 이거 세척한 사과래. 아저씨가 먹으라고 주셨어. 우리 횡재했다, 그치?"

진우는 검은 봉지 한가득 미어지게 담긴 사과를 열어 보인다. 하나씩 개별 포장된 사과가 한가득이다. 사각사각 맛있게도 베어 먹고 뼈대만 앙상한 사과대를 쓰레기통에 버린다. 그러고는 두리번거리다 가게 구석 세면대에서 손도 씻고 온다.

낯선 곳에서도 씩씩하게 사과도 먹고 바지런히 제 할 일을 챙기는 그를 보며 정연은 저런 모습이 내게는 없구나, 한다. 그런 그이기도 하지만 사랑에는, 연애에는 서툴러서 그렇게 서걱거리는 일 년을 보냈다. 서투른 점이 닮아서 그래서 더 더, 자꾸만 푹 빠져들게 좋아지나 싶다.

"계산해야 되는데 기다려야 하나? 아저씨 오래 걸린다고 하셨어요?"

정연은 다시 가방에서 지갑을 꺼내 밖을 두리번거린다.

"가자. 내가 계산했어. 배달은 내일 지후 집으로 가신대. 가게는 곧 아주머니 오신다고 그냥 가도 된다고 하고 나가셨어. 그런데 지후가 누구야? 조카?"

"네, 얼마였어요?"

진우는 지갑에서 지폐를 꺼내 드는 정연을 보며 필요 없다는 눈짓을 한다. 꺼내는 지폐를 대신 지갑에 넣어 주고 아예 가방까지 진우가 들고 가게를 나선다.

"아뇨. 이건 우리 아빠 제사상에 올라가는 거예요. 제가 계산해야 해요."

거듭 돈을 꺼내려고 가방을 달라는 정연을 아랑곳하지 않고 진우가 앞장선다.

"내가 너한테 침 바른 거야. 일 년에 한 번 너희 아버지 기일마다 내 생각나게. 사과, 배 과일 올릴 때마다 내 생각하라고. 절대 다른 남자 못 만나게 하려고. 설마 아버지 기일에 과일 올려 준 남자를 버리고 다른 남자를 만날 수 있겠어?"

앞으로 성큼성큼 걷는 진우의 뒷모습에 마음이 뻐근했다. 아, 좋다 하는 마음이 절로 든다. 정연은 한 박자 늦은 걸음을 재촉해서 그의 옆에 섰다.

"박진우 팀장님. 여자를 너무 믿으면 안 돼요."

짐짓 한번 튕기는 여자가 되어 정연이 샐쭉거린다. 그런 모습이 마음에 드는지 진우가 추운 겨울 한낮의 시린 어깨를 감싼다.

"사람이란 게 내 부모 죽인 원수도 세월 지나면 먹고사느라 희미해져 가는 거래. 그런데 내 돈 떼먹고 도망간 사람은 죽어도 못 잊어. 너 다른 사람 만나면 내 과일값 떼먹고 도망간 여자가 되는 거야. 그럼 내가 원한 갖고 저주 퍼붓고 살 거야. 그렇게 되면 넌 어디에서 살든 독 올라서 죽을 수도 있어."

걸음을 멈추고 깔깔깔 배가 아프게 정연이 웃는다. 이 사람을 만나고 이렇게 마음을 놓고 웃어 보인 적이 있었던가? 그렇게 자꾸 웃으며 걷는 서로의 허리를 휘감고 어깨를 감싸고, 서로 하나인 듯 추운 거리를 걸었다.

어느 사이 정신없이 웃는 와중에 그들은 정연의 집 앞 현관에 서 있었다.

처음에 집에 다녀와야겠다고 했을 때 그 밤의 그 장소를, 그곳을, 그때의 느낌을 어떻게 마주할 수 있을까 했다. 그러나 그런 걱정이 무색하게 그와의 농담 속에 눈에 넣지도 않고 현관 앞에 섰다. 일부러 그가 그렇게 길게 웃게 하면서 눈치채지 못하게 했는지, 그것까지는 모르겠지만 정연은 하나씩 고비를 그 사람의 등에 기대 넘어섰다.

거의 두 달 가까이 비워진 집은 고요했다. 몇 년을 살았던 집이었는데, 늦은 시간 지친 몸을 끌고 와서 몸을 쉬게 해 주던 집은 이제 낯설기만 했다. 싸늘한 실내 공기, 남의 집에 온 듯 낯선 집 냄새에 정연은 시선을 두리번거렸다.

그날 아침 신발을 고르느라 꺼내 놓은 몇 켤레의 신발은 현관에서 주인을 잃고 시간은 멈춰 있다. 그리고 그 옆에는 뽀얀 먼지가 앉은 그의 구두가 같이 덩그러니 놓여 있다. 천천히 앉아 정연은 선반에 놓인 티슈를 뽑아 그의 구두를 닦는다. 두리번거리던 그는 정연의 모습을 보다 자신의 구두라는 걸 알아챘다.

"이것도 챙겨 가요."

"아니 그건 그냥 두자. 여자 혼자 사는 집에 남자 신발 두는 거라면서? 지금은 네가 여기 있는 건 아니지만 그래도 두는 게 낫겠지?"

결의를 다지는 것처럼 비장하게도 이야기한다.

"빨리 챙겨 가자. 추워."

진우가 먼저 신발을 벗고 거실로 들어섰다. 정연은 방에서 캐리어를 꺼내고 옷장에서 옷을 담았다. 침대에 펼쳐 놓은 이불은 개어 옷장 속으로 다시 넣고, 거실에 놓인 노트북도 챙겼다. 사람도 없는 집에 소소하게 앉은 먼지가 신경이 쓰였지만 청소까지

하면서 더 이상 머물 마음은 없었다. 자꾸만 바닥의 냉기가 올라와 발이 시리다.

진우는 정연의 곁을 맴돌다 베란다로 나가 뭘 찾는지 한동안 부산스럽다. 정연은 주방으로 가 냉장고를 열었다. 냉장고는 처음 떠난 그대로 텅 비었다 싶게 휑하다. 생수 몇 병과 이 부장이 챙겨 준 홍삼즙이 여기에도 있다. 정연은 생수는 버리고 홍삼즙은 챙겨 주방 서랍을 뒤져 비닐을 꺼내 담았다.

"이제 다 했어요. 가요."

정연은 캐리어를 챙겨 들고 집 안을 다시 한 번 눈에 담았다. 언제 또 올지는 모르겠다. 방문을 다 닫고 베란다도 닫고 가전제품의 전원은 뽑았다. 냉장고의 작은 소음조차 멈춰진 순간 집 안은 더 서늘해졌다.

"그래, 우리 집으로 가자."

진우가 정연의 손에 들린 캐리어를 경쾌하게 든다. 정연은 아까 받아 온 사과 봉지를 들고 마지막으로 문단속을 하고 집을 나섰다. 터덜터덜 내려오는 걸음에 아마 다시 이 집을 올라오는 일은 이사 날이겠다, 하는 생각을 했다.

따뜻하게 머물며 위안받던 집이 한순간에 이렇게 정을 떼고 돌아가는 느낌이 그다지 좋지는 않았다.

5

점점 짙어지는 우리

하루를 일찍 시작했음에도 그들은 바빴다. 정연의 집에서 다시 그들의 집으로 짐을 옮겨 놓고 마트에도 들러 장을 봤다. 식사 준비할 재료를 사고 둘이서 어떤 메뉴가 먹고 싶니 마니로 한두 번은 투닥이는 그런 연애 중이다. 꼬르륵거리는 배 소리에 마트 푸드 코너에서 메뉴를 골라 이게 별로니 저게 맛있니로 또 한 번 실랑이를 기분 좋게 하기도 했다.

"오늘 여길 몇 번이나 오르락내리락하는지 모르겠다."

장 봐 온 짐을 옮기면서 진우는 투덜거린다. 그러면서도 싫지는 않은지 종류별로 구분해서 냉장고에 착착 잘 챙겨 놓는다.

두 달 동안 같이 지내면서 예전의 정이 뚝뚝 떨어지게 차가운 그 남자가 전부가 아니란 것도 알았다. 속내는 따뜻하지만 때때로 본성을 못 버리는 남자는 무뚝뚝하기도 했지만 이제는 정연이 그런 그를 힘들어하는 점은 조금씩 줄어들었다. 그리고 그렇게 정연도 진우처럼 변하고 있었다.

"아, 커피 마시고 싶다. 우리 나갈래요? 내가 커피 사 줄게요."

정연은 많이 걸었던 하루가 피곤하면서도 오랜만의 외출이 아쉬웠던지 주방에서 부산스러운 진우를 불렀다. 진우는 냉장고 속에 머리를 넣은 채 얼굴도 내밀지 않고 뭐라고 구시렁거린다. 정연은 슬며시 기분 좋은 느낌에 저절로 미소가 어린다. 그저 편안한 날들의 연속이었다.

"너무 무리하는 거 아니야?"

진우가 냉장고 문을 닫고 손을 씻은 뒤 정연의 곁에 와서 선다. 안색을 살피는 진우의 눈매가 매섭다. 그런 진우를 녹이듯 정연이 먼저 입을 맞춘다. 답삭 정연을 안아 들고 소파에 눕히다시피 몸을 겹쳐 온다.

반가운 체취, 익숙한 무게. 이 집에 와서 처음 몸을 나누고 그들은 여느 연인처럼 사랑을 한다. 어색했던 이 집에서의 첫 밤. 죄책감이 더 실린 그날의 진우는 조금씩 그 짐을 벗고 여자를 사랑한다.

"이런 식은 곤란해. 내가 불리하잖아."

"나가요, 겨울밤을 좀 걷고 싶단 말이에요."

억지로 얼굴을 떼 놓고 진우는 조금 피곤해진 여자의 얼굴을 안쓰럽게 본다. 알고 보니 여우다. 붉은 입술은 예쁜 말을 하면서 어쩔 때는 밉게 고집을 부린다. 그를 밀쳐 내고 옷을 챙겨 나온다. 힘없는 남자는 여자의 여우 짓에 그저 함빡 넘어간다.

안에서 마시면 될 커피를 굳이 바깥 테라스에 앉는다고 고집 피우는 정연이 미워 한 번 밉게 본다. 진우는 퉁한 표정으로 커피를 건네면서 자리에 털썩 앉는다. 앉는 모양새가 화가 났음에도 정연은 반응이 없다.

그 모습에 괜히 유치한 느낌이 들어, 다시 몸을 가다듬고 앉는다. 진우는 얼굴의 표정은 푼다. 휴, 저리 좋다는데 어쩌겠나 싶다. 겨울바람이 가라앉아 그나마 다행이라 생각했다.

"오래는 안 돼. 커피만 마시고 일어나."

뭐가 그리 좋은지 흥얼흥얼 노래까지 부르는 정연을 보며 진우는 커피를 들이켠다. 그동안 병원도 꼬박꼬박 다니고 좋아졌다고 하지만 속은 곪아 있는 걸 그가 왜 모르겠는가? 아직도 밤에 종종 깨서 그를 놀라게 하고, 늦은 밤 자신의 그림자에도 놀라는 여자다. 내려놓지 못하는 죄책감은 그를 오래도 괴롭힌다.

왜 그때로 돌아가지 못할까? 그러면 죽어도 그 야근을 못 하게 했을 것을. 새벽 두 시 메일을 먼저 확인할 게 아니고 바로 뛰어갔어야 했다. 메일이 왔던 그 시간으로 돌아갈 수만 있다면 영혼이라도 팔겠다는 진부한 말도 할 수 있다. 진우는 입이 써서 커피가 넘어가질 않는다.

정연은 그늘이 진 그의 옆모습을 쳐다보다 커피를 남기고 일어선다. 무슨 생각을 하는지 정연도 안다. 동등하지 못한 관계. 끊임없이 보살핌을 베푸는 남자와 그 배려 속에 받아들이는 삶을 사는 자신이 이 상태를 언제까지 유지할지는 그녀도 장담할 수 없었다.

다만 이제는 다시 세상 속으로 들어가야 한다.

"갈까요?"

"커피 덜 마셨잖아. 좀 더 있어도 돼."

그의 표정이 정연을 불편하게 한 거 같아 마음에도 없는 말을 한다.

"이거 다 마시면 밤에 잠 못 자요."

그의 마음을 읽는 여자다. 진우의 속내를 벌써 알아차린 정연이 아닌 척하며 먼저 일어선다.

적당한 가로등 밝기의 동네를 걷는다. 진우가 편의점을 보며 담배나 하나 살까 하며 들어간다. 정연은 밤공기가 좋아 밖에 있을게요, 하고 편의점 안의 그를 눈으로 좇는다.

계산대에서 계산하고 돌아서는 그가 통화를 하며 걸음을 늦추는 걸 보며 시선을 돌렸다. 건너편에 불이 꺼진 부동산 사무소가 있었다. 그저 눈이 심심해서 읽어 보던 전세, 매매 이런 글이 심각하게도 들어온다. 비싼 동네라 엄두가 나지도 않는 금액이지만 근래 인터넷으로 이런저런 시세를 보던 정연에게는 관심이 간다.

이사는 해야 하고 언젠가는 해결해야 할 문제다. 쭉 훑다 보니 이 동네가 아닌 다른 지역 정보도 몇 개 보여 한참을 살펴보고 있었다. 저 정도 금액이면 적당히 가진 돈과 대출로 맞출 수 있겠다 싶어진다.

빠르게 머릿속으로 통장 잔액과 여러 가지 상황을 종합하는데 서늘한 손짓이 허리를 감싼다. 주르르 온몸에서 피가 쑥 나가 버리는 듯 그대로 정연의 다리에 힘이 풀린다.

"뭘 그리 열심히 보…… 정연아, 정연아?"

익숙한 목소리에 정신을 차린 정연이 진우의 끌어당기는 힘에 억지로 다리에 힘을 줬다. 괜찮다, 괜찮다, 이 사람이다, 속을 달래며 까무러지려는 정신을 일으켜 세운다. 그에게 들키지 않게 호흡을 가다듬은 정연은 방금 전의 자신의 상태를 숨긴다.

"괜찮아요. 당신 말대로 피곤했나 봐요. 오늘 많이 돌아다녔잖아요."

그러면서 진우의 손을 가져와 다시 자신의 허리를 감게 한다. 편해진 호흡이 그를 안심시켰다. 뭐라고 말을 하려는 진우의 얼굴을 보며 그의 손을 매만진다. 괜찮다고 말이다.

진우의 휴대전화가 울리고 그들은 잠깐 떨어졌다. 뜻밖의 전화인지 표정이 조금 달라진 그를 보며 정연은 잠깐 걸음을 멈춘다. 서너 걸음 피했다. 진우는 그런 정연을 보며 통화를 이어 갔다.

방금 전 놀란 상황에 마저 정신을 추스르느라, 통화하며 조금 멀어진 그가 다행이다 싶어진다. 몇 걸음 옮긴 아파트 내 공원. 벤치에 앉아 저쪽에서 통화를 하는 그를 바라보고 있었다. 조금 더 시간이 지나고 그가 두리번거리며 그녀를 찾고 있다.

이내 발견한 그가 빠르게 온다. 얼굴이 굳어 있다. 좋지 않는 기운에 정연이 일어서 그를 불렀다.

"진우 씨."

"너, 대체, 내가 너한테 뭐야?"

단단히 화가 난 남자. 정연이 짐작도 못 하고 고스란히 화가 난 그를 다 받는다.

"수진 씨 전화였어. 보고서 작성 건 물어본다고 너 전화 안 받는다고 나한테 왔어. 월요일부터 출근한다고 그 소리를 나는 수진 씨에게 처음 듣는 거, 이게 뭐야?"

말하려고 했었다. 분명 안 된다고 할 게 분명한 남자고 그렇지만 그래도 설득하려고 했다. 오늘은 너무 기분 좋은 하루여서 내일 아침에 이야기하려고 했다. 차분히 자신의 입장과 이제 일하고 싶다고. 할 수 있다고 출근하겠다고 그렇게 말하려고 했다.

"왜 화를 내요?"

욱 짜증이 일어난다. 여자의 말을 들으려고 하지 않는 남자. 여자의 결정에 그저 반대하는 남자.

"내가 출근하겠다고 당신한테 의논했으면 그러라고 했을까요?"

"아니. 너 출근 못 해."

"왜 내 문제를 당신이 결정해요?"

"네 문제라고? 지금 네 문제라고 했어? 방금 전 너는 갑자기 다가간 나에게도 놀라서 주저앉던 여자야. 이런 네가 괜찮다고? 출근을 하겠다고? 같이 두 달을 살았어. 그런데도 넌 이렇게 멀리 있어. 온전하게 내게 온 적이나 있는 거야?"

정연은 뒤로 한 걸음 물러났다. 완벽하게 그를 사랑하고 있었다. 전부를 그에게 내어 주고 함께 지냈다. 그런데 그는 자신을 몰라주고 있다.

답답하다. 일 년 전 그때처럼 소통이 안 되고 있다. 짐을 덜어 주기 싫어 조심하고 있는 자신을 왜 몰라줄까? 말없이 서로를 씩 씩거리며 바라보던 두 사람 중에 정연이 먼저 돌아섰다. 그저 피 하고만 싶었다.

답답한 마음에 아파트 단지를 한 바퀴 돌고 조금이나마 속을 삭이고 걸었다. 조금씩 생각의 방향을 돌렸다. 걱정이 되는 그였 고, 의논하지 못한 자신이 부족했다. 말하려고 했지만 조금 어긋 났다. 걷다 보니 주변은 혼자였다. 왈칵 두려움이 몰려왔다.

그러다 급하게 걷는데 그 옆에 낯익은 그림자 하나. 생각에 빠 져 모르고 있었음에도 내내 곁에서 그가 함께 걷고 있었다는 걸 이제야 깨달았다. 울컥 솟구치는 마음 상태를 정연은 수습하지 못 하고 그대로 아파트 입구로 뛰어갔다. 우리 집으로 가서 우리 집 에서 그를 안고 싶었다.

빠른 걸음으로 입구에 들어서고 이내 도착한 엘리베이터의 문 이 열린다. 들어가려던 걸음이 멈칫한다. 지하 주차장에서 올라왔 는지 낯선 남자가 타고 있다. 정연은 덜컥 놀란 마음에 애써 미소 를 지으며 먼저 올라가라는 손짓을 했다.

두근두근 빠르게 뛰는 심장을 속으로 누르고 돌아서는데 진우 가 곁에 와서 선다. 안심이 되는 마음에 절로 그의 손을 잡는다.

"왜 뛰어? 방금도 엘리베이터에 있는 남자 때문에 못 탔잖아. 그러면서 출근한다는 게 말이 돼?"

다정하게 곁을 걸어 주던 남자가 모진 소리를 한다. 정연은 잡 은 손에 힘을 주고 그를 받아들인다.

이내 도착한 엘리베이터에서 말이 없는 두 사람. 그래도 얽힌 손을 놓지 않는 그가 반가워 정연은 마음을 다독였다.

집 안으로 들어서 진우는 감정 조절이 힘든지 물 한 컵을 벌컥 벌컥 마시고는 소리도 요란하게 컵을 식탁에 내려놓는다. 정연이 그런 그의 곁에 가서 섰다. 시선을 피하는 그의 얼굴을 감싸고 억지로 그의 눈 속에 자신을 넣어 준다.

"있잖아요, 나 재주만 있으면 그날 밤으로 돌아가서 그 일을 다 바꿔 버리고 싶어요. 그날 그냥 일찍 퇴근해 버리고, 막 당신 한테 이 일 못 한다고 하고 그러고 6시 땡 하고 집에 가서 이불 덮고 잘 거예요. 절대로 야근도 하지 말고……."

담담하지만 진우를 바라보는 눈은 두려움이 한가득인 여자다. 진우가 신음 소리를 내며 그런 정연을 껴안는다. 바스라지게 안겨 오는 여자가 안쓰럽다. 그런 진우를 정연이 달래듯 등을 쓸어내린다.

"그런데요, 인생이란 게 그런 거 같아요. 없었으면 좋았을 그런 일이, 그래도 그 때문에 내가…… 당신이…… 우리가…… 이렇게 지금 같이 있고 서로 좋아하잖아요. 사람 일이 이렇게도 풀리는구나. 이렇게도 열리는구나 그래요."

진우는 심장을 쩍 하고 가르듯이 열고 들어오는 여자의 마음을 남김없이 받았다. 자신은 죄책감이 실린 마음으로 여자를 힘들게 했는데 여자는 그런 마음조차 온전한 사랑으로 받는단다. 아, 이런 여자를 어찌 사랑하지 않을 수 있겠는가 한다.

"그래서요, 나 출근하려고요. 당신이 무얼 걱정하는지 알지만, 계속 당신 그늘 속에 살 수도 없고. 이제 진우 씨를 편하게 해 주고 싶어요. 상담했던 선생님도 조언 많이 해 주셨어요. 같이 이야 기하고 결정도 같이 했어요. 그분들 전문가잖아요. 나 잘할 수 있어요."

진우는 정연의 고백에 왈칵 눈물이 맴돌아 목 안이 갑갑해져 왔다. 눈가에 억지로 힘을 준다. 부끄러웠다. 할 수만 있으면 그저 정연을 그의 품에 가두고 험한 세상 안 보게 그렇게 살게 해 주고 싶었다. 바보 같은 남자를 그래도 이끌어 주고 노력하는 여자에 비해 자신은 무지렁이였다.

두런두런 생각을 일러 주는 정연 앞에서 진우는 한없이 작아진다. 조금 진우가 진정이 되고, 정연의 마음이 그를 향해 한껏 내보인 이야기를 끝냈을 때, 진우가 꽉 잠긴 목을 가다듬고 정연을 품었던 팔을 거둬 시선을 맞췄다.

"대신 조건이 있어. 야근은 절대 절대 안 돼. 무슨 일이 있어도 그건 안 돼. 그리고 네 집 정리해. 오늘 살펴보니 더 불안해. 혹시나 네가 다시 그 집으로 가거나 그래서도 안 돼. 그러니 정리해. 베란다도 마음만 먹으면 쉽게 올라오게 되어 있었어."

짐을 정리하는 동안 베란다를 어슬렁거리는 그를 보며 뭐 하나 했더니 그런 걸 살폈나 보다. 마음이 든든하니 포근하고 따뜻한 이불을 덮은 듯 나른해졌다.

"누가 야근 안 시키면 굳이 할 필요도 없네요."

투정처럼 정연이 칭얼대듯 그에게 말을 하는데 순간 그의 얼굴이 어두워진다. 배려 없이 그때의 상처를 건드렸다. 그 때문에 일어난 사고라 믿고 있는 사람에게 자신이 돌을 던졌다. 뒤늦은 후회. 정연은 그의 얼굴을 더듬는다.

"마음 같아서는 결혼해서 애 셋 낳고 주저앉히고 싶지만……."

"어, 그건 싫어요."

"너무 단번에 거절하는 거 아니야?"

팽 토라지듯 서운해하는 진우다. 정연은 살짝 당황하여 다시 입술을 가까이 대고 속삭이듯 입술을 맞추듯 말을 건넨다.

"지금은 아니에요. 연애하자고 했잖아요."

슬며시 몸을 기대며 입술을 맞추는 정연에게 진우는 뭔가 하나 부족한 느낌이지만 이 순간을 그냥 받기로 했다. 부드러운 입술이 반갑다. 휘감기는 여체에 몸이 동한다. 때때로 숨 막히게 안고 싶은 여자지만 늘 배려를 했다. 그런데 오늘은 들꽃같이 웃으며 몸을 묻어 온다.

정연은 불안해하는 남자를 느낀다. 조용히 마음을 담아 주는데도 남자는 잘 모르나 보다. 정연이 먼저 손을 들어 그의 얼굴을 감싸고 입술을 겹친다. 까치발을 하고 얼굴을 한껏 올려 그에게 묻어 간다.

이내 아프게 몸을 감아 가는 남자가 빠르게 여자의 셔츠 단추를 푼다. 까르르 예쁘게 웃는 정연에게 진우가 급하게 달려간다. 식탁 앞에서 여자를 밀어 놓고 입술이 얽히고 숨을 앗아 갈듯 휘젓는다.

"조금 아프게 할지도 몰라."

"응."

이럴 때 예쁘게 반말하는 여자다. 확 불기가 당겨진다. 그동안 이런 여자를 어찌 숨겨 놓고 살았는지. 진우가 거칠다 싶게 옷을 잡아당겨 벗긴다. 정연의 옷이 진우의 옷과 함께 빠르게 바닥에 쌓인다.

조금은 차가운 공기가 여자의 벗은 어깨에 소름을 돋게 한다. 진우는 그게 마음에 안 드는지 입술로 연신 더듬어 간다. 정연의 피부가 그 속도에 맞춰 같이 열기가 오른다. 급하게 실어 오는 남자의 몸에 정연이 식탁에 기대 바싹 힘을 준다. 완벽하게 한 몸이 되었을 때 남자는 기분 좋은 소리를 낸다.

정연이 속도를 맞춰 간다. 아프게 한다는 말이 거짓말이 아닌지 정연이 힘겹게 그를 받아들인다. 그동안 부드럽던 남자가 오늘은 다른 사람이 되어 실려 온다. 빠르게 움직이는 몸짓, 가쁜 숨소리, 세상이 끝날 거 같이 들어오는 남자를 정연은 기꺼이 받아들인다.

그가 움직일 때마다 힘겨우면서도 정신이 아찔했다. 그를 모르고 살았던 세월이 아깝다는 생각을 했다. 그리고 겨울밤이 참 짧다 생각했다.

❋ ❋ ❋

정연은 산더미 같은 수북한 자료가 자신의 손에 의해 땟국을 벗은 것처럼 단정하게 변해 가는 것을 뿌듯하게 바라본다. 진우와의 두런두런 나눈 이야기에 정연이 협력 업체 중 보고서 작성의 최고라고 했다.

그냥 빈말이 아닌지 진우는 종종 정연의 보고서가 샘플화되어 다른 업체의 예시안으로 전달될 때도 있다고 했다. 그 말에 정연은 내가 이런 여자예요, 하면서 한껏 어깨를 펴고 자랑을 했다. 그런 정연에게 진우는 화답으로 서류성애자라는 말로 놀렸다.

두 달 만의 출근이었다. 요란한 환영식은 없었다. 다행이었다. 어떤 사고였냐고 이제 괜찮으냐고 걱정 어린 시선과 호기심이었다면 아마 감당하기 힘들었을지도 모른다. 오자마자 밀려오는 일이 더 반가웠다. 그럼에도 소소하게 챙겨 주는 시선에는 마음이 약해졌는지 눈물이 살짝 비추기도 했다.

이 부장이 이번에는 홍삼진액을 주었고, 입사 동기들은 정연이 좋아하는 모바일 커피 쿠폰을 딩동거리며 많이도 넣어 주었다. 넘쳐 나는 쿠폰을 진우에게 나눠 주기도 했다. 끊임없는 쿠폰에 진우는 정연의 휴대전화가 커피전문점 같다며 웃었다. 정연은 커피는 회사에서 마시는 커피가 제일 맛있다며 카페인이 듬뿍 든 커피를 사양 말고 먹으라 했다.

서로 우스개를 다정하게 나누던 그런 밤이 그들에게 이제는 당연한 일상이 되었다.

"샘플 시연할 부품은 윤 과장님 오늘 출국할 때 그편에 넘겼어요. 일단 들고 들어갈 수 있는 수량만 보내고 나머지는 다음 주 배편으로 부자재 실어 보낼 때 그때 보낼게요. 날짜 나오면 다시 보고드리겠습니다."

"이제 회사가 돌아가는 거 같네. 김 대리, 내가 이제 와서 말이지만 윤 과장이 중국에서 일은 잘하지만 서류니 뭐니 엉망이잖아.

그걸 내가 새파랗게 어린 신입들 데리고 다른 부서 눈치까지 보면서 인원 빼 와 보충한다고 흰머리가 더 늘었어. 정연 씨가 우리 부서의 구세주야."

"말만 그렇게 하시지 말고, 우리 부서도 좀 지원해 주세요. 인원도 부족하고, 제가 휴가 가 있는 동안 설마 이 지경일 거라고는 생각도 못 했어요."

"그래, 그래야 할 텐데 회사 내부 사정도 그렇고, 위에 보고는 해 보는데……."

정연은 그저 투정같이 한 말에 심각하게 고민을 하는 이 부장을 보며 아차 했다. 괜히 걱정거리만 떠안겨 준 모양새가 되어 이 부장에게 아직 마시지 않은 커피를 건넸다.

"회사 사정 저도 다 알죠. 이렇게 휴가 길게 주신 것도 이 부장님 배려인 거 알고 있습니다. 고맙습니다. 인원 보충은 그냥 해 본 소리예요. 괜찮아요. 대신 내년에 연봉 협상할 때 저 인사고과나 잘 봐주세요. 이건 뇌물입니다."

이 부장은 커피를 건네받고 그제야 얼굴을 편다.

"김 대리, 오늘 윤성에 들어가야지?"

"제가요?"

"보고서 작성한 사람이 가서 이야기하고 와야지. 그럼 누가 가나?"

"그게…… 꼭 제가 가야 하나요?"

지난 일 년과는 또 다른 느낌이다. 같이 살을 맞대고 같은 밤을 밝히고, 같은 집에서 출퇴근을 하는 그 사람을 상사로 모시는 기분이 너무 어색했다. 어떤 얼굴로 마주해야 할지도 고민이었다.

정연은 다시 출근을 하고 이런 자리가 생길 때마다 요령히 피했었다. 진우도 일상으로 돌아와 출장이니 업체 약속이니 하는 문제로 서로 일적으로 볼 일이 없기도 했다.

"가서, 점심이라도 같이 먹고 와. 요즘 박 팀장 바빠서 둘이 데이트도 못 하는 거 내가 아는데 이건 내가 정연 씨에게 주는 뇌물이야."

남이 들을까 몸을 낮춰 이야기해 준다. 정연은 얼굴로 열이 몰려 손바닥으로 화기를 식혔다.

같이 사는지를 모르는 이 부장이니 저런 말을 한다. 오늘 아침에도, 어젯밤에도 같이 지낸 사람인데 요즘 진우가 다른 업체의 해외 지점 등록 문제로 많이 바쁘다는 것을 아는지라 나름 배려라고 하는 이야기다.

거절할 핑계를 찾지 못한 정연은 마침 윤성에 다른 부서 볼일이 있다는 사람 편에 그렇게 떨떠름한 외근을 따라나섰다.

"아이고, 김 대리. 내가 이야기 들었습니다. 이 무슨 일인지. 그래 이제 몸은 괜찮나요?"

정연은 회의실에서 마흔을 갓 넘겼을 최 과장의 오지랖 넓은 걱정을 오래도 듣고 있었다. 정연의 회사에서는 모른 척 아픈 부분을 묻지 않았는데 이 사람은 걱정으로 포장한 호기심을 마음껏 풀어 놓고 있었다. 얼마큼 다쳤는지, 정말 다치기만 했는지, 당사자가 거북해할 질문을 잘도 한다. 걱정하는 척하면서 험한 세상에 나는 겪지 않을 일이라는 안도감 그런 것을 느끼고 싶었겠지.

그저 어색한 미소를 띠며 괜찮다는 말로 넘기는데 최 과장은 그럴 눈치가 없다. 여자는 조심해야 되는 세상이라고 "김 대리 정말 내가 그 걱정까지는 안 해도 되나요?" 하며 쇄기를 박듯 노골적인 시선으로 호기심을 다 드러냈다.

그의 회사를 들어서면서 혹시나 진우가 보일까 살폈지만, 진우 대신 나타난 최 과장이 이렇게 정연을 괴롭혔다. 그렇게 정연의 인내심의 한계가 팽창할 무렵, 개발 팀의 한 주임이 오고 나서야 이야기는 끝이 났다. 한 주임을 보고야 최 과장은 무거운 엉덩이를 억지로 들고 나갔다.

끝까지 정연의 신경을 건들며 다음에 다시 이야기하자는 말을 남기고 말이다. 그런 최 과장의 뒷모습에 한 주임도 기분 나쁜 시선을 보내며 정연을 보고 이해하라는 눈짓을 하며 자리에 앉았다.

"죄송합니다. 우리 부서에 손님이 오셔서 좀 늦었습니다. 어디 확인해 볼까요?"

"네, 그때 주신 도면으로 완성된 부품입니다. 일부는 오늘 윤 과장님 편으로 중국 갔습니다. 시연은 현지에서 통과 후에 시험 보고서 보내신다고 합니다."

"모양 잘빠졌네요. 박 팀장님이 보셔야 할 텐데. 우리 회사 창립 기념일이 코앞이라 이번에 팀장님 형님분이 오셔서 사원의 밤에 연주하신다고 지금 리허설 중이세요. 거기 가 계셔서 못 오시나 봅니다. 그리고 그동안은 박 팀장님이 무리해서 한주라이텍 업무까지 처리했습니다. 그럴 위치나 지위가 아니신데. 일이 좀 중간에서 시기적으로 넘기기 어려워서 그러셨나 봅니다. 그래도 정리할 건 해야 하는 시점이고. 너무 열정적이신 분이라 저희가 밑에서 보필하기가 좀 어려웠습니다. 이해하시죠?"

"네."

"앞으로 제가 전적으로 담당하게 될 거 같습니다. 개발 업무는 저와 연락하시고, 행정적 문제는 아까 최 과장님 편으로 연락 주세요. 잘 부탁드립니다."

"저희가 부탁드려야죠."

"자료는 박 팀장님께 다 받았다고 받았는데도 몇 가지 빠진 부분이 있네요. 다시 박 팀장님께 부탁드리려니 제가 한참 아랫사람이라 좀 어려워서. 이해하시죠? 한주 측에 다시 서류 부탁드려도 협조 바랍니다."

한 주임은 멋쩍어하며 필요한 서류 목록을 넘겨주었다. 정연은 괜찮다며 바로 준비가 되는 자료는 노트북으로 메일을 바로 보내고, 나머지는 들어가서 준비되는 대로 보내 드리겠다 했다.

정연은 집에서 보던 그를 회사에서 다른 시선으로 바라보게 되는 느낌이 어색했다. 다른 이를 통해 듣는 그에 대한 극존칭들. 그 사람의 다른 입장들. 딱 선을 그어 상사로 모시는 이 사람들. 예전에는 당연하게 받아들였던 진우의 위치가 정연은 오늘에야 다르게 느껴졌다. 자신과는 많이 다른 사람이란 것을.

역시나 여기는 그와 자신의 관계를 전혀 모르는 모양이다. 다행이면서도 묘했다. 그날 사고의 뒷수습을 진우가 했다는 소문이 정연의 회사에 퍼져 나갔다. 미운 소리 중에 하나는 그런 식으로 정연이 떠나려는 남자를 잡았다는 말도 있고, 실체 없는 말은 살을 더해 가는 중인 것을 정연도 알고 있었다.

그러나 이 회사는 고요했다. 작은 마을에는 폭풍으로 느껴지는 비가, 여기 큰 동네는 보슬비 축에도 안 드는지 한 톨도 그와 정연의 사이를 짐작도 못 하는 모양이다. 그러니 아까의 최 과장도 천박한 호기심을 드러낸 것이리라.

"한주라이텍에서 찬조해 주신 후원 물품은 잘 받았습니다. 홍보 팀에서도 감사 인사드린다고 전해 달라고 하십니다."

"네, 저도 관련 부서에 말씀 전달해 드리겠습니다."

적당히 예의 바른 담당자. 정연은 잡생각을 떨어내고 추가되는 사안을 빠짐없이 받아 넣기 시작했다. 다시 조절해야 될 사안이 좀 되어 오늘 안에 끝낼 수나 있을까 싶어진다.

"오신 김에 리허설이라도 보고 가실래요? 유명한 사람이라고 여직원들이 다들 거기 가 있는 모양입니다."

"괜찮습니다. 저는 일정이 있어서요."

노트북을 덮고 최종 시안은 중국에서 샘플이 정상 통과되면 그때 한꺼번에 부탁한다는 일정 조율로 조금 짐을 덜고 일어섰다. 점심이나 같이하자는 형식적인 말에는 다음에 그러자며 자리에서 일어섰다. 정연과 같이 온 일행은 일이 오래 걸릴 거 같다는 전화에 그럼 먼저 들어가겠다는 말을 하고 나섰다.

그렇게 건물 밖으로 나오는데 아까 들어설 때 부산스러운 모습이 이제는 하나의 세트장이 되어 서 있었다. 희미하게 들려오는 바이올린 소리. 정연은 걸음이 멈춰 실려 오는 소리에 귀를 기울였다.

정연이 아는 클래식은 야근할 때 듣는 클래식 라디오 채널이 전부였다. 야근하면서 혼자일 때 집중하기 좋아 늘 채널을 맞춰 놓는 그 정도 수준이었다. 그러다 어느 날 보낸 사연이 음악회 티켓을 물고 왔다. 형식적인 밥을 먹고, 차를 마시는 그런 날에 문득 생각나 음악회나 가자고 자리를 만들었다.

그렇게 정연이 경품으로 받은 티켓이 그들의 첫 음악회였다. 그날의 곡명이나 연주자도 정연은 기억하지 못한다. 그렇게 처음 간 피아노 연주회 뒤로 진우는 늘 VIP 좌석으로 정연을 안내했다. 오늘에야 와서 정연은 경품으로 관람했던 S석의 좌석이 그에게는 안 어울리는 자리였구나, 한다.

겨울바람에 실려 오는 바이올린 소리에 취한 듯 가까이에 섰다. 혹시나 싶어 주변을 두리번거리는데 진우는 보이지 않았다. 다행이다. 복잡한 속내를 오늘은 보여 주기가 싫었다. 의자에 앉아 연주하는 진우의 형이라는 사람은 우아했다.

재킷이 연주할 때마다 사그락 소리가 나는 듯했다. 한 곡이 끝나고 땀을 닦는 손수건의 줄무늬가 정연이 서 있는 자리에서도 선명하게 보였다. 뭐라고 준비하는 스텝에게 말을 하는 목소리가 신기했다. 방송에서 듣던 목소리가 거리낌 없이 그대로 와서 닿는다.

저런 사람이 그 사람의 형이구나 한다. 그 어머니가 누구신지는 아직 모르지만 든든한 아들 둘이 듬직하시겠다는 생각까지 들었다.

"어, 어, 정연아?"

그렇게 진우의 형에게 넋을 놓고 있다 바로 옆에서 커다란 동작으로 누가 알은척을 한다. 대학 동창 성준이다. 졸업하고 만날 기회는 없었는데 윤성기업으로 외근 올 때 다시 만나 그때마다 반갑다고 크게 호응해 주는 친구다.

"언제 왔어?"

"오전에."

"너도 별수 없구나?"

"뭐가?"

성준이 자리를 옮기자며 정연의 팔을 끈다. 사람들이 덜 몰린 회사 내 한구석에서 성준은 환하게 웃으며 얼마 만이냐고 한다.

"우리 회사 여자들이 싹 다 나왔어. 일도 안 하는 모양이야. 이름이 뭐더라 저 바이올린……."

"박민우."

"어 맞다. 유부남인데 어찌나 한 인기 하시는지. 사실 나보다 인물은 떨어지지 않냐?"

푸하하 정연이 대놓고 웃는데도 성준은 정말 심각한 얼굴로 저렇게 모인 사람들이 이해가 안 간다며 머리를 흔든다.

"뭐든 적당히 해. 네가 못생긴 건 절대 아니지만 그래도 저 사람이랑 비교는 그렇지. 방송물 먹는 사람이랑 야근에 찌들어 가는 우리랑은 다르겠지."

"그래 현실적이다 친구."

"대신 너는 착하고 좋은 친구야."

"정말? ……이야기는 대충 들었는데 이제 괜찮니?"

아까의 최 과장과는 전혀 다른 진심으로 걱정하는 말투. 정연은 환하게 웃으며 빙그르 한 바퀴 돈다. 옷자락이 예쁘게 퍼지며 같이 뱅그르 돈다. 성준이 그 모습을 환하게 바라본다.

"자, 봐. 멀쩡하지?"

"어디 보자, 친구. 이리 봐도 저리 봐도 예쁘다. 나랑 사귈래?"

"됐어. 나 눈 높아."

다분히 장난기 가득한 성준의 목소리에 정연도 어릴 적 대학 시절로 돌아간 듯 같이 호응하며 목소리 톤이 높아 간다. 조금 복잡했던 생각이 가라앉았다.

"내 이야기가 거기까지 간 거야? 전혀 상관없는 너희 부서까지?"

"나는 언제나 너한테 촉을 열어 두고 있으니 당연하지. 자 번호 찍어."

성준이 휴대전화를 정연의 코앞까지 내민다.

"우리는 친구 사이인데 연락처도 서로 몰라. 집도 몰라. 뭐 하나 아는 게 없냐?"

정연은 그랬나 하며 이내 번호를 찍어 준다.

"사고 소식에 내가 놀라서 너희 회사로 연락처 알려 달라고 했는데 아무도 안 알려 주더라. 윤성기업 영업부 이성준이라고 통성명도 다 하고 내 사원증이라도 보내 줄까 그랬는데도 매몰차. 매몰차."

절레절레 고개를 흔들며 성준은 휴대전화를 건네받고 곧바로 번호를 누른다. 바로 울리는 정연의 폰에 번호를 저장하라는 눈짓을 한다.

"요즘은 세상이 그렇잖아. 개인 정보도 그렇고 대뜸 그리 물어 보는데 누가 가르쳐 주겠니? 이제 됐지?"

"딱 너처럼 토씨 하나 안 틀리게 전화받은 사람이 그렇게 말했어. 전화해도 되지?"

"그럼."

아까와 다른 음악 소리에 정연이 눈을 돌린다. 이제는 첼로, 바이올린, 피아노다. 클래식을 잘 모르는 정연이 봐도 눈에 익은 유명한 연주가들이다. 첼로를 켜는 여자의 머리에 꽂힌 핀의 큐빅이 겨울 햇살에 반짝거렸다.

신기하게 쳐다보는데 그 아래 진우가 서 있었다. 그의 형은 연주를 하다 몸을 숙여 아래의 그에게 뭐라 뭐라 말을 건네며 혼자 연주를 중단하고 밑으로 내려갔다. 둘이 그렇게 이야기하는 걸 쳐다보는데 성준이 팔을 이끈다.

"앞에 가서 보자."

"됐어."

정연이 보는 사람은 진우인데 성준은 그걸 모르니 유명한 사람 보는 설렘쯤으로 알고 가자 한다. 정연은 괜찮다며 시선을 돌려 성준을 쳐다본다.

"너도 알지. 박진우 팀장?"

알다 뿐이겠나, 오늘따라 속 시끄럽게 다가오는 그 사람이 내가 지금 같이 사는 사람이네요, 속으로 정연은 그리 대답했다.

"좀 소문이 있나 봐. 같은 아파트 단지에 사는 사람이 봤다는데 여자랑 완전 동거 수준으로 지내는지 차림새랑 분위기가 그렇더래. 그렇게 그날 하루만이 아니고 몇 번이나 되더래. 너랑 같이 일하잖아. 조심하라고. 배경 좋고 인물 좋아서 우리 회사 여직원들도 헛물켜고 달려드나 보던데 결국 그들만의 리그 아니겠어? 어떤 여자랑 그러고 사는지 모르겠지만 전에 보니깐 너한테도 잘해 주던데? 내가 남자의 느낌으로 볼 때 별로야. 조심해."

정연은 노트북이 든 가방을 놓칠 뻔해서 성준이 대신 받아 주었다. 얼굴이 하얗게 질려 가는 걸 자신도 느꼈다. 동거. 그렇구나. 좋아서 그냥 사는데, 그래서 같이 지내는데 결국 동거라는 단어에 묶여 버렸다. 그걸 왜 지금에야 깨닫는지 모르겠다.

아무리 큰 사고였다고 해도 이렇게 무방비로 그에게 빠져 같이 살고 있다는 사실이 스스로도 놀랍다. 혼자 사는 입장에서 남의 입에 오르지 않으려고 노력했던 지난날의 나와 지금의 내가 과연 같은 사람인가 한다. 마음이 자꾸만 복잡해진다.

이 회사에 들어오면서 자신의 존재를 모르는 박진우 팀장의 주변이 사실 서운했었다. 하지만 성준의 입을 통해 듣게 되는 이 순간에는 그것이 천만다행이라고 생각했다.

쑥 기운이 빠져나와 정연은 딱딱해지는 얼굴 표정을 억지로 풀었다.

"고마워. 나 이제 회사 들어가야 해."

성준이 다시 가방을 건네자 불쑥 손 하나가 들어와 가방을 받아 간다. 놀란 정연이 어깨를 들썩이며 기겁을 하자 다른 손이 급하게 어깨를 감싼다.

"미안해. 놀랐구나. 내가 불렀는데 몰랐어?"

진우다. 그가 놀란 얼굴로 까무러지려는 정연의 팔을 힘을 주어 잡는다.

"괜, 괜찮아요. 정말 그냥 놀라서 그런 거예요."

"진짜 괜찮아? 내가 반가운 마음에 놀라게 했어. 언제 왔어? 오늘 아침에 출근할 때도 들어온다는 말 없었잖아."

진우의 시선은 정연에게서 벗어나지 않고 그녀의 안색을 세심히 살핀다.

친근하게 여자를 쓰다듬는 행위. 놀라면서 흩어진 머릿결을 단정하게 넘겨 준다. 진우의 앞에 새파랗게 질린 사람이 두 명이다. 김정연과 이성준.

성준은 가방을 건네던 그 동작에서 손을 멈추고 둘 사이의 분위기로 단번에 그 동거녀가 정연이란 것을 알아챘다. 어디까지가 자신의 말실수고 어디까지 박 팀장이 들었는지 가늠하지 못한 성준은 침을 꼴깍 삼키며 진정하려 했다.

"퇴근할 때 뭐 사 갈까? 상가에 있는 거기 빵집 빵 맛있다고 했지? 내가 들어가면서 사 갈게."

부러 그러는 것인지 진우는 앞에 서 있는 성준은 없는 사람처럼 눈길도 주지 않는다. 그러면서 그와 그녀만의 사적인 부분을 거리낌 없이 이야기한다. 뻐쭉하게 서 있던 성준이 망설이다 틈새에 끼어든다.

"안녕하세요? 저 영업 팀 이성준입니다. 정연이 대학 동창입니다. 그럼 말씀 나누세요. 정연아, 다음에 보자. 전화할게."

"어, 그래."

정연은 성준만큼이나 당황한 얼굴로 어색하게 손을 흔든다.

"어서 들어가. 다음에 봐."

흔드는 정연의 손을 진우가 단번에 접어 버린다. 그런 진우를 보던 성준은 더 새파랗게 질린 얼굴을 해서 돌아섰다.

정연은 벤치에 앉으며 손목시계를 봤다. 이제 12시를 넘어가는 시간. 오전 동안 너무 많은 일들이 일어났다. 세상은 고비가 참 많구나 생각이 들었다. 그 사건 이후로 출근을 할 수 있을까? 세상 속으로 나설 수가 있을까? 그런 고민은 수없이 했었다.

그러나 그 고비를 힘겹게 넘기고 있는데 이제는 또 다른 고민과 걱정이 밀려온다. 머리가 아파 오는 듯해 정연은 무의식적으로 손을 들어 이마를 긁적였다. 그런 모습을 옆에 앉아 보던 진우가 살짝 눈살을 찌푸린다.

정연은 지나치게 다정하게 곁에 붙어 있는 그가 의식되어 몸을 일부러 떼고 주변을 살폈다. 아까의 리허설은 끝이 났는지 사람들은 보이지 않고 주변은 조용했다. 그럼에도 눈치를 살피는 정연은 그에게 다가가지 못하고 일어섰다.

"저 이제 가 볼게요."

"밥 먹고 가."

덥석 손을 잡고 정연을 이끈다. 이미 너무 긴 오전을 보낸 정연은 기운이 빠져 그저 끌려가듯 저절로 발이 움직였다. 반항할 기운도 없었다.

어느새 진우의 곁에 걷고 있는 정연은 윤성기업 구내식당에 들어섰다.

정신을 차리고 보니 점심시간에 맞춰 내려온 수많은 사람들이 줄을 서 있다. 저쪽에서는 성준이 정연을 발견하고 아까의 그녀처럼 손을 흔들다 진우의 시선에 붙잡혀 팔을 급하게 내렸다.

"여, 여기서요?"

"왜? 우리 회사 구내식당 맛있어. 처음이야?"

"네. 그런데 여긴 좀 사람들 눈도 있고 그렇지 않을까요?"

"뭐가? 사실 고백하자면 우리 엄마 밥보다 여기 밥이 더 나아."

긴 줄 끝에 서 있는데 사람들이 진우의 얼굴을 확인하고 하나둘 순서를 양보한다. 어느새 쑥 앞으로 순서가 당겨진 그들은 곧 식판을 들고 자리에 앉았다. 정연은 그렇게 그와 마주하면서도 이게 과연 잘하는 일인가 하는 생각에 머리가 터질 지경이었다.

수군거리듯 힐끔거리는 시선들. 협력 업체 직원과 밥 먹는 게 그게 무에 큰일이겠냐마는 보통의 구성원으로는 절대 보이지 않는 행동들이 그들의 구미를 당기는 것이리라. 식판을 앞으로 당겨 주고 물을 떠 주고 눈을 마주쳐 가며 웃어 대는 남자가 정연은 낯설었다.

물론 집에서 그들만의 식사는 늘 다정했지만 여기는 눈이 많았다. 아직 그 수많은 눈과 말들을 감당할 만한 힘이 자신에게는 없었다. 특히나 오늘은 그동안 깨닫지 못한 그와의 거리감이 버거운데 이런 행위는 더 무겁게 다가왔다.

"이 부장님이 그러더라. 점심도 안 먹고 일한다고. 좀 챙겨 주라고."

정연은 입이 써서 자꾸 헛수저질만 한다. 그런데 그는 맛있게도 밥을 먹는다. 확 미운 마음이 올라온다. 또 한 사람이 지나가면서 노골적으로 그들을 쳐다보고 간다. 정연은 최대한 정중한 자세로 조금이라도 주변의 시선으로부터 의심을 사지 않게 하기 위해 혼자 애쓰고 있었다.

진우는 정연의 식판에 없는 반찬을 연신 자신의 식판에서 덜어주며 챙긴다. 정연은 두리번거리며 거절하기 바쁘다. 눈썹을 휘며 짐짓 화난 표정으로 진우는 움츠러드는 정연의 시선을 붙잡는다.

"너희 회사는 대체 사람을 밥도 안 먹이고 일을 시켜? 무슨 회사가 그래?"

정말 화가 나는지 목소리를 높이는 그의 모습에 정연은 움츠러들었다.

"야근하면 안 된다면서요. 그럼 어째요? 밥 먹는 시간, 커피 마시는 시간이라도 줄여야죠."

자꾸만 힐끔거리는 시선에 정연은 가시방석이다. 이러니 평소와 다른 짜증 섞인 말들이 고스란히 나온다. 그런 정연을 바라보던 진우는

"왜 그래?"

쑥 감정을 내려놓고 딱딱하게 바라보는 남자다.

순간 서운한 감정에 정연이 콱 목이 메어 온다. 정연은 그의 말대로 야근은 하지 않았다. 점심도 굶으면서 시간을 쪼개 쓰며 업무를 했다. 그렇게 그동안의 공백을 메우면서 혼자 퇴근하면 진우는 12시가 넘어 집에 들어왔다.

그럼에도 행복했다. 대충 집 안을 정리하고 혼자 저녁 식사를 했다. 혼자 먹는 밥도 그가 옆에 있는 듯 달았다. 책을 보거나 그렇게 저녁 시간을 보내면 노곤한 피곤함에 소파에서 꾸벅꾸벅 졸기 마련이었다.

그러면 늦은 시각 진우가 퇴근하고 돌아온다. 그가 비누 냄새를 풍기며 곁에 앉으면 정연은 그의 체취에 잠이 깬다. 그렇게 그들은 또 하루를 시작했다. 오늘 있었던 일, 내일 있을 하루 일정을 두런두런 나누었다. 때때로 사랑을 나누면 그들은 밤을 또 다르게 나눠 쓰며 하루하루를 지냈다.

그렇게 그의 말을 따르며 행복해하는데 진우는 정연의 속내도 모르고 화만 낸다.

얼굴을 똑바로 쳐다보지도 못하고 시선을 조금 낮춰 그를 본다. 푸른색 넥타이가 보인다. 아침에 정연이 골라 준 넥타이다. 이 남자에게 무얼 바라는 걸까? 정연은 그것조차 명확하지 못한 자신이 더 못 미더웠다.

걱정하는 진우에게 최대한 맞췄다. 그렇게 그가 편안하면 그게 행복이라 생각했다. 그런데 오늘 여기 와서 자신의 위치를 알게 되면서 과연 이렇게 얼마까지 갈 수 있을까 하는 생각이 드문드문 들기 시작했다.

"미안해요. 그런 뜻은 아니었어요. 많이 늦어지는 야근은 안 할게요. 대신 팀원들이랑 그래도 적당한 시간은 맞춰야 하잖아요. 밥 다 먹고, 간식까지 챙겨 먹을게요. 우리 집……까지, 가는 길 가로등도 훤하고 이제 괜찮아요. 그리고…… 더 많이 늦어지면 당신이 데리러 올 거잖아요."

정연의 청이 마음에 드는지 진우가 그제야 얼굴이 풀린다. 그 속까지는 서로 다 모르나 표면적으로 그들은 휴전을 맺는다.

"눈칫밥은 살로도 안 가. 밥 다 먹어. 한 번은 견뎌야지. 언제까지 아닌 척할 거야?"

무슨 말인지 도통 이해를 못하는 정연은 입맛이 싹 가셔 수저를 내려놓는다. 그의 얼굴을 빤히 보는데 정연의 손에 다시 숟가락을 쥐여 준다.

"너와 나 우리 관계. 이제 알 사람들은 알아야지. 매번 너 우리 회사 들어올 때마다 흘긋거리는 남자들 보는 것도 나는 정말 싫다. 아까 네 동창이니 뭐니 하는 친구는 또 뭐야?"

"그게 제 탓인가요?"

허, 기막혀하는 진우가 정연을 노려보듯 쳐다본다.

"어제는 회식하는데 어떤 놈이 나더러 너하고 친하냐고. 정식으로 소개 좀 시켜 달라는 이야기도 들었다. 세상이 돈짝만 하게 보였나 봐?"

정말 화가 났었는지 수저를 탕 하고 내려놓으며 눈앞의 정연이 그 남자라도 되는 듯 쳐다본다. 괜히 잘못한 것도 없는 정연이 눈도 못 마주치고 다시 넥타이를 보며 색깔이 참 예쁘다 생각했다. 조금 비뚤어진 거 같아 저절로 손이 가다가 지나가는 사람들 인기척에 놀라 다시 손을 거뒀다.

"남자 친구 있더라고 말해 줬지. 술 취해서 다들 정신없는 분위기에 내가 그 사람이다라고 말하면 술자리 안줏거리밖에 못 돼.

사람들 입에 네가 그런 식으로 오르내리는 거 싫어."

정연은 속이 꽉 차오르는 것을 느꼈다. 알려지지 못했던 이 관계를 원망했던 자신이 부끄러웠다. 왜 저 사람의 마음을 헤아리지 못했을까 미안한 마음이 조금씩 밥과 함께 들어온다.

"회사가 무슨 두더지게임 같아. 너만 오면 이 남자 저 남자 툭툭 튀어나오고, 저놈 좀 쾅쾅 내려놓으면 이놈이 튀어 오르고. 정식으로 한 번 말해야지 했는데 오늘 잘된 거지. 이제 저놈의 두더지들 더 못 튀어 오르겠지."

정연은 그의 말을 받아들이면서 정말 미치겠다는 생각을 했다. 저 말을 잡고 좋아하면서도 커져 가는 이 관계를 어떤 식으로 이어 가야 할지도 고민이다. 미치겠다는 생각을 진우의 얼굴을 보면서 자꾸만 한다. 사랑해서 미치겠고, 자신의 생각이 정리가 안 되어 더 미치겠다 싶었다.

진우인들 이 상황을 모르겠는가? 수백 개의 눈이 그들의 뒤통수에 와서 붙었다. 수군거리는 소리가 선명하게 귀에 들어와 박힌다. 진우는 어쩔 줄 몰라 하는 정연을 잠깐 깊은 시선으로 바라봤다.

커피를 마시는 그들 사이로 또 한 무리가 뚫어져라 쳐다보며 지나갔다. 정연은 난감한 기색을 숨기지 못하고 초조한 듯 커피를 마신다. 저러다 혀라도 데면 어쩌려나 괜한 걱정이 든다.

아직 쎄한 겨울바람이 심술을 부리는 한낮이었다. 햇볕은 따뜻하나 바람의 꼬리는 차가웠다. 자리를 옮겨 주변의 시선으로부터 자유로워지자 조금 마음의 여유가 생겼는지 정연은 따뜻한 커피를 하얀 손으로 감싼다.

진우가 한편으로 비켜서면서 바람이 덜한 자리를 내어 준다. 고마운 듯 슬쩍 그에게만 보이는 웃음이 잠깐 머물다 사라진다.

"나 오늘 모임 있어 늦는데 괜찮겠어?"

"하루 이틀인가? 나도 오늘 늦어요. 수진이 아기 낳고 못 가 봤는데 오늘은 거기 가기로 했어요."

겨울바람에 정연의 머리가 살짝 흔들리다 가라앉는다. 그 시선이 정연의 말간 얼굴을 지나 머플러에 내려앉고 연둣빛 니트 아래 단정하게 입은 검은색 치마 아래의 하이힐에서 멈춘다. 수수한 차림에도 고운 모습은 감출 수가 없다.

아침에 함께 출근길을 나서면서 며칠에 한 번씩은 자신의 차림을 봐 주길 바라며 괜찮으냐고 묻기도 하는 여자다. 그런데 오늘의 저 아찔한 힐은 마음에 들지 않는다. 진우는 고개를 들지 않고 정연의 검은 하이힐을 쳐다본다.

"이런 힐을 신고 버스를 타고 지하철을 타고 간다는 말이야?"

진우는 낮은 목소리로 마음에 들지 않는다는 표정을 감추지도 않고 이야기한다. 정연은 그 사건 이후로 택시를 타지 않는다. 택시뿐이 아니다. 낯선 남자와 같이 있을 만한 상황을 절대 만들지 않는 걸 그도 모르지 않는다.

혼자 탔던 엘리베이터에 다른 남자가 타게 되면 다시 내린다. 늘 언제나 진우는 그녀의 얼굴을 볼 때마다 그 사건이 떠오른다. 자신이 지키지 못했던 그 밤. 그 시간들. 시간을 되돌리고 싶다.

"내 차 가지고 가."

"싫어요. 비싼 차 부담스러워요. 운전도 겁나고. 사고라도 내면 어쩌려구요?"

"너더러 차 값 물어내라고 안 해. 그런 걱정은 하지 마."

"출퇴근길이라도 좀 편하고 싶어요. 운전하면 예민해져 더 피곤하단 말이에요. 그러고 싶지 않아요."

"그럼 기사 붙여 줄까?"

진우는 걱정스러운 마음에 말은 하지만 기사가 따라붙는다고 해도 그 역시 정연에게는 낯선 남자일 뿐이란 걸 이 순간에 깨닫는다. 집중해서 일할 때 찡그리는 이마가 예쁜 여자에게 회사를 그만두라고 말을 할 수가 없다.

고단한 하루 일과를 마무리하고 와서도 감정 상했던 일을 주절주절 풀어내면서도 다음 날 생글거리며 다시 출근하는 여자다. 가끔 낮에 서로 안부를 묻는 전화에 부산스러운 정연의 일상이 묻어올 때 꽃잎이 물을 머금듯 더 고와지는 여자다.

그런 여자한테 내 마음 편하자고 일을 그만두라고 할 수는 없다. 진우는 같은 집에서 살고, 같은 마음을 나눠도 그럼에도 더 목이 마르는 이 상태가 불안했다. 안고 싶고, 더 같이 지내고 싶고, 결혼도 하고 싶고, 더 욕심이 나는데 이 여자는 모르는지 아는지 기색이 없다.

은근히 고집 있는 여자. 자신의 감정 상태가 아니다 싶으면 뒤도 안 돌아보는 여자라 그래서 더 불안하다.

정연은 이런 복잡한 진우의 심정 따위는 전혀 모르는 듯 환한 웃음을 머금고 커피를 그에게 들고 있으라는 듯 눈짓을 하며 가방을 뒤진다. 이내 가방 속에서 작은 파우치를 하나 꺼낸다. 그러더니 그 속에서 신기하게 돌돌 말린 납작한 신발이 한 켤레 나온다. 굽이 하나도 없는 덧신 같은 신발이 가방에서 나오자 신기하게 쳐다보는 진우의 눈앞에 자랑하듯 신발을 흔들어 보인다.

"이거 갈아 신고 갈게요."

정연은 장난스러운 표정으로 어깨를 한껏 으쓱하며 뽐내듯 이야기한다. 평소와 또 다른 정연의 모습에 헛웃음이 나온 진우는 억지로 화난 표정을 다시금 짓는다.

"플랫슈즈라서 편해요. 나중에 발 아프면 이거 신고 가면 괜찮아요. 이제 걱정 없죠?"

"일기예보에 비 온다고 했어."

바쁘게 다시 가방을 뒤지는 정연의 손에 작은 우산 하나가 나온다. 진우는 이쯤에서 대체 저 가방 안에서 뭐가 더 나올까 싶어 궁금할 지경이다. 정연은 이내 우산을 펴고 빙그르 돌린다. 가방이 아니고 집을 한 채 짊어지고 다니는 여자인가 보다.

그저 아는 사이였을 때는 차분하게 늘 조용한 여자라고만 생각했다. 그러나 같은 공간과 시간을 나누는 사이가 되고 보니 제법 우스개도 하는 여자고 밝은 표정이 더 예쁜 여자였다.

"그래 졌다. 조심해서 다녀. 너무 늦어지면 나한테 전화해. 데리러 갈게."

"모임 있다면서요."

"모임이 너보다 더 중요하지는 않아."

정연은 우산을 넣던 손짓을 멈추고 무안하다 싶을 정도로 빤히 진우를 바라본다. 얼마 동안이었을까. 그리 보던 정연이 울리는 휴대전화에도 시선을 거두지 못하자 진우가 눈짓으로 일깨운다.

"네. 부장님. 잘 마무리하고 이제 출발해요."

진우는 이제 서로 각자의 일터로 돌아갈 시간이 된 걸 아쉬워하며 주변을 정리했다. 진우가 마시던 커피 잔을 쓰레기통에 버리고 남아 있는 정연의 커피는 점점 식어 가는 거 같아 이걸 어쩌나 한다. 통화는 보고의 성질이 아닌 모양인지 뒤돌아 통화하는 정연의 어깨가 몇 번 들썩이기도 하면서 생각보다 꽤 오래 이어졌다.

다시금 겨울바람이 한바탕 휩쓸고 가자 진우는 정연의 목에 둘러진 머플러를 여미어 준다. 슬쩍 손가락으로 턱선을 애무하듯 쓰다듬자 정연이 전화하는 목소리가 당황한 듯 떨린다. 진우는 잠깐 심술궂은 남자가 되어 의기양양해진다.

"네, 그럼 여기서 조율해서 한번 맞춰 볼게요. 그래서 제가 아무래도 좀 찜찜하다고 했는데. 이제 와서 이게 무슨 소용이겠어요? 새 일정 바로 제 메일로 보내 주세요. 그리고 음…… 부장님 저 한 십 분 있다 들어갈게요. 먼저 최 과장님께 전화 부탁해요. 아무래도 제가 먼저 나서서 최 과장님께 말씀드릴 위치는 아니잖아요. 직급 낮은 제가 직통으로 이러면 그쪽에서도 우리 회사 좋게 보기도 힘들구요. 부장님이 언질 먼저 주시면 제가 그 다음은 정리할게요. 그래 주실 수 있죠?"

통화를 끝낸 정연의 표정은 밝지가 않다. 진우는 무슨 일인지 신경을 쓰며, 식어 버린 커피를 내민다. 받아 든 정연은 생수 마시듯 단번에 커피를 들이켰다. 두리번거리며 휴지통을 찾는 행동에 진우가 대신 컵을 받아 들고 옆에 버려 준다. 정연은 그에게만 보이는 미소로 화답하듯 살짝 웃는다.

"무슨 일이야?"

"샘플이 중국 공항에서 걸렸나 봐요. 최 과장님 뵙고 일정 다시 짜야겠어요."

"그래? 어쩌지? 나 너 일 마치고 들어가는 거 못 볼 거 같아. 나도 곧 외근이라."

"일 봐요. 저는 최 과장님한테 가 볼게요. 여기서 그만 인사해요."

"너 들어가는 거 보고."

"괜찮아요. 괜스레 사람들 쳐다보고 그런 거 어색하기도 하고."

정연은 그의 말을 더 듣지 않고 곧장 뒤돌아섰다. 또각또각 하이힐 소리를 경쾌하게 내면서 정연은 건물 속으로 사라졌다. 진우는 마저 인사도 못 했는데 정연이 여운 없는 뒷모습을 보이는 그 순간이 못나게도 서운한 한숨이 나왔다.

저만큼 멀어져 가는 정연의 뒷모습이 한참이나 사라졌는데도 진우는 자리를 뜨지 못했다.

아침에 출근할 때도, 서로 각자의 일터의 방향으로 사라질 때도 그녀의 뒷모습을 한참이나 바라보던 진우였다. 제 시야에서 끝까지 사라지는 그 뒷모습이 오래도록 박히는 걸 정연은 알지 못하나 보다.

혼자 퇴근했던 그날 밤에 자신이 지키지 못했던 여자의 뒷모습. 그런 정연의 뒷모습만 생각하면 누군가 쓱 하고 심장을 칼로 베어 낸 듯 저리다. 아직도 자면서 소스라치게 놀라 잠을 깨는 정연이다. 그러니 안 보이는 모든 시간이 걱정으로 다가온다.

그렇게 얼마쯤 있었을까 시선을 거둬들이려는데 저쪽에서 정연이 다시 나타나 망부석처럼 서 있는 그를 확인하고 손을 흔든다. 그리고 곧 신기루처럼 흩어진다. 진우의 굳은 얼굴이 풀어졌다.

"죄송합니다. 저희 측 실수로 일정이 변경되어서 최대한 납기일을 당기도록 노력하겠습니다. 일단 예상 스케줄은 이렇게 나왔습니다."

정연은 노트북을 펴고 새 일정표를 최 과장에게 전했다. 다시 조절되어야 할 날짜를 상기시켰다. 최 과장은 그저 허허실실 아까와는 180도 다른 표정으로 서류에는 관심도 없이 정연의 표정을 살피기만 바빴다.

"아이고 뭘 이렇게까지야? 많이 늦어질 일정도 아닌데 김 대리 일 처리야 우리 윤성도 잘 알죠. 너무 걱정 말아요. 내가 적당히 맞춰 볼 테니."

윤 과장이 샘플로 직접 들고 간 수량이 문제였다. 무게는 초과되지 않았으나 수량이 과했다. 정식 통관 절차를 밟지 않은 물품은 세관에서 묶여 버렸다. 예전에는 예사로 생각하고 처리했던 일이 근래 들어 까다로워진 중국 세관의 사정을 무시했던 부분이 사달이 난 거다.

입국과 동시에 새 제품 시현을 통해 양산 계획이었던 모든 일정이 꼬여 버렸다. 부랴부랴 통관 서류를 중국으로 보낸다고 했지만 당장 빠져나올 사안이 아니었다.

"김 대리, 내가 미안해요. 진즉에 박 팀장님이랑 그런 사이라고 말을 했어야지. 아까 내가 좀 그랬던 건 그저 걱정되는 마음이 큰 거라 생각해 줘요."

언젠가 일본 지진 여파로 중국 쪽 배편까지 다 묶인 적이 있었다. 천재지변 앞에서 동동 발만 굴리는데 그때 최 과장은 밀항을 해서라도 일정을 맞추라고 막무가내였다. 그런 그 모습에 실망했던 건 아니다. 최 과장도 결국 거대한 회사에 속한 사람이고 그역시 누군가의 지시를 받는 정연보다 조금 더 직책을 가진 사람일 뿐이다.

아마도 점심시간 이후 정연과 진우의 공개된 관계가 최 과장입장에서는 부담스럽겠지. 나긋나긋해진 최 과장은 정연이 내미는 보고서 따위는 상관도 없는 듯 전전긍긍하는 모습에 조금은 씁쓸했다. 그녀 역시 최 과장의 거들먹거리는 태도에 과연 진우와의 관계를 안다면 이렇게 나올까 하는 오만함을 가졌던 마음을 부정할 수 없으니 말이다.

"개발 팀에도 일정 조율 다시 알려 드리고 오겠습니다."

정연이 서류를 다시 뽑고 일어서는데 최 과장은 손을 내저으며 앉으라 한다.

"뭐하러 수고스럽게 김 대리가 직접 움직입니까? 개발 팀은 건

너 동인데 오늘은 바람이 차요."

최 과장은 보는 둥 마는 둥 하는 서류를 한쪽으로 밀어 놓고 내선 번호를 누른다.

"한 주임, 1회의실로 와."

직접 가겠다는 정연을 억지로 만류하고 어느 사이 앞에는 찻잔 받침까지 챙겨진 차가 정갈하게 놓였다. 정연은 자꾸만 복잡해지는 속내를 털어 내려는 듯 노트북 모니터에 집중했다. 곧이어 한 주임이 내려오고 회의는 시작되었다. 오전과는 확실하게 달라진 사람들의 말투와 배려가 정연을 더 불편하게 했지만 내색하지 않으려 했다.

말하는 중간중간 어색한 침묵이 생기는 그 공백을 최 과장은 허허거리며 정연의 눈치를 살피기 바빴다. 그리고 한 주임은 일에 열중하긴 했지만 확실히 오전과는 다른 불편한 기색이 정연에게 고스란히 전달되었다.

중국과 정연의 회사 그리고 지금 이 장소에서 수십 번의 통화가 서로 오가고 긴 회의는 오후 4시가 되어 끝이 났다. 노골적으로 정연의 회사 일정으로 기울어져 조율이 이루어진 회의의 결과에 뒤가 개운치가 않았다. 그렇다고 이의를 제기할 수도 없는 상황이었다.

"그럼 저는 들어가 보겠습니다. 이번에는 실수 없이 일정 꼭 지키겠습니다."

허리를 숙이는 정연보다 더 몸을 조아리는 최 과장을 보며 뒤에 서 있던 한 주임이 떨떠름한 표정을 짓는다. 딴에도 이런 상황이 우습겠지. 극명하게 달라져 버린 관계에서 정연은 더 어색해하고 최 과장은 과장된 몸짓을 보인다. 그런 둘을 바라보는 한 주임의 속으로 드는 생각은 말 안 해도 알 수 있었다.

이 관계가 오래갈까 하는 생각이 자꾸만 꼬리를 물었다.

6
쪼개지는 행복

"내가 나가 봐야 하나 고민 중이었어. 찾기 힘들었어?"

수진은 환하게 웃으며 정연을 반겼다. 회의를 마치고 어중간한 퇴근 시간에 정연은 조금 일찍 퇴근했으면 한다고 보고 후 수진의 집으로 향했다. 수진이 정연의 팔에 주렁주렁 달린 짐을 대신 받으려는데

"됐어, 손목 다쳐."

"어? 결혼도 안 한 싱글이 별걸 다 아네."

"조카 태어나고 새언니 산후 조리 할 때 봤어. 이럴 때 물건 함부로 드는 거 아니라면서?"

정연은 근처 백화점에 들러 사 온 아기 옷이 든 쇼핑백을 수진에게 건넸다. 출산 휴가 마치고 아이는 친정 엄마가 봐 주실 거라 근처로 얼마 전에 이사 왔다고 한다.

처음 온 집을 정연은 두리번거리며 구경했다.

"똘망이는?"

"저쪽 방에서 우리 엄마랑 한밤중이야."

"아, 그럼 인사도 지금 못 하겠네."

"응. 방금 잠들어서 너 갈 때까지 일어나려나 모르겠다. 우리 엄마도 같이 주무셔. 밥 먹자."

"괜찮아. 차나 한잔 줘."

"왜? 이사하고 우리 집 처음이잖아. 밥은 먹고 가야지. 너 내가 밥 차리는 거 힘들다고 신경 써 주는 거야? 그럴 거 없어. 그냥 엄마가 해 준 반찬에 미역국이야. 그러니 와서 먹어."

"그런 거 아니야. 집에 가서 먹으려고."

"오? 알겠다. 팀장님이랑 밥 같이 먹어야 하는구나?"

이제야 이해하겠다는 말투로 수진은 놀림거리라도 찾은 듯 크게 웃다 닫힌 문을 보며 제 소리가 컸나 싶어 입을 다문다. 정연은 아니라고 하려다 설명하기도 귀찮아 그저 웃고 만다.

"커피 괜찮아?"

"아니, 수진아 나 아무거나 그냥 따뜻한 차로 줘."

정연은 살짝 피곤해 커피가 당김에도 밤에 잠 설치는 정연을 염려하는 그의 목소리가 들린다. 곁에 없어도 그의 생각과 마음이 늘 따라붙는다.

"알았어. 유자차 있는데 우리 엄마가 만든 거야. 이거 줄까? 나중에 갈 때 한 병 챙겨 줄게."

"응. 그래 고마워."

수진은 향이 좋은 유자차와 케이크를 같이 내어 준다. 정연은 거실에 마주 앉아 케이크를 맛있게 먹었다. 배가 고팠던 것도 아닌데 유난히 단게 입에 맞는다.

"피곤했어? 단걸 이리 먹는 걸 보니."

"응. 아침부터 바빴어. 윤성에 들어갔다 회의하고 백화점 가서 똘망이 옷도 사고."

"똘망이 옷뿐이 아닌데? 저거 남성복 브랜드잖아. 박 팀장님 옷 산 거야?"

어디 보자, 하는 수진의 표정은 다분히 놀리는 얼굴이다. 쑥스러워진 정연이 슬며시 쇼핑백을 뒤로 밀어 낸다. 처음에는 아이 옷을 사러 백화점을 갔지만 불현듯 그에게 옷을 사 주고 싶어졌다. 남자 옷을 사기 위해 백화점 남성복 매장을 일부러 둘러보는 일은 태어나 오늘이 처음이었다.

계절은 겨울인데 벌써 봄 재킷이 걸려 있었다. 고운 색감에 옷을 매만지다 재킷을 고르는 정연의 곁에 점원이 친절히 따라붙었다 "남자 친구 선물하시려는 거예요?" 하는 질문에 쑥스럽게 고개를 끄덕이기도 했다.

그렇게 산 옷이었다. 설레는 마음으로 어서 집에 가서 그의 옷장에 걸어 줘야지 하는 생각에 수진의 집을 방문하기로 한 사실마저 잠깐 잊어 걷던 길의 방향을 다시 돌려야 했다. 그래서 약속 시간이 지체되었다. 그 이야기는 아무래도 친구에게 할 수가 없었다.

"오늘 박 팀장님 한 건 했다며?"

따뜻한 차와 케이크가 들어간 속에 노곤해진 정연은 재킷이 그에게 잘 맞을까 고민을 하고 있는데 수진이 궁금한 표정으로 캐내듯 묻는다.

"박 팀장님이 너희 관계 다 밝혔다면서? 지금 윤성이고 우리 회사고 난리 났다고 하는데 너는 몰라?"

"산후 조리를 하는 게 아니고 윤성에 스파이로 취직 중인 거야?"

"아까 누가 전화 왔거든. 우리 회사도 웅성웅성하나 봐. 김 대리 결혼하면 회사 그만두나 나한테 묻던데?"

수진의 말에 정연은 생각보다 파장이 커진 이 사태를 출근해서 또 어찌 수습하나 싶어 난감하다. 당사자는 여기 있는데 소문은 훨씬 크게 부풀려져 저보다 먼저 가 있을 게 뻔하다. 정연은 저릿한 팔을 스트레칭 하듯 한 번 휘젓다 팔을 내린다.

그날의 사건 이후로 그때 당한 폭행의 후유증인지 한 번씩 팔이 저렸다. 한동안 괜찮다가 나았나 했는데 노트북이며 쇼핑백에 무거운 가방까지 들고 움직인 것이 화근인가 보다. 갑자기 예고 없이 그 밤으로 훅 던져진 정연이 눈을 감고 마음을 진정하려 애썼다.

그런 정연의 사정을 모르는 수진은 한껏 흥분해서 질문을 마구 쏟아 낸다. 갑자기 기운이 빠진 정연이 한숨을 몰아쉬며 의미 없이 틀어 놓은 텔레비전 화면을 보며 자신에게 하듯 말을 이어 간다.

"누가 그러더라. 사랑은 국경과 나이는 초월하는데 신분은 초월 못 한다고."

"대체 누가?"

"그 말 재밌지?"

"말장난이구먼. 박 팀장님은 결혼하자 소리 안 해?"

"나도 내 마음을 모르겠는데 결혼은 무슨? 얼마 전에 그 사람 형님 인터넷으로 검색해 봤거든. 그 와이프도 검색어에 나와. 무슨 큰 기업가 딸이라고 미스코리아 출신이래."

"어제 인터넷 설치했어? 그걸 이제 안 거야?"

"응. 나만 몰랐나 봐."

"그럼 박 팀장님도 검색어에 나오는 거 알겠구나?"

"그러게 말이야. 세상에 나 인터넷 검색어에 뜨는 사람이랑 사귀는 중인 거 있지."

"아이고 좋겠네. 유명인이랑 연애 중이라."

허탈한 웃음으로 정연은 남 이야기 하듯 무심히 이야기한다. 그러나 그 속은 모래바람이 일듯 희뿌옇게 앞이 잘 안 보인다. 제법 유명한 그의 형님 덕분에 그의 가족 관계는 알음알음 주변의 모든 사람들이 다 알고 있었다.

유명한 기업가 집안, 이런 포장으로 그 역시 이름이 오르고 있었다. 세상의 친절한 정보력 때문에 정연은 기분 좋게 먹던 케이크의 단맛이 한순간에 사라진다. 푹 가라앉아 버리는 기분을 애써 털어 낸다.

"……정연아, 인생에서 사랑이 전부는 아니더라고. 내가 결혼 해 보니 그래. 네가 힘들면 안 해도 되는 거야. 나는 네가 늘 행복했으면 좋겠어."

"……고마워. 나는 이런 너의 대답을 원했어."

정연은 지금 이 순간 진심으로 수진의 대답이 좋았다. 그게 정답이 아니라도 상관이 없었다. 힘들면 그만하라는 거. 늘 치열하고 외롭게 살아온 정연에게 한 번쯤은 힘들면 그만두라고 쉬어 가라는 말은 그 누구도 해 준 적이 없었다.

간혹 정연의 사정을 아는 이는 열심히 살아야 한다고 했다. 열심히 씩씩하게 말이다. 갈팡질팡하는 어지러운 이 마음이 조금은 쉬어 갈 자리가 필요했다. 정답은 필요하지 않았다. 그냥 마음이 조금 쉬고 싶었다.

"그런데 정연아, 박 팀장님 너 많이 좋아해."

물끄러미 쳐다보는 정연에게 수진은 말을 조용히 이어 갔다.

"예전에 우리 회사 불량 터져서 납기 못 맞춘 사건 있었잖아. 우르르 윤성으로 몰려가서 회의 계속하고 그때 네가 회사 먼저 들어가서 자료 만들어 보낸다고 혼자 갈 때 그때 있잖아. 박 팀장님이 네가 사라질 때까지 한참을 보더라고. 차가 사라지고도 그렇게 한참을 보는데, 그때 이 부장님이랑 나랑 딱 알아챘거든. 그 뒤로 보면 널 언제나 눈으로 따라가. 뒷모습이 사라질 때까지 늘 오래 그렇게."

수진의 말에 정연은 어쩌지 못하고 심장이 쿵쿵쿵 뛰는 이 순간을 그저 받아들이는 수밖에 없었다. 아까 뒤돌아서 그 자리에 있는 그 남자의 표정과 시선. 그리고 그 마음이 또다시 정연의 곁에 와서 꽂힌다. 두근거리는 마음을 조금은 누르고 정연은 수진에게 고맙다는 듯 웃어 보였다.

늘 혼자일 때는 몰랐다. 하지만 진우를 마음에 담고 함께 지내면서 감정을 나눌 수 있는 누군가가 곁에 있다는 것은 가슴 뻐근하게 따뜻했다. 아프다고 말을 해도 들어 줄 사람이 곁에 있고, 티브이 프로그램을 보다가도 이야기를 주고받을 사람이 있다.

둘이 되고서야 그동안 자신이 외로웠다는 것을 깨달았다. 그럼에도 마음이 자리를 찾지 못하는 건 어쩔 수가 없었다. 그리고 두려워지기도 시작했다. 처음부터 그 남자의 단맛을 모르고 살았다면 몰랐을 그런 허전함을.

"……사랑이 전부가 아니라서, 내가 그 사람이랑 이 관계 끝까지 못 가면 나는 뭐가 될까?"

수진이 차를 다시 채워 준다고 일어서는 뒤에다 정연은 속내를 조용히 내비친다.

"뭐가 되긴? 그렇다고 세상이 무너질 것도 아니고. 그래도 찐한 연애는 남잖아. 너무 겁내지 마."

정연이 수진의 집을 나올 때까지 아이는 깨지 않아 얼굴도 보지 못하고 돌아서야 했다. 수진은 출근하기 전에 다시 한 번 보자 하며 둘은 헤어졌다.

정연은 진우의 새 옷을 그의 옷장에 걸었다. 비가 올지도 모르겠다고 심술을 부리던 그의 말이 무색하게 흔적을 안 보이더니, 정연이 도착하고야 후두둑 빗소리가 시작되었다.

집 안을 정리하고 식탁에 앉아 다음 날 일과를 손으로 적고 책을 보며 진우를 기다렸다. 하루가 너무나도 길었다. 생각은 산을 넘고 감정은 산속에 갇혀 골이 깊었다. 상념을 털어 내려 책을 보지만 글자는 혼자 춤을 추고 있었다.

앞에 놓인 찻잔이 차게 식어 갈 무렵 현관문이 열리는 소리가 들린다. 반가운 마음에 일어나 현관 앞으로 가는 정연의 발걸음이 새털처럼 가볍다. 진우의 옷이 조금 젖어 있다. 탁탁 옷을 털어 내는 손길에 빗물이 방울방울 떨어진다.

"비 맞은 거예요? 차는? 술 마셨어요?"

놀란 눈을 하고 질문을 쏟아 내는 정연이 신기한지 진우가 바로 대답하지 않고 눈을 맞추며 웃는다. 살짝 입을 맞춘다. 정연은 부끄러운 듯 한 걸음 뒤로 물러간다.

"응. 조금. 친구 차 얻어 타고 왔는데 지하 주차장 공사 중이라 주차할 곳도 마땅찮아 좀 걸어와서 그래."

"전화하지 그랬어요? 그럼 내려갈 텐데."

수건을 건네는 정연의 손짓이 무안하게 받지도 않고 진우는 품속에서 부스럭거리며 종이봉투 하나를 대신 안겨 준다. 진우는 그대로 욕실로 들어간다. 손에 따뜻한 온기를 머금게 하는 것이 열어 보니 붕어빵이다. 가끔 퇴근길에 아파트 입구의 노점에서 붕어빵 사 먹는다는 소리를 했는데 용케도 기억하고 있었나 보다.

"안 식었어?"

"네. 아직 따뜻해요."

"다행이다. 식을까 싶어서 막 뛰었거든."

옷을 벗다 말고 욕실 문을 열고 물어보는 진우의 표정이 환해진다. 비를 맞으며 붕어빵은 옷 속에 넣고 뛰었을 그를 생각하니 콧날이 시큰해진다. 정연은 그가 샤워를 하는 동안 찻잔을 꺼내 잔을 데웠다. 국화차를 담고서 그사이 식어 가는 붕어빵을 바라보 다 오븐토스트기에 넣었다.

정연의 살림살이가 그의 집을 조금씩 채워 가기 시작했다. 진 우의 염려대로 정연은 집을 정리했다. 당장 필요한 물건과 지금의 붕어빵을 데우는 오븐토스트기 같은 정연의 손때 묻은 소형 가전 은 그의 집으로 왔다. 처분할 건 적당히 보내고 아직 정리하지 못 한 짐은 일단 이삿짐센터에 보관하고 있다.

진우는 완벽하게 다 정리해서 그의 집으로 들어오길 원했지만 차마 그렇게까지 자신의 흔적을 없애기에는 아직 마음을 결정하 지 못했다. 데운 붕어빵을 접시에 담고 진우 몫의 찻잔에 물을 채 웠다.

그가 욕실에서 나오는 소리가 들렸다. 침실로 들어가는 소리를 듣고 펼쳐 놓은 다이어리에 내일 일정을 적고 오늘 일과 정리를 시작했다. 곧이어 그는 정연이 좋아하는 비누 향을 달고 맞은편에 앉았다. 쳐다보지 않아도 고개 숙인 정연의 머리 위로 일렁이다 앉는 그림자, 그리고 포근한 느낌이 기분을 나른하게 만들었다.

"먼저 먹지 기다리고 있었어?"

진우가 생긋 웃으며 붕어빵을 건네주자 정연이 맛있게 한입 베 어 문다. 차를 천천히 마시며 종이에 뭔가 열심히 적는 정연을 진 우가 나른하게 바라본다. 살짝 하품을 입에 문다.

"정연아, 그 황진이 시조 알지? 동지 밤 기나길 밤을 도려내어 이불 속에 넣어 뒀다 님이 오시는 날에 꺼내겠다는 그거 말이야."

난데없는 시조 타령에 정연은 연필을 내려놓고 찻잔을 잡는데 진우가 정연의 손을 덮어 버린다. 정연은 씩 웃는 남자의 얼굴도 참 아름답구나 하는 생각을 했다.

"나는 오늘 밤 이 순간을 한 허리 뚝 잘라 다음에도 또 꺼내 쓰면 좋겠다. 정말 출장 가기 싫다."

다시 잔을 드는 정연의 손을 놓고 진우는 아이처럼 투정한다. 정연이 기나긴 회의를 하고 있을 때 진우는 해외 출장이 잡혔다며 문자로 알려 왔다.

지난 며칠 가야 한다, 간다, 아니다 너무 길다 그럴 수 없다 하는 실랑이를 서로 몇 번 있었다. 그가 속한 회사 일은 늘 차고 넘쳤고 그녀 때문에 일정이 미뤄지고 있는 것을 같은 일을 하는 정연이 모를 수가 없었다. 미룰 수 없는 해외 출장이 결정되었다. 이번에는 조금 길어질 거 같다며 주말에 같이 가기로 한 여행은 미안하다고 했다.

같이 살아도 여행 한번 못 해 본 연인 사이라 내심 기대했으면서도 정연은 괜찮다고 했지만 속으로는 서운했다. 그런데 저 남자가 그런 서운한 마음을 남자 황진이가 되어 정연에게 고백한다.

"그래도 지금 우리 참 행복한 거 같지?"

이런 남자인 걸 왜 몰랐는지. 정연은 하루가 더해질수록 시간이 갈수록 더 깊게 휘몰아 가는 마음에 어지러울 지경이다. 좋아하는 속내가 얼굴에 고스란히 보일 거 같아 정연이 옆에 있는 책을 펼쳐 보는 척 얼굴을 가렸다.

책 너머로 진우가 정연의 연필을 서걱서걱 소리를 내며 깎는 소리가 들린다.

세간을 정리하면서 어디 휩쓸려 들어갔는지 쓰던 연필깎이가 보이지 않아 마트 들러 하나 사 와야지 했다. 하지만 매번 잊어 먹은 정연은 밤마다 연필을 손으로 깎았었다. 그 모습을 보던 진우가 어느 날은 이렇게 마주 앉아 자연스럽게 연필을 깎아 주었다.

신기하게도 정연이 깎아 놓은 연필은 못난이 꼴인데 그는 어쩜 그렇게 길쭉하고 멋스럽게 깎아 주는지 정연은 연필이 아까워 쓰지도 못하겠다는 말을 했었다. 그렇게 그날 이후로 진우는 밤마다 정연의 연필을 챙겨 주는 게 그들만의 하루 일과의 마무리가 되었다. 많이 늦어 정연이 먼저 잠이 든 그런 밤에도 그는 정연의 연필을 챙겼다.

"어릴 때 방학 되면 가는 시골집이 있었거든. 거기 관리인 할아버지가 계셨는데 그분은 연필을 낫으로 깎아 주셨어."

진우는 연필을 다 깎고 정연의 눈앞에 검사하듯 보여 주고 제자리에 넣어 준다.

"그게 가능해요? 낫으로?"

진우는 그 할아버지 이야기를 이어 간다. 겨울에는 군고구마를 얻어먹던 이야기. 재주가 좋아 연을 만들어 주던 할아버지. 늘 형의 연이 더 멋져서 싸웠던 이야기도, 의기양양한 형의 연을 훔쳐 멋지게 날렸는데 관리인 할아버지가 보름 지나 연 날리는 건 예전으로 치면 상놈들이나 하는 것이라고 해서 억울해 한참 울었던 이야기.

진우가 커다란 동작을 과장되게 표현할 때마다 비누 냄새가 풀썩 정연에게 들어와 앉는다. 그가 했던 말처럼 이 밤을 한 허리 베어 마음 한 귀퉁이에 넣었다 또 꺼내고 싶어진다. 진우의 느낌처럼 행복하구나 하는 말이 절로 나온다.

정연은 이 남자를 알고 처음으로 생각과 고민을 달지 않은 감정 그 상태로 온몸이 노곤하게 풀어진다. 그리고 하루 종일 고민했던 그 모든 것의 종착역이 다가왔다. 정연이 입을 열었다.

"진우 씨, 우리…… 결혼할래요?"

신나게 이야기하던 남자의 얼굴이 한순간에 변한다.

정연이 살짝 숨을 참으며 좀처럼 알 수 없는 그의 얼굴을 보는데 남자는 이내 거칠게 여자의 머리를 당겨 입을 맞춘다. 그의 뜨거운 입술이 느껴지고 그의 손이 정연의 손을 잡고 자신이 가슴으로 이끈다. 아주 심하게 뛰는 그의 심장 소리를 들려준다. 서로에게 끌려간다.

거침없는 진우의 손길에 정연은 부끄러운 듯 신음 소리를 억지로 깨물며 얼굴을 붉힌다. 밖에는 아직 차가운 겨울바람이 휭휭 소리를 요란하게 귓전을 때리는데 침실의 남자와 여자는 더운 숨을 몰아쉬기에도 버겁다.

"……이 여자야, 오늘 밤에 나를 어떻게 감당하려고 그런 말을 먼저 해?"

진우는 이를 악물고 숨을 몰아가며 정연의 귓가에 심술궂게 나지막이 소곤거린다. 진우가 이내 힘차게 움직이자 정연이 버거운지 그의 어깨를 세게 잡는다. 침대 끝에 앉은 진우의 몸에 올라앉은 정연은 살짝 내려다보며 남자의 눈동자에 자신을 실어 준다. 안으로 헤집고 들어오는 남자의 몸은 정직하다. 끈적이는 열기로 서로의 살결이 척척 하나인 듯 붙었다 떨어졌다가 끝도 없이 반복되고 있다.

다른 날과는 달랐다. 살과 살을 맞대고 이성은 저 멀리 넘겨 둔 그런 상태는 같았지만 그가 정연의 안에 있고 정연이 그와 함께 있었다. 전부를 내어 주고 남자와 여자가 한사람이 되어 움직였다. 이런 느낌이 정연만의 착각은 아닌지 여자를 품은 남자는 만족을 모르는 듯 자꾸 몰아붙인다.

"대답…… 대답해 줘요."

숨 쉬기도 힘든지 정연은 숨을 몰아쉬며 조금 버겁게 밀어붙이는 남자에게 짓궂게 웃으며 같이 허리를 비튼다. 그 모습을 바라보던 진우가 앉은 자세를 확 돌려 여자를 침대에 묻는다. 정연의 몸에 올라탄 그가 벌거벗은 정연의 가슴을, 고운 여자의 몸을 천천히 내려다본다.

진우가 예상한 대로 정연이 부끄러운 듯 어지럽게 흩어진 시트 자락을 급하게 가져와 몸을 가리려 한다. 진우의 손이 더 빠르게 시트를 치워 버리자 정연은 끙끙 앓듯 붉은 얼굴을 옆으로 돌린다. 천천히 움직이는 남자의 몸에 정연이 휘청 흔들리자 진우가 이내 몸을 겹쳐 정연의 손에 깍지를 낀다.

"그래. 김정연이 이렇게 청하는데 내가 해 줘야지. 우리 결혼하자."

쾌락을 담고 다부진 몸으로 밀고 들어오며 진우가 귓가에 야하게 소곤거린다. 정연은 목 뒤로 솜털이 오르르 솟아오르는 느낌과 함께 온몸이 붕 떠 스스로 감당하기 힘들어지기 시작했다. 오로지 본능만 남은 그 상태로 버거운 눈꺼풀을 뜨고 방금 진우가 한 것처럼 그의 귓가에

"사랑해요."

말을 툭 던진다. 화락. 정연이 온 마음을 다해 고백하자 진우는 잠깐 울컥했던지 방금 전보다 조금 더 짙은 눈동자를 한다. 그리고 같은 말을 해 준다.

"나도 나도 정연이 너를 사랑해."

여느 날과는 많이 다른 안정적인 느낌과 함께 다시 움직이는 진우를 받아들이는 정연의 모습이 지독하게 야하다. 젊고 아름다운 여자와 조각 같은 남자의 벗은 몸이 아찔하게 얽혀 들어간다. 희고 긴 여자의 다리가 남자의 건장한 허리를 감아 온다. 퍽퍽 힘찬 몸짓에 정연의 까만 머리칼이 이리저리 흩어진다.

예쁘게 솟은 가슴의 정점이 이리저리 흔들리고 남자의 입맞춤에 숨넘어갈 듯 여자가 헐떡인다. 잠깐잠깐 눈을 감으며 여자를 더욱 깊게 느끼는 진우는 굶주린 사자 같은 본능만 남은 모습으로 끝을 모르게 움직인다. 파고들수록 더 목마르게 하는 여자에게 남자는 만족을 모르는 듯 하얀 밤을 길게 이어 간다.

❋ ❋ ❋

"김정연, 일어나."

속삭이는 소리가 꿈이라 생각했다. 피곤한 몸이 자꾸만 이불 속으로 들어가는데 목소리는 점점 더 커진다. 그러더니 커다란 손이 정연의 머리를 쓰다듬는다. 감겨진 눈이 떠지지 않아 아주 천천히 밀어 올린다. 껌벅 진우의 얼굴이 사라졌다 다시 나타났다 사라지고 이불 속으로 파고드는데 어어 하는 순간 몸이 붕 떠 이내 시트와 함께 정연이 식탁 의자에 앉아 있다.

"아침 먹자. 나 곧 공항 가야 해. 깨우지 말까 생각도 했지만, 이번 출장 두 달이 넘는데 얼굴이라도 보고 가고 싶어서."

정연은 알몸에 감싸인 시트가 신경이 쓰여 정신이 없다. 맞은편의 진우는 곧 떠나야 할 상황이 못내 아쉬운 듯 한풀 꺾인 목소리가 안쓰럽다. 진우의 목소리에 그제야 탁 하고 현실로 넘어온 정연은 식탁 위를 바라본다.

스프가 놓여 있고 잼 병이며 커피와 함께 바게트 빵도 한 바구니 담겨 있다. 먼저 일어나 이걸 준비하고 깨울까 말까 고민하고 있었을 그를 생각하고 곧 떠날 진우를 생각하니 어젯밤이 꿈만 같기만 했다.

시큰하게 눈가가 시려 오자 정연은 옷만 갈아입고 오겠다며 일어서서 욕실로 들어갔다. 손이 시린 찬물로 세수를 하고 옷을 입었다. 군데군데 남겨진 진우의 흔적이 부끄러우면서도 행복했다. 그러면서도 두 달 동안 이 흔적들이 다 지워지겠구나 하는 생각에 재차 서운한 마음이 들어 좋았던 기분이 한풀 내려앉는다.

어젯밤이 꿈인 듯 정연은 식탁을 마주하고 앉았다. 어색한 느낌에 정연이 잘려진 바게트 한 조각을 들었다. 뭔가 좀 이상했다.

이리저리 쳐다보는데 빵 모양이 우습다.

"왜? 다른 거 줄까?"

"보통 바게트 빵은 단면이 넓게 어슷하게 잘리지 않나요? 이건 곰탕의 파 같아요. 동글동글 재밌네."

손으로 잘라 먹을 것도 없이 스프에 적셔 한입에 쑥 넣는 정연을 보며 진우도 바게트를 치켜들고 정말 이상한가 쳐다본다.

"내가 잘라서 그래. 아침에 빵집 갔더니 알바생이 없어서 바쁘다고 그냥 주더라고."

쿡 웃음이 나온 정연이 파 같은 바게트를 꼭꼭 씹는다.

"출장, 너무 길어서 미안해."

"그게 왜 당신이 미안해요?"

"결혼하자 해 놓고 너무 오래 떨어지는 거 미안해서……."

"내가 결혼하자고 했는데?"

떠나는 그에게 짐을 덜어 주고 싶어 정연은 환하게 웃으며 보낼 준비를 했다. 정연인들 마음 주고 훌쩍 떠나 버리는 진우가 안 서운하겠나? 하지만 결혼할 사람이다 하는 생각이 마음을 파고드니 기다릴 수 있겠다 하며 속을 달랜다.

"갔다 와서 집에 말씀드리고 결혼 준비하자. 기다려 줄 거지?"

"아우, 우리 지금 엄청 웃긴 거 알아요?"

"뭐가?"

"꼭 군대 보내는 남친 기다리는 상황 같기도 하고 기다려 줄 거지 이런 멘트 촌스러워요."

자꾸 웃으며 그를 보내려는 정연과 반대로 진우는 뭐가 그리 심각한지 웃지를 못한다.

"병원도 꼬박꼬박 다니고, 무슨 일 있으면 전화하고. 차 필요하면 내 차 쓰고. 그리고 너무 걱정도 하지 말고."

정연의 속에 들어갔다 나온 것처럼 걱정을 덜어 준다. 이 사람 내 속을 알고 있구나 하는 생각에 정연은 마시던 커피가 목에 메인다.

"너는 그냥 나를 사랑하기만 하면 돼. 다른 문제 같은 건 내가 정리해. 그러니 이 자리 이곳에서 멀리 가지 말고 기다리고 있어. 잘 갔다 올게."

여느 때보다 진지한 그의 힘 있는 말과 울림에 정연은 마음이 벅찼다. 사랑이 전부가 아니라도 놓치고 산다면 그걸 감당할 힘이 자신에게 없을 거 같았다. 조금은 불안한 헤어짐이라도 그의 말처럼 기다리기로 했다.

그렇게 진우는 떠났고 정연은 홀로 남았다.

❊ ❋ ❊

두 달은 생각보다 빨리 지나갔다. 겨울 끝자락쯤에 떠난 진우는 바쁜 스케줄과 시차 탓에 연락이 자주 있었던 건 아니었다. 그럼에도 기다리는 정연도 떠나 있는 진우도 평온한 날들의 연속이었다. 정연은 내가 아닌 다른 누군가를 담은 마음이란 것이 이런 느낌이구나 하는 그 느낌을 만끽하며 지냈다.

밤샘 작업을 하고 뻐근해진 고개를 돌리는데 창밖의 나무가 고물고물 푸른 새싹을 반갑게 뾰족 내밀고 있다. 한참을 그렇게 바라보다 영화처럼 진우와의 시작과 기다림이 지나간다. 가을 끝자락에 그를 새롭게 만나고 받아들이고 정연이 고통을 넘어설 때 그 곁에 같이 있어 준 그 사람이 이제 봄이 되어 돌아온다고 한다.

며칠 전 전화에서는 다음 주 중에 비행기 스케줄에 맞춰 나갈 거 같다며 이제 우리 정말 날 잡고 결혼하겠네 하는 말로 정연을 들뜨게 했다. 그때 그가 했던 목소리가 옆에서 들려오는 듯 생생해져 슬며시 입매가 올라갔다 내려올 줄을 몰랐다.

"어, 정연 씨? 이른 출근? 아, 옷이 어제랑 연결이네. 집에 안 들어간 거야?"

토요일 이른 오전에 가벼운 캐주얼 차림의 영업부 이 대리가 알은척을 하며 지나간다. 그의 손에 들린 오렌지 주스 하나를 정연의 책상에 두고 간다. 중국 경제가 호황기를 벗어나 조금씩 주춤하기 시작하자 회사 내부에서도 말이 많았다. 언제까지 지속될지 지금 이 사업 자체를 계속 끌고 가도 괜찮을지가 도마에 올랐다.

관련 자료를 모아서 서류를 만드느라 정신이 없었다. 밤을 새려고 했던 것은 아니었다. 하지만 잡고 있던 일을 끊고 가기도 애매했다. 늦어지는 시간에 택시를 타고 집에 갈 수도 없었다. 그렇게 그의 빈자리를 느끼는 중이었다.

그들 사이가 공개적으로 오픈되자 처음 얼마간은 회사가 요란했었다. 정연은 일 년에 한 번 사내 체육대회 시상식 때나 목소리를 들어 볼 수 있었던 대표님한테서도 자네가 그 소문의 김 대리인가 하는 소리를 듣기도 했다.

그러나 남의 말 사흘이라는 말이 맞는지 아니면 진우가 출장으로 공백이 생겨 보이지 않게 된 탓인지 조금씩 들뜨던 말들이 가라앉아 살짝 부담을 내려놓기도 했다.

자리를 정리하고 허리를 두들기며 일어섰다. 토요일 휴무임에도 아까의 이 대리처럼 가벼운 사복 차림으로 못다 한 업무를 위해 나타난 몇몇은 정연을 보고 반갑게 인사를 했다. 기분 좋게 피곤한 느낌이 좋았다.

집에 들어가기 전에 마트에 들러 필요한 것도 사고, 근처 빵집에 들러 바게트를 샀다. 잘라 준다는 점원의 말에 괜찮다고 했다. 집에 가서 곰탕의 파처럼 동글동글 썰린 빵이 먹고 싶었다.

늘 지나가며 오가는 꽃가게에 들러 꽃도 샀다. 주인이 이름도 어려운 처음 들어 본 꽃을 설명해 주었지만 돌아서자마자 잊어버렸다. 밤을 새고 몸은 피곤한데도 카페인을 과하게 섭취한 것처럼 조금은 들떠 있었다.

미용실에 들러 머리도 살짝 다듬었다. 미용실 원장이 꽃을 들고 계산하는 정연에게 예쁘다고 했다. 그게 꽃에게 한 말인지 자신에게 한 말인지 모르겠다. 하지만 그게 중요하겠는가? 흥얼흥얼 콧노래가 나오는 정연에게는 아름답기만 한 시간이다.

현관문을 밀고 들어가자 하룻밤 비워 뒀을 뿐인데 휑한 느낌에 살짝 한기가 들었다. 정연은 조금 자다 일어날까 하다 집으로 오면서 느낀 봄 냄새가 상쾌해 베란다와 현관문까지 활짝 열었다. 누군가 여행 다녀오면서 사다 준 맥주잔이 꽃병을 대신했다. 꽃이 눈부시게 아름다웠다.

누군가 그랬다. 내가 예쁠 때는 꽃이 아름다운지 모른다고. 예뻐 보이는 꽃을 보며 자신도 꽃이 더 눈에 들어올 나이가 되고 늙어 갈 때 그 곁에 진우가 있게 되어 다행이다 싶어졌다. 평생 같이할 사람과 함께 예쁜 꽃을 바라보며 살고 싶어졌다.

흩어진 물건들을 정리하고 청소를 시작했다. 이 청소를 끝내고 오늘 저녁에는 오빠에게 전화를 해야지 했다. 아니다 만나자고 해야겠다고 생각을 고쳤다. 그가 오기 전에 미리 오빠에게 언질을 줘야지. 결혼할 남자가 있다고 하면 오빠는 깜짝 놀라겠지? 정연은 편한 옷으로 갈아입으면서 이미 마음은 그를 오빠 앞에 세워 둔 것처럼 부끄럽고 조금은 쑥스러웠다.

현관문까지 활짝 열어 놓고 머리를 질끈 묶었다. 탁탁 소리도 요란하게 소파를 털고 걸레질을 했다. 꼼꼼하게 싱크대 선반도 다 열어 닦았다. 중간에 체력이 조금 벅차 사 온 빵을 그의 방식대로 잘라 먹으며 부스러기를 흘려 놓고 혼자 웃었다.

이름 모를 꽃은 곁을 지나갈 때마다 기분 좋은 향기가 기분을 더했다. 더 바랄 것도 더 욕심낼 것도 없는 순간이었다.

정연이 욕실 한쪽에서 세제를 풀고 청소를 하고 있을 그때 현관 쪽에서 말소리가 들렸다. 낯선 목소리에 덜컥 겁이 나 빠르게 몸이 굳었다. 보안이 철저한 아파트라고 방심한 걸까? 불안한 마음으로 허리를 펴고 밖의 소리에 귀를 기울인다.

"진우 며칠 내로 들어온다고 해서 집에 들렀어. 환기라도 시켜
줘야지. 여기에 꿀 발라 뒀나 집에 오지를 않아. 품 안의 자식인
거지. 어머, 문이 왜 열려 있지? 잠깐만, 김 여사 다시 전화할게."

조근조근 차분하게 말하는 목소리가 곱다. 가벼운 구두 소리가
점점 더 집 안으로 가까이 오는 소리와 함께 말소리가 더 또렷하
게 들린다. 전화 대화 소리에 정확하게 누구인지 파악이 된 정연
은 당황스럽기만 하다.

그렇다고 욕실에 숨어 있을 수만도 없어 고무장갑을 벗고 조심
스럽게 현관 앞에 섰다. 곱게 차려입은 중년의 여성이 한 손에 뭔
가를 들고 현관 입구에서 두리번거린다. 그러다 이내 정연을 발견
하고는

"어머, 아가씨 내가 집을 잘못 찾아왔나 봐요. 미안해요."

정연은 곧장 등을 돌리는 그의 어머니를 어떡해야 하나 싶은데
돌아선 진우의 어머니는 현관문의 숫자를 보고 다시 집으로 들어
섰다. 방금 미용실을 다녀온 듯 단정한 머리와 차분한 정장 차림
이 누가 봐도 점잖은 사모님 모습에 정연은 지레 겁이 났다. 처음
을 이렇게 마주할 거라고는 예상을 못 했으니 정연은 바들바들
정신이 없다.

"아가씨 누구죠? 여기 살아요? 우리 진우랑 같이?"

단도직입적인 표현에 더 쿵쾅거리는 마음을 진정 못 한 정연은
정신을 차리려 애를 쓰지만 소용이 없었다. 불과 몇 분 전 더 바
랄 것이 없다는 마음은 이미 저 멀리로 떠나고 없었다. 지금 이
순간 그저 사라지고 싶은 마음뿐이다.

정연의 침묵을 대답으로 알아들은 진우의 모친 영숙은 놀란 얼굴 표정을 가리지도 못한다. 영숙은 어쩔 줄 몰라 서 있는 정연을 노골적으로 아래위로 훑었다. 그의 어머니 역시 당황한 기색이 역력했다. 한쪽으로 물러서는 정연을 지켜보다 영숙은 손에 들고 있던 한약 박스를 내려놓는다. 영숙이 청소하느라 온통 다 열린 베란다의 찬바람에 이마를 찌푸린다. 정연이 부산스럽게 움직여 빠르게 문을 닫자 그제야 영숙은 소파에 앉았다.

"세상에, 내가 진우가 여자가 있다고 소문만 들었지 이렇게 내 아들 집에 살고 있는 줄은 몰랐어요. 아, 나도 지금 많이 당황해서. 말이 좀 험하게 나가네. 일단 앉아요. 아가씨 좀 앉아."

정연은 앉으려다 그래도 집에 찾아온 그의 어머니인데 물 한잔 내놓지도 않고 말 한마디 못 꺼내고 있는 자신이 바보 같아 주방으로 들어섰다. 마음을 추스를 잠깐의 여유가 필요했다. 미처 다 정리되지 못한 부산스러운 주방에서 커피라도 내리려고 팔을 뻗어 잔을 꺼낸다.

"내가 여기 차 마시러 온 것도 아니고. 됐어요. 일단 우리 좀 진정합시다."

정연이 필요했던 잠깐의 시간조차 용납을 하지 못한 영숙의 부름에 다시 찻잔을 넣는 정연의 손이 파르르 떨렸다. 커피 잔도 정연의 마음처럼 덜덜 떨려 불안한 찻잔이 요란했다. 정연은 넣길 포기하고 거실로 나왔다. 고개를 푹 숙이고 입이 떨어지지 않아 자꾸만 입술을 깨문다. 그런 정연을 영숙은 마음에 안 드는 듯 쳐다보다 기가 찬 듯 한숨을 내놓는다.

"아가씨 좀 앉아요."

그제야 내내 서 있던 자세가 의식되어 정연은 조심스럽게 영숙의 앞에 앉았다. 그런 정연을 하나도 놓치지 않겠다는 눈짓으로 머리끝부터 발끝까지 살피는 시선이 따갑다. 정연은 혼자서 다 감당해야만 했다.

"이름이 뭐예요?"

"……김, 정연입니다."

정연은 긴장으로 목이 메어 잠깐 숨을 고르며 대답했다. 그런 모습조차 마음에 들지 않는지 영숙은 소리 없이 혀를 차고 있었다. 영숙은 앉아서 한참이나 집 안을 두리번거렸다. 한눈에 봐도 함께 사는 세간이다. 현관에 놓인 거실화도 여자 남자 색깔이 다 정했다. 집 안을 떠도는 향기는 혼자 사는 남자가 오랫동안 비워 둔 훈기가 아니었다.

은연중에 사르르 퍼지는 여자 향수 냄새가 심기를 건드리는지 영숙의 표정은 자꾸만 구겨졌다. 소파 한쪽에 방금 전 정연이 거둬 둔 수건 속에 살짝 여자의 속옷이 보이자 이제는 불쾌한 표정을 짓는다. 영숙의 시선을 좇던 정연은 얼굴이 붉어진다.

"이봐요, 아가씨. 아가씨도 당황했겠지만 나 역시 그래요. 진우가 며칠 내로 들어온다고 해서 집 청소나 해 둘까 싶어 왔다가 이 무슨 날벼락인지."

영숙은 진정이 안 되는지 벌떡 일어나 주방으로 가 물 한 잔을 벌컥벌컥 마시고 다시 온다. 정연도 같이 일어서 따라 주방으로 가는데 귀찮다는 듯이 팔을 휘휘 내젓는 모습에 정연은 굳어 버린다. 영숙은 마시던 컵을 딱 내려놓고 마주 앉아 고개도 못 드는 정연을 향해 따지듯 묻는다.

"정확히 언제부터 같이 살고 있는 거예요?"

정연은 꿀 먹은 벙어리처럼 입이 떨어지지 않아 파르르 입술만 떨고 있다. 그런 정연이 점점 더 마음에 들지 않은 영숙은 헛웃음만 몇 번 내놓는다. 그렇게 집 안에 소리 없는 긴장감이 아슬아슬하게 한참을 흘렀다.

얼마쯤 영숙이 진정이 되었는지 앞에 바들바들 떨고만 있는 정연을 나무라듯 말을 꺼낸다.

"내가 정연 씨를 뭐라고 하는 거는 아니에요. 내가 뭐라고 안면도 없는 아가씨 야단을 쳐? 다만 뭐랄까? 나도 딸 가진 엄마 입장인데 다 큰 여자가 결혼도 아니고 남자랑 이렇게 한집에 산다는 게 나는 옛날 사람이라 그런지 용납이 안 되네요. 진우가 여자가 있다 예사 관계가 아닌 거 같다 이런 소리 나도 들어서 알아요. 그런데 이거는 아니지. 아가씨도 부모님이 계실 텐데 이렇게 사는 거 알아요?"

이렇게 사는 거. 정연은 한꺼번에 온몸이 바닥으로 내려쳐지는 것을 느껴야했다. 바들바들 떨며 그의 어머니 앞에서 죄지은 사람처럼 두려운 기분을 느껴야 했던 이유를 찾았다. 아, 이런 모습은 보여 주지 말았어야 했는데. 자신의 가장 큰 약점이 이렇게 무방비 상태로 드러났다.

"모르시겠지. 어느 부모가 그것도 여자가 이렇게 남자 집에 지내는 걸 반기겠어요?"

영숙은 다시 소파에 엉켜 있는 정연의 속옷을 거북하게 바라본다.

"물론 내 아들도 잘못이지만 그래도 여자가 이러는 건 아니죠. 아가씨도 누구한테는 귀한 딸인데 부모님 마음도 헤아려야죠. 나는 참 이해가 안 되네. 엄마가 딸 단속을 해야지. 미안해요. 내가 말이 너무 앞서가서. 근데 나도 딸 가진 입장이라 결혼도 전에 이렇게 남자랑 한집에 산다는 게 참 보기 그래요."

영숙은 뭐라 대꾸도 없이 고개만 숙이고 떨기만 하는 정연에게 무슨 말을 더 하려다 입을 다물었다. 한숨이 턱턱 나오는지 들고 온 가방을 챙긴다. 같이 일어서는 정연에게 영숙은

"더 앉아 있어 봤자 내 속도 상하고, 아가씨 속은 더 상할 거 같아 일어날게요. 진우는 언제 온다고 했어요?"

"아직 날짜는 모르겠습니다."

정연은 엉거주춤 서서 눈도 마주치지 못하고 떨리는 목소리로 대답을 했다. 그의 어머니에게 이름 말고 처음으로 대답한 말이다. 그 대답 역시 영숙에게는 흡족하지 않은지 자꾸 혀만 찬다. 연신 기가 막히다는 표정을 지으며 현관으로 나갔다.

신발을 신다 현관에 내려놓은 한의원 상호가 박힌 박스에 둘의 시선이 멈춘다. 영숙은 정연의 얼굴을 보며 퍼즐처럼 맞아 들어가는 상황이 이해가 되었는지 알겠다는 표정을 짓는다.

"쌍화탕, 아가씨가 주인이지? 진우가 직접 한의원에 전화를 했다고 해서 이놈도 나이가 드나 체력이 달려 그런가 했네. 출장도 길어지고 환절기에 갑자기 감기라도 걸릴까 싶어 받아 왔는데 일

단 두고는 갈게요. 누가 먹든 먹겠지."

헛수고한 기분이 들어 영숙의 표정이 더 안 좋아진다. 더불어 정연은 더 얼굴이 굳어진다. 정연은 쌍화탕이 든 박스를 챙기지도 그렇다고 버려두지도 못하고 어색하게 바라만 본다.

"아무리 내 아들이라도 그 속을 몰라 모르지만, 정연 씨도 참 답답한 사람이네요. 그런데도 좋다고 둘이 같이 이러고 있는 거 보면 자식 속 낳는 게 아니란 거 이제야 알겠네. 청소는 뭐 정연 씨가 이미 하고 있으니 내가 거들 필요는 없겠군요. 아, 진우 아버지한테는 또 무슨 말을 해야 하나? 남부끄러워서 원. 따라 나오지 말아요. 우리 배웅받고 그럴 사이는 아니잖아요."

한숨을 푹푹 쉬며 정말 기가 차는지 따라 나오는 정연을 극구 만류한다. 그래도 억지로 따라 나와 엘리베이터 버튼을 누르는 정연의 뒷모습을 거북하게 바라본다. 문이 열리고 영숙이 타고 문이 닫히는 그 순간에도 시선을 마주하지 못하는 두 사람은 각자의 생각을 달고 그렇게 힘겨운 만남을 끝냈다.

부끄러웠다. 처참했다. 수치스러웠다. 정연은 이런 기분이 한꺼번에 쏟아지는 지금을 감당할 기력이 없었다. 우두둑 쏟아지는 이 모든 감정들이 무거웠다. 그의 어머니가 타고 내려간 엘리베이터가 1층에 도착하는 것을 확인하고 정연은 집으로 들어왔다.

한구석에 개지 않은 빨래 더미와 정연의 속옷들. 그 광경을 기가 차게 보던 그의 어머니가 선명하게 떠오른다. 목울대가 자꾸 저려 와 억지로 꿀꺽 삼키고 빨래를 개었다. 손이 덜덜 떨려 평소보다 몇 배가 더 걸린다.

후루룩 억눌린 신음처럼 속을 다스리지 못한 비명 같은 울음이 자꾸만 차올랐다. 정연은 자꾸 떨리는 손으로 가슴팍을 토닥토닥 두드렸다.

가라앉거라 마음아, 내려가자 슬픔아.

아무리 속을 두들겨도 응어리진 마음은 꽉 막혀 숨을 돌리지 못했다.

이해해야 했다. 정연이 갑자기 닥친 이 상황이 불편한 것처럼, 아들 집에 생면부지의 여자가 버젓이 제집 행세를 하고 있는데 어디 반갑겠는가? 그리고 그의 어머니 말대로 결혼도 하지 않는 상태의 동거가 부모 된 입장에서는 더 받아들이기 힘든 일이다.

이해해야만 한다. 당연히 그래야 했다. 울먹이며 푹푹 바닥까지 가라앉는 마음을 애써 끌어 올리려 했지만 제 마음인데 마음대로 되지 않아 정연은 자꾸만 눈가가 시렸다.

소파 어디쯤 떨어진 휴대전화가 울리는지 가벼운 진동에도 정연은 마음이 덜컥한다. 혹시나 하는 기대는 엄마라고 적힌 발신자의 표시에 다시 내려앉는다. 받을까 말까 망설이다 오랜만에 오는 전화를 피하기도 미안했다.

통화 버튼을 누르면서 정연은 이런 상황에도 엄마의 감정을 먼저 살피는 자신이 바보 같았다. 끝까지 내 마음보다 남의 눈치를 보는 자신이 너무 초라했다.

"엄마."

— 미역국은 먹었어?

"미역국?"

― 너 오늘 생일인 것도 몰랐어?

"오늘 내 생일이야?"

생일이구나.

정연은 생일맞이 한 번 요란한 하루라 생각되었다. 더 울컥해진 마음을 진정 못 해 가슴을 두들기던 손이 다시금 톡톡 속을 달랜다.

― 넌 혼자 있다고 미역국도 안 챙기고 그래? 혼자 살수록 이런 날 친구라도 만나고 네 오빠한테 밥이라도 사 달라고 해야지. 엄마 속상하게 생일도 잊어 먹고 왜 그러니? 좀 잘하고 살아. 혼자 살아서 저렇다는 소리 듣지 말고 야무지게 살아야지. 그래야 엄마도 마음이 편하지.

되려 역정을 내는 엄마의 목소리에 울컥 눈물이 치민다.

지금 상황, 탓을 하는 엄마, 외톨이 같은 기분, 그 누구도 옆에서 달래 주지 않는데 엄마는 정연의 탓만 한다. 엄마는 자신의 마음 가볍자고 왜 딸인 정연에게 그 탓을 돌리는가?

"엄마, 그럼 엄마가 옆에 있어 주면 될 걸, 왜 내 탓을 해? 엄마가 좀 더 내 곁에 있어 주지. 왜 그렇게 빨리 그 아저씨한테 간 거야?"

그랬다면 오늘 같은 일이 안 벌어졌을까? 저도 엄마가 곁에 있고 이런 상황을 피할 수 있었을까? 엄마처럼 자꾸 탓을 해 보지만 그럴수록 더 못난 마음이 토라진다. 울컥 쌓여 있던 서운한 마음이 확 터져 온다. 말을 해 놓고도 수습을 못 하는 정연은 입술만 자꾸 깨문다.

— 정연아, 넌 엄마를 여자로 이해할 수 없어? 같은 여자로 엄마를 볼 수는 없는 거야?

전화 너머로 엄마는 조금 화가 나는 듯 정연을 몰아붙인다. 차라리 아들을 탓하지 않고 정연에게 탓을 돌리는 진우의 어머니가 더 이해가 되었다.

무슨 상황인들 그래도 엄마는 자식을 감싸 줘야 하지 않을까? 아, 정말 답답했다. 왜 자신은 늘 남을 이해해야 할까? 엄마를 이해하고 이제는 그의 어머니를 또 이해해야 하고. 언제까지 이렇게 살아야 하나? 한 번도 싫은 소리 해 본 적 없었는데 오늘 딱 한 번 부리는 투정에도 엄마는 그걸 받아 주지 않는다.

"왜? 내가 왜 그래야 하는데? 나는 늘 엄마가 필요했어. 친구를 원하는 게 아니란 말이야. 내가 뭐라고 엄마를 여자로 이해해야 하는데? 나는 엄마가 필요한 딸이었는데."

화르르 속을 달래지 못한 정연은 그동안 자신도 깨닫지 못한 울분을 엄마에게 쏟아 버렸다. 이제야 온전히 자신의 편에 서서 속을 드러냈다. 전화 너머로 당황한 엄마의 숨소리가 고스란히 전해졌다.

— 정연아, 무슨 일 있는 거니?

"아니야. 엄마 미안해. 미역국 챙겨 먹을게. 전화 이만 끊자."

신경은 저 끝까지 솟아올랐다 내려오지도 못하고 아슬아슬했다. 뱉어 놓고도 수습도 못 한다. 이런 자신이 더 바보 같아 자꾸만 눈물이 솟아 손으로 몇 번이나 눈매를 훔쳤다. 전화를 내려놓는데 다시 진동이 오고 엄마라고 뜬다. 지끈거리는 머리를 누르며 또다시 감당할 기운이 없는 정연은 거절 버튼을 눌렀다.

속옷을 옷장에 넣는다. 옷장을 쓱 한 번 바라본다. 선물로 그가 한 칸을 내어 준 옷장이 오늘은 왜 이리 원망스러운지. 그때 이 옷장 한 칸을 받지 않았다면 오늘 같은 날이 없었을까? 정연은 그의 말대로 집을 정리한 일이 지금에야 후회가 되었다.

옷장 문을 닫고 어수선한 집 안을 정리했다. 주섬주섬 신발을 신발장에 넣으면서 현관 앞 전신 거울 속의 자신을 바라봤다. 집에서 편하게 입은 청바지 차림. 욕실 청소를 하다 그의 어머니를 맞이한 상태라 바지 한쪽은 조금 올라가 있다. 거울을 보며 떨리는 손으로 바지를 내렸다. 맨발이 꼬물거린다. 양말이라도 신고 있을 걸 그랬다 싶어진다.

정연이 생각한 첫 만남은 이런 모양이 아니었다. 퇴근하고 평소 고가라 부담스러워했던 백화점 매장의 옷을 몇 번이나 보고 오고 그랬다. 마음에 드는 옷을 입고 앉아도 보고 치마가 쑥 올라가면 이건 안 되겠다 그랬다. 너무 점잖기만 하면 어두워 보일까 자꾸만 선택의 폭이 넓어지자 진우가 오면 어떤 옷이 더 괜찮을지 물어봐야지 했다.

선물은 어떤 걸로 해야 할지 처음 남자 집으로 인사 갈 때 팁 같은 것을 인터넷으로 찾아보기도 했다. 아닌 척하며 넌지시 수진에게 어떤 선물이 좋을지 물었다 놀림을 당하기도 했다. 선물을 그의 손에 들고 가는 게 맞는 걸까, 아니면 직접 들고 들어가는 게 모양이 나을까 그런 고민도 했다.

아아아 하면서 처음 인사할 때 목소리 톤도 연습을 했다. 집에 가서는 적당히 예쁘게 웃어야지. 밥도 잘 먹고 와야지, 그랬다. 그런 생각을 할 때마다 너무 설레서 구름 속에 있는 듯 행복했다.

그런데 벼랑 끝에 선 만남이 되었다. 못난 자신만 보여 준 거 같아 더 서럽다. 한번 터지면 감당할 수 없을 거 같아 울음조차 속으로 삼켰다.

울지 마라, 울지 마라 달래 줄 사람도 없는데 어쩌라고. 정연은 자꾸만 툭툭 흘러나오는 눈물을 손으로 닦아 냈다.

침대로 들어가 이불을 푹 뒤집어쓴다. 진우가 떠난 뒤 몇 번이나 세탁이 된 이불에서는 이미 그의 체취가 없지만 그의 품인 듯 마음을 내놓는다. 그제야 막혔던 울음이 쏟아진다. 정연은 그렇게 발가벗은 어린아이가 되어 꺽꺽 이불 속에서 서럽게 한참을 울었다.

탈진하듯 한참을 울고 몇 번씩 까무러져 잠 속으로 빠져들 때쯤 손에서 놓지 않은 휴대전화에 진동이 느껴졌다. 온몸의 힘이 쭉 빠져 전화를 들 힘조차 없는데 억지로 몸을 일으켜 액정을 보고 정연은 이내 실망했다.

오빠라고 뜨는 화면을 애써 무시하고 다시 이불 속으로 들어갔을 얼마쯤 몇 번이나 전화가 울렸지만 받지 않았다. 그렇게 가늠할 수 없는 시간이 흐른 뒤 새언니로 시작되는 발신자에 정연은 마지못해 전화를 받았다.

— 아가씨?

"……네."

― 여보, 아가씨야.

갑자기 전화 너머로 소란스러운 야단에 정연은 잠시 귀에서 휴대전화를 떼고 숨을 골랐다. 제법 잔 거 같은데 침대 옆 시계는 고작 두어 시간이 흘렀을 뿐이다. 한쪽으로 몸을 웅크리고 잠들었던지 어깨와 팔이 결려 끙끙거리는 소리가 저절로 나온다.

― 정연아, 이게 무슨 일이니? 지금 어디야? 일단 오빠가 갈게.

자꾸 어깨와 팔이 결려 와 정연은 흥분된 오빠의 말소리조차 신경에 거슬렸다. 무슨 말을 하는지. 왜 이리 야단인지. 그러다 어깨가 퍽 하고 찌릿한 고통이 시작되면서 전화 소리가 제대로 귀에 들려왔다. 어지럽다. 말소리와 어깨의 통증이 정신없이 뒤섞인다.

― 여보, 일단 진정해. 내가 통화할게.

그저 소란스럽기만 한 전화를 빨리 끝내고 싶은데 전화 너머 오빠 부부의 실랑이 소리는 끝날 줄을 몰랐다.

― 아가씨, 제주도 어머니가 전화하셔서, 오늘 우리가 아가씨 집에 찾아갔어요. 과일 가게 사장님한테 이야기 듣고 지금 우리 너무 놀라서. 이게 대체 무슨 일이야? 일단 아가씨 우리가 거기로 갈게요. 오빠도 나도 아가씨 얼굴부터 보고 확인해야겠어요. 지금 어디예요?

"……언니. 나 괜찮아요. 어제 일도 아니고 이제 다 괜찮아요. 지금 친구 집이에요. 그러니 너무 걱……."

― 왜 친구 집이야? 멀쩡하게 오빠가 있는데. 짐 챙겨 나와. 지

금 간다.

불쑥 전화의 상대가 바뀌고 언니 말대로 잔뜩 흥분한 정연의 오빠 현수는 앞뒤 생각도 없이 화난 목소리로 정연을 더 난감하게 했다.

"오빠, 오빠!"

정연은 그렇지 않아도 복잡한 하루에 이 야단까지 겹쳐 힘이 들었다. 그저 쉬고 싶은데 그에 아랑곳없는 오빠 내외는 기어이 찾아오겠다며 짐 챙겨 준비하라고 정연의 대답도 듣지 않고 전화를 끊었다. 오지 말라고 다시 전화를 할까 하다 무거운 몸을 이끌고 옷장 문을 열어 가방을 챙겼다.

그의 어머니가 다녀가고 더 있기는 곤란하다는 생각을 했다. 하지만 이런 식은 아니었는데. 그가 오면 설명을 하고 집을 알아보려 했는데 모든 게 귀찮아져 버린 지금은 그냥 오빠가 이끄는 대로 따라가 버리자 하는 포기 같은 마음이 들었다.

옷장을 비우고 침대를 정리하고 대충 챙겨 갈 짐만 간단하게 챙겼다. 집을 정리하는 게 아니었다. 짐 가방을 챙기면서 떠돌이 같아 더 서러워진다. 무슨 사랑이 이다지도 힘든가 한다. 노래 가사처럼 너무 아픈 사랑은 사랑이 아닌 것인지.

그를 만나고 있었던 시간과 병원 침대 옆에서 늦은 새벽 흐느끼듯 소리 죽여 울던 진우의 모습. 그리고 그를 따라 처음 이 집에 들어섰던 그날. 잠깐 앉아 침대를 스르르 손으로 만진다. 뜨거웠던 밤과 아련한 몸짓들. 이제는 몸이 기억하는 그 수많은 밤들이 아주 먼 옛날처럼 아득해진다.

정연이 가방을 움켜쥐고 벤치에 앉아 멍해진 정신에 넋을 놓는다. 한기에 옷깃을 여미는데 걸음 소리도 요란하게 오빠 부부가 그런 정연을 발견하고 다가온다.

"아가씨, 괜찮아요?"

정연의 새언니 은주는 그날 밤의 정연보다 더 질린 얼굴을 하고 손을 들어 머리를 쓰다듬고 울먹이는 목소리로 재차 묻는다. 그 곁에 정연의 오빠 현수는 아까의 전화 통화에서의 요란한 목소리와는 다르게 이제 됐다는 듯 바라만 봤다.

"차 갖고 올게 기다려."

현수는 정연의 가방을 뺏다시피 챙겨 들고 저만큼 사라졌다.

은주는 자꾸만 안쓰러운 듯 정연의 얼굴을 매만진다. 오빠가 결혼하고 명절이나 무슨 행사쯤에 한 번씩 보던 새언니다. 늘 친절하고 마음이 따뜻한 걸 알긴 했지만 덥석 다가서지 못하는 정연은 그 다정함을 잘 받아 주지 않았다. 그럼에도 한결같이 정연을 동생 챙기듯 챙기는 새언니가 오늘따라 더 따뜻하다.

"아가씨. 이마, 여기 왜 이래요?"

정연은 은주의 손을 치우고 머리를 살짝 내린다. 그때 폭행의 흔적이 신경 써서 치료한 이마였음에도 아주 살짝 남았다. 자세히 보지 않으면 모를 그 상처를 화장을 하지 않은 상태에서 구석구석 살피는 은주의 눈에 걸렸다.

"그래서 설날에도 안 왔던 거예요?"

설 명절쯤 정연은 불면증에 얼굴도 몸도 엉망이었다. 잘 낫고 있다고 생각하다 방심했던 것일까? 무리하게 혼자 해가 짧은 겨울 저녁에 길을 나섰다 무에 혼자 놀라 끙끙 앓았다. 차마 그런 얼굴을 오빠 내외에게 보여 줄 수 없어 친구와 여행을 가기로 했다고 거짓말을 했다.

그리고 진우도 그런 그녀가 걱정이 되어 명절에 그의 본가에 가지 않았다. 아마도 그의 어머니는 오늘 정연을 보고 설날 그의 부재의 이유를 이제 알겠지 하는 생각이 들자 더 마음이 무거웠다.

"이제 정말 괜찮아요."

정연의 대답이 그때의 상처란 걸 알아채 버린 은주는 따뜻한 손길로 다시 한 번 정연의 이마를 쓸어 준다.

"자세한 이야기는 못 들었어요. 제주도 어머니가 아가씨 아무래도 이상하다고 찾아가 보라고 해서 집은 다른 사람이 살지. 아가씨는 전화도 안 받지. 놀라서 급한 대로 과일 가게 사장님한테 이야기 듣고 하늘이 무너지나 했어요. 병원에 입원도 했었다면서요. 보통 일이 아니었지 싶은데 말이나 좀 해 봐요. 그래 좀 이상하다 싶었어요. 아버님 기일에도 아가씨 보고 내가 오빠한테 아가씨 얼굴이 많이 상한 거 같다고 했거든요. 왜 말을 안 했어요?"

정연은 애써 숨겨 놓은 그 밤이 생각나 입술이 바들바들 떨리고 다리에 힘이 풀렸다. 숨이 턱턱 막히고 그날이 지금인 것처럼 눈앞이 까맣게 변한다. 쌕쌕거리는 숨소리가 힘겹다. 그런 정연의 상태를 눈치 빠른 은주가 제 잘못인 듯 정연을 안아 준다.

"……언니, 다음에, 다음에 내가…… 좀 편안해지면 그 이야기는 지금 하기 싫어요."

"미안해요. 우리가 너무 우리 생각만 해서."

약해진 마음에 눈물이 솟아 버릴 거 같아 정연은 살짝 고개를 돌려 오빠를 찾았다.

"아가씨, 오빠가 오는 동안 울었어요."

"……오빠가요?"

"네, 나도 그 이야기 듣고 너무 놀라 아직도 쿵쾅거리는데 오빠는 더할 거예요. 아가씨야 걱정 끼친다고 안 알렸겠지만 그게 더 오빠를 서운하게 한 모양이에요. 일단 집으로 가요. 멀쩡한 오빠네 두고 친구 집이 뭐예요?"

현수의 차가 도착하고 정연은 그의 집을 떠났다. 이래도 되나 하는 생각이 안 들었던 건 아니다. 하지만 그러기에는 너무 지친 하루였고 내일 일은 내일 생각하기로 했다.

그렇게 차 안은 안쓰럽게 걱정하는 은주와 아무 말 없이 운전을 하는 현수, 그리고 그저 네네 하는 대답뿐인 정연이 현수 집으로 갔다.

무너질 듯 지친 몸이 현관으로 들어서는데 오빠의 집은 음식 냄새로 한창 요란했다. 갑자기 퍽 하고 안겨 오는 여섯 살 조카 지후의 과격한 몸짓에 은주가 아이를 크게 나무란다. 달콤한 아이의 로션 향이 순식간에 마음을 놓게 한다.

"지후야, 고모 힘들어. 할머니는?"

몇 달에 한 번 보는 고모라도 그저 반가운지 살살 눈웃음을 지으며 내복 바람의 지후는 눈부셨다. 세상 걱정거리 없는 개구쟁이 표정에 오빠 내외가 잘 사는 거 같아 정연은 다행이다 싶어진다.

이내 주방 안쪽에서 언젠가 몇 번 뵌 적 있는 지후 외할머니가 반갑게 인사를 하며 나왔다.

"사돈처녀, 얼마 만이야? 우리 지후 돌잔치에서 보고 마지막인가?"

"아니지 엄마. 작년에 외삼촌 돌아가시고 그때 아가씨 장례식장에 와서 봤잖아."

"그랬나? 어찌 되었든 어여 와요. 밥 먹어야지."

지후 외할머니가 근처 살아서 자주 오간다는 걸 알고 있었다. 자연스럽게 집안 살림을 챙기는 지후 할머니를 보면서 정연은 혼자 이방인인 느낌이 다가와 어색해졌다. 그런 정연의 기분과는 상관없이 환한 미소의 지후 외할머니는 정연의 팔을 이끈다.

"생일이라면서요, 사돈처녀. 미역국에 밥 먹어요."

"엄마 소고기 넣고?"

"그래, 양지머리 푹푹 삶았다. 시간이 없어 오래 못 끓여 어떤지 모르겠네."

"아가씨, 앉아요. 일단 밥부터 먹고. 나도 배고프고. 엄마, 엄마도 먹고 가."

"그럼, 내가 미역국 끓였는데 나 밥 한술도 안 주고 보내려고 했나?"

"아이고 또 그런다. 아가씨 괜찮죠? 좀 불편해도 그래도 생일이니 사람 많으면 좋잖아요."

어색하게 식탁에 앉아 정연은 진하게 끓여진 미역국을 물끄러미 쳐다본다.

저쪽에서 은주와 지후가 초를 꽂고 노래를 부르며 다가왔다. 아이의 천진난만한 생일 노래와 어른거리는 촛불을 바라보며 정연은 평생 얼마만큼 살지는 모르겠지만 하루의 굴곡이 이렇게 심한 날은 아마도 다시는 없을 거라 생각했다.

"……축하합니다. 자 아가씨 촛불 불어요. 지후야 고모 생일이 잖아."

노래가 끝나기가 무섭게 손뼉을 치며 지후가 초를 먼저 불어 버리자 은주가 미안한 듯 웃는다. 깔깔깔 웃는 아이의 웃음과 은주의 웃음소리 그리고 오빠의 기분 좋은 미소가 참 아름다운 느낌이었다.

그 곁에 지후 할머니가 어린 손주의 재롱에 함박웃음을 짓는다. 정연이 오빠 가족의 다정한 모습에 취해 가듯 마음이 편안해지자 식사 자리도 곧 어색함 없이 다들 편안해졌다. 초가 뽑힌 케이크에 정연은 아무리 봐도 모를 캐릭터 모형을 뚫어져라 본다.

"사돈아가씨 미안해. 지후가 요즘 저 만화에 빠져서 이걸 꼭 산다고 해서."

"엄마는 그래도 젊은 아가씨인데 좀 좋은 걸로 사 오지. 하다 못해 엄마 좋아하는 고구마 케이크라도 사 오든가. 이게 뭐야?"

"별걸 다 트집이네. 다른 거 샀으면 빵집에서 오늘 못 나왔어. 알지도 못하면서."

"엄마, 엄마가 자꾸 오냐오냐하니 애가 더하잖아. 안 된다고 할 때는 딱 잘라야 해."

"그래 너 잘났다. 니 자식 니가 그래 딱 잘라 잘 키워."

묵묵히 수저를 들던 현수는 이런 작은 다툼이 한두 번이 아닌 듯 지후 할머니 수저를 먼저 들게 하고 은주에게 그만하라고 한다. 투닥거리는 다정한 엄마와 딸의 모습이 부러워 정연은 한참을 쳐다보게 된다.

"가만 보니, 우리 지후가 사돈처녀를 닮았구나. 쌍꺼풀이 어디서 왔나 했더니."

정연은 조용히 조카를 쳐다보는데 얼마 전까지도 없던 쌍꺼풀이 지후의 눈에 예쁘게 그려져 있다. 가만가만 웃으며 일부러 어른들 보라는 듯 눈을 치켜뜨는 모습이 우스워 정연이 소리 내서 크게 웃는다. 그 모습에 내내 정연의 표정을 살피던 오빠 내외가 안심한 듯 굳은 얼굴은 푼다.

"지후가 한 며칠 좀 아프고 나니 쌍꺼풀이 생겼어. 신기하지?"

오빠가 아들을 다정하게 바라보는 모습에 정연은 오래전 아빠가 돌아가시기 전에 건강했던 모습이 떠올랐다. 오빠가 아빠를 닮았구나, 한다.

"어, 근데 언니도 쌍꺼풀 있잖아요."

정연은 은주를 쳐다보고 지후를 보면서 예쁘게 닮았네 하는 생각으로 말을 했다. 그러자 미역국이 진하게 잘 끓여졌다고 밥을 말아 푹푹 잘 드시던 지후 할머니는

"오데, 그건 만든 거. 지후 에미는 내가 대학 입학할 때 수술시켜 줬잖아."

지후 할머니의 발언에 은주는 씩씩거리고 현수는 몰랐던 사실이었는지 자꾸만 은주의 눈을 쳐다보는지라 일순간 식탁은 유쾌

하게 변했다. 정연은 오빠가 그렇게 깔깔거리며 잘 웃는 남자인 줄도 몰랐다. 오빠가 지후 할머니에게 격의 없이 말을 건네며 챙겨 주는 모습에 기분이 묘했다.

그리고 정연이 부족했던 부분을 이제야 알았다.

❋ ✱ ❋

정연은 그렇게 오빠 집에서 며칠을 보냈다. 내일 도착이라는 진우의 문자가 어제 왔지만 답하지 않았다. 피하려고 했던 것은 아니었다. 그동안 기운이 빠져 버렸는지 몸살에 좀 시달리기도 했다. 멀쩡하던 팔이 제대로 움직이지 않아 병원을 다녀왔다.

입원을 했던 병원에서 다시 검사를 받으며 다른 이상은 없다는 말과 혹시 스트레스가 심해지면 그런 식으로 몸이 표현하는 거라고 쉬어 주라는 말에는 답을 못 했다. 짐작했던 결과였다.

짐을 챙기던 정연이 일어서 빨래를 받았다.

"이런 건 제가 해요. 언니가 이러면 저 더 불편해요."

"세탁기가 한 거예요. 어차피 우리 빨래 돌리면서 했어요. 일부러 한 것도 아닌데 인사받을 것도 없어요. 오빠가 우리 엄마한테도 나한테도 잘해요. 그래서인지 아가씨도 예쁘고 나는 그래요."

"고마워요."

"에이, 인사받자고 하는 말은 아니라니깐 또 그러네. 근데 정말 지방 근무 가야 해요? 괜히 우리 눈치 본다고 그런 거 아니에요?"

"회사에서 순환 근무제라고 그런 제도가 있어요. 마침 그리된 거지. 오빠 눈치 보고 가는 거 아니니 오해는 하지 마세요."

정연은 어제 회사에서 창원으로 지원 근무를 자청했다. 원래 가기로 했던 내정자가 집안에 큰일이 생겨 자리를 비울 수 없다 하여 누가 가나 하는 회의 속에 정연이 가겠다고 자청했다. 다들 놀라 쳐다보는 표정 속에 회사 다니면서 한 번은 가야 할 입장이니 하는 말로 이유를 설명했지만 쏟아지는 눈들은 온통 물음표였다.

어떤 이는 박진우 팀장의 출장이 이제 끝나는데 정연이 내려가는 걸로 봐서는 헤어진 게 아니냐고 했고, 또 어떤 이는 결혼해서도 계속 회사를 다니려고 하는 거나며 그 전에 미리 다녀오는 거냐고 묻기도 했다. 수진도 놀라 물었지만 정연은 답을 못 했다. 정연조차 즉석에서 결정한 마음이었다.

오빠에게 며칠 내로 창원으로 내려간다는 말을 어제 했다. 묵묵히 밥을 먹던 오빠 역시 은주와 같은 질문을 했었다. 그리고 그 때도 정연은 같은 말을 했다. 그러나 오빠 부부는 뭔가 말을 안 하는 정연을 답답해했지만 더 이상 대답할 말은 없었다.

정연은 빨래를 넣어 두고 겉옷을 걸치며 신발을 신었다. 은주가 시계를 한 번 보고 정연을 보며 묻는다.

"아가씨, 이 밤에 어딜 나가려고?"

"잠깐 친구가 근처에 왔다고 해서요."

정연은 그리 늦지도 않은 시간인데 은주의 걱정에 활짝 웃으며 금방 오겠다며 현관문을 연다. 뽀르르 고모가 어디 가나 감시라도 하는지 방금 씻고 나온 말간 얼굴을 한 지후가 나도 나도 하며 따라 나온다. 정연이 부드러운 손길로 조카의 얼굴을 쓸어 준다. 좋다고 신발을 신는 지후를 보며 은주가 질색을 하며 안으로 밀어 넣는다.

"뭐 필요한 거 있어요? 오면서 사 올까요?"

"남의 집 오는 것도 아닌데 퇴근 때마다 사 들고 들어오는 것도 모자라서 뭐하러 그래요? 아가씨 계속 이러면 나 서운해요."

그냥 하는 말이 아닌지 은주의 표정은 이내 섭섭한 듯 표정이 안 좋아진다. 동기간이라고 해도 단란한 가족에 불쑥 밀고 들어온 정연이 불편할 만도 했지만 은주는 그런 내색이 하나 없다. 행여나 정연이 어색해할까 봐 더 말을 시키고 보듬어 주는 걸 정연은 잘 알고 있었다.

"같이 내려가요. 나도 쓰레기 버려야 하고."

"그럼 줘요. 내가 버리고 올게요. 지후 혼자 있는 거 불안해요."

"괜찮아요. 잠깐은. 그리고 오빠도 곧 도착한다고 했어요."

한 번씩 늦은 밤에 엘리베이터를 타는 걸 겁내 하는 정연을 발견한 뒤로 오빠도 은주도 신경을 써 주는 걸 정연인들 왜 모르겠는가? 고맙기도 하고 미안하기도 하고 그런 배려에 다른 누군가가 생각나는 게 오히려 힘겨웠다.

그리고 그가 도착하고 비워진 옷장을 발견하는 날이 왔다. 그가 먼저 발견하기 전에 말을 해 주고 싶었지만 일부러 내버려 둔 것도 조금은 있었다. 고스란히 안고 가는 자신의 상태를 알아봐 주길 바랐는지도 모르겠다. 어차피 그의 어머니한테 지금의 상황을 다 전해 들었을 텐데 거기에 자신까지 더할 필요가 뭐 있겠나 했었다.

집에 도착하자마자 놀란 진우가 전화해 왔다. 정연은 연습이라도 한 듯 또박또박 오빠 집으로 옮겼다고 괜찮다고 했다. 주말에 보자는 정연의 말에 진우는 지구 끝까지라도 찾아올 듯 당장 주소를 보내라고 낮은 소리로 화를 냈다. 그 사람이 화를 냈다.

정연은 아파트 주차장에 세워진 차 곁에 서 있는 진우를 발견했다. 초조한지 담배를 꺼내다 정연이 다가오는 걸 발견한 그는 빤히 쳐다보며 담배를 다시 주머니에 넣었다. 저쪽에서 쓰레기를 버리며 은근슬쩍 훔쳐보는 은주의 시선이 노골적이었다.

두 달 만에 보는 그 사람은 뜻밖에 낯설었다. 그 낯선 느낌에 덜컥 내려앉는 마음이 정연은 더 두려워 이게 무엇인가 했다. 그런 정연의 마음과는 반대인지 덥석 정연을 안아 버리는 그의 행동에 얼굴을 찌푸리며 진우를 밀어 냈다.

"오빠 집이라니? 갑자기 무슨 일이야? 나는 너 놀라게 해 주려고 집에 갔다가 옷장도 비어 있지 너는 흔적도 없지. 무슨 일 있는 건 아니지?"

아, 낯선 느낌의 이유를 찾았다. 정연은 스스로 통제할 수 없는 신경질이 확 일어 발을 동동 굴리고 싶어졌다. 이 남자는 모르는구나. 정연이 집을 나온 이유, 그의 어머니가 다녀간 사건. 늘 이랬다. 자신은 회사에서 모든 사람의 입에 오르락내리락할 때, 그는 언제나 높고 고고했다. 그 뒷감당은 늘 정연의 몫이었다.

"자리 옮겨요."

정연이 차분한 목소리로 그를 텅 빈 놀이터로 이끌었다. 아파트 단지를 돌아가는 내내 분명 쓰레기를 다 버린 게 분명한 은주의 시선이 부담스러웠다. 아무도 없는 곳인 걸 확인한 정연은 벤치에 앉았다. 속이 싸하게 차가워져 소용도 없는 옷깃을 여민다.

정연을 자꾸 쳐다보며 무언의 재촉을 하는 그를 이제야 제대로 마주했다. 초조하게 눈으로 묻는 진우를 보며 그럴수록 자꾸만 속이 내려앉는 것을 외면하려 했지만 쉽지 않았다. 얼마만큼의 시간이 지나고 정연은 진우를 보지 않고 정면을 보며 입을 열었다.

"오빠가, 오빠가 그날 일을 알았어요. 그래서 정황상 옮길 수밖에 없었어요."

곧이어 진우의 걱정이 담긴 한숨 소리에 정연은 눈을 감았다 뜬다.

"아, 그랬구나. 그래 이해해. 다행이다. 나는 무슨 일 생긴 줄 알았어. 다행이다. 다행이다."

진우는 한걱정을 덜어 낸 듯 정연을 끌어안고 등을 토닥인다. 그리고 빤히 살펴보듯 손으로 정연의 얼굴을 더듬으며 가랑가랑 고운 숨소리를 몰아쉰다.

정연은 편안해진 진우의 얼굴을 밀어 버리고 싶은 걸 참아야 했다. 정말 모르고 있구나. 속이 답답했다. 꼭 누군가 정연의 심장을 쥐고 흔드는 느낌이었다. 진우의 손을 내리고 하나를 던졌다.

"진우 씨, 어머니가 다녀가셨어요."

정연의 안위를 확인하는 진우의 손이 딱 멈췄다. 호흡도 멈췄다. 하나를 받은 진우가 수십 개의 어지러운 마음을 쏟아 낸다. 정연은 놀란 진우의 얼굴을 잠깐 보다 일어섰다.

그래, 그게 왜 저 사람의 탓만 있을까? 제 탓이 하나도 없다고는 못 하겠다. 정연은 두 개의 입장이 자꾸만 교차되어 더 속이 상했다. 완벽하게 진우를 탓하지도 그렇다고 올곧이 자신만을 보기도 힘들었다. 상황에 어울리지 않게 떼를 쓰고 울고 싶은 어린아이가 되어 버릴 거 같아 입술을 깨물었다.

"······조금 실수를 했어요. 나는 어릴 때 아빠가 돌아가시고 엄마는 늘 바쁘셨어요. 주변에 할머니나 할아버지도 안 계시고, 왕래가 있는 친척들도 별로 없었어요. 그래서 내가 나도 몰랐는데······ 진우 씨 어머니를 뵙고 나서 알았어요. 내가······ 어른을 대하는 방법 그런 걸 잘 몰랐나 봐요. 아마 어머니가······ 많이 실망하셨을 거예요."

뒤돌아 자신의 입장을 설명하는 정연의 이야기에 진우는 뭔가 단단히 틀어진 것을 서서히 느낄 수 있었다. 비워진 옷장, 그리고 정연의 얼음장 같은 모습과 지금의 고백들. 진우는 조금씩 잠식되어 가는 서늘한 기운에 몸이 굳어져 간다.

다 알아야만 했다. 그가 없을 때 생긴 일들 그리고 이상하게 돌아가는 이 상황들. 진우는 뒷모습을 보이는 정연의 팔을 세게 잡고 얼굴을 마주했다. 이미 자신의 감정에만 사로잡힌 진우는 힘 조절을 못 한 것을 신경 쓸 여유가 없었다.

정연은 잡힌 팔이 꽤 아팠지만 내색하지 않으려 애썼다.

"언제였어? 나한테 전화를 했어야지."

먼저 알아서 해 주길 바랐던 걸까? 정연은 그의 말에 서운한 마음이 거대하게 쏟아져 진우가 버거웠다. 지쳐 버렸다. 조금 편안해지면 고비가 나타나는 이 관계의 끝은 과연 무엇일까 하는 두려움이 생겼다. 다 귀찮았다. 순탄하게 흘러가던 정연의 마음이 뒤돌아 방향을 잃었다.

"늘 당신과 나는 이랬어요. 뭐가 왜 이리 복잡한지 모르겠어요. 조금 마음을 놓으면 여지없이 일이 생겨요. 그럴 때마다 늘 당신은 멀리 있고. 이런 게 이제는 지쳐요."

다시 시작되었다. 어색하게 이어져 왔던 일 년의 기간이 서늘하게 겹쳐 왔다. 조금은 서로가 따스했던 날들도 있었다. 그러니 그런 어색한 사이에도 일 년을 만났다. 그러나 그런 날이 이어질 만하면 멀어지는 일이 생기고 좁혀지지 않았다.

점점 지쳐 가던 그런 느낌이 지금에도 다시 생생하게 다가오는 것을 정연은 두렵게 느껴졌다. 지난 며칠 안 될 인연이구나 하는 느낌이 뒷목을 타고 서늘하게 지나는 것을 애써 부정하려 했다. 그렇지만 그럴수록 끈질기게 차가운 기운은 뱀처럼 정연을 휘감고 놓아주지를 않았다.

그래서 피하고 싶었다. 좀 떨어지면 그러면 끈적거리는 불쾌한 기운이 가실 것만 같았다. 떨쳐 내고 싶었다.

"나 다음 주부터 창원 지사로 내려가요. 당분간 거기 있을 거예요."

쐐기를 박는다. 진우는 불과 몇 분 만에 일어난 이런 일이 제

일이 아닌 것 같다. 정연의 입술에서 나오는 말이 슬로모션처럼 들리고 한참을 그 목소리에 뜻이 새겨지지 않아 진우는 멍한 표정을 지었다.

그러다 단호한 정연의 표정에 그 말이 사실이 되어 감정으로 전달되었다. 퍽 화가 난 목소리가 성급하게 튀어나온다.

"나 이제 왔어. 오자마자 이런 소리 듣고 너는 또 어딜 간다고?"

진우의 격양된 목소리에 덩달아 정연의 표정이 어두워지며 반대로 정연의 목소리는 낮아진다. 기운이 쇠락해져 무너지는 것처럼 정연은 말을 꺼낸다.

"다 귀찮아요. 당신 집안 대단한 거 알았지만 그래도 어머니가 저를 만난 건 알고 있을 줄 알았어요. 근데 나만 전전긍긍했어요. 이런 것도 힘들어요. 내가 당신을 사랑한다고 해서 이것까지 감당하기에는 내가 그만한 사람이 못 돼요."

굳은 어깨로 뒤돌아서는 정연의 뒤에 서서 진우는 머릿속으로, 가슴속으로, 제대로 이해조차 못해서 멍할 지경이다. 비행기 타기 전에 집에 전화를 했었다. 그때도 그의 어머니는 아무 말씀이 없었다. 도대체 그가 빠진 그동안 무슨 일이 있었던 것인가?

"내가 그거까지 예상을 하고 갔어야 했는데 너 얼굴 보니 우리 어머니 좋게 가신 거 아니란 거 알겠다. 힘든 일이 있으면 말을 해야지. 지방 내려가는 건 뭐야? 헤어지자는 거야?"

진우는 말을 하면서 점점 감정이 격해지는지 정연을 채근하며 화를 낸다.

팽팽하게 당겨진 활시위는 아슬아슬했다. 왜 그는 자신의 속을 다 알지 못할까? 남자와 여자는 정말 다를까? 지친 정연은 더 힘겨워져 잡은 진우의 팔을 쳐 냈다.

앞으로 뚜벅뚜벅 걸어가다 기운이 빠진 정연이 그대로 주저앉는다. 그 곁에 같이 주저앉은 진우가 달래듯 여자를 끌어안는데 정연은 울먹이며 밀쳐 내기 바쁘다.

"그냥 가. 정말 지쳐. 나 좀 그냥 둬요."

7

너는 그대로 있어, 내가 갈게

진우는 밤새 까칠해진 수염을 정리도 못 하고 날이 밝자 마자 본가로 들어갔다. 마당에 떨어진 신문을 집어 들고 집에 들어서자 결혼한 여동생이 부른 배를 안고 소파에 앉아 있었다. 진우의 등장이 뜻밖인지 그의 여동생 은희는 꿍 하며 일어나 진우를 보고 반갑게 웃는다.

"어쩐지. 내가 집에 그리 오고 싶더라. 오빠 우리 얼마 만이지?"

"너는 이 시간에 무슨 일이야?"

"아줌마가 해 주는 무나물에 밥이 너무 먹고 싶어서. 이 서방이 어제 데려다주고 갔어."

은희는 오랜만에 보는 오빠가 반가워 종알종알 부른 배를 하고 뒤따라 뒤뚱거리며 말을 이어 간다. 정작 진우는 여동생은 안중에 없는지 건성으로 대꾸를 한다. 아기 가졌다는 소리를 듣고 배부른

모습은 처음이다.

그 정도로 바빴다. 출장이 아니면 회사 일로 야근이었고 시간을 쪼개서 정연과 지내는 시간을 만들려고 다른 생활은 접어 두고 살았다. 완벽하게 다 갖춰진 상태에서 정연을 보여 드리고 싶었다. 세상이 원하는 조건이 그들과 안 맞다고 해도 그가 사랑하는 여자다.

생각이 많았다. 분명 한 번의 난관이 나타날 것은 알았지만 이런 식은 아니었다. 조금이라도 더 편한 길을 닦아 두고 정식으로 보여 드리고 싶었다. 워낙 아끼고 싶은 여자고, 새로운 관계에 적응하길 힘들어하는 여자다.

거기다 큰일까지 당하고 더 낯선 사람이 무서울 텐데 그 생각을 못 했다. 불시에 그의 어머니가 닥칠 줄은 예상을 못 했다. 어쩌다 일 년 가야 한 번 올까 말까 하신 분이 하필 왜 그때였는지. 이렇게 일이 꼬여 갈 줄은 전혀 예상하지 못했다.

"아버지는?"

"조찬 모임 있으셔서 새벽에 나가셨어."

진우는 차라리 다행이다 싶어 눈으로 어머니를 찾았다. 영숙은 아침을 준비한다고 일하는 김 씨와 두런두런 말이 바쁘다. 달그락거리는 그릇 소리가 잦아들 즈음 영숙은 진우의 기척에 올 게 왔다 싶은지 손을 닦고 나왔다.

"진우 왔어? 오랜만이구나. 밥 먹자. 와."

은희가 식탁으로 가서 배가 고픈지 먼저 수저를 든다. 옆에 김 씨 아주머니가 반찬을 앞으로 당겨 주며 연신 입에 밥을 밀어 넣는 은희를 다정히 본다. 영숙은 그 곁에 물을 같이 건네주며 차를 한 잔 들고 옆에 앉는다.

"제집에 다녀가셨습니까?"

"그 아이가, 이제 말을 하던?"

"대체 무슨 말씀을 하셨어요? 정연이가……."

진우는 싸늘하게 말을 이어 가다 갑자기 어제의 정연이 떠올라 숨을 탁 멈추고 눈을 한 번 감았다 떴다.

뜻밖의 대화 전개인지 밥을 맛있게 먹던 은희가 눈을 동그랗게 뜨고 그런 진우를 바라본다.

"너도 무슨 언질이라도 줘야지. 그렇게 여자랑 살고 있으면서 나더러 좋은 말 나가길 원한 거야?"

"제 사생활이에요. 그러지 말았어야죠."

큰소리 내는 진우가 미워져 얼굴을 구기며 영숙은 찻잔을 세게 내려놓는다.

"사생활? 하, 내가 자식 낳고 너한테 이런 소리 들어야 하니?"

"저한테 뭐라고 하셔야지. 왜 그러셨어요? 왜 그 여자 속을 아프게 했냐구요."

"참 답답한 아이일세. 그 이야기를 이제 들었어? 나한테만 꿀 먹은 벙어리가 아니고 너한테도 그래? 그런데도 그런 아이가 좋아? 저도 나도 둘 다 그런 상황에 당황했지만, 그래도 전 사정은 이렇고 후는 이렇고 무슨 말이라도 해야지. 덜덜 떨기만 하고 뭐가 예쁜 구석이 있어야. 그런 아이를 내가 뭐가 반가워 좋은 소리가 나가?"

진우는 영숙의 말에 울컥하고 마음이 꽉 메었다. 정연은 자신이 어른을 대하는 법을 몰랐노라 그의 어머니께 실수한 거 같다고 스스로를 탓했다. 늘 언제나 남을 탓하기보다 혼자 마음을 끓이는 여자다. 답답할 정도로 착한 여자를 왜 그의 어머니는 바로 보지 못할까?

그리고 왜 자신은 그런 여자에게 상처를 줬을까? 이런 상황을 내버려 둔 아둔한 처리에 스스로가 기가 막힌다. 좀 더 높은 위치에서 일에 최선을 다한다면 그런 그를 보고 정연을 보듬어 주실 줄 알았다. 그래서 긴 출장도 무리해서 최선을 다해 일했다.

자신은 겉에 싸인 환경에서만 정연을 지키려고 했다. 그런데 엉뚱한 곳에서 일이 터진다. 다 귀찮다고 했던 정연의 말이 비수가 되어 진우에게 박힌다. 곁을 지키지 못한 일이 다시 일어났다.

모두 제 탓만 같아 진우는 까칠한 얼굴을 쓸었다. 식탁에서 묵묵히 밥을 먹던 은희가 뭐라도 거들어야겠다 싶은지,

"엄마, 오빠 그 여자랑 소문 다 나서 결혼해야 돼."

"너도 알고 있어?"

영숙은 기가 막힌 듯 더 짜증스럽게 남매를 쳐다본다.

제 손을 떠난 자식이라고 생각했지만 식전 댓바람부터 따지듯 밀고 들어오는 아들이 서운할 따름이다. 차라리 결혼하겠다고 밀고 들어오면 어쩔 수 있나 그런 생각은 했다. 그런데 겉만 낳은 그 아들은 속 아픈 소리를 저렇게 한다.

"아무리 그래도 동거는 나는 못 본다. 걔는 대체 그 집안에서 알기나 해? 딸을 그냥 둬? 나는 그게 더 마음에 안 들어."

"그렇게 말씀하셨어요? 정연이한테?"

"그럼 그런 소리도 못 해? 무슨 살가운 웃음 하나 없는 아이가 나는 뭐 반갑다고? 그런 소리 안 나오게 되었어? 인사 한 번이 없었어. 하나를 보면 열을 알아. 어찌 그리 정 가는 구석이 하나가 없어?"

"정연이 그러고 집 나갔습니다."

진우가 영숙의 눈도 안 마주치고 대답을 한다. 잠깐 대화가 멈추고 은희가 주저주저하다 말을 꺼낸다.

"엄마, 그 상황에 뭐라고 제대로 대답할 여자가 어디 있겠어? 그건 엄마가 좀 이해를 해 줘야지."

하며 편을 들어 주지만 이미 감정이 상할 대로 상한 모자 사이는 등을 돌린다.

진우는 자신이 정연이 된 듯 거실 한가운데 바들바들 바닥까지 내려가 버린 마음을 이제야 느낀다. 심장이 쩍 하고 벌어져 버린 느낌이다.

순식간에 박진우가 김정연이 되어 초라한 모습으로 바닥에 내려앉은 모양이 되어 버렸다. 몸뚱어리가 조각나 바닥으로 순식간에 와르르 무너진다. 이렇게 힘들었겠구나 김정연. 그래서 다 귀찮다고 그랬구나.

"동거라니. 대체 어디 남부끄러워 얼굴을 들 수가 없다. 그 아이도 그러니 나갔겠지? 저도 부끄럽겠지."

"은희 뉴욕에서 유학할 때 이 서방이랑 살다시피 했습니다."

"오빠!"

은희가 배 속의 아기라도 들을까 싶은지 배를 손으로 가리고, 옆에서 시중들던 김 씨 아주머니는 자리를 피한다. 김 씨가 자리를 피해 주자 영숙은 처음 알게 된 사연에 남매를 기가 막히게 번갈아 바라본다. 죄라도 지은 듯 이제는 은희가 고개를 폭 숙인다.

"정연이 나 때문에 많이 힘들었던 여자입니다. 힘든 일 겪고 이제 좀 편해졌는데 우리 집에서 이렇게 나오면……."

그가 그녀가 되어 몸이 오그라드는 느낌에 한숨처럼 대답했다. 여기서 더 있어 봤자 실랑이만 길어지겠다 싶어진 진우는 초조한 듯 손목시계를 바라보다 현관을 나선다. 속이 상한 영숙은 진우가 현관문을 나가는데도 눈길 한 번이 없다.

그런 모자를 보던 은희가 무거운 몸을 일으킨다. 집 안 저쪽에서 조용히 일하던 김 씨가 주방으로 와 정리를 한다.

"오빠, 잠깐 나 좀 보고 가."

배가 뭉치는지 살살 문지르며 일어서는 여동생에는 미안한 마음이 든다. 진우가 가던 걸음을 멈추고 다시 집 안으로 들어온다. 그러자 은희가 같이 나가자는 손짓을 하자 진우가 문을 잡아 준다.

"아줌마, 우리 차 한 잔씩 정원으로 내다 줘요. 밥은 다시 먹을 거예요. 치우지 마세요."

진우와 은희가 아직 바람이 살짝 매운 이른 아침에 김이 모락모락 오르는 찻잔을 두고 앉았다. 머리가 지끈거려 살짝 눈을 감았다 뜨는데, 은희는 차도 맛있게 먹는다. 아까 무나물에 밥이 먹고 싶었다 하며 왔다는 은희 말이 생각나 진우는 미안해졌다.

"미안."

"그래 미안해야지. 나는 괜찮은데 우리 이 서방 앞으로 엄마한
테 찍혔겠네."

진우가 미안했던 것은 아침 식사를 방해한 것이었는데, 은희의
말에 치사한 방식으로 동생한테 화살을 돌려 버린 게 무안했다.
괜한 어색한 웃음을 흘린다. 그리고 이내 딱딱한 표정으로 생각에
잠긴다.

그런 진우의 얼굴을 보다 은희가 찻잔을 들어 입술을 축이고
이야기를 시작한다.

"우리 엄마 좀 냉정한 구석이 있잖아. 나도 우리 엄마인데도
가끔 서늘한데 아마 오빠 여자 친구는 더 놀랐을 거야. 그래도 엄
마 마음도 헤아려 주면서 사태를 수습해야지. 이게 뭐야?"

아직 정연의 입장에 서서 벗어나지 못한 진우는 은희의 말이
그저 잔소리 같기만 하다. 밤새 생각해 보고 내처 온 곳이 여기라
니. 중간에 서서 도대체 무얼 정리해야 할지 속만 답답하다. 아무
리 정연을 이해한다고 해도 결국 각자의 입장에서만 사태를 수습
할 수밖에 없다는 그 한계가 답답했다.

"내가 엄마는 잘 달래 볼게. 엄마 충격 크게 먹었겠네. 나까지.
오빠 나한테 큰 빚 생겼어."

"그래. 고맙다. 언제 같이 밥 한번 먹자."

"그 여자랑?"

"응. 그게 가능하다면."

은희는 시무룩하게 웃는 오빠 얼굴이 안쓰러워 괜히 찻잔으로

얼굴을 가렸다. 남매 사이란 것이 딱히 크게 다정하지는 않아서 모르고 살다 저리 까칠한 얼굴을 마주하니 마음이 쓰인다.

오빠가 여자랑 지내는 거 같다는 말이 조금씩 나오고 있을 때 미리 좀 신경 써서 이야기라도 해 줄 걸 하는 후회가 뒤늦게 든다. 여자는 남자와 달라 이런 상황 자체가 견디기 힘든데 얼굴도 보지 않은 진우의 여자가 걱정이 된 은희다.

"정 미안하면 오빠 별장 나한테 넘기든가?"

"너 다 가져라."

"진짜지? 여자 친구한테 잘해. 오빠 너무 요란하게 연애해서 다른 데 장가도 못 가."

웃으라고 하는 농담에 진우의 표정이 더 굳자 은희는 입을 다물었다. 두 남매는 각자의 생각에 빠져 찻잔을 들며 시선이 허공으로 흩어졌다. 곧이어 식은 차를 한입에 털어 넣은 진우의 얼굴 표정이 결심을 내린 듯 굳어진 채로 인사도 없이 나갔다.

❋ ✳ ❋

정연은 이른 새벽 뿌연 안개 같은 머릿속을 부여잡고 일어났다. 잠시 침대 끝에 앉아 있다 속만 더 시끄러워 일어나 커피를 한 잔 내렸다. 커튼을 걷고 슬쩍 밖을 보니 도심지 새벽은 계절을 느낄 수가 없었다. 긴 겨울이 지나고 봄이 왔건만 마음은 겨울에서 헤어 나올 줄을 몰랐다.

한참을 멍하니 넋을 놓다 알람이 울리고야 미지근해진 커피를 마시고 욕실로 들어갔다. 씻고 화장을 하고 가벼워진 봄옷을 챙겨 입고 출근하는, 반복되는 무기력한 일상이었다. 무거운 발걸음을 끌고 그것보다 더 무거운 머리를 들고 집을 나섰다.

"정연 씨, 일정 체크 좀 부탁해요. 이번 건 다시 중국으로 넘어 가야 해서 통관 절차 처리도 함께 챙겨 주세요."

낯선 환경에 적응할 사이도 없이 갑자기 닥쳐온 수출 물량에 정신이 없었다. 일복이 터진 팔자인지 보통은 업무 지원차 지점에 내려오게 되면 슬슬 얼굴이나 익히고 본사와 일정 조율이나 해 주고 서로의 차이점 정도나 파악하는 것이었다.

하지만 양산 물품이 근처 보세 구역으로 들어와 확인을 해 보 니 전부 불량으로 그 책임이 엉뚱하게 정연에게로 화살이 쏟아졌 다. 본사와 다시 의견 조율하고 옴팡 그 책임이 정연에게 전가되 어 사람들 사이에서 어색할 틈도 없이 한 주가 훌쩍 지났다.

이래저래 하루에도 몇 번이나 보세 구역에 들어가 물량을 확인 하느라 몸이 편할 사이가 없었다. 몸은 지독하게 피곤하건만 잠을 제대로 못 자니 한 번씩은 어질한 감각에 잠깐 멈춰서 숨을 고르 곤 했다.

오늘에야 조금 여유가 생겨 피곤한 목을 좌우로 돌리며 숨을 골랐다. 고갯짓을 하는 정연의 머리카락이 짧아졌다.

잠깐 드는 잠은 여지없는 악몽이었다. 깜깜한 어둠에 낯모르는 남자의 손이 정연을 밀치고 끝없는 나락으로 떨어지면서 그렇게 잠을 깼다. 꿈속에서 험악하게 정연의 머리채를 잡는 느낌이 긴 머리를 매만질 때마다 따라와 어쩔 도리가 없었다.

"정연 씨, 퇴근하고 같이 맥주나 한잔할래요? 다 같이 고생했다고 법인 카드 주시는데?"

"저는 괜찮습니다. 조금 피곤해서요."

일주일 동안 얼굴은 익혔지만 퇴근해서까지 어울릴 만큼 성격이 활발한 것도 아니고 말한 대로 피곤한 것도 컸다. 회사에서 지방 순회 근무 시 제공하는 오피스텔은 위치도 시설도 좋았지만 그래도 내 집이 아니니 돌아서면 피곤했다. 집도 회사도 자신의 마음조차도 죄다 낯설었다.

"그럼, 우리는 먼저 들어갈게요. 다음에는 같이해요."

"네. 들어가세요."

일어서 인사하는 정연에게 같이 가면 좋을 걸 하는 소리를 하긴 했지만 반은 빈말이고 반의 예의란 것을 안다.

본사에서 이렇게 내려오면 처음 한동안은 서로 서먹하기 마련이었다. 제때 지원되지 않는 시스템이나 서로 간의 의견 충돌이 각자의 입장에서는 존재하는지라 그 원망을 정연에게 탓을 하고 있었다. 하지만 사람 간에 미움이 아니니 이것도 견디면 지나가리라 싶어진다.

책상을 정리하고 밖으로 나왔다. 공단 지역에 있는 창원 지사는 출퇴근에만 존재하는 하나의 섬이 되어 있다. 퇴근 시간에 우르르 쏟아 나오는 무리 속에 정연은 휴대전화를 꺼내 오피스텔까지 가는 버스 노선을 검색했다. 한동안은 야근 때문에 늦어져 다행히도 같이 일하는 동료가 근처 오피스텔에 살고 있어 함께 퇴근했다. 오늘은 방금 전 한잔한다고 우르르 몰려가면서 혼자가 되었다.

멍하니 서서 버스 노선을 검색하고 다시 또 한참을 서서 도착한 버스를 몇 대 보냈다. 그렇게 넋을 놓고 있는 중에 손에 들고 있던 휴대전화의 진동이 울린다. 박진우 팀장으로 찍혀 오는 발신자에 정연은 바로 받지도 못하고 그대로 서 있었다. 그렇게 정연이 창원으로 내려오고 그는 정연이 받지도 않는 전화를 꼬박꼬박 한다.

무슨 말을 해야 할지 마음을 잡지 못했다. 그는 몇 번의 안부 문자와 함께 하루에 한 번은 잊지 않고 전화를 해 왔다. 어떤 날은 점심 무렵이기도 했고, 다른 날은 이른 아침이기도 했다. 오늘은 퇴근 시간이다. 물끄러미 전화를 보다 끊어지길 기다렸지만 이번은 오래 이어진다.

신경 쓰지 않으려 가방으로 넣었다. 그리고 십여 분쯤 지나서 다시 진동이 느껴지는 가방. 확인하니 역시나 그다. 한 손에는 휴대전화를 들고 가만히 서서 의미 없이 하이힐만 바닥을 툭툭 친다.

정연은 결심한 듯 통화 버튼을 누른다.

"……네."

— 정연아, 퇴근……하는 거니?

"네."

— …….

몇 분의 시간이 지나도 서로 대답이 없다. 지쳤다고 무작정 떠나온 여자를 잡지 않은 남자는 그럼에도 안부 전화를 한다. 그리고 고집 센 여자는 그 전화를 이제야 받는다. 멋쩍은 정연의 헛기침이 한두 번 오가고 전화를 끊어야 할까 생각이 들 즈음,

— 여기로 와 줄 수 있을까? 나 곧 창원역에 도착해.

어디에 와 있다고? 어디라고?

— 여보세요. 여보세요? 정연아?

"……네. 어디라고요?"

다시금 진우의 목소리는 아까의 말을 그대로 되풀이했다. 지금 정연을 보기 위해 KTX를 타고 내려오고 있다고. 그런데 돌아갈 다음 기차까지 한 시간 남짓이라 정연이 역으로 왔으면 좋겠다는 말이었다.

입술을 잘근잘근 씹으며 정연은 예상치도 못한 상황에 당황했다. 말 없는 침묵을 전화 건너편에서 고스란히 듣고 있던 진우도 한참이 말이 없다.

그러다 얼마쯤 처음보다 더 낮은 목소리의 진우가 먼저 나선다.

— ……나오기 싫으면 안 나와도 돼. 그냥 내가 잠깐 이렇게라도 오고 싶어서.

정연은 무기력해진 신경을 잡으려 애썼다. 진우는 다시 침묵이다. 아까운 시간이 가는 게 눈에 보인다. 정연은 숨을 한 번 고른다.

"갈게요."

앞에 보이는 도로는 꽉 막혔다. 퇴근 시간의 도로는 복잡했다. 진우가 도착한다고 이야기한 시간이 코앞인데 택시는 보이지도 않는다. 정연은 조바심이 확 올라와 저절로 발을 굴린다. 그렇게

허망한 몇 분이 지나고 가까스로 잡힌 택시는 도로에서 꼼짝을 안 한다. 머릿속이 터질 거 같고, 가슴이 콱콱 막힌다. 왜 그가 여기까지 오는지 무엇 때문인지 미칠 것만 같다.

그렇게 진우가 도착한다는 시간에서 15분이나 넘겨서야 역에 도착했다. 지폐를 내밀고 잔돈도 챙기지 않은 정연은 빠르게 역내로 들어갔다. 이미 열차는 도착하고 사람들이 다 빠져나왔는지 역내는 한산했다. 뛰어오느라 얼굴이 온통 빨개져 가쁜 숨을 몰아쉬며 주변을 두리번거렸다.

그때였다. 성큼성큼 큰 걸음으로 정연의 옆에 와서 손을 꽉 잡는 진우가 있었다. 그리고 그 남자는 정연이 사 준 봄 재킷을 눈부시게 입고 있었다. 울컥울컥 미칠 것만 같은 널뛰는 감정들. 지친다고 내버려 두고 온 남자인데 왜 이렇게도 그리웠는지.

정연은 진우의 얼굴을 쳐다보자마자 눈물이 나올 거 같아 마음을 추슬러야 했다. 그런 마음과 다르게 정연은 그를 어색하게 대한다. 눈도 제대로 못 맞추고 애먼 발끝만 쓱쓱 바닥을 왔다 갔다 한다.

낯설어하는 정연을 쳐다보던 진우가 한 손을 잡고 또 한 손은 정연의 얼굴을 감싼다. 살짝 서늘한 손짓이 오히려 반갑다. 그를 만나러 오면서 달아올랐던 얼굴이 식는다. 일부러 고개를 살짝 기울여 손에 얼굴을 더 묻는다. 그렇게 다시 공백 같은 시간이 지났다.

말없이 얼굴만 보고 안부를 묻는 그들의 침묵을 먼저 깬 건 진우였다.

"머리는 왜 이렇게 된 거야?"

진우 쪽에서는 알아채지 못할 감정을 혼자서 격하게 쏟아 낸 정연은 어색하게 손을 들어 짧아진 머리를 매만졌다. 별일 아닌 듯 멋쩍게 웃자 그제야 진우가 따라 웃는다. 해사하게 밝게 남자가 어쩜 저렇게 예쁘게 웃나 싶다. 모질게 끊어 버린 여자가 뭐가 좋다고 말이다.

"보고 싶어서. 미안해. 8시 10분 기차 타고 다시 올라가야 해."

정연은 진우의 손을 잡고 그의 손목시계를 바라봤다. 고작 한 시간 남짓의 시간이 애절하다.

"안 보면 죽을 거 같아서."

"……내가 당신 속상하게 하고 내려왔는데? 그래도 내가 좋아요?"

뚫어져라 얼굴을 보며 정연이 조금은 차갑게 묻는데 진우는 대신 빙긋 웃고 만다. 표현력이 그다지 좋은 남자는 아니란 것을 안다. 그 미소 속에 담긴 깊이가 넘실 정연에게 밀려온다.

어쩜 이러나? 분명히 미워했었다. 그래서 길바닥에서 처절하게 그를 내쳤다. 언제나 필요할 때 그는 멀리 있었다.

미웠다. 정말 미웠다. 그럼에도 떼어 놓지 못하는 마음을 이 사람이 여기까지 들고 찾아왔다. 미웠던 것이 그를 원하는 그때 함께할 수 없다는 거에 대한 심술이었구나 하는 걸 정연은 지금에야 깨달았다. 멀리 와서야 온전히 그 사람의 전부를 이제야 인정하기 시작했다.

누군가 정연의 어깨를 툭 치고 지나가자 진우가 손을 이끈다.

의자에 앉고 진우가 정연의 손을 잡는다. 잡힌 손으로 정연은 진우의 손목시계를 본다. 초조하게 시계를 보는 정연을 진우는 억지로 눈을 마주하게 한다.

"시계 그만 봐. 나는 너 얼굴 보고 싶어 왔는데, 너는 시계만 보면 어떡해? 지낼 만해?"

정연은 옆에 앉아서 그의 시계에서 손을 떼고 정면을 바라봤다. 손을 잡고 앉은 그들은 말이 없었다. 정연은 그렇게 그의 어깨에 머리를 기댔다. 지독하게 피곤하던 신경이 스르르 내려앉는다. 저절로 머리가 툭 떨어지려는 찰나 진우가 조심스럽게 그의 어깨에 기대게 한다.

기대어진 여자의 머리. 짧아진 머리카락이 낯설어 진우는 손이 닿을 듯 말 듯 망설이다 머리를 쓰다듬었다. 피곤한지 그의 손길에도 반응이 없다. 편안한 숨소리가 그의 마음에 파고든다. 이제야 제대로 찬찬히 보게 되는 정연의 얼굴은 까칠했다.

짧아진 머리가 이목구비를 더 뚜렷하게 돋보이게 한다. 높은 콧날을 더 시리게 보이고, 말간 얼굴은 기운이 빠져 있다. 정연이 창원으로 내려가기 전에 외래 진료를 받았다는 이야기를 들었다. 사촌 형을 통해 잠을 못 자는 거 같다는 말도 함께 말이다. 그런 여자가 이제야 그의 어깨에 기대 선잠을 잔다.

정연이 떠나고 진우는 몸 한 자락이 잘려 나가는 느낌이었다. 잠자리에 누워 있으면 심장에서 시작한 고통은 몸 여기저기로 점점 퍼져 나가 몸이 나무토막처럼 딱딱하게 굳어 갔다. 어떤 날은 그날 밤의 정연이 되어 온몸이 조각조각 찢기는 느낌이었고, 또 어떤 날은 밤에 단란하게 이야기를 나누던 날로 돌아가기도 했다. 모든 시작과 끝은 정연이였다.

그런데 자신은 그걸 몰랐었다. 그저 마음만 함께한다는 그거에만 면죄부를 주었다. 지쳤다는 말을 이제야 비로소 알아들었다.

잡힌 손이 살짝 꼬물거린다. 맞잡은 손을 들어 진우의 뺨에 살짝 비빈다. 진우는 야속하게 흘러가는 시간을 보다 곤히 잠이 든 정연의 얼굴을 매만졌다. 그렇게 그는 조금씩 정연의 남자가 되어 이제 다가서기 시작했다.

"정연아, 일어나."

파르르 눈을 뜨는 정연의 눈이 무겁게 보인다. 진우가 살며시 입을 맞추자 그제야 눈을 동그랗게 뜬다. 주변의 시선 없이 누구의 간섭도 없는 서로의 민낯으로 온전한 감정만으로 다가선 그들이다. 조각난 마음이 서로에게 맞춰 가는 시간이다.

"몇 시예요?"

"이제 가야 해."

짧은 만남을 잠으로 보낸 자신이 원망스러운지 정연은 어찌할 바를 모른다. 그런 정연을 진우는 괜찮다는 듯 다시 안아 준다. 방송에서는 곧 출발한 열차의 안내가 흘러나오고 진우는 잡은 손을 놓고 돌아섰다. 그리고 다시 뒤돌아 손을 흔드는데 좋은 표정이 아닌 정연이 서 있다. 휴 한숨을 몰아쉬며 진우는 다시 정연의 앞에 섰다.

"밥 잘 챙겨 먹고 있어. 곧 다시 올게."

그리고 휑하니 가 버리는 진우였다.

정연은 그대로 사라지는 진우를 보며 방금 본 사람이 정말 그가 맞나 하는 꿈결 같은 느낌에 멍해졌다. 신기루처럼 왔다가 어깨만 빌려주고 가 버린 사람. 방금 전까지 잡은 손의 온기가 날아갈까 아쉽다.

다시 온다는 게 또 이렇게 와서 마음만 헤집고 가 버릴 것인지. 그가 사라진 쪽을 한참을 보며 마음을 추스르지 못했다.

터벅터벅 역내를 나와 버스를 기다렸다. 그리고 불현듯 떠오른 사실 하나. 그때의 사건 이후로 처음으로 택시를 탔다는 것을 깨달았다.

※ ❈ ※

불과 몇 시간 거리의 창원은 날씨가 확 달라져 진우는 신기했다. 지난 며칠 아직 봄이 오려면 더 기다려야 하나 서늘한 느낌이 반갑지가 않았다. 그렇지만 정연이 지내고 있는 지역의 양지바른 쪽 길은 벚꽃이 저물고 있는 곳도 보인다.

정연이 떠나고 그 역시 그녀의 곁으로 내려오기 위해 창원 지사 출장을 자청했다.

무리해서 일정을 조절하고 어젯밤 늦게야 도착했다. 정연의 회사와 연결된 부분으로 수출 물량을 맞추지 못해 직접 보세 구역으로 들어가 오는 대로 바로 확인 작업이 필요했다.

역에서의 짧은 만남 이후로 삼 일 만이다. 잠깐 눈을 붙이고 출근 시간에 맞춰 정연의 오피스텔 앞에 서 있다. 진우는 뚫어져라 정연이 나올 오피스텔 출입구를 쳐다보고 있었다.

어디서 벚꽃 무리가 가벼운 봄바람에 바닥을 쓸고 지나간다. 그 끝을 따라가다 고개가 잠깐 돌아간다. 다시금 흩날리는 벚꽃이 저쪽으로 몰려갈 때 그 속에 정연이 묵직한 걸음으로 나오고 있다. 단정한 옷차림. 목에 걸린 스카프가 새초롬하게 밝다.

"정연아!"

진우가 그녀의 이름을 부르자 그의 심장이 쿵쿵쿵 정신없이 뛰었다. 첫 데이트의 그날처럼 왜 이렇게 떨리나 누군가 진우의 심장을 꽉 손으로 쥐어짜는 듯해 가슴팍을 두들겨야만 했다. 진우의 부름에 잠깐 걸음을 멈춘 정연은 잘못 들었다고 생각했는지 이내 빠른 걸음을 옮긴다.

성큼성큼 그 곁을 걸어 진우가 다시

"김정연!"

그제야 정연은 그 목소리가 누구인지 알아들었는지 아주 천천히 진우의 속이 타 버릴 만큼 천천히 돌아봤다. 아직 진우의 눈에 적응하지 못한 짧은 머리의 김정연이 돌아본다. 진우가 조금 더 가까이 다가간다.

"이제 출근해?"

놀란 얼굴의 정연은 대답도 못하고 머리부터 발끝까지 그를 주르르 훑어 내린다. 떨리는 진우의 속마음을 정연은 알아채지 못한다. 진우는 손을 조금 진정하듯 오므렸다 펴고 한 손에 들린 텀블러를 불쑥 내민다.

"같이 가자. 자, 커피."

얼떨결에 텀블러를 손에 쥔 정연은 멍하니 진우를 바라본다.

"걱정 마. 텀블러 내가 잘 씻어서 커피 사 왔어."

정연은 뭐라고 말을 하려는지 입을 몇 번 열었다 다시 닫는다. 이 순간, 이 공간에 서 있는 진우가 믿기지 않는지 천천히 손을 들어 그의 어깨를 한 번 더듬고 눈을 마주한다. 그런 정연을 진우가 손을 잡고 이끈다.

"일단 출근부터 해야지. 나도 바빠."

얌전히 진우가 내민 손을 잡고 정연은 그의 차에 오른다. 그의 손에 의해 안전벨트를 매고 지금 상황을 도저히 이해를 못 하는지 정연은 그를 쳐다보기만 바쁘다. 자꾸 운전하는 진우의 옆모습에만 눈이 매달려 있다. 그걸 모르는 진우가 아니다. 빨간불에 차가 멈춘다.

"그만 봐. 내 얼굴 닳겠다."

그제야 정연이 살짝 붉어진 얼굴로 고개를 숙인다.

"커피 디카페인이야. 그래도 많이 마시지 마."

진우의 한 손이 정연의 무릎에 얌전하게 주먹이 쥐어진 손을 잡는다. 하지만 정연의 손은 풀리지 않는다. 그럼에도 토닥이듯 손을 만진다.

"내가 곧 온다고 했잖아."

파란불로 바뀌자 손을 놓고 진우는 능숙하게 운전을 한다. 내비게이션을 켜지도 않은 길을 잘도 찾는다. 정연은 여전히 무릎에 놓인 손을 풀지 못하고 있는데 창밖으로 익숙한 풍경이 지나간다. 곧 정연의 회사 앞에 들어선다. 출입 신청이 된 차량만 진입하는 절차를 모르지 않을 텐데 진우의 차가 망설임 없이 정연의 회사로 들어선다.

"어, 그냥 못 들어가요."

"이제 찾았네. 김정연 목소리. 오늘 회의 있잖아. 어제 출입 신청 했거든."

싱긋 웃는 그 미소에 정연이 쑥 빠져들어 간다. 경비가 나오고 차량 번호를 확인하면서 다가온다. 진우가 창문을 열고 먼저 눈인사를 건넨다.

"안녕하십니까? 박진우 팀장님. 차량 확인했습니다. 다들 기다리고 있습니다. 주차는 좌회전하셔서 임직원 주차장으로 가시면 됩니다."

"네, 감사합니다."

정연은 옆으로 익숙한 회사 동료들이 지나가며 진우의 차에서 살짝 비켜서자 난감한 얼굴을 지우지 못했다. 이내 주차가 되고 낯선 차가 들어서자 같이 주차하던 누군가는 일부러 누가 내리는지 기다린다.

정연이 민망한 얼굴을 숨기지도 못하고 쩔쩔맨다. 진우는 난처한 정연의 얼굴이 재밌다는 듯 볼을 한 번 툭툭 건든다. 그가 먼저 내리고 저쪽에서 그의 얼굴을 발견한 사람이 반갑게 다가온다.

"박 팀장님. 일찍 오셨습니다. 기다리고 있었습니다."

진우가 형식적인 인사로 답을 하고 주변의 시선이 그에게 몰려 있을 때 정연은 살그머니 내려 이내 쏜살같이 건물 속으로 사라졌다.

진우는 앞에 선 임 부장을 보며 지난달 새롭게 출시된 제품에 대한 이야기를 이어 갔다. 슬쩍 눈이 조수석에서 내린 정연에게 꽂히는 걸 보고 일부러 시선을 붙잡아 못 보게 했다. 이런 일로 남의 입에 오르는 걸 싫어하는 것을 진우는 알고 있었다. 그만의 배려였는데 이 여자는 알까 싶어진다.

곧 올게, 하는 그 말이 자꾸 맴돌았었다. 그런데 그 '곧'이란 게 오늘이란 거 그리고 너무 가까이에 와 있다는 사실에 정연은 믿어지지 않는다. 이게 꿈인가 한다. 그러다 책상에 얌전히 놓인 텀블러에 현실로 돌아온다.

한 모금 마시는 커피는 쓰다. 확 현실이 일깨워졌다. 컴퓨터의 전원을 켜고 오늘 있을 회의 자료를 준비하면서 그 상대가 진우라는 것이 숨이 턱 막혔다. 도대체 무슨 일인지. 출입 신청까지 해 놓은 거 보면 지난번 역에서의 만남처럼 즉흥적인 것도 아니었다.

"김 대리, 윤성기업 박 팀장님이랑 같이 왔다면서?"

"네?"

"사귀는 사이란 거 우리도 다 알아. 여기가 유배지도 아니고 우리도 본사 자주 왔다 갔다 하면서 그 정도는 다 알지."

"……."

"오늘은 그럼 정연 씨 덕으로 우리 회의 수월할까? 잘 부탁해."

김 과장이 살짝 비꼬는 투가 묻어 있는 소리로 책상을 툭 치고 지나간다. 정연은 자료를 준비하면서 난데없는 상황에 넋이 반은 나가 적절한 대꾸도 못한다.

곧이어 한 무리의 사람들이 회의실로 들어가고 진우가 들어와 정연을 찾듯 시선을 두리번거리다 회의실로 사라졌다.

새로 출시된 제품 성적은 좋으나 납기 일정을 제대로 맞추지 못하고 있었다. 정확히 말하면 한주 측에서는 일정이 정확했다. 하지만 윤성기업이 원하는 수량은 예상했던 수치를 크게 초과했다. 창원의 보세 구역으로 넘어와 다시 수출되는 제품은 실어 오는 대로 바로 출하가 되는 상황이었다. 윤성기업은 항공편으로 수량을 맞춰 달라고 하는 상태였고, 한주 측은 하나 팔아 얼마 남지도 않는 물품을 항공편으로 조달하면 마이너스라 안 하면 안 했지 그럴 수가 없다고 버티고 있는 상태였다. 어제까지 이 문제로 옥신각신 서로의 의견이 자꾸만 팽팽하게 맞섰다.

결국 창원 지점에서는 최종 승인은 본사 권한이니 조율 못 하겠다고 자꾸만 정연에게 본사와 협의를 하라고 압박 중이었다. 정연은 이 부장과 몇 번의 입씨름을 했지만 답이 없었다. 그러더니 진우가 내려왔다.

정연은 끌려가듯 회의실로 들어갔다. 언제 왔는지 윤성 측 다른 관계자도 서너 명이 보이고 정연 측의 사람들도 그 수만큼이 자리를 지키고 있었다. 얼굴을 보며 인사를 하며 정연은 이번 사안이 생각보다 중요하다 싶어졌다. 다들 간부진들이 나와 있는 상태고 정연이 참석하기에는 오히려 어색한 입장이니 말이다.

회의실 불이 꺼지고 스크린 보드가 내려왔다. 한주의 생산성 대비 일정 조율과 수량 확인이 1차로 끝나고 목소리를 낮춘 윤성의 사람들은 머리를 모아 그들만의 나지막한 들리지 않는 의견 조율이 몇 번 있었다.

정연과 진우는 그 속에서 그들의 사적인 감정 따위는 오갈 수 없을 정도로 회의는 꽤나 심각했다. 중국 현지 담당의 국제전화가 몇 번이나 오가고 메일도 수십 통이 서로 왔다 갔다 하면서 오전이 흘러가고 있었다.

"자, 그럼 일단 우리가 제시한 물량까지는 항공편으로 부탁드립니다. 대신, 세금을 제외한 물류비는 저희 윤성의 부담으로 하겠습니다. 그러니 저희 양보만큼 한주 측도 물량 수급에 만전을 기해 주시기 바랍니다."

진우의 결단에 한주의 임원들은 얼굴이 한결 밝아졌다. 정연도 뜻밖의 성과라 조심스럽게 자리를 피해 이 부장 측으로 전달을 했다. 기다리고 있던 이 부장은 호탕한 웃음소리를 전화 너머로 들려주며 자신이 바로 중국으로 직접 건너가 확인을 하겠다 했다.

회의실의 불이 켜지고 다들 잔뜩 긴장했던 얼굴이 풀어졌다. 정연이 창문을 열어 공기를 바꾸고 있는 사이 서로 악수를 하며 나머지 해결 못 한 자잘한 일 처리를 서로들 나누는 것을 듣고 있었다. 누군가 벽에 걸린 시계를 확인하고 식사를 하자며 일어섰다.

"박 팀장님, 여러모로 신경 써 주셔서 감사합니다. 오늘 점심식사 대접은 저희 측에서 대접하겠습니다. 가시죠?"

"아닙니다. 말씀은 감사합니다만 제가 김정연 대리와 점심 같이하고 싶어서요. 이번 일 성사되면 그때 함께합시다."

"네. 그럼 꼭 기회 부탁드립니다."

순식간에 모든 사람의 시선이 정연에게 몰리자 그녀는 얼굴이 확 붉어져 고개를 숙인다. 예상치 못한 상황이 오늘만 해도 몇 번인지 정연은 우르르 몰려 나가는 사람들 뒷모습을 보며 한 박자 늦게 인사를 했다.

회의실을 정리하고 자료를 챙기고 진우 역시 나머지 일정을 조율하느라 전화를 붙잡고 있다. 뭐라고 말을 해야 하나 싶지만 무슨 말을 한단 말인가?

"가자."

멍하니 넋을 놓고 있는 와중에 진우가 손을 잡아끈다. 회의실 문을 열고 나서면서 슬그머니 손을 빼는데 진우가 다시 손을 세게 잡는다. 민망해진 정연이 주변을 살펴본다. 점심시간이라 빈 사무실에 쳐다보는 이가 없자 그제야 안심한 듯 편한 숨을 몰아쉬었다. 그런 정연을 보던 진우가 슬쩍 웃는 걸 정연은 보지 못했다.

입이 얼어붙었는지 정연은 적절한 말을 찾지 못했다. 아침에 오피스텔 입구에서 난데없이 시작된 하루는 같이 회의를 하고 밥 먹자고 손을 이끄는 그를 따라 식당까지 왔다. 언제 이런 곳을 알았는지 고급스러운 고깃집의 룸에 정연과 진우가 함께 앉았다.

조심스럽게 들어와 조용하게 세팅을 해 주고 나가는 직원에게 진우는 조용히 이야기하고 싶다고 고기는 자신이 직접 굽겠다 했다.

"가끔 여기에 내려오면 온 적 있거든. 밥은 먹고 지냈던 거야?

많이 말랐어."

한참을 뚫어져라 보는 진우의 눈빛이 부담스러워 정연은 고개를 숙인다. 능숙하게 구워 주는 고기를 무슨 맛인지도 모르게 젓가락질만 맴돌고 있다. 그런 모습을 보던 진우는 고개 숙인 정연의 턱을 잡아 눈을 맞춘다.

"내가 먹여 줘?"

빈말이 아닌지 정연의 곁으로 앉으려 하기에 정연이 정색을 하고 허겁지겁 고기를 먹는다. 그런 정연을 말없이 보던 진우가 마음에 드는 듯 천천히 고기를 굽는다. 아무리 봐도 고기를 굽는 것보다 남이 대접해 주는 상황이 더 어울릴 남자인데 진우는 소매를 걷어붙이고 진지하게 고기를 야무지게도 굽는다. 정연은 먹는 것 말고는 할 일이 없었다.

꾸역꾸역 먹기만 한다. 먹다 보니 제법 맛있어 속으로 웃음이 나왔다. 사는 게 별거 아니구나. 길거리에 그를 내버려 두고 올 때는 세상 무너질 거 같았는데 지금은 고기가 맛있으니 한편으론 서글프기도 하고 이런 마음을 들킬까 정연은 고개도 들지 못한다. 아닌 척 아기 새가 되어 따박따박 잘도 받아먹는다.

얼추 식사 자리가 마무리되어 갈 무렵 차가 들어오고 진우가 허리를 꼿꼿하게 세웠다. 정연은 그 모습을 바라보면서 이제 그가 할 말이 있다는 것을 짐작했다. 그들은 잣이 띄워진 수정과를 한 모금 마시고 내려놓았다.

진우가 내려놓는 찻잔이 가늘게 떨리는 것을 정연은 물끄러미 쳐다본다. 그 손을 따라 이제야 그의 얼굴을 제대로 보았다. 아까 회의 중에 몇 번을 봤지만 그는 박진우 팀장님이었다. 지금에야 그녀의 사람이 되어 서로 마주한다.

"······나는 정연이 네가 좋아. 무심하게 보이는 얼굴 뒤에 나한 테만 웃어 주는 것도 좋고, 우리 둘이 늦은 밤에 같이 이야기하는 그런 시간은 늘 다음 날까지 나를 취하게 해. 너의 예쁜 얼굴도 늘 내 앞에 아른거리고, 조금 화났을 때 높아지는 목소리도 다 좋 아. 그리고······ 너와 같이 밤을 보내는 그 시간도 미칠 거 같이 좋아. 그렇게 나는 너에게 기대어서 살았던 거 같아. 내가 미쳐 너를 좋아하는 그 마음을 잡고 나는 행복했는데······. 그래서 나 는 그것 말고는 뭐가 다 필요하겠나 했는데 내가 바보였어."

뜻밖의 고백에 정연은 놀란 얼굴로 그를 바라보았다. 그의 마 음 전달에 눈을 서로 맞잡고 한 마디 한 마디를 새겨듣는다.

"너도 나를 좋아할 만한 내 모습이 있어야 하는데 내가 그걸 몰랐어. 내 배경과 너의 배경, 그 차이에만 집중했어. 내가 잘하 면 그러면 우리 집도 너도 편할 거라고 그런 것만 생각했어. 중요 한 것은 너의 마음인데 왜 그걸 진작 몰랐을까? 너의 마음이 나 를 믿지 못하는데. 그저 나만 너를 좋아하고 그 속에 취해서 너의 입장을 헤아리지 못한 거야. 늘 멀리 있는 나 때문에 힘든 일을 겪은 너를······ 나는 그저 미안한 마음만 전달했었어. 내 마음만 너에게 자꾸만 강요했던 거 같아. 그래서 이제는······ 네가 나를 좋아하게 만들려고. 이제 너는 그냥 그대로 있어. 내가 갈게. 지 치지 않게 이제 내가 할게."

말을 다 마친 진우가 숨을 고르며 정연의 눈치를 살핀다. 표정이 개운하지도 밝지도 않은 모습. 아마도 그 역시 저 마음을 표현하기까지가 힘겨웠겠지.

정연은 무의미하게 찻잔을 들고 입으로 가져가다 밑바닥이 보인 잔을 보고 다시 내려놓았다. 답을 원하는 진우의 표정이 부담스러웠다. 그리고 그녀조차 마음이 다 차지 못했다.

그와 무거운 점심을 먹고 각자의 자리로 돌아와 정연은 넋을 놓고 있다 퇴근 시간이 되어 자리를 정리한다. 그날 할 일을 미루지 않는 습관을 처음으로 깨고 있다. 진도가 안 나가는 일을 잡고 있기에는 시간 낭비다.

생각지도 않은 그의 등장이 정연을 흔들고 있었다. 쓰던 연필을 꽂는데 진우가 연필을 깎아 주던 모습이 생각난다. 연필에 그의 얼굴을 실어 본다.

"정연 씨, 회식 가야지?"

"회식해요?"

"오늘 회의 결과 좋았잖아. 겸사겸사 밥 먹자고. 빠질 생각 말고 따라와. 김 대리 덕분에 이번 건 성사되어서 위에서도 기분 좋으신 모양이지."

혹시나 정연이 가지 않겠다고 할까 봐 빈틈을 주지 않고 참석하길 종용했다. 두리번거리며 사무실 분위기를 살피는데 다들 자리를 정리하며 일어선다. 옆자리의 윤희가 거울을 보며 옷매무새 다듬는 것을 정연이 멍하니 바라본다.

"정연 씨 이제 우리도 가요."

같은 나이의 윤희는 그래도 낯선 환경에 정연을 살뜰히 챙긴다. 낯선 자리에서 혼자 찾는 구내식당을 어색해할까 봐 첫날에는 말동무도 해 주고 오늘은 대체 어디로 회식을 간다는 말만 있고 장소를 말해 주지 않았던 무심함을 윤희가 대신 챙긴다.

어느 부서의 누구라고 했던가, 어떤 이의 차를 타고 산속으로, 산속으로. 이게 무슨 회식 장소가 워크숍이라도 하는 곳인지 의문이 들 무렵 무슨 가든이라는 곳에 멈춰 들어섰다. 그곳에서 부어라 마셔라 어딜 가나 회식 방식은 다 같은 모양이다.

정연은 낮에 먹은 고기가 아직도 속에서 맴돌아 젓가락질 시늉만 하며 앉아 있었다.

"김정연 대리, 정확히 그럼 윤성의 박 팀장님하고는 어떤 사이인가? 결혼하기로 한 거지?"

"그렇겠죠. 그러니 모든 경비를 뒤집어쓰고 그쪽에서 부담하면서 물건 내리는 거잖아요. 여태껏 이런 적 없었죠?"

"아무튼 대단해. 덕분에 그래도 이번 건 무사히 넘겼으니 다행이지. 우리 입장에서는 딱 좋을 시기에 정연 씨가 내려와서 덕을 크게 보네. 업무 순환제 그런 거 본사에서는 대체 왜 하나 했는데 다 이유가 있구나."

"김정연 대리가 아니고 사모님 아니야? 우리가 이렇게 그냥 대리라고 불러도 되나?"

그러자 다 같이 한 번 웃는다.

정연이 꼭 자리에 없는 것처럼 자기들끼리 떠드는 소리에 시선을 어디다 둘지 모르겠다. 그들이 말한 대로 결혼이 기정사실화된

내용이라면 저 사람들이 정연을 없는 사람처럼 취급하며 안줏거리로 이야기할 수 있을까?

자주는 아니라도 급한 사안이면 윤성 측에서 운반 비용을 부담하는 경우는 한 번씩 있었다. 이게 처음인 것처럼 그것도 당사자인 정연 앞에서 비꼬며 이야기한다. 하나하나 따지듯 대꾸하고 싶지만 그럴 자리도 아니다.

와드득 화가 올라와 실수라도 할 거 같아 앞에 놓인 술을 한 잔 마신다.

"오, 김 대리 술 잘하네. 그럼 내 잔도 받아."

몸이 좋지 않다는 이유로 첫 잔 이후로 받아 두기만 했던 잔을 상대가 채운다.

"다들 술이 취해 그래. 농담이 과했지? 내가 사과하네. 그래도 김 대리 덕분에 일도 마무리 잘되었고 내가 이번 월례회 때 올라가면 본사에 얼굴이 서게 되었으니 고맙네."

그렇게 임 부장이 껄끄러운 상황을 정리하자 과한 말을 한 이들이 미안했던지 어색한 웃음을 지으며 잔을 든다. 한 잔 두 잔 이런저런 이유를 달며 그들은 정연에게 술을 권한다. 차마 거절하지 못할 상황으로 몰리자 몇 잔이 속으로 들어간다. 그 와중에도 일에 관한 질문을 하는 임 부장에게 대답을 하면서 취기가 오르려는 정신을 바짝 추스른다.

몇 번씩 잔이 돌아가고 남자들이 우르르 일어나 담배를 피우러 나가는 걸 보면서 정연은 일어섰다. 아침부터 시작한 하루는 꽤나 길었다. 어디 산속만 아니면 혼자 몰래 빠져나가고 싶은데 그러지도 못하고 정연은 가게 밖으로 나온다.

차가운 공기가 필요했다. 올 때도 느꼈지만 산 깊은 곳이라 공기부터가 다르다. 술을 좀 깨 보려 심호흡을 하는데 오히려 더 취기가 오른다. 공기 좋은 곳에서 마시는 술은 취하지도 않는다며 자꾸 제 술잔을 찰랑이게 하던 사람들의 말이 거짓말이다 싶다.

정연은 가게 뒤쪽으로 걸음을 옮긴다. 남자들 한 무리가 모여 담배를 피우고 있다. 다른 곳을 기웃거리며 혼자 조용히 쉴 만한 곳을 찾아보지만 적당한 곳이 없다. 다시 룸으로 들어가려는데 안에 남은 여직원들이 그들만의 이야기를 한창 하고 있다.

그런 상황에 문을 열고 들어가기도 난감해 서 있다 옆에 룸이 비어 있는 걸 확인했다. 들어가도 되나 어쩌나 하는데 다행히 그런 눈치를 알아챈 점원은 괜찮다며 먼저 문을 열어 준다.

정연은 벽에 기대앉는다. 조심히 문이 열리고 식당 사장이 물 한 잔을 내려놓는다. 회식 단골 장소인지 아직 끝나려면 멀었겠는데요, 하는 말을 전해 준다. 취기가 오르기 시작한다. 무릎을 세워 머리를 묻는다. 바닥이 살짝 울렁이는 느낌이 든다. 조금 졸고 일어나면 깨어나겠지 싶어 술기운에라도 잠이 좀 들면 좋겠다 싶어진다.

잠깐 들었던 잠 속에서 깨어난다. 머리는 그대로 숙인 채 저 멀리서 들리는 소리에 귀를 기울인다. 잔 부딪치는 소리, 아직도 회식은 중간 어디쯤에서 머물고 있나 보다. 그리고 조심스럽게 문이 열리는 소리와 옷자락이 스치는 소리, 섞여 오는 익숙한 체취. 정연은 고개를 들지 않아도 앞에 누가 있다는 것을 알았다. 그리고 그 사람이 누군지도.

얼굴을 묻고 있는 정연을 흔들어 깨우지도 못하는 그다. 언제
인가부터 지금처럼 그녀가 그를 발견하지 못할 때는 먼저 만지지
못하고 꼭 이름을 부르고야 손을 잡아 주는 남자. 정연이 고개를
천천히 든다.

"술 많이 마셨어?"

그저 반갑다. 술이 취해서 그런 거라고 변명해 본다. 정연은 한
참을 그의 눈을 응시한다.

"……우리가 세 번째로 만났을 때였어요. 그날 저는 진우 씨
회사 근처 커피숍에서 기다리고 있었어요. 마침 외근 나왔다 시간
이 남아서 일찍 기다리고 있노라고 전화를 내가 했었죠. 시간 되
면 오라고. 그날 저는 당신에게 그만하자고 하려고 했어요. 사람
들 등에 떠밀려 영화 보고 밥 먹는 그런 거 당신도 부담스러웠을
거라고. 그만하자고 내가 먼저 말하는 게 좋을 거라고 생각했었어
요."

정연이 까만 눈동자에 그를 담고 조용히도 이야기한다. 그런 정
연을 진우가 손으로 뺨을 감싼다. 술에 취한 여자의 뺨은 붉다. 은
근히 고개를 그에게 더 기댄다. 더 깊게 눈이 서로에게 빨려 간다.

"그런데 아직 시간도 한참 남았는데 이 층에서 내려다보니 당
신이 오더라구요. 성큼성큼 한 번에 계단을 두 개씩 뛰어서 그렇
게 내게 오는데 그게 참 좋았어요. 조금 욕심났어요. 내게 오기
위해서 두 개씩 계단을 뛰는 남자인데 놓고 싶지 않았어요. 그래
서 그날 그만하자는 말을 못 했어요."

커다란 두 손이 여자의 붉어진 뺨을 감싼다. 다가올 듯 말 듯 얼굴이 가까이 오는데 밖에서는 그런 그들과 상관없이 커다란 웃음소리, 신발을 끌고 지나가는 소리가 남의 나라 같다. 정연이 의식한 듯 그를 살짝 밀어 낸다.

"그날 네가 나를 보고 있는 걸 알았으면 세 계단씩 뛰어오를 것을. 그랬으면 네가 더 빨리 내게 반했을까?"

장난스러운 표정으로 정연을 본다. 그에게 전달된 자신의 마음에 그도 조금은 뿌듯한가 보다. 정연은 숨을 한 번 몰아쉬고 천천히 일어선다. 피곤했다.

"여긴 어떻게 온 거예요?"

"이제 내가 온다고 했잖아. 몸은 괜찮아?"

"나 술 좋아한다는 말 농담 아니었는데. 이 정도는 괜찮아요."

진우가 문을 열고 신발을 챙겨 준다. 살짝 휘청하는 여자를 잡는다. 진우는 의외의 정연의 모습이 자꾸만 신기한지 쳐다본다. 정연은 일부러 더 취한 척 신발을 신고 조금 힘을 뺀다. 그렇게라도 그에게 기대고 싶어진다.

조심해서 걷는 걸음 아래를 진우가 세심히도 살핀다. 이미 많이 늦어진 밤 시간 주차장으로 가는 길의 바람이 시원하다. 저 멀리에서 소란스러운 웃음소리에 정연이 멈춰 선다.

"아, 말은 하고 가야 하는데."

"괜찮아. 내가 너 데리고 간다고 먼저 이야기했어."

"또 내일 다들 한 소리 하겠네. 있죠? 사람들이 당신과 나 엮어서 말 만드는 거 참 싫었어요. 근데 지금은……."

"지금은?"

진우가 꼭 대답을 듣겠다는 표정으로 걸음을 멈추고 얼굴을 응시한다.

"몰라요."

원하는 대답을 해 주기 싫어 정연은 걷던 걸음을 이어 간다. 정연은 술이란 것이 참 좋은 거란 생각을 했다. 이렇게 조금 덜 무안스럽게 핑계를 대고 그에게 갈 수 있으니 말이다.

조금 더 마실 것을. 그랬으면. 정연은 차에 앉아서 히죽히죽 그랬으면 뭘 더 할까 하는 혼자만의 생각에 얼굴이 더 붉어진다. 정말 취했구나 하면서 말이다.

"진우 씨?"

"응?"

덜컥 심장이 내려앉는다. 정연은 다정한 저 말투, 응이란 그 말이 무어라고 이리도 손이 떨리나? 마음이 떨리나? 눈가가 아리나? 한다.

차를 타고 정연은 열어 둔 창문으로 들어오는 바람에 천천히 술이 깨어 갔다. 조금 아쉽고 부끄러운 느낌이었다. 술이 준 마법은 금방 깨지고 봄이 오는 늦은 밤, 그들은 그렇게 각자의 생각에 잠긴 채 말없이 바람은 흘러간다.

8

토닥토닥 잘 자라

"정연 씨, 관세사무소에서 전화 왔는데 메일 확인 좀 해 주실래요?"

정연은 쏟아지는 업무로 정신이 없었다.

어제 늦은 밤 별다른 말도 표현도 없었던 그는 정연을 오피스텔 앞에 내려놓았다. 갑자기 걸려 온 그를 찾는 전화에 정연은 먼저 내린다며 통화 편하게 하라고 집으로 혼자 들어갔다. 기다리라는 눈짓은 무시했다. 잘 지내고 있노라고 이제 괜찮다는 뒷모습을 그에게 그렇게라도 보여 주고 싶었다.

그리고 아침에 정연은 그녀를 기다리고 있을게 분명한 그 때문에 옷을 몇 번이나 갈아입고 내려왔다. 오늘은 커피 대신 편의점 봉지를 내밀었다. 그 속에는 따뜻한 꿀 음료가 들어 있었다.

정신없이 일정을 소화해 내느라 퇴근 시간이 한참 지나서야 업체별로 메일을 보내고 일정을 마무리했다. 국내 현지 물류 팀은 윤성기업의 계열사로 진행하는지라 미리 확인 절차도 진행했다. 중국 현지에 전화를 하고 수량을 확인하고 다시 본사로 전화를 넣고 일정을 조율하고. 정연은 잡생각들을 그렇게 잊으려고 했다.

하지만 불쑥불쑥 밀려오는 그에 대한 생각은 털어 낸다고 없어질 덩어리가 아니었다.

최종 승인 보고서를 윗분께 올렸지만 다시 정연에게 내려와 직접 보고하기를 요구했다. 어쩔 수 없이 정연은 윤성기업 창원 지점 담당자한테 연락을 했다. 하지만 그 담당은 또다시 진우에게 바로 보고하라는 말만 하고 전화를 끊었다. 몇 번씩 전화를 돌리는 상황에 정연은 할 수 없이 숨을 고르고 그에게 직접 전화를 했다.

사적인 말 한마디 없이 그도 저도 어색한 무거운 일 이야기만 지루하게 늘어놓았다. 그렇게 이야기가 다 끝나고 마무리를 지을 무렵 진우가 먼저 정연에게 묻는다.

— 언제 퇴근해?

"……곧 해야죠."

— 그래? 그럼 이따 봐.

정연이 미처 대답하기도 전에 뚜뚜 끊어지는 유선전화를 들고 멍하니 쳐다보다 내려놓았다. 곧 다시 올게 하고 오늘 나타난 그 사람. 그리고 방금 전화를 끊으면서 이따 보자고 하는 그 사람. 그의 등장과 고백이 좋기도 하지만 혼란스럽다. 아직은 조금 더 미워하고 싶은 사람인데 그럴 틈을 주지 않는다.

자꾸 마음을 쑥 끌고 가 버린다.

주변을 정리하고 옷을 챙겨 입고 신발을 갈아 신고 정연은 밖으로 나왔다. 퇴근 시간이 한참이 지난 회사는 조용했다. 너무 조용하게 인적이 끊겨 버린 주변을 보며 정연은 망설였다.

차를 가지고 있는 것도 아니어서 퇴근 시간이 늦어지면 혼자 나갈 때 조심하라는 이야기를 종종 듣고는 했다. 시간을 맞춰 일을 하고 늦어지면 같이 퇴근하는 동료 편에 일정을 맞췄다. 그런데 그의 등장으로 일이 너무 바빠 이런 생각까지 하지 못했다.

정연은 회사 입구에 서서 짙게 어둠이 깔려 버린 주변을 두렵게 쳐다본다. 쿵쾅쿵쾅 심장이 뛰고 눈 질끈 감고 버스 정류장까지 뛰어가 볼까 하는 생각을 하는데 전화벨이 울린다.

예상했던 대로 그의 이름이 뜨는 전화다. 왠지 자신의 마음이 들킨 거 같아 바로 받지도 못하고 뚫어져라 본다. 그러다 용기를 내듯 통화 버튼을 꾹 누른다.

"……."

막상 전화는 받아 놓고 정연은 북받치는 마음에 말을 잇지 못한다. 오늘 내내 무슨 말을 찾을지 몰라 헤매던 마음이 이제야 터진다.

"정연아!"

전화 목소리가 아닌 바로 곁에서 들리는 목소리에 정연의 얼굴이 천천히 돌아간다. 빠르게 뛰어오는 구두 소리에 맞춰 정연의 심장이 쿵쾅쿵쾅거린다. 이내 그녀 앞에 선 그의 발소리는 그쳤지만 정연의 심장 소리는 혼자서도 잘만 뛴다.

바로 앞에 선 그가 손을 내미는데 정연은 한 걸음 뒤로 물러선다. 살짝 실망스러운 그의 표정을 읽으며 정연은 들고 있던 전화를 귀에 가져간다. 그리고 뒤돌아선다.

"……고마워요."

뒤돌아 옆에 그가 없는 것처럼 전화로 마음을 전하는 정연에게 호응해 주듯 진우가 전화를 들고 이야기를 들어 준다.

"……내가 덥석 당신한테 가는 게 많이 부끄러워서 그래요."

전화를 끊고 뒤돌아서지 못하는 정연에게 진우가 옆으로 다가온다. 손에 들린 전화를 대신 가방에 넣어 주고 진우가 손을 잡는다.

"괜찮아. 내가 가면 돼."

발그레하게 변한 여자의 얼굴을 슬며시 남자가 손등으로 쓸어내린다. 그렇게 한참을 눈을 마주치고 있을 때 회사 건물 안쪽에서 누가 나오는 기척에 진우가 정연의 손을 잡고 걷는다.

남자의 구두 소리의 한 걸음, 여자의 또각또각 하이힐 소리. 남자의 한 걸음 여자의 한 걸음이 맞춰 간다.

"가자."

아프다 싶게 꽉 잡은 손을 진우는 이끈다. 차 문을 열어 주고 안전벨트를 살펴 주는 진우의 입꼬리가 예쁘게 올라가 있다. 조금은 흥분된 공기가 봄밤의 느낌과 닮았다. 살짝 서늘하면서도 뒤끝에 달콤한 설레는 느낌. 얌전하게 앉아 포옥 부끄러운 한숨이 나온다.

"어디 가요?"

"밥 먹으러. 저녁 아직이지?"

능숙하게 차를 몰고 정연은 한 번도 가 보지 못한 어느 곳으로 이끈다. 창원으로 내려오고 오가는 곳은 회사에서 오피스텔, 그리고 퇴근 후 집 근처의 편의점이 전부였다. 그런 정연을 데리고 온 곳은 뜻밖에 작은 밥집이었다. 테이블은 몇 개 없고 장사를 마무리하는지 나이 든 아주머니 한 분이 들어서는 진우를 보고 반긴다.

"어, 서울 총각. 밥 먹으려고?"

"네. 너무 늦게 왔나요?"

"아니, 괜찮아. 술손님도 아니고 밥만 먹고 갈 거지? 그럼 괜찮아. 나도 한 그릇 더 팔고 가면 좋지."

살짝 허름하다 싶은 집이긴 해도 깨끗해 보이는 테이블은 반짝반짝했다. 언제 이런 단골집을 만들어 두고 있었는지 신기해져 정연이 진우의 얼굴을 쳐다본다. 해사하게 웃는 진우는 수저통에서 젓가락을 꺼내 짝을 맞춰 정연의 앞에 먼저 놓아 준다.

"창원에 한 번씩 내려와. 여기 지사 직원들이 알려 줬는데 집밥 같고 맛있어. 잘생긴 총각이라고 나한테는 달걀 프라이 하나씩 꼭 해 주거든."

마지막 말은 몸을 낮춰 정연의 귀에 간지럽게 속삭인다.

별스럽지 않은 일상의 공유. 문득 정연은 이런 일상이 거의 처음이라는 생각이 들었다. 퇴근하고 여자의 회사로 데리러 오는 남자와 화사하게 반기는 여자.

그리고 데이트 코스로 밥을 먹는 이런 일에, 연애를 하고 있구나 하는 느낌이 생생하게 다가온다. 그들이 마음을 제대로 나누지 못했던 어색했던 사이에는 늘 정도를 지킨 식사 자리만 있었다. 정연이 사고를 당하고서는 심각한 대인기피증으로 밖에서의 외식은 불편했다. 그렇게 정연이 다시 출근을 하고 다시금 불안한 일상으로 돌아왔을 때는 서로가 바빴고 이런 자연스러운 과정이 별로 없었다.

사부작사부작 마음이 피어오른다.

물을 따라 주고 이내 밥을 내어 오는 아주머니의 손길에 빠르게 한 상이 차려진다. 김치찌개에 생선 한 토막, 그가 말한 달걀프라이는 오늘 없다. 쿡 웃는 정연을 보면 무안한지 진우가 볼이 미어지게 밥을 밀어 넣는다.

"여자 친구야?"

"네."

단정하게 단호한 말투. 시원한 목소리. 꿀떡꿀떡 삼키는 밥에 그동안의 응어리가 쑥 내려간다. 주책스럽게 마음이 먼저 달려간다.

정연은 밥을 먹으며 전날 그의 고백보다 지금의 저 물음에 네, 라고 하는 그 대답이 좋다. 정말 내가 그의 사람이 온전히 된 기분에 온몸이 스멀스멀 간지러웠다. 생선 살을 발라 정연의 수저에 소담스럽게 올려 준다.

마음의 흐름이라는 것이 어찌 이다지도 우습게 확 변하는지. 정연은 받아먹는 밥 한 숟가락에 자꾸만 같이 들어오는 울렁임이 벅찰 지경이었다. 넘어가기도 돌아서기도 쉬운 마음인 것을. 왜 힘들었을까?

서로 밥을 먹는지 얼굴을 보는지 모를 정도로 밥 한술에 상대의 얼굴이 그만큼 눈으로 들어간다. 눈이 마주치는 순간이 부끄러워 고개를 숙이는 그녀를 진우는 그 모습조차 놓치기 싫은지 눈을 떼지 못한다.

"저기, 진우 씨 출장 다녀오면서 선물을 왜 그렇게 매번 사 왔던 거예요? 내가…… 많이 다정했던 여자도 아니었고, 우리가 한 걸음쯤은 멀리 있는 사람이었는데……."

"생각이 나니깐."

그가 쑥스러운지 고개를 숙이다 재촉하듯 묻는 여자의 눈빛을 알고 다시 고개를 든다.

"계속 생각이 나서. 그래서 이것도 사 주고 싶고 저것도 안겨 주고 싶고 그랬어. 덕분에 나 면세점 VIP야. 필요한 거 있으면 말해. 사다 줄게."

"그런데, 향수는 어떻게 알았던 거예요? 아무리 생각해 봐도 진우 씨가……."

이번에는 정연이 머뭇거리며 고개를 숙인다. 그는 무슨 말인지 알아듣지 못하고 물음표 가득한 얼굴로 묻는다. 진우가 숙여진 정연의 턱을 올려 눈을 마주한다.

"여자들한테 향수 선물 많이 했냐구요. 쉽게 내가 쓰는 거 알아챌 만큼 그렇게 많았는지 묻는 거예요. 네, 저 지금 대놓고 질투하는 거 맞아요."

정연은 밥 먹다 시뻘게진 얼굴로 따지듯 남자를 바라본다. 어제 마신 술이 아직 안 깬 모양이다. 밥을 꿀꺽 삼키던 진우는 그런 정연을 보고 시원하게 웃는다. 더 붉어진 얼굴의 여자는 물만 마신다.

"달콤하기도 하고 시원하기도 하고 그런 향기라고 설명했는데 점원이 단번에 알아먹더라고. 몇 가지 보여 주던데 그중에서 아,

이거다 했지. 정말 신기해. 그 사람들은 그게 일이라 그런가 봐."

정연은 그의 설명을 듣고 달아오른 얼굴은 내 얼굴이 아닌 척 숟가락질이 바쁘다. 마음을 놓으니 입으로 들어가는 밥이 달다. 그런 모습을 보던 진우가 반찬을 앞으로 밀어 준다. 반찬 그릇 한 번 보고 다시 그의 얼굴을 보고, 정연은 붉어진 얼굴을 옆으로 돌리고 손부채질을 한다.

그렇게 다정히 밥을 먹고 그들은 근처 공원으로 나왔다. 천천히 아무 말 없이 걷는 중에 근처 커피숍에서 차를 두 잔 들고 온다.

"좀 앉을까?"

꽤 늦은 시간이라도 봄밤의 공원은 제법 붐볐다. 자전거를 타고 트랙을 도는 사람. 조깅을 하는 사람. 강아지를 데리고 산책하는 사람들. 어린아이를 유모차에 태우고 걷는 젊은 부부. 그 속에 그들은 하나의 자연스러운 그림이 되어 그렇게 앉아 있다.

정연은 사람 구경을 하듯 멍하니 기분 좋은 나른함으로 한참을 본다. 점점 식어 가는 차를 한 모금 마시고 망설이듯 몇 번 숨을 고른다.

"……나는 늘 모든 일에 내가 선택을 해야 했어요. 수능을 마치고 학교를 선택하는 문제도, 취업하는 과정도, 면접도, 집을 옮기거나, 이직을 해야 하나 그런 고민도 늘 내가 결정하고 움직였어요. 마땅히 기댈 상대도 없었고. 내 상황이 그랬으니. 그래서…… 내가 선택하지 않은 당신과의 인연이 처음에는 부담스러웠어요. 내게 당신이 그랬죠? 당신을 좋아할 만한 모습이 없었다고? 아니에요. 말로 다 설명하기는 힘들었지만 당신이 좋았어요. 그래서

302

내가 선택하지 않았어도 좋았던 당신을 잡고 싶어서……."

정연의 성격대로 아주 조용히 차분차분 말을 이어 가다 살짝 멈춘다. 그런 정연을 진우가 조용히 호응하듯 부드럽게 바라본다.

"내가 그래서 당신에게 결혼하자고 했어요. 내가 선택해야 그래야 온전히 내 거 같아서요. 그런데 그 선택이 조금 틀어졌나 봐요. 그게 무서웠어요. 곁에 진우 씨는 없고. 이제 내 선택에 대한 확신도 믿음도 없었어요. 당신은 그저 멀게만 느껴지고……."

진우는 목소리가 점점 떨려 가는 정연의 어깨를 감싼다.

마음이란 것이 다 이해를 담지 못했다. 늘 혼자였던 여자의 선택에 대한 두려움이 이제야 느껴진다. 외로움과 불안함이 어이 흘러가는지 모를 미래에 대한 불확실성. 진우는 그 속에 정연을 혼자 둔 것을 후회한다. 그저 자기 선택에 대한 고집이 있는 여자로 치부했던 것이 바보 같다. 정연이 조금씩 속내를 드러낼 때마다 진우는 얼마만큼 이기적인 시선으로 여자를 대했나, 후회가 사무친다.

그녀가 원망을 내놓은 그날 밤. 지금에야 돌이켜 생각해 보면 이미 마음을 먹고 그에게 토해 내던 그 한숨의 소리를 왜 진작 몰랐을까 한다. 작정하고 그를 만나러 나왔을 때 먼저 걸어가던 뒷모습에 담겨 있던 그 마음을. 다시 봐 달라는 그 마음을 이제야 넘치게 진우는 담는다.

"너는 많은 마음에 흔들렸어도, 결국 내게 오는 한 가지였는데 나는 왜 그걸 몰랐을까?"

파르르 떨리는 진우의 목소리가 낯선지 정연이 억지로 미소를 지으며 그러지 말라는 듯 얼굴을 마주하고 진우의 앞머리를 쓸어 준다. 차갑게 다가오는 정연의 손길이 안쓰러워 진우가 꼭 잡는 다. 그렇게 여자도 남자도 말이 없다.

조금은 벅찬 연인들이다. 여자는 속내를 내놓고 한결 가벼워지 고 남자는 이기적이기만 했던 자신만의 사랑이 미안해진다.

제법 큰 리트리버 한 마리가 산책 나온 주인을 따라 터벅터벅 잘 걷는 모습을 보며 정연의 얼굴에 미소가 어린다. 성큼성큼 다 가오는 개가 무섭지도 않은지 정연은 일어나 개를 반긴다.

"만져 봐도 되나요?"

중년의 남자는 리드 줄을 조금 느슨하게 풀고 자신의 개가 예 쁘다고 하는 소리에 반가운지 괜찮다며 개를 쓰다듬는다.

"호리예요. 덩치만 크지 순둥이라 예쁘다 해 주면 좋아해요."

덥석 힘으로 안기는 개에 정연이 휘청거리며 살짝 밀리자 진우 가 빠르게 뒤를 받쳐 준다. 몇 번 쓰다듬어 주고 고맙다는 견주의 눈인사를 끝으로 호리는 꼬리를 흔들며 뒤를 두어 번 돌아보고 떠났다.

다시 벤치에 앉아 멀어지는 개의 뒷모습을 한참을 보는 정연이 신기해 진우는 고개를 돌려 그런 정연을 따라 본다. 이내 사라진 모습에 아쉬운 듯 여운을 즐기다 자신을 바라보던 진우와 눈이 마주친다. 부끄러운지 정연이 고개를 숙인다. 진우는 장난스러운 표정으로 같이 고개를 숙이고 쑥 정연의 얼굴을 마주한다.

"몰랐네. 김정연 대리가 저렇게 커다란 개를 좋아하는지는."

"엄마가 재혼하기 전에 오빠랑 나랑 그렇게 살 때는 집에 저런 큰 개가 있었어요. 엄마가 제주도로 내려가면서 개도 같이 내려갔는데 거기서도 사랑받고 잘 살다 무지개다리 건넜다는 소리를 들었어요. 나는 살가운 딸도 아니어서 엄마 재혼하고 제주도 집에 가 본 적도 거의 없고. 그 개 이름이 마루였어요. 저 개 보니 우리 마루 생각이 나요. 엄마가 내려갈 때 마루는 당연히 데려가면서 나한테는 같이 가서 살래, 그 이야기를 안 했어요. 물론 나도 대학을 서울로 진학했으니 그럴 입장이 아니지만 그게 참 서운하기도 하고. 뭐 지금은 엄마 입장도 이해 가고 그러는데 그냥 그랬다는 옛날이야기예요."

뜻밖의 상황에서 어렸던 자신의 모습이 생각났는지 어색하게 마무리하고 정연은 민망한지 시선을 멀리 둔다.

"그래, 우리 정연이 참 서운했겠다. 그때 내가 네 곁에 있었으면 좋았을걸. 우리 좀 더 일찍 만났으면 좋았겠는데, 그치?"

쿡 하고 정연이 웃는다. 입술을 실룩이며 볼이 빵빵해지고 얼굴이 조금 붉어지게 그렇게 웃는다.

"나 지금도 이렇게 예쁜데 그때는 어리고 얼마나 더 예뻤을라고? 그러면 진우 씨 나 더 못 만났어요."

기가 막혀 진우가 입을 벌리고 정연을 쳐다본다. 그리고 이내 마음이 편안해졌는지 표정이 부드러워진다. 그녀가 그의 집에서 조금씩 마음을 열고 지낼 무렵 조근조근 농담도 하고 우스개도 했던 그 모습이 이제와 완성되어 다시 다가온다.

반가운 마음이 덥석 여자에게 건너간다. 진우가 어깨를 끌어안고 입을 맞추려고 하자 정연이 손바닥으로 그의 가슴을 밀어 낸다. 살짝 무안한 얼굴이 되어 버린 진우가 헛기침을 한다. 여자는 주변을 두리번거리며 일어선다.

"늦었어요. 집에 데려다줄 거죠?"

같이 있고 싶은 속내도 모르는 여자인지 정연은 차가 오피스텔에 도착하자마자 쏙 내린다. 같이 내리는 진우를 괜찮다며 밀어 낸다.

"나도 여기서 지내."

엘리베이터 버튼을 누르는 정연의 곁에 서서 멀뚱하게 숫자가 바뀌는 것만 보다 정연이 그의 얼굴을 쳐다본다.

"여기 오피스텔 대부분이 본사에서 내려온 직원용이야. 몰랐어? 법인 소유로 등기되어 있을걸? 아, 안녕하세요?"

열리는 엘리베이터에서 젊은 남자 한 명이 내린다. 정연은 오가다 몇 번 얼굴만 익힌 사람이다. 진우가 반갑게 인사하자 상대 남자는 뜻밖에 당황한 듯 허리를 숙이며 인사를 함께 건넨다. 둘이 짧은 안부가 지나고 잡고 있던 엘리베이터에서 정연이 어서 타라고 눈짓을 하자 그제야 올라탄다.

"저기는 너희 회사 옆에 보빈 만드는 회사 있잖아. 거기 연구원. 다 연결되어 있는 관계라서 여기 오피스텔엔 결국 다 아는 사람이야."

진우의 이야기를 듣던 정연이 더 놀라 엘리베이터 한쪽으로 물러서자 진우가 그런 정연의 손을 잡는다.

"다 소문나서 나 다른 데 장가도 못 간대. 그러니 네가 책임져야지."

놀리는 소리가 다분한 진우의 소리에 정연이 호응도 못해 주고 새파랗게 질려 간다. 예전 같으면 그런 정연의 반응에 실망했겠지만 진우는 그러지 않기로 했다. 늘 혼자 지냈던 여자의 선택에 대한 부담감 그리고 고비를 이제는 그가 해결해 주고 싶었다.

엘리베이터가 도착하고 정연이 내리는데 진우도 함께 내린다. 왜 그러냐는 눈짓에 진우는 정연의 손을 잡고 함께 걷는다. 정연의 집 앞에서 진우가 어서 비밀번호를 누르라는 눈짓을 하자

"당신은요?"

"나? 김정연 대리가 재워 주면 자고 가고 아니면 말고."

"그건 안 돼요."

딱 잘라 거절. 진우는 예상했던 답변인지 어깨를 한 번 으쓱하고 만다.

"그럼 나는 우리 집 가서 자야지. 어서 들어가."

"진우 씨는 그럼 어디?"

"여기."

그러고는 바로 옆에 붙은 문에 노크를 한다. 정연의 오피스텔 바로 옆집. 입을 딱 벌리고 쳐다보는 정연을 놀리듯 진우가 옆으로 걸음을 옮겨 정확하게 비밀번호를 누르고 문을 연다.

"일부러 여기로 한 거예요?"

"그랬으면 김정연 대리가 더 놀라려나? 우연인 거지. 아까 내가 말했잖아. 이 오피스텔 대부분이 법인 소유라고. 등기부 등본 떼 봐. 우리 회사 이름 나올 거야. 그래도 참 신기하지? 우린 인연인가 봐."

"그럼 어제도 여기서 잤던 거예요? 나와 벽 하나 두고?"

"응. 너랑 벽 하나 두고."

"어제 나 데려다줄 때 왜 말 안 했어요?"

"말하려고 했지. 근데 너 도착하자마자 고맙습니다, 하고 예전의 예의 바른 김정연 대리님이 되어서 후다닥 뛰어갔잖아. 좀 서운했어."

입을 딱 벌리는데 진우는 발을 반쯤은 그의 오피스텔에 걸쳐놓고 여봐란듯이 생글거린다.

"어서 들어가. 열 셀 동안 안 들어가면 내가 같이 들어간다. 하나 두울 셋……."

후다닥 문이 열리고 정연이 집으로 사라졌다.

진우는 많이 서운한 마음을 내어놓는 숨결에 몰아넣는다. 깜깜한 오피스텔 안. 이틀 전에 와서 머물기 시작한 집은 사람의 온기가 없다. 그래도 그 벽 너머에 정연이 있다는 생각이 들자 이내 훈훈한 훈기가 들어찬다.

신발을 벗고 가방을 아무렇게나 던져 두고 씻으러 들어갔다. 한참을 찬물 아래 이래저래 복잡해진 생각을 정리하기 시작했다. 향수 사 준 여자 있냐고 물어보던 정연의 표정이 생각나 웃음이 나온다.

그녀도 저도 각자의 자리에서 마음은 흐르고 있었음을 왜 몰랐을까? 두 계단씩 뛰어왔다던 걸음걸이를 마음에 담고 있을 줄은 몰랐다. 곁을 내어 주기 쉽지 않은 여자의 마음이 그에게 그렇게 머물렀구나 생각하니 콧날이 시큰해진다.

씻고 텅 빈 냉장고에서 용케 맥주 한 캔을 찾아내 마시고 있는데 전화가 울린다. 정연인가 싶어 냉큼 집어 든다. 하지만 어머니로 떠 있는 전화에 살짝 눈을 찌푸리고 받는다. 그리고 부모를 속썩이고 싶은 자식은 아니니 미안함과 투정이 실린 목소리가 먼저 나간다.

"네."

"진우냐? 밥은 먹었고?"

"네."

"창원이라면서? 그 아이 따라 내려간 거야?"

"어떻게 아셨습니까?"

"그 정도 소문 정도는 앉아서도 다 듣거늘. 아버지 병원에 입원하셨다."

"예? 무슨 일이세요? 얼마 전에 저랑 식사할 때도 별일 없으셨는데. 다음 주 미국 출장도 잡으셨잖아요."

"네 아버지 걱정은 되나 보구나. 내 말에는 네네 말이 짧기만 하더니. 걱정 마라. 매년 하는 건강검진이다. 이 양반도 나이 드시는지 전화 한 통 없는 자식들이 서운하신가 보다. 지금은 잠드셨다. 내일 아침에 전화나 한번 해."

"죄송합니다. 어머니."

진우는 무뚝뚝했던 마음에 고개가 절로 떨어진다. 얼마 전 아버지를 만나 정연의 이야기를 했더란다. 어머니와 달리 별말씀 없이 언제 얼굴이나 보자 하며 진우에게 힘을 실어 주어 창원으로 내려오는 길이 한결 가벼웠다. 그런데 이제 볼일 끝났다고 쌩하고 안부가 없어진 스스로가 부끄러워진다.

"그 아이 너 때문에 사고가 있었다는 말 들었다. 그래서 책임 져야 하는 거야?"

"그런 문제 때문은 아닙니다. 제가 그 사람을 좋아합니다. 결혼 하고 싶어요."

"……그래 알았다. 너를 잡고 내가 더 이상 무슨 말을 하겠니? 다음에 한번 데리고 와라. 아버지도 궁금해하시더라. 잊지 말고 전화도 하고."

"네. 엄마 그런데 정연이 한테 그 사고 이야기는 알은척하지 마. 아직 많이 힘들어해."

진우는 말랑말랑한 어린아이가 되어 이야기를 한다. 엄마에게 매달리는 사내아이로 돌아간다. 그 속내를 알아들은 영숙은 한숨 을 쉬며 서운한 기색을 감추지 못한다.

"너희 아버지랑 내가 많은 거 바라던? 좀 남들이 말해 주기 전 에 이야기해 주면 얼마나 좋아? 은희 고것도 그래. 아이고 내가 말을 말자. 그래 끊는다."

진우는 마무리 인사도 못 하고 뚝 끊어지는 전화를 들고 미안 해진 마음에 후회를 한다. 하지만 한편으론 얼마 전 아버지를 뵙 고 정연을 이야기한 것이 잘된 거 같아 기분이 좋아진다.

전화를 끊자마자 곧장 문을 열고 바로 옆 정연의 오피스텔 벨 을 누른다. 마음이 급해져 세게 누른다. 기척이 없다. 벌써 자나 싶어 주먹을 쥐고 문을 세게 두드린다. 얼마쯤 지나 저 안쪽에서

"……누구세요?"

착 가라앉은 떨리는 목소리. 진우는 또 한 번 자신의 감정에 앞

서서 실수했다는 것을 깨달았다. 십 대 남자아이 같은 성급함으로 정연을 놀라게 한 거 같아 미안해진다.

"나야."

진우의 목소리를 알아들은 정연이 천천히 문을 열고 진우를 바라본다. 들어오라는 소리도 없었는데 성급한 진우는 그대로 집 안으로 밀고 들어선다. 진우의 오피스텔과 같은 구조, 그럼에도 정연의 체취가 묻어 있는 집은 그와 그녀가 같이 지낸 그 시간으로 넘겨진다. 묘한 안도감. 같은 시간과 공간을 공유하는 따스한 느낌.

"이 시간에 무슨 일이에요?"

그저 좋기만 한 진우와는 반대로 정연은 멀뚱히 서서 왜 그러냐 한다. 살짝 무안해진 진우는

"재워 달라고."

툭, 내뱉는다.

"거기 집은 전기가 안 들어와요? 왜 갑자기 이래요?"

"혼자 자기 무서워서."

"핑계가 너무 유치해요."

정연은 막 자려고 준비 중인지 집에서 입는 편한 차림이었다. 은은하게 퍼지는 바디로션의 향이 진우를 취하게 한다.

"침대가 싱글이라 불편해요."

"괜찮아. 나 바닥에서 잘게."

정연은 난감하다는 듯이 그를 쳐다보다 어디서 이불을 가져와 바닥에 깔아 준다. 내쫓길 각오를 하고 왔는데 이불까지 펼쳐 주니 뜻밖의 성과에 진우는 으쓱해진다. 부모님의 이야기를 곧장 하

려다 오늘만은 그와 그녀만 있는 그런 날이고 싶었다.

쓱쓱 이불을 펼치는 정연을 거들다 이내 벌러덩 눕는다. 정연은 그를 쳐다보며 복잡한 표정을 한 번 짓고 곧장 침대로 들어섰다.

"불은 진우 씨가 꺼요."

살짝 졸음이 몰려오는지 정연의 목소리에 하품이 실린다. 진우가 불을 끄자 사위는 어두워졌다.

긴 하루가 저무는데 진우는 잠들지 못하고 정연의 숨소리를 찾는다. 침대 위에 어두운 그림자. 등을 돌리고 있는 여자의 숨소리는 고르지 못하다. 그처럼 정연도 잠들지 못한다.

무언가 어색한지 자꾸 뒤척이는 정연의 부스럭 소리가 귀에 감겨 온다. 뭐라 할 말이 있는지 헛기침으로 목소리를 다듬는다.

"……나 따라 여기 내려와 준 거 미안하고 좋고 그래요. 아마 당신이 손 내밀지 않았으면 나는 당신 잡을 만한 용기는 없었을 거예요. 이대로…… 우리 헤어졌을지도…….."

말끝을 흐리며 감정을 담아 넘겨 준다.

"천만다행이네. 우리 용기 없는 김정연 손을 내가 잡아서."

잘린 말끝을 덥석 잡아 이어 붙인다. 진우의 대답에 그녀가 웃음을 참는 모양이다. 이불의 바스락 소리가 들린다. 진우는 정연의 등을 본다. 몸을 뒤척이며 진우 쪽으로 돌아눕는다. 그녀의 숨결이 그에게 가까이 전해지는 느낌이다.

"올라와요."

냉큼 몸을 일으켜 이불 한쪽을 들추는 여자의 곁으로 남자가 들어간다. 스며들듯, 빠져들듯 둘이 가까워진다. 얽히는 남녀의 향기가 서로를 취하게 한다.

"그렇다고 거절 한 번 없이 이렇게 들어와요? 사람 무안하게?"

다시 등을 돌리고 정연이 부끄러운 듯 말을 하자 진우가 냉큼 뒤에서 허리를 감싼다.

"빈말을 왜 해야 하는데? 그럼 됐어요, 하면 나는 어떡하라고?"

어깨를 잡고 가벼운 입맞춤을 목덜미에 뿌린다. 자꾸만 몸이 움츠러드는 여자다. 공원에서도 그렇고 계속 몸을 피하는 여자가 살짝 불만스러워 진우가 투정처럼 칭얼거린다. 한숨을 몰아쉬던 정연이 몸을 돌리자 그제야 얼굴이 제대로 마주한다.

깜깜한 밤에 신기하게도 눈이 마주하는 것은 선명하게 보인다. 벅찬 느낌에 진우가 정연을 꽉 껴안자 정연은 다시 손바닥으로 밀어 낸다. 그리고 고개를 숙인다.

"부끄러워서 그래요. 좀 천천히. 우리 몇 달 만이라 낯설기도 하고……."

그리고 다시 등을 돌린다. 이내 서운한 마음의 진우지만 뭐 하나 쉬운 게 없는 그녀를 이해하기로 했다. 자꾸 입에 하품을 물던 정연은 머리가 푹 꺾이고 조용해진다.

"정연아?"

"……네."

"아프지 마라. 이제 멀리 가지도 말고."

"……네."

"그리고 사랑해."

"……."

말을 토해 놓고 감정이 격해진 진우는 정연의 허리를 휘감은 손이 가볍게 떨린다. 그런데 상대는 대답도 없다. 살짝 서운해 보드라운 몸을 당겨 안는데 편안한 숨소리가 어두운 밤을 가른다. 순간 허탈해진 진우가 슥 목덜미에 입을 맞추자 강아지처럼 가랑가랑 간지러운 숨소리를 내뱉는다. 이래도 안 일어날래, 하는 심술로 손을 올려 머리를 쓰다듬어도 편한 숨소리만 들린다.

심술궂은 손길이 이내 부드러운 손길로 변한다. 진우는 손으로 정연의 머리카락을 쓰다듬고 몸을 당겨 안는다. 쏙 안겨 오는 정연이 편안한지 숨을 길게 몰아쉰다. 턱으로 정연의 정수리를 애무하듯 당겨 안는다. 한참을 그렇게 어미가 새끼를 보듬듯 자신만의 방식으로 사랑을 전한다.

편안해져라, 김정연.

"……내가 당신을 많이 좋아하긴 한가 봐요. 한동안, 잠을……."

잠이 들다 깨다를 반복하는지 정연이 작게 하품하는 소리가 들린다. 진우가 아이를 어르듯 토닥토닥 두드린다.

"……못 잤는데, 오늘은 너무……."

웅얼웅얼거리는 말이 점점 잦아든다. 끝을 맺지 못한 말임에도 진우는 마음이 다 헤아려진다. 온전하게 겹쳐지는 느낌이 이렇구나 한다. 입술로 목덜미를 스르르 쓸어 낸다. 노곤하게 몸이 풀어진다. 조용한 밤이 더없이 이렇게 깊어 간다.

흩날리는 벚꽃, 찰랑이는 마음

"뭘 그렇게 열심히 봐?"

진우는 대체 그게 뭔가 싶어 같이 고개를 숙이고 읽어 보는데 별다를 것도 없는 전단지다. 그게 무슨 보고서라도 되는지 커피를 한쪽으로 몰아 놓고 정연은 열심히도 본다. 그래 봤자 무슨 햄버거가 어떤 맛이고 그런 내용인데 어디 응모권이라도 있나 싶어 보지만 그런 것도 없다.

진우의 질문에도 미동도 없이 고개를 숙인 목덜미가 하얗다. 입을 맞출 때나 안을 때 그때의 부드러운 느낌이 생생해져 저만 부끄러운 느낌에 진우는 커피를 꿀꺽 삼킨다.

"수진이가 신혼 때 자기 신랑이랑 아침에 패스트푸드 모닝 세트를 먹고 출근했어요. 맞벌이로 바쁜 사람들이라 얼굴 볼 시간 없다고 회사 근처에서 그렇게 아침을 해결하면서 집안일을 의논하고 그랬대요."

"그게 부러웠어?"

"그렇다기보다는 그냥 아침을 공유하는 일상이 부러웠다고 해
야 하나? 모르고 살 때는 몰랐는데 내가 아침을 같이 먹을 사람
이 없구나, 그날 알았거든요. 정작 아침을 먹는 사람도 아닌데 말
이죠?"

그때의 쓸쓸함이 생각나는지 정연이 애써 밝은 척하는 모습이
도리어 더 진우의 마음에 아리다. 조금씩 쳐다봐 주길 바란 여자
였던 것을 왜 몰랐을까?

"어, 그럼 나도 이제 아침 같이 먹을 사람 생긴 거지?"

고개 숙인 정연이 얼굴을 들고 그제야 환하게 웃는다. 정면으
로 돌파해서 미안하다고 말하면 더 부담스러워하는 여자. 그저 곁
에 함께 있어 달라는 그 말을 알아듣지 못했을까? 일 년이 넘게
놓치고 산 시간이 아까워진다.

밖에는 흩날리는 벚꽃이 따뜻하다. 놓친 세월이 후회스러워진
다. 조금 더 마음을 그녀에게 돌렸더라면 지난해의 벚꽃은 더 따
스했겠지 한다. 질타를 속으로 쏟아 내고 있다. 정연은 그의 속을
모르니 그저 예쁘게 웃으며 가방에서 다이어리를 꺼낸다.

그래, 괜찮다. 이제는 괜찮다. 다음 해 벚꽃이 필 때는 지금보
다 더 깊은 관계로 이어져 있겠지 싶으니 마음이 더 깊어진다. 온
몸에 더운 피가 몰리듯 가슴 언저리가 꽉 찬다.

김정연, 너는 내게 이런 여자구나.

지난날의 후회와 앞으로 펼쳐질 기대감이 오묘하게 섞여 가며

진우의 마음이 일렁인다. 휴대전화로 메일을 확인하는 여자가 다시 고개를 숙인다. 그런 그녀를 진우는 많이 평온해진 눈으로 내려다본다.

토요일 조금 이른 시간의 패스트푸드점은 부산스러웠다. 가족을 데리고 나온 젊은 부부도 보이고 아직 어린 학생들은 토요일임에도 학교를 가는지 교복을 입고 깔깔깔 웃으며 입에 빵을 밀어 넣기 바쁘다.

그들은 그렇게 편안한 그림처럼 어울리는 커플로 앉아 있다. 평일보다 가벼워진 옷차림이지만 둘 다 출근을 해야 하는 토요일 속에 도란도란 이야기를 나눈다. 진우는 정연이 부러워한 수진의 일상의 하루가 그들에게도 펼쳐지는 거 같아 기분이 좋아진다.

휴대전화로 메일을 확인하던 정연이 얼굴 표정을 고치고 진우를 바라본다. 같이 일을 할 때 몰입하는 저 표정이 얼마나 사람을 설레게 하는지 정작 당사자는 모르나 보다.

"중국 담당자 메일이에요. 수량은 다 맞췄는데 그게 김해공항은 항공편이 그만큼 수량을 못 실어 낸대요. 해서 인천 쪽으로 돌린다고. 그렇게 되면 다시 창원으로 반나절이 더 걸려요. 거기다 오늘 토요일 밤 비행기에 주말 끼면 통관도 그렇고 월요일 오후에나 가능할 거 같다는데 어쩌죠?"

"예상했던 부분이야. 아마 우리 쪽도 이미 전달받았을걸? 김정연 대리님은 너무 일을 열심히 해서 탈이지."

"누구만 하려고요?"

내가 뭘 하는 표정으로 진우가 눈썹을 장난스럽게 올린다.

휴대전화를 넣고 이제 일어서려는 듯 자리를 정리하던 정연이 그런 진우를 보고 편하게 웃는다. 진우는 지금 이 순간이 따뜻하다 느껴진다. 돌고 돌아온 길. 이제야 따스한 봄날이구나 한다.

"일 좋아하는 출장 많은 남자 만나서 나도 마음고생했잖아요."

정연은 농담으로 하는 말이 분명한데도 그 속에 겪었을 속내가 짐작되어 진우가 이내 시무룩해진다. 가방을 챙기고 일어서던 정연이 진우의 표정을 보고 다시 앉는다.

"그냥 이제 내 곁에 있어 주면 돼요. 출장을 가도, 우리가 떨어져 있어도, 당신 마음이, 내 마음도 이제 같이 있잖아요."

조금 더 어른스러운 여자가 되어 정연이 진우를 품어 준다. 진우는 이 여자 앞에만 서면 작아지는 것을 느낀다. 이제는 더 자란 어른이 되어 여자를 지켜야 할 때다. 소년 같았던 서툴렀던 마음이 서로의 사랑으로 쑥 자라났다.

그렇게 그는 큰 나무가 되어 간다. 그늘을 만들어 여자를 쉬게 해 주고 싶다.

"정연아."

무슨 할 말이 더 있냐는 듯 쳐다보는 정연의 손을 잡고 눈을 마주한다. 생각보다 좀 심각한 이야기가 나올 거라 짐작했는지 어두워진 표정으로 진우를 바라본다. 진우는 아니라고 괜찮다는 눈빛으로 그 시선을 되돌려 주자 잡힌 손이 따뜻해진다.

"우리 부모님께 인사 가자. 걱정 마. 내가 미리 너를 집에 말씀을 못 드려서 그래서 오해가 좀 있으셨어. 근데 이제 괜찮아."

진우는 두서없이 정리가 안 된 말을 주절거리듯 급한 마음에 내놓고 바보 같아 스스로가 부끄러워진다. 괜찮다는 말, 이제는 걱정할 거 없다는 그 말을 멋지게 못 할까 싶어진다. 한참을 그런 진우를 쳐다보던 정연이 가벼운 얼굴로 그를 대한다. 같이 굳었던 얼굴이 덩달아 펴진다.

"진우 씨가 괜찮다면 이제 괜찮겠죠. 멀리 가지 마요. 내가 용기 내기 힘들 때 손 뻗을 수 있게 그렇게 와 줘요."

말도 예쁘게, 마음도 예쁘게, 바보같이 그의 집에서 인사 오라는 말도 제대로 전달 못 하는 저와 다르게 명료하게 전하는 여자는 참 예쁘다.

가볍게 입은 봄옷 아래 피부가 따끔거린다. 온몸이 흥분해 버린 듯 붉게 변해 버릴지도 모르겠다는 생각을 진우는 한다. 더운 열기가 몰려와 그가 먼저 일어서서 쟁반을 정리하고 온다.

그사이 정연이 회사와 통화를 하는지 목소리가 방금 전과는 다르게 낮아진다. 똑똑하게 정확한 발음이 전화를 타고 그리고 진우에게는 반대로 그 목소리가 청량제가 되어 달래 놓은 심장을 다시 뛰게 한다.

닿고 싶은 여자다. 만지고 싶은 여자다. 몸 한구석 어디라도 지금 당장 닿지 않으면 죽을 거 같아진다. 전화를 끝낸 정연에게 쑥 손을 내민다.

"내 손 잡아. 이제 손 뻗을 수 있는 곳에 내가 있어. 멀리 안 가."

정연은 깨끗한 진우의 손을 물끄러미 바라봤다. 같이 밤을 보내고 그 손이 자신의 몸에 닿았을 때도 있었고, 그 손이 멀리 떠났다고 생각했을 때도 있었다. 그런 손이 이제는 정연의 앞에서 노크를 한다.

저 손을 이제 잡으면 그와 같이하는 삶이 펼쳐질 거다. 조금 힘들지도 모르고, 지난번처럼 그의 어머니와 껄끄러운 대화가 오갈 나날도 있을 테고, 삼십 년 넘게 달리 살아온 삶의 방식에 서로 힘겨울지도 모른다.

이 남자는 따라오라며 손을 내민다. 혼자 지낸 세월이 지나간다. 쓸쓸하게 밀고 들어가던 텅 빈 집 안. 그를 만나고 따스한 온기가 느껴지는 하루하루들. 저녁에 주고받던 사소한 대화들. 그리고 더운 입김이 부끄럽던 밤들.

정연은 진우의 손을 잡는다. 손을 잡는 단순한 행위가 이제 저의 마음이 그에게 가서 그의 사람이 되겠노라는 답인데 그는 알까 싶다. 정연의 눈빛을 받아들이는 진우의 검은 눈동자가 더 깊어진다. 마음과 감정이 신기하게 전달된다.

잡아 주는 남자와 기대는 여자가 완벽하게 서로에게 들어찬다. 그저 흔한 젊은 남녀의 광경이지만 남들은 알아채지 못하는 그런 마음이 그들은 통하고 있었다. 조용한 마음 전달과 결심이 둘을 이어 간다.

이제 각자의 일터로 향해야 하는 그들은 이어진 마음과 달리 세상에 속한 위치로 들어갈 준비를 한다. 가방을 챙기고 휴대전화로 메일을 확인하고 서로 일정을 의논하고 일어선다.

한 걸음 옮기는 발걸음에 진우가 정연의 손을 잡는다. 시선을 아래로 천천히 내리고 그만큼 다시 천천히 몸을 숙인다. 풀린 신발 끈을 다정하게도 매어 준다. 칠칠맞은 아이 같은 기분이 되어 정연이 머쓱해진다.

됐다 하고 한 걸음 걷는데 신발이 쑥 벗겨진다. 진우가 놀리듯 웃으며 벗겨진 신발에 정연의 발을 넣어 주고 아까보다 좀 더 세게 신발 끈을 묶어 준다. 그리고 운동화 앞코를 쑥 눌러 본다.

"신발이 크네. 이거 말고 없어?"

"급하게 여기 내려와서 하나 샀는데 대충 신어 보고 샀나 봐요. 크죠?"

"조심해. 길 가다 벗겨져 넘어질 수도 있어."

무릎을 굽히고 앉아 진지하게도 걱정한다. 고개 숙인 남자의 목덜미와 아래에서 울리는 그의 목소리가 따뜻하다. 정연이 청혼을 했던 그 밤의 느낌에 다가선다. 진우가 했던 그 말.

"진우 씨, 우리 지금 행복한 거죠?"

신발 끈을 다시 만져 주며 정연의 말에 천천히 고개를 든 남자가 싱긋 웃으며 정연의 머리를 헝클어 놓는다. 쓱싹쓱싹 진우가 다시 정연의 머리를 다정하게 매만져 준다.

눈부시게 밝은 봄날의 하루다.

"오늘 언제 퇴근할 거야?"

"모르겠어요. 일단 오늘 수량 확인하고 일정까지 확정되어 넘어오면 그거까지 보고 나오면 될 거 같아요? 당신은요?"

"나는 물류 창고에 며칠 전에 새로운 물품 들어온 거 다 같이 검수해서 확인하기로 했거든. 현장 내는 폰 못 들고 들어가. 연락 안 된다고 걱정 말고. 오래 있을 거 같지는 않은데 빨리 마무리하고 저녁 같이 먹자."

정연은 큰 신발에 힘을 꽉 주고 좋다고 웃는다. 대놓고 일찍 마치고 나랑 놀아요 이런 말까지 하는 여자는 못 되는데 제 속에 들어갔다 나온 듯 답을 저렇게 대놓고 일러 준다. 자꾸만 얼굴에 좋다는 표시가 나서 부끄러워 죽겠다 싶어진다.

그렇게 그들은 각자의 자리로 들어가 토요일 업무를 진행했다. 정연은 오전과 다르게 들뜨던 마음을 조금씩 가라앉혔다. 마음이란 것이 이렇게 다잡고 나면 편안할 것을 왜 못나게 굴었나 싶지만 그도 저도 다 표현하고 사는 사람이 아니다. 이거 하나만은 지독하게 닮았구나 한다. 그의 말처럼 손을 놓지 않는다면 더 이상 무슨 시련이 힘들까 한다.

통관 서류를 월요일 일찍 부탁해 놓고 진우에게 전화를 넣었다. 예상대로 받지 않는 전화에 집으로 가서 기다릴까 하다 토요일 오후의 햇살에 눈이 부셨다. 터벅터벅 조금 큰 운동화를 신고 버스 정류장으로 향하다 이내 방향을 틀었다.

이 길을 쭉 따라 걸어가면 그의 회사가 나온다. 가 볼까? 살짝 고민하던 정연은 날씨가 좋다는 핑계로 걷기 시작했다. 가로수의 벚꽃은 그림처럼 흩날린다. 새털 같은 발걸음이 날아오를 거 같다. 흐드러지게 피어난 벚꽃, 봄바람을 가르고 꽃비가 되어 내리는 그 속을 걷는다. 상쾌하다 못해 꿈 같은 날들이 시작된다.

전화를 꺼내 그에게 걸어 보지만 받지를 않는다. 보안 구역이라 전화를 들고 가지 못한다고 했던 그의 말이 생각난다. 아직까지 바쁜 모양이다. 회사 앞에 가서 전화를 다시 해 봐야지.

기다려야 하면 그 근처 공원에서 님을 기다리는 황진이가 되어 꽃비 속에서 기다리련다. 혼자서 속으로 시를 쓰며 웃었다. 사뿐사뿐 걷는 걸음이 운율이 된다. 노래 같은 시가 머릿속에서 춤춘다.

갑자기 뒤에서 요란한 사이렌 소리가 귀청을 울린다. 이내 그 소리는 정연을 앞지른다.

소방차가 몇 대가 지나가고 곧이어 구급차도 그 뒤를 따른다. 걸음을 멈추고 순식간에 사라진 소방차의 뒤를 쳐다본다. 고운 이마를 살짝 불편하게 찡그린다. 맑고 밝은 오후는 그 요란함과는 동떨어진 듯 하늘에 검은 연기 한 조각도 없다. 어디에서 일이 났나 싶은 궁금증과 함께 살짝 이상한 불안감에 휩싸인다.

그리고 그와 동시에 손에 쥔 전화의 진동이 억세다.

"여보세요?"

— 정연아, 아직 이야기 못 들었어?

뭔가 께름칙하게 뒷골에 와서 탁 박히는 희미한 사이렌 소리와 다급한 수진의 목소리는 흩날리는 벚꽃과 이질적으로 튕긴다.

— 윤성기업 창원 공장 화재라고 방금 속보 떴어. 얼마 전 샘플 물량 오늘 검수 들어간다고 해서. 그거 못 쓰게 되면 안 되잖아. 우리도 지금 윤성에 연락 중인데 아무도 연락이 안 돼. 다들 거기로 현장 투입됐나 봐. 정연아 그쪽에서 확인 좀 해 줘.

"……수진아, 그 사람 오늘 물류 창고 들어간다고 했어."

— 뭐? 그 사람? 누구? 박 팀장님? 그럼 지금 거기에 있다는 거야?

"……그런 거 같아."

흑백영화처럼 진우가 행복하다고 말하고 그렇게 멀어진 그날처럼. 그리고 조금 그 사람이 가까워지고 사고가 난 그 밤처럼. 어느 날 아, 이 사람 마음이 내게 기울었구나 하고 조금 안심하자 바로 멀어진 순간처럼. 그때의 느낌이 퍽 하고 정연의 뒤를 타고 올라왔다.

정연은 떨리는 손으로 진우에게 전화를 걸었다. 받지 않는다. 자꾸 음성 메시지로 넘어가는 전화를 몇 번 반복하다 정연은 무작정 뛰었다. 끈적거리며 달라붙는 이 느낌을 뿌리치며 미친 듯이 뛰었다. 숨이 머리끝까지 차오르고 다리가 무거워진다. 그의 회사가 시야에 들어올 때 저쪽에서 요란한 소방차의 사이렌 소리는 다시 시작되고, 검은 연기가 피어오르고 있었다.

부산스러운 사람들의 움직임과 요란스러운 말소리. 정연은 그의 회사 한가운데 서서 오가는 사람들을 보고 멍해진다. 아수라장인 현장에서 정신을 놓다 누군가 퍽 하고 치고 지나가자 그제야 소란이 귀에 들어온다. 무작정 아무나 잡고서 정연은

"박진우 팀장님 어디 계세요? 아까 물류 창고 들어간다고 하고 전화를 안 받아요."

절박한 심정으로 아이처럼 울음을 터뜨릴 거 같은 표정으로 매달린다. 상대가 그런 정연을 알아본다.

"김 대리님? 팀장님 괜찮아요. 사람은 안 다쳤는데 아마 팀장님 수습 중이라 연락이 안 될 거예요. 일단 돌아가셔서 기다리시면……."

정연은 상대가 자신을 알아보는데도 정작 정연은 누군지 분간을 못 한다. 막무가내로 잡고 안 떨어지는 정연을 보고 상대는 두리번거리다 저편을 보고 부른다.

"아, 팀장님. 여기 잠깐만. 김 대리님이 놀라셨나 봐요."

진우는 예상치 못한 장소에서, 정신없이 사방을 두리번거리는 정연에 더 놀란 듯 저쪽에서 한달음에 달려온다. 그 곁으로 사람들의 웅성임이 지나가고 사고 수습으로 바쁜 이들이 몰려간다. 그는 아침에 보여 주던 온화한 표정 대신 잔뜩 굳은 표정으로 정연의 앞에 섰다.

"정연아? 대체? 이게 무슨? 안 아파?"

정연은 덥석 그의 팔을 잡고 어깨를 더듬고 목소리가 나오는 입 모양을 바라보다 주저앉듯 허물어진다. 그런 정연을 보고 놀라며 아까 정연을 보고 먼저 알은척했던 이와 진우가 급하게 양쪽에서 잡는다.

목소리도 안 나온다. 괜찮으냐는 말을 하고 싶은데 목울대만 아려 와 웅얼거리게 된다. 눈을 맞추고 정연은 진우의 얼굴을 더듬으며 살아 있는 숨을 쉬며 움직이는 그를 느끼곤 이제야 안심을 한다.

갑자기 다리에 힘이 쑥 풀려 휘청거린다. 그런 정연을 진우가 더 놀란 눈으로 챙긴다. 정연을 이끌고 한쪽 구석으로 데리고 간다. 몸을 숙이고 발을 내려다보는 정연의 눈에 그제야 자신의 맨발이 보인다. 양말이 찢어지고 그 사이로 피가 흐른다. 도대체 신발은 어디 갔을까?

"내가 신발 크다고 했잖아."

나무라듯 진우는 고운 손길로 양말을 벗기고 자신의 신발을 벗어 신겨 준다. 놀란 마음에 싫다는 소리도 못 하고 발을 내맡긴다. 감정을 추스르지 못해 속으로 꺼이꺼이 울음이 잦아들지 못한다. 진우는 손을 들어 정연의 얼굴을 매만진다.

"울지 마. 나는 괜찮은데 누가 보면 흉보겠네."

아까 알은척했던 이가 어디선가 나타나 진우에게 신발을 건네준다. 흘긋거리며 그 사람은 정연을 함께 살피기 바쁘다. 이제야 조금씩 진정되면서 부끄러워진다. 손으로 얼굴을 매만지며 쓸어내리는데 진우가 손수건을 손에 쥐여 준다. 진우는 신발을 갈아 신고 빠른 말로 둘은 대화를 나눈다. 사건의 수습과 전달 사항이 정연의 귓전에 어지럽게 맴돈다.

"태우 씨, 김 대리가 많이 놀랐나 봐. 미안한데 병원 좀 데려다줄래? 내가 자리 비우기 힘들어서. 부탁해."

"네."

이제야 모든 상황이 제대로 보인다. 옆에 낯선 남자는 그가 창원에 내려오면서 같이 온 수행원이었다. 정연은 두 사람에게 미안해 괜찮다 하고 일어서는데 다리에 힘이 안 들어간다. 바닥을 디디면서 날카로운 무언가에 찔렸는지 강한 자극에 몸이 휘청했지만, 정연은 애써 침착하게 그를 달랜다.

"들어가 봐요. 이제 괜찮아요."

진우는 옆의 태우에게 부탁하고 돌아서면서도 몇 번이나 뒤를 돌아본다. 그런 뒷모습을 보던 태우가 진우에게 어서 가 보라는 듯 정연을 차로 이끈다. 막 출발하려다 잊은 게 있는지 문을 연다.

"잠깐만요, 아까 보고드릴 거 있었는데 정신없어서 잊었어요."

태우는 저만큼 멀어진 진우를 돌려세우고 뭐라고 말을 한다. 그렇게 잠깐 이야기를 나누고 정연이 있는 차 쪽을 돌아보며 다시 짧은 대화 후 태우는 뛰어왔다. 진우가 돌아서지 않다가 차가 출발하자 그때야 돌아선다. 그런 진우를 정연은 눈을 떼지 못하고 돌아보고 또 돌아본다.

"김 대리님, 괜찮아요. 큰 사고도 아니고 사람도 안 다쳤어요. 매뉴얼대로 빠르게 움직여서 수습도 금방이라고 해요. 그러니 김 대리님 모시고 제가 병원도 가죠."

"죄송합니다. 괜히 저 때문에. 병원은 안 가도 될 거 같아요. 크게 다친 것도 아니고 그냥 약국 보이면 세워 주세요."

"아닙니다. 나중에 그랬다가 탈이라도 나면 큰일이잖아요?"

"괜찮아요. 괜히 저 때문에 지금 태우 씨도 회사 들어가 봐야 할 텐데."

"그럼, 그래도 될까요? 아 그리고 대리님, 팀장님 댁에 가 계시래요. 비밀번호 원래 팀장님 집 번호라고."

그렇게 정연은 오는 길에 약국에 들러 대충 연고와 소독약을 사고 진우의 집으로 들어갔다. 무엇 때문에 그의 집에서 기다리라고 했는지는 모르지만 문을 열자마자 희미하게 다가오는 그의 체취에 스르르 마음이 놓인다. 많이 놀랐는지 아니면 이제는 안심이 되어 그런지 몸이 떨려 와 어디라도 기댈 곳이 필요했다.

한참을 현관에서 그대로 서 있던 정연이 천천히 들어선다. 끈적끈적한 몸과 피가 말라 자꾸만 발을 파고드는 따가운 상처에 욕실에 들어서 옷을 벗고 몸을 씻는다. 진우의 바스가운을 입고 옷장 앞에 선 정연은 혹시나 하는 마음에 문을 연다.

짐작한 대로다. 그 옷장 한 칸은 정연이 그의 집에서 미처 챙겨 오지 못한 옷과 화장품이 그대로 있다. 거꾸로 세워 둔 로션 병까지 그대로 제 모양을 하고 있다. 어디 갔나 아무리 찾아도 없던 좋아했던 머리핀도 함께 말이다.

옷장 한쪽을 내어 준 그의 마음이 여기까지 와 있다. 자꾸만 멈추지 않는 눈물을 억지로 꾹꾹 눌러놓고 정연은 거기서 옷을 꺼내 입고, 로션을 챙겨 바른다.

태우가 용케 챙겨 둔 가방에서 휴대전화를 꺼내 수진에게 전화를 넣었다. 놀란 탓인지 아직도 진정되지 않은 마음이 속에서 울렁인다. 멀쩡하던 그의 모습이 자꾸만 눈물짓게 한다.

"수진아."

— 그래. 정연아. 이야기 들었어. 별 사고 아니라면서?

"어, 그런 모양이야."

— 다행이다. 에휴 얼마나 걱정했던지. 박 팀장님은 괜찮아?

"응. 보고 왔어."

— 너희 빨리 결혼해. 그렇게 떨어져 있으니 늘 사고만 나지. 우리 회사에서는 두 사람 사건 사고 커플이라고 야단이야.

딴에는 달래 준다고 수진이 조금은 호들갑스럽게 표현한다. 그 말투에 어린 걱정을 모르지는 않는다. 억지로 웃으며 전화를 마무리했다. 놀란 마음이 자꾸만 툭툭 튀어 오른다.

한꺼번에 힘이 쭉 빠진다. 정연은 소파에 웅크리고 기력이 쇠해진 몸을 기댄다. 그의 집이 그의 품이 되어 기대게 한다. 이러라고 여기 와서 기다리라고 했구나 한다.

포근하게 감겨 오는 이불 속이 편안해져 몸을 뒤척이며 자세를 바로잡는다. 눈을 깜박이며 처음 몸을 뉘었던 소파의 느낌이 아니라 정신을 차리려 애쓴다. 분명 낯선 느낌임에도 빨려 들어갈 듯 몸이 나른해져 기분 좋게 꼬물거린다. 익숙한 향기와 포근히 감싸는 무게감이 반갑다.

고물고물 안겨 가는데 짐작대로 진우의 숨결이 정연의 정수리에 내려앉는다.

"……언제 왔어요?"

고개를 두리번거리며 시계를 찾아보다 창밖으로 어두운 밤의 느낌에 시간이 꽤 흘렀구나 한다. 잠이 들었던 것인가?

"……괜찮아요?"

"누가 할 말인데?"

"수진이랑 태우 씨한테 대충 이야기는 들었어요. 나는 당신이 잘못된 줄 알고……."

정연은 아까의 느낌이 되살아나듯 부들부들 떨리는 손으로 그의 얼굴을 더듬고 입술을 만지고 몸을 더듬는다. 따뜻하게 휘감겨 오는 남자의 몸이 반갑다. 살아 있는 몸과 따뜻한 마음이 만난다.

"뭐하러 걱정해? 내가 네 곁에 있겠다고 했잖아."

그를 생각하면 할수록 몸이 저릿해진다. 만약 이 사람이 곁을 떠난다면? 그걸 안고 살 수 있을까? 정연의 어지러운 선잠 속에서 마음을 뜯어 먹던 응어리가 풀리지 않은 듯 울먹인다. 그런 그녀를 뚫어지게 보던 진우가 손으로 눈물을 훔쳐 준다.

안심이 되는 사람의 손길에 마음이 놓인다. 눈물이 끝도 없이 솟구친다.

기억이 묻어온다. 그동안 전혀 모르고 있던 그날들이. 병원에서 지내던 둘 다 힘겨웠던 날들 중에 새벽녘 악몽 속에 깨지도 못하고 흐느낄 때마다 좁은 병원 침상으로 들어와 그녀를 안아 주던 손길. 한사코 밀어 내던 손을 억지로 잡고 어르던 그 손길이. 그래야만 잠이 들 수 있었던 너무 길던 서러웠던 밤이.

이제는 그 손이 서러움을 덜어 내고 반갑게 마주한다.

"나 진짜 잘 안 우는데, 당신 만나고 바보가 된 거 같아요."

"그래, 김정연 울보야."

좁은 침대에서 둘은 더 가까이 끌어안는다. 자꾸만 우는 정연을 놀리기라도 하는 듯 간지럽게 입을 맞추는 남자는 그만큼 더 간지러운 웃음을 쏟아 낸다. 그 웃음에 마음을 실은 정연이 진우의 목을 감고 키스를 되돌린다. 익숙한 남자의 체취에 파고들듯 몸을 가까이 한다.

키스하고, 만지고, 입술이 서로 깊어진다. 더 욕심을 내는 듯 남자의 입맞춤은 노골적이다. 세게 당기는 몸짓, 숨 쉬기가 버거워 입술을 떼면 바로 머리를 끌어당긴다. 따라가지 못하는 여자가 슬쩍 몸을 밀어도 벽돌 같은 남자는 떨어질 생각이 없는 듯 다시금 입술을 겹친다. 몸과 몸이 얽히고 입술이 얽히고 호흡이 얽혀 들어간다.

누구의 숨소리인지 모를 만큼 하나인지 둘인지 모를 지경이다. 정신없이 입술을 붙들고 있는 그를 이제 더 감당하기 힘든 듯 밀어 낸 정연이 살짝 밉게 쳐다본다.

"숨, 숨이 너무 막혀요."

정연의 투정에 그제야 정신이 돌아온 듯 진우는 마주한 정연의 눈을 쳐다본다. 간질간질 남자의 손은 여자를 안고 어루만지기 바쁘다.

"……너무 안고 싶었나 봐."

최대한 자제를 하는 듯 종전보다 살짝 숨이 편안해진다. 정연은 그의 몸짓이 그의 말이 무엇인지 모를 만큼 순진한 여자는 아니다. 전날 아직 부끄럽다는 어색하다는 뜻을 그는 존중해 주고 있었다.

그런데 지금은 불씨를 당긴 그를 더 만지고 싶어지는 여자다. 어색한 미소를 한 번 지으며 자꾸만 긴장으로 뻣뻣해진 손으로 진우의 셔츠 단추를 푼다. 헉 하는 진우의 놀란 감탄사가 듣기 반갑다.

그게 시작이었다. 끝이 없는 듯 어루만지고, 입을 맞추고, 그 손길에 옷자락이 들썩이다 몸을 떠난다.

❅ ✱ ❅

진우는 과속방지턱을 조심하며 넘어섰다. 옆에 세상모르게 잠이 든 정연은 미동이 없다. 아침저녁으로 찬바람이 반가운 여름의 끝자락이건만 아직 오후의 조금 더운 날씨에는 살짝 부담스러운 정장 차림의 진우와 정연이다.

그들은 오늘 진우의 본가를 방문하고 인사를 드렸다. 며칠 전 정연은 진우를 이끌고 백화점에서 수십 번을 입고 벗고를 반복하다 결국은 그 옷이 그 옷 같은 옷을 고르고 오늘 인사를 했다.

예정에는 창원 지사 출장 업무가 끝나자마자 서로 인사를 하기로 했으나 그의 아버지의 출장이 곧 잡히고, 그 뒤에는 정연의 중국 출장이 있었다. 또 뒤따라 진우의 급한 업무로 오늘에야 인사를 하고 왔다. 다행히 그의 부모님은 더 이상의 말씀은 없으셨다. 정연은 어색해했지만 밥도 잘 먹고 이야기도 잘하고 왔다.

그리고 결혼 날짜를 받아 왔다.

진우는 에어컨 바람이 살짝 강한 느낌에 잠시 생각하다 끄고 조심스럽게 창문을 내린다. 슬쩍 몸을 떨던 정연은 다시 자세를 가다듬는지 조금 움직이다 그대로 고른 숨소리가 간지럽다. 그의 집에서 내내 조심하며 움직이던 몸짓이 이제야 평온을 찾는다. 긴장해서 붙어 있던 무릎이 지금은 잠결에 아주 살짝 떨어져 있다.

진우는 신호 대기 중에 한참을 그런 정연의 모습을 바라본다. 지금 눈앞에 있는 김정연은 어제도 내일도 다를 바가 없는데 오늘 결혼 날짜까지 받아 놓고 다시 보는 정연은 또 다른 사람 같아 울컥해지는 기분을 혼자 느낀다. 긴장을 풀어 버린 여자의 어깨는 한없이 여리게 보인다.

오늘 아침부터 딱딱하게 굳어 있던 미소는 그의 집을 나서는 순간 반짝이는 눈빛으로 다시 돌아오고 그리고 이제는 완벽히 그의 여자가 된다고 한다. 눈길을 거두고 진우는 그의 아파트 주차장으로 들어선다.

그럼에도 잠을 깨지 않는 정연을 진우는 어쩌나 하다 그냥 그대로 둔다. 대신 그의 윗옷을 덮어 주자 더 몸을 웅크린다. 한껏 긴장했던 정연은 그의 차에 타자마자 몇 마디 이야기를 하다 그대로 잠이 들었다. 딴에는 뭐가 그리 걱정인지 그에게 크게 내색은 안 해도 들어갈 선물을 선택하는 것부터 시작해서 예민해져 있던 것을 모를 진우가 아니다.

깨길 기다려야 하나 아니면 깨워야 하는 와중에 정연이 부스럭거리며 그의 옷을 들추고 일어난다. 천천히 고개를 돌려 주변을 보다 어딘지 깨달은 정연이 놀란 얼굴을 한다.

"여기로 오면 어떡해요? 오빠 기다리는데."

"올라갔다가. 너 지금 얼굴 너무 피곤해 보여서 좀 그래. 좀 쉬고 이따가, 조금 이따가, 응? 이따가."

진우는 정연의 얼굴은 핑계고 그저 같이 있고 싶은 마음에 괜한 소리를 댄다. 그걸 모를 정연이 아닐 텐데 한 번 배시시 웃고 따라 내린다.

집으로 들어온 정연은 방으로 들어가 갑갑한 스타킹을 벗고 맨발로 나풀거리며 욕실로 들어간다. 뒤따라 들어오던 진우가 그 모습을 보자 민망한 듯 웃으며 얼굴을 돌린다. 진우는 이제 기운을 차린 정연이 다행인지 부드러운 미소를 담고 주방으로 들어선다.

정연은 손을 씻고 화장이 갑갑해 세수를 하고 나온다. 자연스럽게 진우 옷장 바로 옆에 있는 자신의 옷장에서 필요한 것을 찾고 거실로 나왔다.

얼마 전에는 이삿짐센터에 보관 중인 짐들을 정리했다. 계절에 맞지 않는 옷들은 이제 진우의 집으로 들어왔다. 그중에 필요한 것들은 오빠네에 가져가고, 그렇게 머물 곳 없는 짐들은 제자리를 찾았다. 그리고 그날 밤, 말은 안 했지만 진우가 한시름 크게 놓은 것도 알았다.

"자, 매실차."

아직 더운 기운이 남아 있는 날씨에 따뜻한 차가 반갑지는 않지만 무슨 뜻인지 아는 정연은 후후 불면서 한 잔을 다 마신다.

"이제 괜찮아?"

"너무 먹었나 봐요."

"적당히 먹지."

"인사 가면 잘 먹어야 어른들이 좋아하신다고 하길래."

대충 흘러가는 분위기로 결혼을 서두를 거라는 생각은 했다. 그래도 이렇게 일사천리로 진행될 줄은 몰랐던지라 솔직히 정신이 없다. 혹시나 저를 싫어하지는 않을까 하는 고민도 여러 날 했었다. 많이 기우는 집안도 걱정이고 재혼한 자신의 엄마 쪽도 그렇고 걱정을 파고드니 한두 가지가 아니었다.

그래도 그 곁에서 진우는 묵묵히 정연의 고민을 들어 주고 해결해 주었다. 우리 집이랑 당신의 집이 차이가 나서 걱정이라는 말에는 자신의 재산을 다 팔아 정연의 앞으로 해 주겠노라고 말도 안 되는 해결책을 내놓았고, 엄마의 재혼은 어쩔까 했더니 자기 고모는 두 번 결혼하고 지금 연하의 남자와 외국 어디에서 그림 그리면서 자유로운 영혼으로 살고 있다는 말도 했다.

그렇게 진우는 간단하게 쓸데없는 고민 하지 말라는 말로 정연의 말을 막았다. 그런 그의 억지가 편했다. 늘 삶이 진지하고 선택의 앞에서 힘겨웠던 날들이 버거웠다. 한없이 무거운 질문을 한없이 가볍게 덜어 주는 그만의 방식이 좋아졌다.

인사 간 자리가 마냥 편하지는 않았다. 살아온 과정도 사는 모습도 많이 다른 또 다른 세계 같았다. 그러나 제게도 이렇게 좋은 남자인데 그의 어머니도 아버지도 얼마나 더 좋은 짝을 지어 주고 싶었을까 생각하면 이해가 되기도 했다. 조금 불편하기도 했지만 그의 부모 역시 정연이 편하지 않았을 테다.

함께 식사를 하는 자리에서 그와 그의 아버지는 일 이야기를 길게 늘어놓았다. 정연은 들던 수저를 어쩌지 못하고 잠시 당황했다. 그때 영숙은 반찬 접시를 몇 개 정연에게 밀어 주면서 괜찮다는 눈짓을 건넸다. 그리고 새사람 앞에서 다른 이야기가 너무 길다며, 그와 그의 아버지를 살짝 나무랐다.

그렇게 새사람이 된 정연은 당겨 준 접시에서 반찬을 집을 때 속이 잠깐 울컥했다. 어색했던 불편했던 첫 만남에서의 관계가 이렇게 물길이 방향을 틀어 편안하게 흘러가기 시작했다.

정연은 소파에 기대앉아 한껏 풀어진 여운을 즐겼다. 그러다 가방 속에서 요란하게 울리는 메시지 알람 소리에 잊었다는 듯 전화를 한다.

"언니."

— 어, 아가씨. 내가 전화는 못 하고 이제 나온 거예요? 뭐라고 하세요? 선물은 마음에 들어 하세요? 결혼은 언제쯤 하자고 하세요?

숨도 안 쉬는지 은주의 질문은 빠르게 쏟아진다. 그 곁에 오빠도 같이 몇 마디 거드는 소리가 요란하다. 정연은 슬며시 입꼬리가 올라간다. 그전에는 몰랐던 오빠의 사랑도 이제는 받을 만한 여유가 생겼다.

"언니, 하나씩 해요. 근데 결혼 날짜를 잡았어요. 이 사람 집에서 진우 씨 형도 곧 해외 연주 있다고 하고 가족들이 다들 바쁘다고 같이 모이는 날짜가 그때밖에 없다고 해서요. 그래도 좋은 날이라서 그날 하면 잘 산대요."

진우가 전화 통화를 짐작하고 정연의 앞에 선다. 이 남자의 얼굴도 굳어진다. 상의 없이 그의 집에서 결정한 결혼 날짜가 상대에게는 기분 나쁠 수 있다며 그의 어머니가 따로 그를 불러 잘 설명하라고 이야기했다고 한다.

긴장한 듯 정연의 입 모양에, 잘 들리지도 않는 전화 너머에 잔뜩 인상을 쓰고 집중한다. 그런 그의 모습이 좋다. 몇 번쯤은 여자의 마음을 잘 몰라 쩔쩔매기도 하는 자신과 같은 어설프기도 하고 모자란 그 모습이 그렇게도 좋다. 하긴 뭔들 싫은 게 없다.

— 그래서요? 언제? 여보, 지후 아빠, 아가씨 날까지 잡고 왔대.

전화기 너머 오빠의 놀란 목소리가 급하게 끼어든다.

— 정연아! 인사하러 가서 갑자기?

— 아, 여보 내가 전화하고 있잖아. 자기는 저기 좀 가서 앉아.

정연은 오빠 부부의 다정스러운 다툼에 슬쩍 웃는다. 그 모습을 본 진우가 한결 마음이 놓이는지 굳은 얼굴을 풀고 소파에 앉는다. 한참을 그렇게 전화 너머에서 투닥이던 소리가 들리고 잠시의 시간이 지났다.

"언니, 이제 나 말해도 될까?"

— 그래요. 아이고 오빠가 어찌나 끼어드는지.

"10월 마지막 주 금요일이래요."

— 세상에 그렇게 빨리? 여보 10월 마지막 주래.

다시 한 번 우당탕 소리가 왔다 갔다 하고 정연은 어찌나 전화를 끊어야 하나 싶어진다.

— 급하긴 해도 날짜 너무 많이 남으면 이거 해야 되고 저런 말 들어야 하고 힘들어요. 차라리 급한 게 나아요. 그렇게 생각하면 또 더 좋기도 하구요. 일단 집에 와서 의논해요. 오빠 목 빠지니 빨리 와요. 사람 일이란 게 되려고 하면 그냥 이렇게 정신없게 되기도 하고 그래요. 좋은 일이니 너무 걱정 말고 일찍 들어와요.

정연은 대체 무슨 대화가 오갔는지 정신없는 전화를 내려놓고 기운이 빠진 듯 소파에 기댄다. 생각을 시작하니 뭘 준비해야 할지, 그래도 상견례 날짜는 따로 잡아야 하니 그것도 고민해야 하고 결혼하겠다 결심만 하면 다인 줄 알았는데 머리가 점점 무거워 온다.

"집은 여기서 살면 되고, 결혼식이야 전문가들이 알아서 다 해줄 테고, 뭐 또 고민 있어?"

아고고, 정연은 팔을 벌려 자기에게 오라는 듯 품을 내어 주는 진우에게 폭삭 안긴다. 그런 정연을 가볍게 들어 그의 허벅지에 다리를 벌리고 앉게 한다. 민망한 자세를 부끄러워할 틈도 없이 키스가 깊어진다. 들숨 날숨이 어지럽다. 만지고 또 만진다. 더듬고 물고 입술로 쓸어내리고 끝이 없다.

블라우스의 단추가 풀어지고 진우의 손이 안으로 파고 들어가 가슴을 만진다. 정연의 숨결이 더워질 때쯤 등을 타고 넘어간 진우의 손이 브래지어를 풀자 야하게 여자의 가슴이 수줍게 보인다. 남자에게 걸터앉은 여자의 속옷도 가볍게 남자의 손에 사라진다. 진우가 정연의 허리를 들어 그에게 묻게 한다. 끙끙거리며 그의 속도에 맞추는 정연이 그저 사랑스럽다. 한참 그렇게 다급한 숨결이 이어진다.

"못됐어."

후희를 즐기듯 소파에 겹쳐 누운 진우가 채 다 벗기지도 못한 블라우스를 마저 벗기려 하자 그의 손을 살짝 때린다.

"뭐가?"

"옷 다 구겨졌잖아요."

정연이 투덜거리며 몸을 일으키고 욕실로 들어선다. 가볍게 씻으며 아무리 봐도 이 옷차림으로 집으론 무리다 싶어 옷장을 뒤진다. 손에 잡히는 원피스 한 벌을 들고 혼자 웃는다. 언젠가 그에게 잘 보이고 싶을 때 샀던 원피스였다. 그런데 어찌 된 영문인지 원피스 뒤 지퍼를 혼자서 도저히 올리지 못해 한 번도 입어 보

340

지 못했다.

혼자 살면서 누가 해 줄 수 있는 상황도 아니라 몇 번 입어 보고 낑낑거려 봤지만 결국 유별나게 구는 그 옷은 옷장 차지가 되었다. 정연은 닫힌 문을 몇 번 쳐다보다 옷을 갈아입는다. 역시나 지퍼를 올리지 못한 상태로 문만 빼꼼히 열고 그를 부른다.

"나 이거 좀?"

통화를 하고 있던 진우가 자신을 부르는 소리에 이야기를 마무리하고 정연을 본다. 민망한 듯 슬쩍 몸을 돌려 뒤를 보여 주고 다시 이내 몸을 바로 한다. 뭔가 싶어 의아해하다 뒤돌아서는 그녀를 보고 그래도 무슨 상황인지 모르겠는지 정연을 쳐다보기만 한다. 그러다 장난치는 아이처럼 씩 웃는다.

"오늘 안 갈 거야? 벗겨 달라는 거구나? 나야 그럼 좋지."

다가와 진우는 생글거리며 능글맞게도 웃는다. 정연은 답답하다는 표정으로 웃는 진우를 살짝 흘겨본다.

"올려 달라고요. 이 원피스 예뻐서 샀는데 혼자서 못 해서 한 번도 못 입어 봤단 말이에요. 이제 입어 보려고."

뒤돌아서 고개를 살짝 돌리고 재촉한다. 진우는 정연의 어깨를 잡고 올려 주지도 않고 매끄러운 등과 속옷을 감상하듯 쳐다본다. 그런 진우를 두고 정연은 살짝 토라지며 됐어요 한다. 벗고 다른 옷으로 갈아입으려는 시늉을 하자 그제야 지퍼를 아주 천천히 너무나도 느리게 올려 준다.

"근데 원피스는 혼자 못 입는 거야?"

"아뇨, 혼자 올릴 수 있는데 이 옷만 그래요. 나 예뻐요?"

정연은 진우가 지퍼를 올려 준 원피스를 입고 기분이 좋은지 뽐내듯 거울 앞에서 싱긋 웃는다. 둘이라서 참 좋다는 생각을 지퍼를 올려 준 진우도 그 손길에 옷을 입은 정연도 같이한다.

분명 나갈 때와 다른 옷차림에 오빠 부부가 짐작을 하겠지만 그렇다고 대놓고 나 뭐 했소 하는 구겨진 옷은 더 부끄럽다. 어쩌면 결혼 날짜가 정해진 거에 놀라 이런 것쯤은 넘어갈지도 모르겠다 하는 요행수를 바라 본다.

그동안의 정서적 빈곤이 무색할 만큼 찰랑찰랑 마음은 가득 찬다. 때때로 이렇게 행복해도 되나 싶을 정도로 진우 말대로 사서 고민을 하기도 했지만 그동안 힘들었던 날들에 대한 보상이었나 싶어진다.

차가운 물로 달아오른 얼굴을 식히고 거실로 나오니 진우가 나갈 준비를 하고 있다. 정연이 가방을 챙기는 사이 진우가 정연의 카디건 하나를 꺼내 들고 나온다. 자연스럽게 진우가 입혀 주는 옷을 입고 문을 나선다.

"회사에는 언제 이야기할까요?"

"바로 이야기해야 되지 않을까? 너희 회사도 일정이 있을 텐데 출장이나 이런 거 신혼여행이랑 조율해야 하기도 하고."

"……그래야겠죠?"

정연은 뭔가 심각하게 얼굴이 굳는다. 지금 어떤 생각인지 이제는 다 아는 진우가 먼저 나선다. 손을 꽉 잡자 엘리베이터 문이 열린다. 싱긋 웃는 여자가 같이 발을 맞춘다.

"결혼 이야기 회사에 말하기 부끄러워 그러지?"

들킨 마음이 민망한지 또 그냥 웃고 마는 여자다. 일은 잘하면서 이런 일은 아이처럼 그저 민망해한다.

"내가 가서 말할까?"

"아뇨. 그러는 게 더 부끄러워요. 월요일 출근하면 바로 이야기할게요. 당신은요?"

"나? 나는 아까 너 욕실 들어갔을 때 회사 주변은 대충 다 알렸어. 집에서도 아마 우리 나오고 다 이야기했을 거야."

놀란 모양인지 정연이 그의 얼굴을 바라본다. 얼마 전에는 결혼하게 되면 정연이 회사를 계속 다녀야 할지도 심각하게 서로 고민했다. 진우가 평사원도 아니고 일차 협력 업체에 정연이 계속 근무한다는 부분이 조금 걸리긴 했지만 많은 대화 속에 그녀는 그대로 근무하기로 했다. 혹시 서로 간에 껄끄러운 부분이 생긴다면 그건 그때 해결하기로 했다.

"나랑 결혼하는 게 그렇게 좋아요? 결정 나자마자 후딱이네."

"응."

정연이 안전벨트를 매며 진우에게 묻는데 망설임도 없이 거두절미한 대답이 시원하다. 정연은 흡족한 기분이 들어 그의 얼굴을 쳐다보며 자세를 바로 한다. 그 모습에 진우는 그저 부드러운 미소만 담고 고개를 창가로 돌린다.

마음에도 살이 붙어 굴곡 많은 연애사가 이제 이렇게 다시 결혼으로 이어 간다고 한다. 진우는 속으로 무슨 생각을 하는지 모르겠는 정연을 보고 조용히 각자의 생각에 빠진다. 아마도 복잡하지만 그럼에도 마냥 좋은, 그러면서도 지난날의 자신의 모습에 후회를 담기도 할 테다. 그들은 이제 조금 더 깊은 관계를 이어 가려는 준비를 시작한다.

어느 사이 진우의 차는 정연의 오빠네 아파트에 도착했다. 그녀의 오빠는 또 다른 김정연이었다. 진중하고 말이 없는 그의 오빠도 그의 가족과 함께할 때 가장 빛나는 옥돌 같았다. 그가 모르는 다른 부분을 가진 여동생으로 김정연을 아는 남매 사이가 살짝 질투 나기도 했다.

그렇지만 그가 해 주지 못하는 모자란 부분을 채워 주는 이 남매만의 관계가 정연에게 행복감을 줄 거란 것을 그도 안다.

정연이 가방을 챙기고 진우가 같이 내리려 하자 정연이 그러지 말라는 손짓을 한다.

"같이 이야기드리자."

"아니에요. 오늘은 여기까지만. 오빠도 묻고 싶은 거 많을 테고. 아마, 자기가 옆에 있으면 조금 불편할 거예요. 우리 오빠 알잖아요."

살짝 서운한 마음이 들어 진우는 잡은 손을 놓아주지 않는데 이 여자는 뭐가 그리 급한지 몸을 배배 꼬며 손을 빼려고 한다. 심술 내며 진우가 아이처럼 매달려도 단호하게 밀어 낸다. 더 이상 졸라 봤자 소용없다는 것을 모를 진우가 아니다.

그럼에도 서운함에 어두운 주변을 슬쩍 두리번거리며 입을 맞춘다. 차게 밀어 내던 여자가 머뭇거리다 입술을 내어 준다. 늦은 여름 매미가 길게 운다. 몇 번이나 아쉬운 듯 입술을 뗐다 다시 밀어붙이길 반복하고 그런 남자를 정연은 말없이 받아들인다. 저도 그만큼 아쉽구나 하는 위안을 삼는 진우다.

"이야기하고 바로 전화 줘."

"네."

내리지 말라고 하는데도 진우는 고집을 피우며 곁에 같이 선다. 보안 카드를 찍고 들어서는 그녀의 뒷모습을 바라본다. 언제부터는 혼자서 엘리베이터도 잘 타고, 물론 속으로 백 번쯤 고민하며 발걸음을 옮길 그녀지만 나름대로 용기 내어 저렇게 씩씩한 표정을 짓는다. 미처 인사도 못 한 진우가 서운해하는데도 쌩하니 뒤돌아섰다.

그렇게 곧 도착한 엘리베이터를 타고 그제야 손을 흔든다. 곧 문이 닫히고 그녀는 사라졌다. 서운한 마음에 한참을 닫힌 문을 바라보다 정연의 오빠 집 층수에 숫자가 멈춘 것을 확인하고 진우는 뒤돌아선다.

일상으로 돌아온 그들에게 퇴근 후의 짧은 데이트는 늘 이렇게 아쉬움을 남겼다. 매번 뒷모습을 보이며 사라지는 여자가 못내 아쉬웠다. 언제나 아쉽기만 했던 뒷모습. 저렇게 사라지면 다음에 얼굴을 볼 때까지 마음을 견뎌야 했다. 지난날의 뒷모습은 좋은 날에도 어디 한구석은 마음자리가 서늘했다.

그런데 오늘은 저 뒷모습이 내일은 더 깊은 관계가 되어 올 것을 그도 그녀도 이제는 알고 있다.

진우는 조금씩 부풀듯 차오르는 감각을 기분 좋게 누린다. 고개들 들어 보이지도 않는 정연이 있을 곳을 더듬으며 차로 향한다. 주머니에서 울리는 진동 소리. 정연의 메시지다.

「우리 집 가서 푹 쉬고 내일 봐요.」

우리 집이란 단어가 주는 말이 달콤하다. 진우는 쓱쓱 차오르는 느낌을 포근하게 끌어안고 걸음을 옮긴다. 내일은 그리고 내년에는 그리고 또 그다음 해도 이제는 같이 있을 삶이 되겠지. 연애를 접으며 굴곡 많고 힘겨웠던 그날들이 영양분이 되어 뿌리 깊은 나무가 된다.

그들은 이제 새로운 날들을 시작하려 한다. 조금 시간이 흐르면 아마도 저를 닮은, 또 그녀를 닮은 아이 한둘이 있는 그림이 그려진다. 자꾸만 웃음이 흐른다. 기분 좋은 발걸음이 가볍다.

저 위에 어느 한쪽의 베란다에서 그런 남자의 뒷모습을 보는 밝은 미소가 아래로 떨어진다.

에필로그

알싸하게 겨울바람이 휭 분다. 코끝이 찌릿하게 추위가 맵다. 종종걸음 치는 남자의 발걸음이 바쁘다. 아파트 공동 현관 앞에서 빨리 열리지 않는 문이 답답한 듯 이마가 살짝 접힌다. 엘리베이터를 타고서도 바뀌는 숫자에 눈을 떼지 못한다.

무슨 급한 일이라도 있는 모양인지 같이 탄 사람이 눈인사로 안부를 나누자 그제야 자신의 모양새가 눈에 들어와 부산스러운 몸짓을 단정히 한다. 도착 알림 소리에 문이 열리고 진우는 무안한 웃음을 남기고 내린다. 문을 열기 전에 탁탁 손짓이 급하게 옷을 턴다. 찬 기운이 그 손길에 떨어질 것도 아닌데 그의 털어 내는 손짓이 진지하다.

다급하게 번호 키를 누르는 손이 바쁘다. 문이 열리고 따뜻한 공기가 훅 밀려온다. 그리고 환하게 웃는 정연이 서 있다. 그녀의 시선이 진우의 손에서 무엇인가 찾는다. 빈손인 걸 알고 그제야 그의 얼굴을 보고 눈으로 묻는다.

"남편 얼굴도 안 보고 손부터 보는 거야? 서운하게."

정연은 슬쩍 무안한지 웃는다. 진우가 그런 정연의 머리를 헝클이다 품에서 부스럭거리며 종이봉투를 꺼내 놓는다. 아이처럼 반색하고 봉투를 받아 들고 식탁으로 가는 정연을 보며 입꼬리를 올린다. 옷을 갈아입고 욕실에 들어가 손을 씻는다.

막 수건에 손을 닦고 나서는데 욕실 문이 열리고 정연이 문 한쪽에 몸을 기댄다.

"내가 풀빵 사 오라고 했잖아요."

"미안, 풀빵은 아무리 찾아도 없어서. 붕어빵이나 풀빵이나 겉에는 밀가루 안에는 팥이고 같은 거 아니야?"

"아니지. 붕어빵은 비린내가 나서 못 먹겠어요."

진우가 기가 막혀 정연의 얼굴을 보는데 그런 그의 표정에 더 뾰로통한 얼굴로 정연이 식탁에 앉는다. 식탁 위에는 찢어진 붕어빵 봉투가 한구석에 밀어져 있다. 그리고 노트북과 종이가 어지럽게 함께 쌓여 있다.

한쪽에 있는 프린터기에서는 열심히 종이를 토해 내고 있다. 나오던 종이를 하나씩 챙기던 정연이 순서를 확인한다. 30cm 자를 대고 한 줄씩 꼼꼼하게도 살핀다. 진우는 그런 정연을 마음에 안 든다며 쳐다본다.

"인수인계서를 보고서처럼 만들어? 회사 그만둔 거 많이 서운해서 그래?"

정연은 결혼하고 일 년이 지난 어느 날 많은 고민과 서운함을 달고 사표를 냈다. 일 욕심 많고 회사 측에서도 잡고 싶어 안달했지만 여러 가지 상황이 좋지 못해 계속 다닐 수가 없었다. 애써 진우에게는 괜찮다고 했지만 그만두고 무얼 저리 만든다고 어쩐다 하는데 그 수준이 어디 사업 계획서라도 만들듯이 열심히도 한다.

"안 서운하다면 거짓말이겠죠? 그런데 이제 괜찮아요. 인수인계서는 아니고 뭐라고 해야 되나? 매뉴얼쯤 그런 거예요. 내가 그동안 일하면서 쌓은 노하우 같은 그런 거. 이대로 내 머릿속에만 있는 거 아깝잖아요. 이제 마무리 중."

진우가 빽빽하게 작성한 종이에 시선을 잠시 두다 인상을 구긴다.

"이렇게 일을 하니 머리가 아프지."

"그 정도까지는 아니라서. 좀 참아 보고요."

진우는 정연의 안색을 살피다 일어나 그녀의 뒤에 가서 선다. 꾹꾹 어깨를 주물러 주고 머리를 만져 준다. 눌러 주는 힘이 강했는지 끙 앓는 소리가 나자,

"미안. 아파? 내가 힘을 너무 많이 줬지?"

"아니. 시원해서."

"아직도 마음이 심란해?"

"어, 나 그런 거 아닌데? 대학 졸업하고 첫 직장이었잖아요. 거기다 자기 만나게 해 준 곳이라 많이 고맙고 감사한 회사라서요. 그런 곳인데 그만두고 이런 상황이 좀 많이 미안하기도 하고 그

래서 내가 해 줄 수 있는 만큼은 해 주고 싶어서요."

진우는 조용히 내놓는 정연의 답에 심장이 쿵 내려앉는다. 결혼을 하고 한 해를 보내고 그럼에도 아직도 마음이 고운 이 여자를 다 알지 못했던 자신의 마음 부족함이 살짝 부끄러워진다. 뭘해도 그녀만큼 마음의 헤아림이 모자라는지 늘 한 번씩 이렇게여자의 마음에 놀라고는 한다. 저의 시작과 그녀의 시작점이 달랐을지라도 지금은 같은 길을 걷고 있다.

정연은 노트북에서 손을 놓고 머리를 뒤로 젖힌다. 그렇게 진우와 정연의 눈이 마주친다. 진우가 슬쩍 입술을 부딪치자 놀란정연이 머리를 들다 둘이 부딪친다. 아야 하고 진우가 쩔쩔맨다.

낄낄거리며 뭐가 우스운지 이제 됐다는 손짓을 하며 진우에게그만하라 한다.

"괜찮아? 아파?"

"아니 안 괜찮아요. 풀빵 먹고 싶다고 했는데 붕어빵이 뭐야?내가 한겨울에 복숭아 사 달라고 한 것도 아닌데. 아 서운해."

생글거리며 진우에게 아이처럼 투정한다. 진우는 안 괜찮다는처음 말에 덜컹하다 이내 같이 웃는다. 은근히 말도 재밌게 하고애교도 많은 여자다. 하루, 한 달, 한 해가 더해 갈수록 자꾸만 좋아지는 여자다. 어쩌라고 싶다. 이렇게 계속 예쁘기만 하는 여자를 어쩌라고.

"가만있어 봐. 내가 풀빵 만들어 줄게. 너는 붕어빵에 정말 붕어가 들어간다고 알고 있는 거야? 아가야, 네 엄마 바보인가 봐.큰일이네. 아빠가 너 태어나기 전까지 네 엄마 잘 가르쳐 데리고 있을게."

"뭐예요? 지금 아기한테 아빠가 엄마 흉보는 거예요?"

진우는 투덜거리는 정연을 두고 일어나 싱크대 선반을 뒤진다. 접시를 꺼내 놓고 부스럭거리며 비닐장갑을 찾는다.

정연과 결혼하고 일 년이 넘어 그들에게 사랑의 결실로 아이가 찾아왔다. 한창 출장이다 뭐다 바빴던 정연의 체력이 바닥을 칠 때 그때 아이가 찾아왔다. 지독한 입덧과 진우가 얽힌 여러 가지 서로의 회사 사정으로 결정을 내려야 할 시기였다.

역시나 그들은 많은 고민과 대화를 함께했고 정연은 결정을 내렸다. 조금 몸이 안정되고 이제야 그만둔 회사 메뉴얼을 만든다 어쩐다 저러면서 또 신경을 바짝 쓰고 있다. 결혼하고 마음이 여유로웠는지 마른 몸에 예쁘다 싶게 살이 올랐는데 입덧에 고스란히 제 몸을 내어 주고 아이를 지키느라 힘들었다.

진우가 맞은편에 앉아 비닐장갑을 척 끼면서 정연의 얼굴을 본다. 정연은 사부작거리며 펼쳐 놓는 그릇을 피해 서류를 정리하면서 노트북 전원을 끈다. 들고 일어서려는데 그보다 빠르게 진우가 비닐장갑을 벗고 거실에 옮겨 놓는다.

"근데 지금 뭐 하는 거예요?"

"풀빵 먹고 싶다면서?"

정연은 가만 그의 하는 모양을 보며 눈이 바쁘다. 붕어빵을 조심스럽게 헤쳐 놓고 동글게 말아 진짜 풀빵처럼 만들어 내민다.

"아무리 찾아도 풀빵 파는 곳은 이 시간에 못 찾아. 내 눈에는 붕어빵이나 풀빵이나 똑같아 보여서 사 왔는데. 내일 다시 찾아볼게. 일단 오늘은 이거라도 먹자."

야무지게 뭉쳐진 가짜 풀빵을 정연의 입에 넣어 준다. 뚱하게 쳐다보던 정연이 마지못해 받아먹는다. 한 번 먹고 또 한 번 아기 새처럼 따박따박 잘도 받아먹는다.

"어때? 비린내 안 나?"

진지하게 정연의 눈치를 살피는 그가 그녀의 얼굴만 바라본다. 고개를 끄덕이며 맛있다고 하는 정연의 표정에 그제야 살짝 긴장한 어깨가 내려간다. 그런 그를 보고 정연이 기분이 좋은지 함빡 웃는다. 덩달아 진우도 흠뻑 젖어 든다.

잘 먹던 정연이 목이 메어 컥컥거리자 진우가 벌떡 일어나 보리차를 부어 준다.

"조심해서 먹어. 뜨거워."

보리차도 꼴딱꼴딱 잘 마시고, 비린내가 없어진 붕어빵도 잘도 먹는다. 한동안 물까지 게워 내던 입덧이 그치고 조심스럽게 먹기 시작한 지 이제 며칠이다. 그래 놓고 고작 먹고 싶다는 게 풀빵이 라니.

"이해가 안 가. 붕어빵에서 비린내가 어떻게 나?"

진우가 아직 원래 모양 그대로 둔 붕어빵을 킁킁거리자 정연이 속이 메스꺼워 오는지 그만하라는 손짓을 한다. 다시 풀빵으로 변신시킨 붕어빵을 내미니 또 그건 잘 받아먹는다. 그 모습이 우습기만 해 진우는 자꾸자꾸 풀빵을 내민다. 반은 장난 같은 손짓에 정연이 이제 그만 먹겠노라 입을 다문다. 다문 입술도 마냥 예쁘게만 보인다.

진우는 아쉬워하며 들고 있던 묵을 자기 입으로 가져간다. 꿀꺽 넘긴다. 그 모습을 보던 정연이 활짝 웃는다. 가짜 풀빵을 잘 받아먹는 모습을 보던 제 모습이 저랬겠지 싶다.

"어디서 사 왔어요? 상가 입구 슈퍼 앞?"

"응. 거기."

"아, 나 거기 외상값 갚아야 하는데."

진우가 비닐장갑을 벗고 정리하다 놀란 얼굴로 정연을 본다. 난데없는 또 외상값은 뭔가 싶어 의아한 표정이 우습다.

"어제 집에 오면서 붕어빵 냄새가 너무 좋아서 한 봉지 샀거든요. 근데 지갑 열어 보니 방금 과일 사면서 현금이 다 떨어져서. 내가 돈 찾아온다고 하니깐 아주머니가 괜찮다고 지나가다 생각나면 달라고 하셨어요. 사 올 때는 좋아서 사 왔는데 막상 집에 오니 붕어 모습에 확 비린내가 올라오는 거예요. 그래서 못 먹었어. 외상까지 해서 사 온 붕어빵인데 제대로 못 먹어서 미안하다, 그치?"

"그래, 우리 정연이 많이 미안했겠네. 내일 우리 와이프 외상값 내가 갚아 주고 와야겠다."

재잘재잘 뭐가 그리 재미있는 일이 많은지 정연은 한참을 그가 없었던 하루를 이야기해 준다. 눈은 여자를 붙잡고 손은 식탁 위를 분주히 정리한다. 능숙한 남자 손길이 자연스럽다.

"저녁은?"

"좀 있어 보고요. 아직은 괜찮은데 소화 잘되면 그때 봐서. 자기는? 저녁 먹어야지?"

"나? 괜찮아. 형이 모닝콘서트 티켓 준다고 하는데 언제 갈래? 태교 삼아 임산부들 많이 온다고 인기 공연이라던데."

"나도 들어 봤어요. 그런데 내가 아직까지 아침에 부지런히 움직일 만큼 컨디션이 좋지 못해서."

"아, 미안. 내가 그 생각까지 못 했구나. 그래 다음에 가자."

그들의 아이가 찾아오고 일상은 이렇게 자연스럽게 거기에 맞춰 대화가 흘러간다. 아직 본격적으로 출산 준비물을 준비할 정도의 시기는 아니었지만, 주변에서 작은 신생아 옷이나 신발을 선물 받으면 그 앙증맞음에 둘은 까르르 웃으며 자신들의 환경 변화를 실감하고 있는 중이었다.

정연은 뒷정리를 하는 진우의 뒷모습을 보다 거실로 자리를 옮겼다. 진우가 혼자 살던 집일 때는 그저 가구가 덜렁, 잠이나 자고 나가던 집이 사람이 살아가는 집이 되었다. 때때로 남자가 꽃을 사 들고 들어오고 그 꽃이 집 안 곳곳에 놓여 있다.

부드러운 온기가 늘 따뜻하게 머문다. 여전히 바쁘고 출장이 자주 있는 진우가 떠나 돌아온 집에는 언제나 정연이 반갑게 기다리고 있었다.

정연은 서류를 챙겨 봉투에 넣고 자리를 옮긴다. 진우는 마저 자리를 정리한다. 정연이 침실로 들어가는 걸 확인하고 베란다 문을 열어 놓는다. 살짝 기침을 하는 정연이 걱정되어 환기를 하면서도 신경이 쓰인다. 아기를 가지고 냄새에 예민해져 수시로 환기를 시키는 일은 진우의 몫이다.

침실로 들어간 정연은 진우의 옷을 챙긴다. 내일 입을 셔츠를

골라 놓고 겉옷과 넥타이 색깔도 맞춰 침대 옆에 걸어 둔다. 손수
건을 꺼내다 기분 좋은 냄새에 코로 가져간다. 좋은 냄새에 살짝
취할 듯 눈을 감는데 방으로 들어온 진우가 그런 정연을 뒤에서
안는다.

박자를 타듯 끌어안은 진우가 살짝 몸을 흔든다. 기분 좋게 춤
을 추듯 정연도 그의 몸짓에 동한다.

"뭐 기분 좋은 일 있는 거야? 같이 웃자."

"냄새 좋죠?"

정연이 진우의 코에 손수건을 대어 준다. 슬쩍 냄새를 맡던 진
우가 신기하게 손수건이랑 정연을 번갈아 본다.

"어, 아기 냄새다. 조카 어릴 때 맡아 본 적 있어."

"수진이가 나 임신했다는 소식에 제일 처음 사 준 내복 있잖아
요. 그거 아기 비누로 빨면서 자기 손수건도 같이 빨았는데 이런
냄새가 나네. 신기해."

담뿍 숨을 들이마시는 진우도 냄새가 좋은지 자꾸만 손수건을
맡으며 덩달아 다시 정연을 껴안고 목덜미에 입술을 놀린다. 잘
세탁된 손수건의 기분 좋은 냄새가 묘하게 정연에게도 담겨 온다.

"아가야, 엄마 너무 힘들게 하지 말고 건강하게 예쁘게 있다가
우리 만나자."

진우가 진지하게 고개를 숙이고 정연의 배를 쓰다듬으며 이야
기를 건넨다. 정연은 고개 숙인 진우의 목덜미를 보며 왠지 울컥
한 기분이 든다.

낮에 엄마의 전화를 받았다. 임신했다는 소리를 해야지, 해야

지 하면서 하루 이틀 미뤘는데 새언니에게 들었다는 엄마의 전화였다. 직접 말하지 않았던 정연의 탓을 하면서도 기뻐하시긴 했다.

'네가 부모 복은 없어도 그래도 결혼 잘하고 아기까지 가지니 이제 엄마가 다리 뻗고 자겠다. 몸조심하고 너무 야단스럽게 자랑 말고, 늘 조심해. 뭐 먹고 싶은 거 있어? 여기서 사서 보내 줄 수 있는 거 엄마가 보내 줄게. 말만 해.'

분명 정연을 걱정하는 말임에도 그 앞에 네가 부모 복은 없어도 이 말을 달고 시작하는 엄마가 서운했다. 아무리 재혼을 했다지만 못내 저렇게 한 발자국을 밀어 내는 엄마를 보면서 울적했던 마음을 누구에게도 말하지 못했다.

이해는 한다. 조금 예민한 자신의 상태와 재혼한 엄마의 입장에서는 정연의 아버지도 일찍 가셨고, 아무래도 그 곁을 온전히 지켜 주지 못한 미안함이겠지. 그럼에도 서운했다.

하루 종일 달고 가던 그런 속내를 슬며시 밀어 넣는다. 마음이 전달되었을까? 진우가 배를 만지던 손을 거두고 이내 정연의 얼굴을 쓸어 준다.

"왜? 기분이 별로야?"

"아니. 그런 건 아닌데 그냥 호르몬 영향인지 가끔 울적해져서. 이제 괜찮아요."

그런 정연을 진우가 빈틈도 없이 끌어안는다. 달래듯 몸을 살짝 흔들어 준다. 그 미동에 묘하게 마음이 정화되듯 풀어진다.

"사랑해."

진우가 아주 작은 소리로 귀에 넣어 준다. 간지럽다는 듯이 슬쩍 몸을 떼는 정연을 진우가 꽉 끌어안아 준다. 답답하다고 진우의 등을 툭툭 치는데도 놓지를 않는다.

"대답해야지?"

"알아요. 자기가 나 사랑하는 거."

"어, 무슨 대답이 그래?"

깔깔깔 진우를 놀리듯 시원하게 웃으며 정연이 품을 쏙 빠져나간다. 실망한 남자의 얼굴이 뭐가 그리 재밌는지 한참을 웃는 정연을 보며 진우도 그저 해사하게 웃고 만다.

그러다 거실에 놓인 진우의 휴대전화가 울리고 회사 일인지 한참 통화가 길어지는 것을 보고 정연은 거실 소파에 앉는다. 책 하나 집어 들고 이내 활자 속에 빠져든다. 그런 모습을 진우가 통화를 하면서 슬쩍슬쩍 훔쳐본다.

기대앉은 정연이 책 한 장이 넘어가면서 몸이 풀어진다. 힘이 빠진 몸이 소파에 쑥 기댄다. 두 장이 넘어가면서 몸이 뉘어진다. 그렇게 얼마쯤 정연의 손에서 책이 떨어질 때 진우가 통화를 마치고 바닥에 떨어지는 책을 받아 테이블에 놓는다.

무릎을 꿇은 그가 모로 누운 정연의 얼굴을 더듬는다. 새근새근 아기처럼 잔다. 진우가 옆에 둔 가벼운 시트 하나를 덮어 준다.

가끔 소파에서 잠이 든 정연을 옮겨 주면 그 기척에 잠이 깨어 한참을 못 자는 여자를 위해 준비해 둔 보드라운 시트다. 살짝 덮어 주자 따뜻한 느낌이 전해 오는지 잠결에도 고운 미소가 어린다.

늘 늦어지는 야근과 출장이 많은 진우의 업무 스타일은 결혼해서도 크게 달라지지 않았다. 그런 부분에 불평 하나 없던 여자다. 대신 늦어지는 그를 기다리다 이렇게 종종 거실에서 잠이 든 그녀를 발견하는 날들이 많아졌다.

고맙기도 미안하기도 한 여자의 잠든 얼굴을 한참을 바라보다 진우는 테이블에 놓인 노트북의 전원을 켠다. 입덧에 힘겨운 정연을 예전처럼 마냥 혼자 둘 수 없어 출장을 조금 줄이고 대신 일거리를 집에 들고 오기도 하면서 곁을 보살핀다.

진우는 바닥에 앉아 소파에 등을 기대고 눈은 노트북에 두고, 귀는 뒤에 두고 그렇게 한참을 일을 한다. 때때로 정연이 뒤척이는 기척에 혹시나 떨어질까 싶어 손을 받치기도 하고 몸을 바르게 누이기도 한다.

그렇게 시간이 깊어진다. 진우는 주방으로 가 냉장고에서 사과를 꺼내 둔다. 고작 먹은 것이 풀빵이라 과일이라도 먹일까 싶어 미리 준비한다. 차가운 과일이 혹여 속을 불편하게 할까 봐 미리 찬기를 없앨 요량으로 접시에 둔다.

벽에 걸린 시계를 보며 저녁을 먹어야 할 텐데 깨워야 하나 아니면 자게 둬야 하나 고민을 하는 와중에 정연의 기척이 느껴진다. 잔기침하는 소리에 보온병에 담아 둔 보리차를 따라 들고 나간다.

"건조해? 목이 간지러워?"

정연이 물을 한 잔 마시고 괜찮다는 눈짓을 한다. 그럼에도 진우는 아까 환기시킨다고 열어 둔 시간이 너무 길었던 것은 아닌지 곰곰이 생각해 본다. 그런 속내를 알아챈 정연은 다시 목소리를 아아아 하고 다듬고 이내 활짝 웃는다.

"괜찮아? 저녁 먹어야지? 뭐 먹고 싶은 거 있어? 아니면 나갈까?"

눈을 마주치며 진지하게 의견을 묻는 진우가 우스운지 정연이 툭 한 번 어깨를 치자 진우가 그 손을 잡고 어깨를 끌어안는다. 익숙한 서로의 체취. 다정스러운 손짓이 익숙하다.

"음⋯⋯. 그냥 밥 먹을래요. 아주머니 해 주신 반찬 맛있던데. 그거랑 자기가 해 주는 계란말이."

진우는 정연의 등을 쓸어내려 주는 것으로 알겠다는 대답을 대신하고 주방으로 들어선다. 그런 진우의 뒷모습을 보던 정연이 베란다로 나가 깨끗한 공기를 마시며 잠을 몰아낸다. 슬쩍 눈치를 보며 창문을 조금 더 열고 찬 공기를 마신다. 기운을 차리듯 베란다에 널어놓은 빨래를 걷어 나온다.

그릇이 달그락거리는 소리와 왔다 갔다 하는 진우의 발소리가 어울린다. 정연은 부산스러운 그의 뒷모습을 보며 빨래를 개고 있다. 착착 수건을 개고, 양말의 짝을 맞춰 넣고 각자의 속옷이 제자리를 찾아 들어갔을 즈음 진우가 눈을 반짝이며 정연을 찾는다.

"그냥 두지."

"뭘, 누가 하든 해야 하잖아요."

정연이 수건을 욕실에 두고 나오자 진우가 그녀의 손을 잡아 이끈다. 의자를 빼 주고 정연이 식탁을 보고 우와 하는 과장스러운 표현을 하자 진우가 호응하듯 별거 아니라는 손짓을 한다.

"맛있겠다."

정연은 인사치레가 아닌지 침을 꼴딱 삼키며 젓가락을 들어 계란말이를 냉큼 먹는다. 맨입에 한 개 두 개 들어가자 진우가 급하게 숟가락을 집어 준다.

"밥이랑 먹어."

"자기의 계란말이는 정말 훌륭해."

진우는 정연의 자기란 말에 으쓱해진다. 가끔 습관처럼 박 팀장님이라고 따라붙은 말꼬리가 어느 사이 없어지고 이제는 익숙한 듯 자기란 말이 반갑다.

"그럼, 내가 계란말이 만드는 동영상을 얼마나 봤는데. 이제는 눈 감고도 할 수 있어."

은근한 자랑이 식탁 위에서 나풀나풀 춤을 춘다. 결혼을 하고 나서 정연은 자신이 두 사람을 위한 밥상을 차려 본 적이 없다는 사실에 당황했었다. 늘 혼자였던 일상에서 라면조차 두 개를 끓이고 살았던 기억이 없다.

정연은 신혼 초 진우가 놀랄 정도로 수많은 요리책을 사들였다. 보고 또 보고, 그렇다고 요리책에서 봤던 음식을 했던 것도 아니었다. 진우는 정연에게 요리책으로 독서를 하는 여자라고 놀리기도 했다. 그럴 수밖에 없었던 사연은 그는 출장으로 여전히 바빴고, 정연 역시 회사 업무가 커서 둘은 얼굴을 마주하는 시간조차 아쉬울 만큼 시간이 부족했다.

그러다 정연이 아이를 갖고 몸이 힘들어지고, 진우가 회사 업무를 줄이면서 집에 있는 시간이 늘었다. 그렇게 그녀가 사 놓은 수많은 요리책이 진우의 담당이 되었다.

"천천히 꼭꼭 씹어 먹어야지."

반찬을 챙겨 주며 진우도 같이 수저를 든다. 말 잘 듣는 아이처럼 정연은 밥 한 수저에 계란말이 하나를 먹고, 다시 밥 한 수저에 이번에는 젓가락이 깻잎절임에 간다. 한 잎을 떼다 잘 떨어지지 않는 것을 본 진우가 자연스럽게 거들어 준다. 아주 작은 일상인데 둘이 거드는 젓가락질이 정겹다.

"예전에 우리 지후가 어린이집 처음 갔을 때요, 아, 지후가 고모부 보고 싶다고 하던데 자기 우리 지후한테 너무 잘 보였나 봐요. 고모보다 고모부가 더 좋은가 봐."

정연은 고모부로 지칭된 그를 보면서 결혼하고 각자 새롭게 얻게 되는 호칭이 새삼스럽게 신기하고 재밌다. 고모부가 된 자신의 남편과 숙모란 이름으로 시조카가 또 생긴 그들의 관계가 무언가 말로 다 설명하기 힘든 끈끈한 끈으로 연결되어 가는 느낌이다.

"아, 이 말 하려고 했던 게 아닌데, 나 뭐 하다 말았죠?"

"지후 어린이집."

진우는 그런 정연을 진지하게도 쳐다보며 눈짓으로 재촉한다. 예전에 그들이 이렇게 서로에게 깊숙하게 스며들기 전에는 전혀 몰랐던, 이야기하는 것을 좋아하고 주고받는 대화를 좋아하는 여자다.

"언니가 처음 지후 어린이집에 보내 놓고 부모 상담으로 갔는데 지후가 화장실에서 혼자 볼일을 보고 바지춤을 올리면서 나오더래요. 나는 그 이야기 듣고 우와 우리 지후 이제 혼자 화장실에서 옷도 다 입고 나오는구나 다 컸다 싶어 뿌듯했거든요. 근데 언니는 그 모습 보고 눈물이 왈칵 나왔다네요. 저 어린 녀석이 이제 혼자 세상에 나와서 지 혼자 옷을 입고 그러는구나, 앞으로 더 큰 일도 해야 하는구나 하는 생각에 막 걱정되고 안쓰럽고 그랬다고. 그때는 대체 왜 저렇게 과장해서 걱정하나 우리 언니 너무 마음이 약하다 속으로 그런 생각 했는데, 내가 아이를 가지고 다시 그 장면을 그려 보니 이해가 되는 거 있죠? 아 우리도 태어날 우리 아이가 어린이집 처음 가면 그런 감정을 가지겠죠?"

정연은 당장 눈앞에 아이라도 있는 듯 말을 하면서 나중으로 갈수록 목소리가 살짝 떨린다. 진우는 공감하듯 그런 정연을 본다. 아이를 가지고 조금 더 감상적인 여자가 된 정연은 그보다 더 빨리 부모가 되어 간다.

"누가 보면 내일모레 유치원이라도 가는 학부모인 줄 알겠네. 일단 낳고 보자, 응?"

정연은 장난스럽게 대꾸하는 남자를 향해 몰라 하는 입 모양으로 같이 호응해 준다. 조금 진지하게 고민하던 정연을 가볍게 만들어 주는 남자다. 다시 이런저런 배 속 아기에 관한 이야기가 오가고 밥그릇이 비워진다. 깔끔하게 비워 낸 밥그릇을 보며 진우가 정연을 기특하게 바라본다.

"속 괜찮아? 안 부대껴? 이러다 나중에 또 욱 하는 거 아니야?"

"그럴 거 미리 생각하면서 먹으면 안 된대요. 언니랑 수진이가 조언하길 먹을 수 있다 나는 괜찮다 이러는 것도 조금 도움이 된다고 해요. 그래서인가 오늘은 괜찮아요. 아 잘 먹었다."

정연은 예쁘게 배를 쓰다듬으며 방실방실 웃는다. 진우는 미소를 같이 보낸다. 일어서 그릇을 치우고 정연은 식탁을 훔친다. 조용히 집안일을 나누는 모양새가 다정스럽다.

진우가 사과를 가져와 사각사각 소리를 내며 깎는다. 잘라 내는 족족 야무지게도 아삭아삭 잘 먹는다. 사과 씹는 소리가 이렇게도 예쁜 소리인지 진우는 처음으로 알게 된다. 쏙쏙 입에 예쁘게도 들어간다. 진우는 그런 정연이 좋기만 해 열심히도 사과를 깎아 낸다. 이제 그만인 듯 정연이 접시를 살짝 밀어 내자 고운 소리가 그친 것에 조금 아쉽다.

아까 다 먹지 못한 붕어빵이 식탁 한 귀퉁이에 보이자 진우가 집어 든다. 저라도 먹을까 해서 입으로 가져가다 거짓말처럼 느껴지는 비린내에 욱 하는 고개를 확 돌린다. 정연이 그런 그를 신기하게 보며 함빡 미소 짓는다.

고운 여자의 웃음소리가 집 안에 따뜻하게 퍼진다.

— fin

작가 후기

정말 오랜만에 다시 쓰는 글입니다.

몇 년인가 세어 보기 민망할 만큼의 시간이 흘러 글 쓰는 제 모습도, 글도 낯설어 한참 힘들었습니다.

저의 긴 공백 동안의 세월이 아마 이 글에도 여러 가지 형태로 나타났겠지요?

그렇게 제 시간이 덧입혀져 정연이 태어나고, 진우가 만들어졌습니다.

때때로 제 손을 떠나 마음대로 움직이는 그들을 어르고 달래서 이렇게 하나의 책으로 나오게 되었습니다.

세상일에 무뎌지고, 나이를 먹고, 어른인 척, 강한 척하면서 살다가도 아직 성장하지 못한 또 다른 나를 마주할 때가 종종 있어요.

정연이가 그런 아이였습니다. 다 자랐지만 그 속에는 외로운 아이가 하나 웅크리고 있었지요. 그리고 진우는 그런 정연을 좋아하면 서도 제대로 품을 줄을 모르는 그 역시 덜 자란 사내아이였습니다.

그런 그들이 서로에게 기대어서 한 뼘씩 성장하고, 편한 상대가 되어 이제는 행복하게 살겠지요?

고집스러웠던 정연과 늘 한 박자 늦었던 진우가 이렇게 그들 나름대로 노력하고 상대를 지켜 주며 끝을 맺었습니다.

글 쓰는 일이란 것이 꾸역꾸역 제 속을 토해 놓는 일이라 가끔 저의 못난 모습이 글에 비쳐 속상하기도 했고, 여러 가지 생각이 밀려오네요.

이런저런 저의 사정으로 쓰는 동안 고생한 글임에도 이제 정말 마지막이라고 하니 더 예뻐해 줄 걸, 하는 후회가 들기도 합니다.

욕심을 부리자면 세월이 흘러도 가끔 길 가다 한 번쯤은 아 저들이 그들이겠구나 하는 여운이 남는 글이었으면 합니다.

제 책을 읽어 준 분과,

좋은 기회를 주신 출판사 관계자분들,

감사합니다.

앞으로 열심히 쓰겠습니다.

민혜 올림.

그 남자 그 여자의 연애

초판 2쇄 찍음 2016년 7월 4일
초판 2쇄 펴냄 2016년 7월 8일

지은이 | 민 혜
펴낸이 | 정 필
펴낸곳 | (주)뿔미디어

기획·편집 | 박경희, 이영은

출판등록 | 2002년 9월 11일 (제1081-1-132호)
주소 | 경기도 부천시 원미구 소향로 17, 303(두성프라자)
전화 | 032)651-6513 / 팩스 032)651-6094
E-mail | scarlets2012@hanmail.net
블로그 | http://blog.naver.com/dahyangs
홈페이지 | http://bbulmedia.com

값 9,000원

ISBN 979-11-315-7186-6 03810